漫步于文学与艺术之间
——杨宝林学术论文集

杨宝林／著

吴宇栋／编

辽宁人民出版社

ⓒ 杨宝林　2017

图书在版编目（CIP）数据

漫步于文学与艺术之间：杨宝林学术论文集 / 杨宝林著；吴宇栋编. —沈阳：辽宁人民出版社，2017.8
ISBN 978-7-205-09077-7

Ⅰ.①漫…　Ⅱ.①杨…②吴…　Ⅲ.①文艺评论—中国—当代—文集　Ⅳ.①I206.7

中国版本图书馆 CIP 数据核字（2017）第 205619 号

出版发行：辽宁人民出版社
　　　　　地址：沈阳市和平区十一纬路 25 号　邮编：110003
　　　　　电话：024-23284321（邮　购）　024-23284324（发行部）
　　　　　传真：024-23284191（发行部）　024-23284304（办公室）
　　　　　http://www.lnpph.com.cn
印　　刷：鞍山新民进电脑印刷有限公司
幅面尺寸：145mm×210mm
印　　张：11.75
插　　页：2
字　　数：284 千字
出版时间：2017 年 8 月第 1 版
印刷时间：2017 年 8 月第 1 次印刷
责任编辑：祁雪芬
装帧设计：琥珀视觉
责任校对：赵　晓
书　　号：ISBN 978-7-205-09077-7

定　　价：38.00 元

作者简介

杨宝林,笔名杨抱朴,吉林大学书法文献学博士,国家二级教授,享受国务院特殊津贴专家,中国书法家协会教育委员会委员。现任沈阳师范大学书法教育研究所所长,辽宁大学、沈阳师范大学双聘研究生导师,辽宁省文艺理论家协会副主席,辽宁省高校书法研究会主席,辽宁省书法家协会理事,教育部学位中心评议专家。

曾获第八届中国文联文艺评论奖,第四届中国书法兰亭奖理论奖,第八届全国书学讨论会一等奖,第三届辽宁省书法兰亭奖,第十二届、第十三届辽宁省哲学社会科学优秀成果奖(政府奖),辽宁省第二届"最佳藏书人"奖,被辽宁省文联聘为"特聘评论家"。

著有《南唐后主李煜》《刘熙载书学研究》《诗鬼之诗》《苏东坡集诠释与解读》《刘熙载年谱》《漫步于文学与艺术之间——杨宝林学术论文集》等15部专著,在学术刊物上发表论文近百篇,主持国家和省级课题多项。

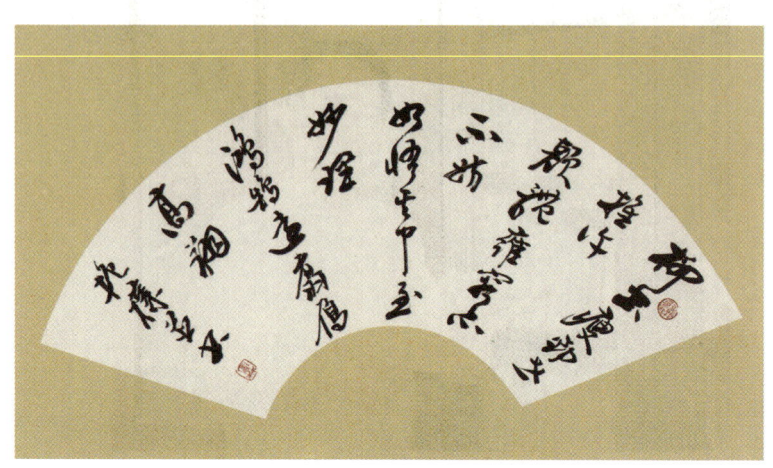

扇面　自作论书诗

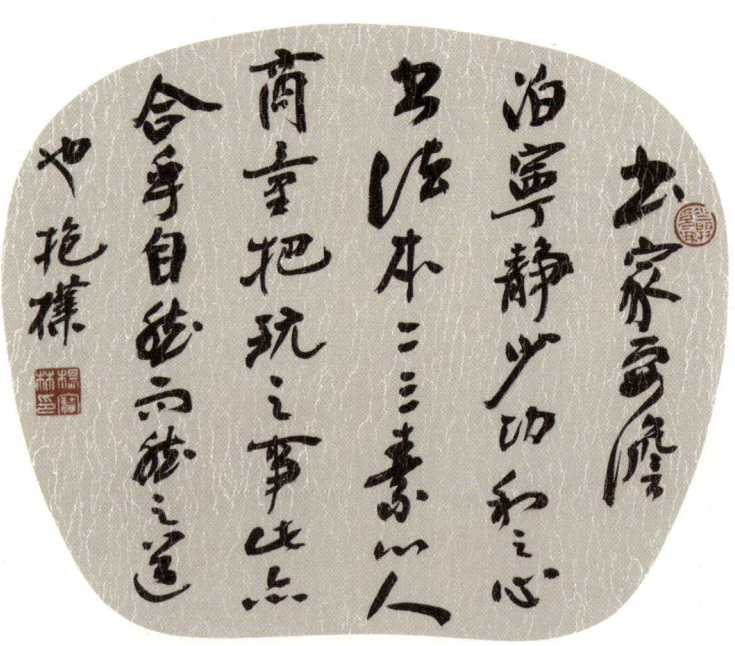

团扇　论书札记

学术的进取与文化的裁量
——序《漫步于文学与艺术之间》

王向峰

在春节前夕，几位朋友相聚，我的学生杨宝林和我说他有一本论文集要出版，想请我作序，我欣然应允了他的要求。节后不久我就看到了《漫步于文学与艺术之间》的书稿；书稿很厚，内容也很丰实，学术性强，并多有新见，我读过之后多受启发。此刻行文，与其说是写序，还不如说是读后感言更为合适。

宝林的《漫步于文学与艺术之间》，书分三编，内收的论文主要是研究中国古代文学的作家与作品、古代的书法理论与书法作品，其中尤以唐诗与《红楼梦》以及刘熙载的《艺概·书概》为着重点，并有深入钻研后的新发现与新论证，有些见解在学术上有首创之功。

一、对中国古代文学艺术的考订与发现特别值得赞誉

在上编的"古典文学研究"中，收有11篇论文。其中最为引人注意的是《一篇珍贵的关于〈红楼梦〉作者的文献》。宝林从道光年间的阮充的《云庄诗存》中发现有一首题为《咏

菊用曹雪芹韵》的七律(新霜痕里晓寒侵),诗中的原韵乃《红楼梦》第三十八回林黛玉咏菊用的"侵"韵(无赖诗魔昏晓侵)。这个发现虽不是对曹雪芹是《红楼梦》作者的最早发现,因为曹雪芹同时的永忠即有《因墨香得观〈红楼梦〉小说,吊雪芹(姓曹)三绝句》存在,但清中叶仅有一例认定《红楼梦》的作者为曹雪芹,所以其后以至今天仍有多人不承认曹雪芹为《红楼梦》的作者,而今能找到清代阮充的《咏菊用曹雪芹韵》,当是再无法怀疑和否认《红楼梦》的作者为曹雪芹了。

在下编中有《韩择木籍贯考》一文,这是对唐代一位书法家韩择木的籍贯考订文章。韩择木在唐肃宗时期曾任工部尚书等要职,其书法精隶书而尤以八分书擅长,杜甫有两首诗直接写到他的书法为世所重、广有名声。但是其人的籍贯却众说纷纭。唐代大历年间的《述书赋》有窦蒙注:"韩择木,昌黎人。"清代嘉庆七年刊版《元和姓纂》云韩择木颍川(扬州)人。在此前后的诸多记述韩择木籍贯的著作如北宋的《宣和书谱》等,亦多谓韩择木为昌黎人。而韩择木的长子韩秀实的墓志更明确记载"其先昌黎人"。《辞海》亦记韩择木"昌黎(今属河北)人"。问题是昌黎到底在哪里?宝林在上述有关资料的基础上进行了"唐人韩择木的昌黎在何处"的辨析。顾炎武《京东考古录》说中国有五个昌黎,金毓黻认为只有榆关以东和以西两个昌黎。宝林据史料考订,榆关以东之昌黎乃东汉时以交黎县改,治所在今辽宁义县;曹魏时为昌黎郡,治所仍在义县。而榆关以西之昌黎乃金大定二十九年始改广宁县为昌黎县。这就是说,在唐代根本没有河北的昌黎县。据此,只能说唐人记述的书法家韩择木籍贯只能是唐代只有一处的昌黎县、也就是今辽宁义县人。

宝林研究学问善于沿波讨源,寻根问底。如他研究李贺的诗风怎样承袭"骚之苗裔",以李诗之"意取幽奥,辞取瑰奇"与楚辞进行比较,使人看出承续与创新的密切关系。在揭示《红楼梦》的诗词与李贺的关系时,他从曹雪芹与李贺共同的不幸命运与审美取向,探求其主体的内在情致相通性,并见出小说中的晴雯死后变芙蓉花神的情节与李贺之死是被天帝召去写白玉楼记的传言的相仿性,这种比较研究很能开启人们艺术欣赏的悟性。

二、以"大文艺观"为立论顺理阐发刘熙载的书法论

在《漫步于文学与艺术之间》的中编,收录的是研究刘熙载书法理论及其行迹、作品的论文,连续有10篇。宝林在论中以"大文艺观"为概括归纳的中心,全面展开对于刘熙载的《艺概·书概》的理论阐发。

从论文的开宗明义所言,"大文艺观"就是"以儒释道

为规约的""以儒家为主导的文艺思想"。宝林的这个定性是比较准确的。他在解义中说:"大文艺观导源于经学,经学中的文艺思想统摄文学艺术的方方面面。从大文艺观角度看,书法的根本是文字,而'文字'又是'经艺之本,王政之始',因此,书法又有着浓厚的政治色彩。儒家思想在书法上的表现就是经世致用,依据经世致用的原则,在书体上表现为秩序感;在书家楷模上就要有权威;在书法风格上则讲究含蓄,也就是温柔敦厚的诗教观。从经世致用角度看,就连书如其人也在儒家的大文艺观之内。""与儒家崇尚实用不同,道家和佛教则重视精神层面的追求,道家的有无与技道观,佛教禅宗的顿悟和渐悟等,都给书法以形而上学的启示。"从上述的概括中可以看出,刘熙载的"大文艺观",首先是书家主体从艺的行为自觉,依从于社会伦理,以文字造型经世致用。其次是字从书体的变不离宗,在化而创行中仍存秩序性。再次是书家立体的权威与楷模性。最后是书家与书法的风格表现。以上四点贯穿在中编对于刘熙载的十篇论述当中。

在宝林对刘熙载的书论中,以作为经学家的刘熙载所崇奉的"书言志"论进行解析,在引述"写字者,写志也"之后,并同引孙过庭《书谱》中书法乃"情动形言,取会风骚之意"、张怀瓘《文字论》中"文则数言乃成其意,书则一字已见其心",揭示书法艺术与"诗言志"有同一规律。由于刘熙载论述书家主体的思想品德主要是儒家的要求,因此"字如其人"的观点则被特别强调。对此,宝林指出,刘熙载在判别书法艺术的独有特点和作为书法家的特别修养方面,则论述不足。

　　刘熙载的"大文艺观"中道家和佛禅的美学思想,在他具体论述书法艺术表现时,则体现最为明显。宝林在《刘熙载书学的审美崇尚》的论文中对此有全面详尽的分析,这也是本编中最富理论性的文章。文中以三个范畴归纳了刘熙载的审美崇尚点。一是自然。引录云:"人尚本色,诗文书画亦莫不然。""学书者始由不工求工,继由工求不工。不工者,工之极也。""真美无饰,饰美立意即丑也。"宝林对此概括归纳为:"由工到不工是由技入道,艺术进入了一种无为的境界。"这正深刻揭示出审美"自然"的本义所在。二是含蓄。引录云:"虞永兴书出于智永,故不外耀锋辉芒而内涵筋骨。""商丘子力无敌于天下,而六亲不知,盖力贵含不贵露也。书力亦当如是。""兵家能而示之不能,用而示之不用,二语亦书家所宝。"宝林认为刘熙载道守中和,故而崇尚书法笔力的真力弥满,筋骨内藏,其中亦有刘熙载反对书家过分逞才使气的轻浮作风之意。三是真率。引录云:"裴公美书,大段宗欧,米襄阳评之以真率可爱。真率二字,最为难得。""余偶作书,但率其真。"宝林把刘熙载的书法格调崇尚与其为人风格的率真统一论之,见出的仍是书如其人，论出其人。

三、关注书坛现实与地域的书法艺术的正常发展

宝林的学术专业主要是在古代文学与书法文化上，但他也是造诣颇深的书法艺术家，并且也特别关注辽宁书法的历史演变进程与中国现时书坛的发展形势与倾向表现，发表了特别值得重视的意见。

在宝林的《漫步于文学与艺术之间》，有一篇文章是评述辽宁书法史的，即《辽宁书法史述评》。文章的史实最远追溯到商周时期，下延至现代，凡有历史价值，自成一家并有地区影响的，文中皆有述录。这篇面向辽宁地域文化的专门研究，不论对于辽宁专事书法艺术的人，还是对于普通读者，都具有增强文化自信心的作用。

对于宝林《漫步于文学与艺术之间》的论文，我特别赞赏《对当下书法重形式轻内容现象的反思》。这是一篇针对性极强的文章，目的在于提醒当下要特别注重书法界的一般文化与书法艺术文化的提高。人所共知，在中国历史上的书家，无不是具有高深文化素养的人，他们书艺虽高却不以卖字为生，书法名高却各有书道之外的盛名。比较来说，许多朝代被今天视为书法艺术家的人都屈指可数。也许是那时的士子们都必须能写得

一手好字，不然，乡试都不许报名；但是字写得好却并不就是书法家。而现代"书法家"众多，则借机于多年的国民教育中毛笔字学习的缺失，使对此急行直就的人，虽然无体无功，但却高于不知如何驾驭毛颖的人，也入了不同级别的书法家协会。他在《对当下书法文化缺失的隐忧》一文中，对于当前书法界文化缺失的诸多表现详加指正，可为从业者引为鉴戒。

宝林是专门从事书法教学与研究的专门家，并熟悉当下书坛现状，所以他能在文中列出书坛、书家与书作的种种问题，真是足于"可引起疗救的注意"。

宝林在上述两文中提出的问题很多，其核心是书法家的学养问题。他引张怀瓘的话"论人才能，先文后墨"，说明书法家要有先在的文化修养作为书法创作的功底。这里关系到书法写什么和用什么笔致来写两大实践课题。一是历史上的诸多书法家及其传世的代表作大多是其自作诗文，这说明作为书法家者都是"先文后墨"者，而不入此流则愧当书法家称号。宝林举出全国第四届书法兰亭奖获一、二、三等奖的共28人，其中无一人是写自作诗文的，原因可能很多，但是与会不会自作和至少是对自作心中没底直接相关。二是书法的笔迹情致与书写的作品对象的关系，这在书法史上已有先示。孙过庭《书谱》叙王羲之作书经验有云："止如《乐毅论》《黄庭经》《东方朔画赞》《太师箴》《兰亭集序》《告誓文》,斯并代俗所传,真行绝致者也。写《乐毅》则情多怫郁,书《画赞》则意涉瑰奇,《黄庭经》则怡怿虚无,《太师箴》又纵横争折。暨乎兰亭兴集,思逸神超;私门诫誓,情拘志渗。所谓'涉乐必笑,言哀已叹'。"在孙过庭的这一作品实证的论述中,我们明晓:书法作品的内容不仅是被书写的作品具有书作的内容性,而真正的书法艺术家,他的笔下的字迹本身,莫不随意以宛转、与心而徘徊,必不可免地渗透着作者的情思表现,而这正应被视为书法作品的内容中的内容。张怀瓘《文字论》中的"书则一字已见其心",其确切意义正在于此。

宝林在多年中专心致志地攻读典籍,精求学问,对于中国的传统文化有广泛而深入的研究,论著颇丰,并在书法理论与创作实践上又各有硕果收成,显示出骄人的成就。他的这部《漫步于文学与艺术之间》,又正是他走向更为深远学海的过渡舟船,前方正在等待。

2017年3月27日

(作者系辽宁大学文学院教授,博士生导师,著名文艺理论家)

目 录

学术的进取与文化的裁量
——序《漫步于文学与艺术之间》（王向峰） /1

【上编：古典文学研究】
唐诗三题 /2
一篇珍贵的关于《红楼梦》作者的文献 /12
《诗经》、汉乐府弃妇诗探微 /17
直追昌谷破篱樊——《红楼梦》诗词与李贺 /26
陈绎曾生卒年、籍贯及仕宦考辨 /41
"出世"与"入世"的矛盾
——杜牧《将赴吴兴登乐游原》主旨寻绎 /52
李贺的艺术追求和审美理想 /57
曹操《短歌行》新解 /68
吴大廷论魏燮均其人及其诗 /78
李贺浪漫主义诗风的成因 /86
试论李煜变"伶工词"为"士大夫词" /94

【中编：以刘熙载为中心的个案研究】
大文艺观视阈下的刘熙载书论略说 /102
刘熙载的书品人品论——从"狂狷""乡愿"谈起 /123
刘熙载与齐学裘的交游 /139

刘熙载行迹考 /154

刘熙载佚诗考 /170

刘熙载致强汝询三封信札考释 /180

袁昶日记中有关刘熙载的文献 /193

刘熙载书学的审美崇尚 /205

刘熙载与包世臣的书学渊源 /213

从《四旬集》到《昨非集》
——兼论刘熙载前后期学术思想的变化 /225

【下编：古典书学研究与当代书法批评】

对清代碑学的理性思考——从理论和实践两个层面谈起 /238

辽宁书法史述评 /255

韩择木籍贯考 /297

观点的偏激与学术的疏离——从晚清几首论书诗说起 /304

对当下书法重形式轻内容现象的反思 /308

对当下书法文化缺失的隐忧 /321

古代书论中几组概念的当代解读 /325

试论书法的意境表现与创造 /334

承"尚古"启"尚意"：论蔡襄书法的历史价值 /342

书法书论两相宜
——魏燮均的书法创作与书法理论研究 /350

编者后记（吴宇栋） /363

上編

【古典文学研究】

◎唐诗三题

一、"玉壶"当指酒壶

寒雨连江夜入吴,平明送客楚山孤,
洛阳亲友如相问,一片冰心在玉壶。

——王昌龄《芙蓉楼送辛渐》

这是七绝圣手王昌龄的名篇,"洛阳亲友如相问,一片冰心在玉壶",这种绝妙的问答方式在古代送别诗中别开生面,饶有情趣。而"一片冰心在玉壶"可以说是全诗的"诗眼",它具有振起全篇的作用,也遂使该诗千百年来一直脍炙人口。然而目前学术界对这首诗的看法颇不一致,其分歧也在于对"一片冰心在玉壶"的不同理解,试举几例:

1. 比喻自己不受功名富贵的牵扰。(林庚、冯沅君主编《中国历代诗歌选》)

2. 写自己的清高纯洁,不受功名富贵的牵扰。(袁行霈《魏晋南北朝隋唐五代文学史纲要》)

3. 冰心,比喻自己心地的莹洁。鲍照《白头吟》:'直如朱丝绳,清如玉壶冰。'玉壶也是指品德的润白无瑕。这

里表示自己不会为宦情所污，以此宽慰洛阳的亲友。(金性尧《唐诗三百首新注》)

4. 玉壶本是纯洁之品，更置一片冰心，真是一尘不染，寓意于委婉之中，简直是借送友而直抒胸臆了。(山东教育出版社《中国历代著名文学家评传》)

如上援引的几家说法可以归纳为两种意见：前两说均认为"不为功名富贵所牵"，即沈德潜所说的"言己之不牵于宦情也"（《唐诗别裁集》）。后两说皆云"冰心""玉壶"都指人的品德美好，故在这方面多加以发挥。诸说歧出，令人莫衷一是。究其质，他们都没有给"玉壶"以具体的词义界定，有的回避，有的只是用形象化语言予以解说，因此难免"雾中观花"。笔者将从"玉壶"这一语义入手，旁及王昌龄这首诗创作时的心态，略陈愚见。

"一片冰心在玉壶"中的"冰心"的确有表示人的品德之意，即冰清玉洁。当然"冰心"系双关语，也有冷淡、淡漠的意义。"玉壶"则不然。我们知道，王昌龄这里是化用了鲍照《白头吟》中"直如朱丝绳，清如玉壶冰"诗句。而"清如玉壶冰"译成现代汉语则为"清洁得如同玉壶中的冰"，可知鲍照是用"冰"表示人品，而不是用"玉壶"来比喻操守。李善《文选·白头吟》注引秦子曰："玉壶必求其以盛，干将必求其以断。"如此可知鲍照诗句中的"玉壶"不过是盛东西的某种器皿罢了。"壶"前冠"玉"即言其精美、华贵，诸如"玉碗""玉樽"，等等。

检索古代典籍，"玉壶"这一语义具有多义性。辛延年《羽林郎》："就我求清酒，丝绳提玉壶。"李白《前有樽酒行》（其二）："琴奏龙门之绿桐，玉壶美酒清若空。"又李白《秋日鲁郡尧祠亭上宴别杜补阙、范侍御》："鲁酒白玉壶，送行驻金羁。"喻凫《赠李商隐》："草细盘金勒，花繁倒玉壶。"马戴《酬田卿送西游》："华堂开翠箪，惜别玉壶深。"司空图《诗品·典雅》："玉壶买春，赏雨茆屋。"这里的"玉壶"都指酒壶。柳恽《长门怨》："玉壶夜愔愔，应门重且深。"朱华《海上生明月》："影开金镜满，轮抱玉壶清。"王沂孙《无闷·雪意》："待翠管，吹破苍茫，看取玉壶天地！"这里的"玉壶"都指月亮。王维《赋得清如玉壶冰》："藏冰玉壶里，冰水类方渚。"李群玉《宵民》："谁于销骨地，一鉴玉壶冰。"马戴《府试水始冰》："即堪金井贮，会映玉壶清。"欧阳修《少年游》："玉壶冰莹兽炉灰，人起绣帘开。"王沂孙《锦堂春·中秋》："金镜开奁弄影，玉壶盛水侵棱。"这里的"玉壶"均指精美的器皿。周密《武林旧事》"元夕"条："灯之品极多……其后福州所进，则纯用白玉，晃耀夺目，如清冰玉壶，爽彻心目。"辛弃疾《清玉案·元夕》："凤箫声动，玉壶光转，一夜鱼龙舞。"这里的"玉壶"又都指灯。李商隐《深宫》："金殿销香闭绮栊，玉壶传点咽铜龙。""玉壶"指古代计时的滴漏。李白《玉壶吟》："烈士击玉壶，壮心惜暮年。"有趣的是这里的"玉壶"又指痰盂。《玉壶吟》本事见《世说新语·豪爽》篇，云："王处仲每酒后辄咏'老骥伏枥，志在千里。烈士暮年，壮心不已'。以如意打唾壶，壶口尽缺。"宋僧文莹曾撰《玉壶清话》（又名《玉壶野史》），他在该书序中说："玉壶，隐之潭也。"《四库全书总目提要》进一步解释说："玉壶者，其隐居之地也。"这里的"玉壶"又指处所，引申为清静、闲适。

如上所引"玉壶"的诸多语义均与人的品德无干。可以断言,"玉壶"这一语义无论就其本义还是引申义,都与人的品德风马牛不相及,姚崇的《冰壶赋》与本诗句无涉。

"一片冰心在玉壶"的"玉壶"既然不指人的品德,那么当作如何解释?我以为当指酒壶。王昌龄这首诗是为好友辛渐所作(诗共两首,这是其一),古人送别往往是需要饯行的,饯行必然要饮酒。我们不妨看看该诗的第二首:

丹阳城南秋海阴,丹阳城北楚云深。
高楼送客不能醉,寂寂寒江明月心。

这里的"醉"正点出了饯行,那么"玉壶"释为酒壶便合情合理了。诗人与好友推杯换盏,不忍分手,忽诗兴勃发,遂指杯中物脱口而出:"一片冰心在玉壶!"这不是谐谑,而是苦不堪言的抉择。"高楼送客不能醉"的"醉"正表明了"玉壶"的具体所指。

将"玉壶"释为酒壶,亦即表明王昌龄对仕途不抱什么幻想了,只想以酒为伴度过余生,对一切权且听之任之吧。这样理解也正与王昌龄创作这首诗时的前后心态一致。

《芙蓉楼送辛渐》作于江宁丞任上。王昌龄被贬到江宁大约是在天宝初年,他在江宁生活了七八年,当时已40有余,壮志未酬而又无端遭到诽谤,正如殷璠所说的"奈何晚节不矜细行,谤议沸腾,再历遐荒,使知者叹惜"(《河岳英灵集》)。王昌龄的"不矜细行",史无明文,但从他自己说"得罪由己招",常建安慰他"谪居未为叹,谗枉何由分"来看,不过是"好高人欲妒,过洁世同嫌"罢了。王昌龄连遭非议和贬谪,其内心痛苦不言而喻,举杯浇愁也是自然的事,这不也是将"玉壶"释为酒壶的依据吗?

二、《夜雨寄北》应是寄给王氏

君问归期未有期，巴山夜雨涨秋池。
何当共剪西窗烛，却话巴山夜雨时。

——李商隐《夜雨寄北》

《夜雨寄北》是李商隐流传广远的名篇。关于该诗所寄之人目前学术界有两种意见：一种说是寄给朋友的，其有力证据便是李商隐仅一次入川，即大中六年（852）至大中九年（855）在梓幕，此时李妻王氏已病故；另一种说法是寄给王氏的，惜其拿不出可靠证据，略显底气不足。笔者同意后一种说法，现辩说如次。

诗所表达的意蕴最好应从作品本身入手，为此我们首先看看这首诗所表现的具体情境。这是在收到亲人来信后作答的一首诗。你问我何时回家，我现在归期未卜，因为"巴山夜雨涨秋池"，路途不便，我多么企盼回去啊！我什么时候能够与你在西窗之下共剪灯花，那时我再给你叙说巴山夜雨的情景。李商隐是很懂得审美距离的。这首诗语言朴素，风格委婉，娓娓道来，饱含缠绵悱恻之情，正符合夫妻之间的感情交流。其次再从"剪烛""西窗"意象分述之。

"剪烛"即剪灯花，"灯花"有报喜和交好运的征兆。"灯花何太喜，酒绿正相亲。"（杜甫《独酌成诗》）李商隐这首诗中的"剪烛"是二人"共剪"，且在"西窗"之下，也可以说是祝贺团聚之喜吧。故此也便有了具体的意义界定，即非最亲密的人所不能为的。检索古代诗词，这两个意象大都述男女相思之情事。崔国辅《子夜冬歌》："寂寂抱冬心，裁罗又褰褰。夜久频挑灯，霜寒剪刀冷。"写思妇为征夫赶制冬衣。李贺《苏小小墓》："无物结同心，烟花不堪剪。"是把灯花权作同心结。张祜《赠内人》："斜拔玉钗灯影畔，剔开红焰救飞蛾。"是想象妻子孤灯独坐时的生活情趣。周邦彦《琐窗寒》："洒空阶，夜阑未休，故人剪烛西窗语。"写情人幽会。李清照《蝶恋花》："独抱浓愁无好梦，夜阑犹剪灯花弄。"写与赵明诚离别后个人的孤寂。

"西窗"，亦有作"西厢"，常指男女幽会处所。如：

元稹《莺莺传》："待月西厢下，迎风户半开。拂窗花影动，疑是玉人来。"

温庭筠《舞衣曲》："回鸾笑语西窗客，星斗寥寥波脉脉。"

秦观《满庭芳》："西窗下，风摇翠竹，疑是故人来。"

以笔者管见，古代诗词中"剪烛""西窗"两个意象大都涉及男女情事，极少数例外，如纳兰性德《金缕曲》："最忆西窗同剪烛，却话家山夜雨，不道只，暂时相聚。"这是化用李商隐诗句来送好友姜宸英，也是对李商隐诗意的扩展，或者见仁见智吧。孔子所谓"束脩"，不是被后代理解为学费了吗？因此，窃以为"何当共剪西窗烛"，只能是夫妻久别重逢的窃窃私语，这才贴切；倘好友欢聚，一般说来应该是推杯换盏，以叙别情。

另外，从旁证也可以说明此诗是寄给王氏的，这便涉及李商隐是否两次入川这个学术界的老问题。冯浩、张采田都认为此诗大中二年（848）秋作，即在梓幕前曾游巴蜀。而岑仲勉先生则认为"当梓幕作，未见必留滞巴蜀"。(《玉谿生年谱会笺平质》)史料阙如，不好臆断。我们还是从李商隐诗中寻求答案。《玉谿生诗集》中还有两首寄给王氏的，援引如次：

摇落

摇落伤年日，羁留念远心。
水亭吟断续，月幌梦飞沉。
古木含风久，疏萤怯露深。
人闲始遥夜，地回更清砧。
结爱曾伤晚，端忧复至今。
未谙沧海路，何处玉山岑？
滩激黄牛暮，云屯白帝阴。
遥知沾洒意，不减欲分襟。

因书

绝徼南通栈，孤城北枕江。
猿声连月槛，鸟影落天窗。
海石分棋子，郫筒当酒缸。
生归话辛苦，别夜对凝釭。

"结爱曾伤晚，端忧复至今"、"生归话辛苦，别夜对凝釭"都表明是寄给王氏的，尤其是后者几乎是"何当共剪西窗烛，却话巴山夜雨时"的同义语（釭、灯。凝釭即灯花）。而从这两首诗中"黄牛"、"白帝"、"郫筒"来看，都是作于巴蜀，我们无法否认李商隐曾两次入蜀。李诗中还有《望喜驿

别嘉陵江水二绝》,其一为:

> 嘉陵江水此东流,望喜楼中忆阆州。
> 若到阆州还赴海,阆州应有更高楼。

此诗作于大中五年(851),是李商隐应梓幕为掌书记途经望喜驿而作。望喜驿在今四川广元,据《广元县志》:"南行有望喜驿,今废。"阆州,今四川阆中。"望喜驿中忆阆州"的"忆"显然表明曾游历过,否则何谈"忆"!与此诗相参的还有《梓潼望长卿山至巴西复怀谯秀》:

> 梓潼不见马相如,更欲南行问酒垆。
> 行到巴西觅谯秀,巴西惟是有寒芜。

"巴西"即阆州,足证诗人赴梓幕前曾到过阆州。

至此,大中二年(848)诗人别郑亚幕折入巴蜀的说法还是成立的,那时王氏尚健在,故寄王氏的说法最恰切,万树《万首唐人绝句》题为《夜雨寄内》,并非无稽之谈。

三、"鸭儿"别有意蕴

> 菡萏香连十顷陂,小姑贪戏采莲迟。
> 晚来弄水船头湿,更脱红裙裹鸭儿。
> ——皇甫松《采莲子》

这是晚唐皇甫松的作品,说它是词,因为调寄《采莲子》,也可以说是就调为题,歌咏采莲之事。实际上这又是一首地地道道的七绝,学术界先贤早有定论。

这首诗描写的是一位情窦初开的少女,在采莲中看中如意情郎的画面,其少女活泼天真的情态已为学者所共识。然而对"鸭儿"这一意象却无人关注,或仅就字面解释为鸭子、小鸭子。如华钟彦先生《花间集注》卷二:

鸭儿:船家所蓄,此叙莲女情态,回应"贪戏"二字。

又援引《栩庄漫记》"'更脱红裙裹鸭儿',写女儿憨态可掬"以为佐证。笔者所见到的选注本均做如是解。这实在是忽略了"鸭儿"这含有民俗意味的意象,未搔到痒处。

按:"鸭儿"一语实系古时江浙一带的民俗用语,是人们忌讳的话,常常用来骂人,俗谓"乌龟王八",又别作"鸭黄儿""鸭"。龙潜庵编著《宋元语言辞典》和许政扬校注的《喻世明言》都认为此俗语在宋代流行。《鸡肋编》卷中:"浙人以鸭儿为大讳。……后至南方,乃始知鸭若只一雄,则虽合而无卵,须二三始有子,其以为讳者,盖为是耳。"《喻世明言》卷三记述了宋时江浙人吴山的风流韵事,其中有云:"你七老八老,怕兀谁?不出去门前叫骂这短命多嘴的鸭黄儿!"又《水浒传》第二十五回武大骂郓哥道:"含鸟猢狲,倒骂得我好!我的老婆又不偷汉子,我如何是鸭?"

皇甫松是晚唐人,晚唐距宋很近;而他又是睦州人,即今江浙人,其作品也多写江南风物民情。故这一习俗他是知晓的。"鸭儿"虽是江浙人的忌讳语,是粗俗之语,但嵌在诗句中便别赋新意,亦即对对方爱的执着、专一,亦即表示非你不嫁。这是爱情的升华。"鸭儿"固然是船家所蓄,但一联系到这一习俗,少女是敏感的,她天真地脱下红裙子,将"鸭儿"

裹住，这无疑是少女向情郎敞开心扉。皇甫松同题还有一首：

> 船动湖光滟滟秋，贪看年少信船流。
> 无端隔水抛莲子，遥被人知半日羞。

这两首诗是联章体，互为表里，将二诗联系起来读，少女那情有独钟的神态便跃然纸上了。

翻检唐诗，张籍的《春水曲》也涉及这一习俗，诗云：

> 鸭鸭，觜唼唼。青蒲生，春水狭。荡漾木兰船，中有双少年。少年醉，鸭不起。

诗中的"少年醉"是指陶醉于情感之中，"鸭不起"不也和"更脱红裙裹鸭儿"异曲同工吗？至此我们可以知道这一习俗非止限于宋代，至少中唐时期便有；流传地域也不局限于江浙，这是"文化"传播吧！

总之，"鸭儿"这一忌讳语，在《采莲子》中被皇甫松点铁成金，使该诗在表达情感上更进一步，也更为率真，这个正符合民歌表情达意的特点。明乎此，我们就不会为"鸭儿"的表层意思所欺了。

本文收录于《唐诗新论》
（辽宁省唐代文学会编，辽沈书社，1993年版）

◎一篇珍贵的关于《红楼梦》作者的文献

六年前在吉林大学古籍部,笔者为查阮元的相关文献,便翻《东北地区古籍线装书联合目录》,该书第2768页记载:"云庄诗存五卷(清)阮元著 清同治七年刻本。"[1]而吉大正好藏有该书。借来翻阅,《云庄诗存》的作者非阮元,乃阮元从弟阮充。也正是《东北地区古籍线装书联合目录》编者的疏忽,才使我有机会读《云庄诗存》,也才有机会让我发现一篇十分珍贵而又尘封已久的关于《红楼梦》作者的文献。

《云庄诗存》卷一有《咏菊用曹雪芹韵》,诗云:

新霜痕里晓寒侵,篱下何人是赏音。
傲骨最宜幽士伴,淡怀偏称野人吟。
一枝艳冷横秋色,三径香清写素心。
相对相吟更相忆,重阳节后又而今。[2]

曹雪芹没有诗集流传,但有《红楼梦》在,《红楼梦》里不是有很多诗吗?阮充说的"用曹雪芹韵",不正是用《红楼梦》第三十八回《菊花诗》中潇湘妃子《咏菊》诗韵吗?《咏菊》诗云:

无赖诗魔昏晓侵,绕篱欹石自沉音。
毫端蕴秀临霜写,口角噙香对月吟。
满纸自怜题素怨,片言谁解诉秋心。
一从陶令评章后,千古高风说到今。[3]

《红楼梦》中《咏菊》被李纨称颂为"题目新,诗也新,立意更新了。"被公推为12首菊花诗中的魁元。众所周知,替作品中人物作诗,难度很大,曹雪芹的12首菊花诗,不唯写菊花,同时还要切合诗中人物,如林黛玉、薛宝钗、贾探春、史湘云、贾宝玉等人的身份、性格,要各具特色,所以更难。《红楼梦》的《咏菊》诗借咏菊刻画了林黛玉孤傲寡欢而又品格高洁的形象,与小说中黛玉性格吻合。

而阮充的诗则是一抒胸臆,与代言体不同。揆诗意,阮充的咏菊诗作于重阳节后,套用《红楼梦》12首菊花诗应该是"忆菊"。阮充赞美菊花具有"傲骨""淡怀",而自己则自比是"幽士""野人"。"篱下""三径",则又令人想起陶渊明。总之,阮充认为自己是菊花的知音,写菊亦是写人,与阮充的人品志趣也相侔。经查有关文献得知,阮充(1826—1892),字实斋,号云庄,别署碧香吟馆主人,江苏仪征人。大学士阮元从弟。阮充年少好学上进,工诗善画,又精篆刻。儒雅风流,倜傥不群。年轻时因患咯血症,遂绝意科考,寄情山水,以笔墨自娱。阮充在家乡仪征阮元万柳塘之西的九陇冈之中建云庄,并因以为号。道光二十七年(1847),阮充请著名僧人画家明俭绘《云庄图》(设色纸本,手卷。此图出现在西泠拍卖网站2010年春拍"中国书画古代作品专场")。此图由嘉庆朝探花吴清鹏题耑,后有名士黄锦江、崇桐林等二十余人题记。其中吴世钰《云庄图记》有云:"云庄先生,以宰相贵介，不慕荣得，怡然焕然，日与古人相周旋。其性情之淡，学问之醇，有非士大夫所不能及。"这里可能有恭维的成分，但大体上还是可信的。联系阮充的"咏菊诗"，两者还是可以相互印证的。阮充除《云庄诗存》外，还有《云庄唱和录》、《云庄题赠录》和《云庄印话》等。

阮充的《咏菊用曹雪芹韵》，明明说是用曹雪芹韵（下平声"十二侵"韵），而不是说步潇湘妃子（林黛玉）韵，换言之，阮充认为《红楼梦》的作者就是曹雪芹。曹雪芹无诗集，有人认为曹借小说传诗。《脂砚斋重评石头记》（庚辰本）第一回写贾雨村口占"未卜三生愿"诗旁，有朱笔批云："这是第一首诗，后文香奁闺情，皆不落空。余谓雪芹撰此书，中亦有（为）传诗之意。"[4]从阮充的诗题来看，阮充更看重《红楼梦》中的诗，也正契合他诗人的身份。

越是伟大的作品越有争议，西方也有人怀疑莎士比亚的存在。《红楼梦》从传世起就争议不断，对其著作权也有争议。概括起来，在清中晚期、近代争议不大，而现当代则诸说歧出。

曹雪芹的好友敦诚的《四松堂集》和敦敏的《懋斋诗抄》都有寄怀曹雪芹的诗，但不说其作《红楼梦》。只是到了永忠《延芬堂集》中《因墨香得观〈红楼梦〉小说，吊雪芹（姓曹）三绝句》，才明确指出《红楼梦》的作者为曹雪芹，诗云：

传神文笔足千秋，不是情人不泪流。
可恨同时不相识，几回掩卷哭曹侯。

颦颦宝玉两情痴，儿女闺房语笑私。
三寸柔毫能写尽，欲呼才鬼一中之。

都来眼底复心头，辛苦才人用意搜。

混沌一时七窍凿，争教天不赋穷愁。[5]

　　这三首诗是评曹雪芹及《红楼梦》中的人物，是最早的论《红》诗。永忠（1735—1793），清宗室，号臞仙，工诗善书，乾隆时为镇国将军。据说这三首诗作于乾隆三十三年（1768）[6]，距甲戌本（1754）仅有十余年。这是目前仅见的最早认为曹雪芹著《红楼梦》的记载。此后富察明义《题红楼梦》（《绿烟琐窗集》）、袁枚《随园诗话》、裕瑞《枣窗闲笔》、俞樾《曲园杂纂》等都认曹雪芹是《红楼梦》的作者。只有潘德舆的《金壶浪墨》、陈镛的《樗散轩丛谈》则不知《红楼梦》的作者为谁，但态度却很严谨，不像今天穿凿附会。阮充的《咏菊用曹雪芹韵》虽不能断定具体的创作时间，但作于道光末、咸丰初还是成立，那此诗距《红楼梦》问世也不过百年，也可以为曹雪芹作《红楼梦》作一重要佐证。

　　现当代以来，关于《红楼梦》作者的争论渐多，并有愈演愈烈之势。本来自1921年胡适发表《红楼梦考证》，考证出曹雪芹的家世、曹雪芹是《红楼梦》的作者以来，学界基本是认同的。但是到了新时期，可能是受思想解放的影响，便开始对曹雪芹作《红楼梦》表示怀疑。有些学者根据《红楼梦》第一回"曹雪芹于悼红轩中批阅十载，增删五次"的字样，认为曹雪芹是编者，而不是作者，所以要找出作者，如杨尚奎先生认为将来《红楼梦》出版的署名应该是："创始者：曹渊（方回）。增删者：曹霑（雪芹）。"[7]大多数还是先断定曹不是《红楼梦》作者，然后进行索引破译，诸如认为《红楼梦》的作者有：曹頫、洪昇、脂砚斋、吴梅村、顾景星、方以智和冒襄、朱由榔和石溪及石涛（三人合著），甚至有人还认为是湖南娄底女子谢三曼。[8]还有人不无滑稽地认为文不是曹雪芹而其中的诗词都是曹所作[9]。五花八门，不一而足。

话回原题，当下的学者在讨论《红楼梦》作者的时候，往往离开《红楼梦》的文本，自说自话，还不如古代务实、客观。从这点上看，阮充的《咏菊用曹雪芹韵》还是值得热衷于探究《红楼梦》作者的人深思。

注释：

[1] 辽宁省图书馆、吉林省图书馆、黑龙江省图书馆主编《东北地区古籍线装书联合目录》，辽海出版社，2003年版，第2768页。

[2] 阮充《云庄诗存》，同治戊辰刻本。

[3] 曹雪芹《红楼梦》，人民文学出版社，1972年版，第463页。

[4][6] 白盾主编《红楼梦研究史论》，天津人民出版社，1997年版，第193页。

[5] 永忠《延芬室集》，上海古籍出版社影印，1990年版。

[7] 杨尚奎《关于〈红楼梦〉作者研究的新发展》，《齐鲁学刊》，1994年第1期。

[8] 谢志明《红楼湘娄文化考》，文化艺术出版社，2008年版。

[9] 戴不凡《揭开〈红楼梦〉作者之谜》，《北方论丛》，1979年第1期。

本文发表于《红楼梦学刊》2016年第6辑

◎《诗经》、汉乐府弃妇诗探微

从《诗经》开始,中国古典诗歌中就有一些以弃妇为题材的作品,人们习惯上称之为弃妇诗。据粗略翻检,仅《诗经》中就有《召南·江有汜》《邶风·日月》《邶风·终风》《邶风·谷风》《鄘风·蝃蝀》《卫风·氓》《王风·中谷有蓷》《郑风·遵大路》《陈风·防有鹊巢》《小雅·我行其野》《小雅·谷风》《小雅·白华》等;汉乐府中有《有所思》《白头吟》《怨歌行》《上山采蘼芜》《孔雀东南飞》等。此外,魏晋以后还有一些文人也写了一些弃妇诗,如曹植、傅玄、吴均、萧纲、李白、杜甫、顾况、刘驾、袁宏道、赵执信等,但他们的弃妇诗用意往往不在弃妇本身,而在于通过弃妇的不幸遭遇抒发怀才不遇思想。此不具论。《诗经》、汉乐府中的弃妇诗大都塑造了栩栩如生的弃妇形象,她们大都聪明、善良、勤劳且感情纯真,然而她们却不幸成为封建礼教、陋习的牺牲品。本文拟对她们被休弃的原因进行归纳分析,从中找出个性差异,并从文化视角指出她们的不幸的社会根源,这样将有助于对弃妇诗的深刻理解。

首先我们对弃妇被休弃的原因进行探讨,这一问题有的是显性的,一看便知;有的是隐性的,须做细致深入的分析。弃妇被休弃的原因多种多样,有男子背弃婚约的,有男子停妻再娶的，有女子遭受谗言的，但最为普遍的还是男子喜新厌旧和女子没有子嗣这两种情况。

丈夫喜新厌旧属于"痴心女子负心汉"这一类型。如《卫风·氓》中的女主人公，她是位善良而又勤劳的女子，在年轻貌美时（"桑之未落，其叶沃若"）嫁给了"氓"，而后来却因年长色衰（"桑之落矣，其黄而陨"）而被休弃。她含泪诉说道：

　　自我徂尔，三岁食贫。
　　淇水汤汤，渐车帷裳。
　　女也不爽，士贰其行。
　　士也罔极，二三其德。

女主人公吃苦耐劳，夙兴夜寐地操持家务，她本没有过错，只是"氓"已经变心。在此诗中并没有明确说明男子另觅新欢，《邶风·谷风》即十分明确地指出这一点。这位女主人公也十分勤劳，对丈夫一片赤诚，同时还乐于助人，里里外外是一把好手，然而丈夫却移情别恋。她在被遣归的路上浮想联翩：

　　行道迟迟，中心有违。
　　不远伊迩，薄送我畿。
　　谁谓荼苦？其甘如荠。
　　宴尔新婚，如兄如弟。

负心汉沉浸在欢乐之中，弃妇在回娘家的路上踽踽独行。

汉乐府中也有这类作品，如《怨歌行》：

新裂齐纨素,鲜洁如霜雪。
裁为合欢扇,团团似明月。
出入君怀袖,动摇微风发。
常恐秋节至,凉飚夺炎热。
弃捐箧笥中,恩情中道绝。

诗中用比兴手法,以团扇比女子,用团扇到秋季天凉就被捐弃在箧笥之中,暗喻女子因年长色衰而被无情抛弃。

因男子喜新厌旧而被休弃在弃妇诗中最为明显,而女子因没有子嗣而被休弃则往往需要经过一番寻绎。《孔雀东南飞》中的刘兰芝和焦仲卿是一对恩爱夫妻,由于焦母从中作梗,最后双双殉情。刘兰芝聪明伶俐,又非常勤劳,她"鸡鸣入机织,夜夜不得息""奉事循公姥",焦仲卿决心与她"黄泉共为友"。然而就是这样一位善良、能干、美丽的儿媳却为婆婆所不容,最终被驱遣,成为弃妇。焦母认为刘兰芝"此妇无礼节,举动自专由",这显然是借口,是不实之词。刘兰芝"十三能织素,十四学裁衣,十五弹箜篌,十六诵诗书",在回娘家前与小姑话别也语重心长,她是知情达理之人。那么刘兰芝为什么不讨婆婆喜欢?换句话说刘兰芝为什么被休弃呢?有人说由于婆媳关系不睦,兰芝才被驱遣[1],这是皮相之论。也有人说:"已有妻室的庐江太守因见下级属吏焦仲卿妻刘兰芝年轻貌美,欲娶为妻;但碍于自己是仲卿的上司,直接下手,恐遭仲卿反对,幕僚非议。于是施展阴谋手段,利用焦氏婆媳感情固有裂痕,贿买焦母,扩大焦家内部矛盾,结果兰芝被遣,回到娘家。"[2]这是想当然的说法。

《礼记·内则》云:"子甚宜其妻,父母不说出。"也就是说儿子对妻子太好,父母因此而不高兴,也是妻子被驱遣的一个理由，据此来看焦仲卿和刘兰芝似乎相类，其实也很肤浅。笔者认为刘兰芝被驱遣的根本原因在于没有子嗣。被王世贞誉为"长诗之圣"的《孔雀东南飞》[3]，全诗共353句，1765字。诗中详细地介绍了焦家的人员状况，焦家共四口人：焦母、焦仲卿、刘兰芝，再加上焦仲卿的妹妹。焦母是个寡妇，为一家之主；焦仲卿是个独生子（按古人排行，"仲"为老二，仲卿应该有兄长，或许早夭）。刘兰芝嫁到焦家已多年，"新妇初来时，小姑始扶床，今日被驱遣，小姑如我长"即可明证。焦仲卿与刘兰芝结婚多年，刘兰芝却没有生育，这便是焦母驱遣刘兰芝的根本原因。焦母关心的是传宗接代，让焦家的香火延续下去。这样她才逼迫刘兰芝回娘家，准备另娶儿媳，正如她对焦仲卿所说："东家有贤女，自名秦罗敷。可怜体无比，阿母为汝求。便可速遣之，遣去慎莫留。"焦母想的是抱孙子，不能生子，其他方面再优秀也无济于事。

汉乐府《上山采蘼芜》中的弃妇也是因无子而被遣，诗云：

上山采蘼芜，下山逢故夫。
长跪问故夫，新人复何如？
新人虽言好，未若故人姝。
颜色类相似，手爪不相如。
新人从门入，故人从阁去。
新人工织缣，故人工织素。
织缣日一匹，织素五丈余。
将缣来比素，新人不如故。

这首诗明白如话，叙述弃妇与故夫在山下偶然相见的情景。全诗采用对话方式,从语气上看,弃妇被休弃也非故夫所愿,弃妇也丝毫没有迁怒故夫之意,故夫对弃妇仍有留恋之情,可见他们的仳离也是封建家长制造成的。那么这位弃妇因何而被休弃呢?"上山采蘼芜"的"蘼芜"可透露个中消息。蘼芜本是一种香草,可以做香料。《本草纲目·草部》三:"蘼芜,一作蘪芜,其茎叶靡弱而繁芜,故以名之。当归名蕲,白芷名蒚。其叶似当归,其香似白芷,故有蕲茞、江蓠之名。"南宋罗愿《尔雅翼》:"蘼芜之根,主妇人无子,故《少司命》引之。"按屈原《少司命》:"秋兰兮蘼芜,罗生兮堂下。绿叶兮素枝,芳菲菲兮袭予。夫人自有兮美子,荪何以兮愁苦。"如此可以肯定,此弃妇也是因无子而被休弃的。

在《诗经》中也有女子因无子而被休弃的,如《王风·中谷有蓷》,诗中以益母草(蓷)暗示女子不育;《邶风·谷风》也有相同的内容,曹丕就看出了这一点:"信无子而应出,自典礼之常度。悲《谷风》之不答,怨昔人之忽故!"(《出妇赋》)

女子无子而被休,到了汉末建安时期才被明确地提出来,如刘勋妻王宋曾作《杂诗二首》,其序云:"王宋者,平虏将军刘勋妻也。入门二十余年。后勋悦司马氏女,以宋无子出之。还于道中,作诗二首。"[4]女子不管什么原因被休弃,其未来的人生道路都是一片悲凄,"夫有再娶之义,女无二适之文"[5],虽然历史上不乏开明时代,弃妇有时可以再婚,那也是很难找到幸福的。

同为弃妇诗,《诗经》和汉乐府还是有区别的,体现了各自的时代特征。《诗经》中的弃妇诗,多是比较简单、古朴的婚恋悲剧,如《卫风·氓》《邶风·谷风》《小雅·谷风》等。弃妇被休弃后大都自怨自艾,自己吞咽苦果,像《鄘风·

《蝃蝀》那样谴责负心汉的极为少见。《诗经》中的弃妇诗几乎看不到封建礼教和家长制对婚姻的干涉,似乎婚姻的仳离仅仅是两个当事人的事。

汉乐府则不然,由于篇幅的加大,如《孔雀东南飞》可以说是鸿篇巨制,背景广阔,可以表现深广的社会内容,揭示众多的人物关系,体现的弃妇被休弃的原因也更为复杂化。汉乐府的弃妇诗中弃妇主动追求幸福,"愿得一心人,白头不相离"(《白头吟》),人的主体意识增强,一旦遭到休弃便反抗(《上山采蘼芜》除外),如《有所思》,当女主人公听说对方变心后,便把准备给对方的信物"双珠玳瑁簪"弄坏,以泄心中之愤:

闻君有他心,拉杂摧烧之。
摧烧之,当风扬其灰。
从今以往,勿复相思,相思与君绝!

内心的情愫物化为一种外在的行为。刘兰芝看到婆婆不容自己,先是主动请归,最后以生命为代价进行抗争。汉乐府中的弃妇诗又融进了封建礼教、封建家长制的内容,如《孔雀东南飞》中的焦母、《有所思》中的兄嫂,使婚恋悲剧扩展到了整个家庭,具有更为深广的社会意义。

《诗经》、汉乐府弃妇诗中的弃妇,无论是什么原因被休弃的,也无论她们对婚姻悲剧的态度如何,都是在男权文化的阴影下封建礼教、封建家长制和至高无上的夫权的牺牲品。人类进入父系社会之后,女性的地位不断跌落,男性的地位逐渐提高,男尊女卑已成为一种社会心理定势。《周易·系辞》:"乾道成男,坤道成女。"《周易·说卦》又说:"乾,天也,故称乎父;坤,地也,故称乎母。"孔子也说:"惟女子与小人为难养也。"在《诗经》中我们就可以找到重男轻女的材料,《小雅·斯干》:"乃生男子,载寝之床,载衣之裳,载弄之璋,其泣喤喤。朱芾斯皇,室家君王。乃生女子,载寝之地,载之以裼,载弄之瓦。无非无仪,唯酒食是议,无父母诒罹。"对未出生的男孩和女孩做如此不同的安排和打算,说明春秋时期男尊女卑思想就很浓重了。

到了秦汉时期,这种思想变本加厉。《大戴礼记·解诂》卷十三:"男者任也,子者孳也,男子者,言任天地之道,如万物之义也。故谓之丈夫。女者如也,子者孳也,女子者,言如男子之教;而长其义理者,故谓之妇人。妇人,伏于人也。"此外,刘向的《列女传》、班昭的《女诫》、蔡邕的《女训》、长孙皇后的《女则》、宋若华的《女论语》等,都对妇女提出种种约束,妇女被套上了重重枷锁。

与男尊女卑相伴的便是夫妻地位的不同等。《仪礼·丧服》:"妇人有三从之义,无专用之道。故未嫁从父,既嫁从夫,夫死从子。"即所谓"三从"。还有"四德",即"妇德、妇言、妇容、妇功"[6]。夫妻地位不平等,即妻子处处受制于丈夫。女子出嫁时,母亲谆谆告诫要守妇道,《孟子·滕文公下》曾有如下记载:"女子之嫁也,母命之,往送之门,戒之曰:往之女家,必敬必戒。无违夫子,以顺为正者,妾妇之道也。"[7]

由于夫妻地位的不平等,在家庭中丈夫享有至高无上的特权,丈夫可以虐待妻子,也可以找出种种借口休妻。不过官方对休妻也是有条文限制的,避免男子任意休妻。《大戴礼记·解诂》卷十三规定:"妇有七去,不顺父母去,无子去,淫去,妒去,有恶疾去,多言去,盗窃去。"这就是所谓的"七去",又称"七出",妻子乱了其中的一条便可以休弃。

弃妇诗中因无子而被休弃的便是"七去"之一,并且列在很显要的位置。无子出妻在古代是天经地义的,孟子曾说:"不孝有三,无后为大。"曹植《弃妇诗》也说:"悲鸣复何为?丹华实不成。拊心长叹息,无子当归宁。有子月经天,无子若流星。天月相终结,流星没无精。"有人认为在"宗法社会里,娶妻主要为了传宗接代,有钱人家,妻子不生育,还可以娶妾生子,不必弃原配;平民百姓家,无钱,只好停妻再娶"[8]。其实《诗经》、汉乐府中的弃妇诗也不完全如此。

《诗经》、汉乐府中弃妇诗除了女子无子有明文规定外,其他种种休妻理由都是无所遵循的,都是男人为了达到某种目的而采取的极端行为。但是在一切天平都向男子倾斜的古代,被弃女子是无可奈何的。

一部中国古代史就是一部男性活动史,也是一部妇女辛酸史。妇女本来就处于社会的底层,而弃妇则生活在最底层,她们一直在漫漫的长夜里呻吟。直到现代妇女运动成功,她们才告别辛酸的过去,迎来曙光,才逐渐获得与男子同等的社会地位。回首那一幕幕弃妇的悲剧,确实令今人一声声长叹!

注释:

[1][8] 李晓东《中国封建家礼》,陕西人民出版社,1986年版,第172页。

[2] 王汝弼《乐府散论》,陕西人民出版社,1984年版,第157页。

[3] 王世贞《艺苑卮言》,人民文学出版社,1990年版。

[4] 吴兆宜、程炎《玉台新咏笺注》,中华书局,1985年版,第58

页。

[5]班昭《女诫》,陶宗仪《说郛》本。

[6]《周礼》,民国二十五年上海中华书局《四部备要》本。

[7]焦循《孟子正义》,上海书店,1986年版。

本文发表于《社会科学辑刊》2000年第4期

◎直追昌谷破篱樊
——《红楼梦》诗词与李贺

为了说明《红楼梦》作者曹雪芹与中唐著名诗人李贺在诗风与审美追求上的诸种联系,不妨先援引几则材料:

爱君诗笔有奇气,直追昌谷破篱樊。[1]

牛鬼遗文悲李贺,鹿车荷锸葬刘伶。[2]

"诗追李昌谷","狂于阮步兵"。[3]

三寸柔毫能写尽,欲呼才鬼一中之。[4]

以上数则材料,都是曹雪芹同时代人对他的诗风,对他的审美趣味、审美追求的评价。

敦诚是曹雪芹的好友,清宗室,很有诗名,曾著《四松堂集》。曹雪芹居北京西郊时,敦诚与其兄敦敏常去造访,他们时有唱和之作。敦诚认为曹雪芹"诗笔有奇气",可以"直追昌谷",不受前人诗歌的清规戒律束缚。"牛鬼遗文悲李贺"

则直接把曹雪芹与李贺并提。诗人杜牧在《李长吉歌诗叙》中说:"鲸吸鳌掷,牛鬼蛇神,不足为其虚荒诞幻也。"说明曹雪芹的诗风与李贺一样,皆具变幻莫测之妙,都有着独特的浪漫风格和奇幻的笔调。而永忠则更直接,"欲呼"雪芹为"才鬼",以为如此方合乎实际,因为李贺曾被宋人宋祁称为"鬼才"。永忠也是清宗室,与敦诚友善,他并没有接触过曹雪芹,他是通过墨香(额尔赫宜,敦诚叔父)才得以看到《红楼梦》的。看来,一部《红楼梦》也颇能体会出曹雪芹的"才鬼"风流。

曹雪芹诗稿亡佚的大憾,竟使我们无法一睹其诗之华采。敦诚《鹪鹩庵杂志》仅存其诗一联:

余昔为白香山《琵琶行》一折,诸君题跋不下十诸家。雪芹诗末云:"白傅诗灵应甚喜,定教蛮素鬼排场。"亦新奇可诵。曹平生为诗,大类如此。竟坎坷以终。

这里的"白傅"即白居易,他曾官至太子少傅。"蛮素"即白居易的两个宠姬小蛮和樊素,她们都能歌善舞。这里不像一般的推崇者那样,把白傅说成神、仙,而是把白傅、蛮素说成是一席灵鬼,在鬼与灵的世界里"作剧"排练。与敦诚的"牛鬼遗文悲李贺"相印证,曹雪芹确是对"牛鬼蛇神"的光怪陆离的世界情有独钟的。被称为"鬼才"的李贺也常用"鬼"字:

愿携汉戟招书鬼,休令恨骨填蒿里。(《绿章封事》)

秋坟鬼唱鲍家诗,恨血千年土中碧。(《秋来》)

石脉水流泉滴沙,鬼灯如漆点松花。(《南山田中行》)

南山何其悲,鬼雨洒空草。(《感讽五首》其三)

呼星招鬼歆杯盘,山魅食时人森寒。(《神弦》)

这大概也是一个被称为"鬼才",一个被呼为"才鬼"的重要原因吧。《红楼梦》中的诗词作品虽各有所属,这些诗词不仅符合小说中人物性格特征,而且与"场景"的关系密切,但总不能不隐含"代笔者"的风格和艺术追求。为此,不妨从《红楼梦》诗词来寻绎一番,看一看曹雪芹对李贺诗歌的继承。

一

曹雪芹和李贺有着共同的审美追求,即都追求新奇,不落言筌。李贺主攻乐府,当时盛行的七律集中一首也不见。他的诗"离绝远去笔墨畦径间"[5],其歌行体"新意险语,自古苍生以来所无"。[6]即使是"只字片语,必新必奇,若古人所未经道"[7]。先看他的《公莫舞歌》:

公莫舞歌者,咏项伯翼蔽刘沛公也。会中壮士,灼灼于人,故无复书,且南北乐府率有歌引,贺陋诸家,今重作《公莫舞歌》云。

方花古础排九楹,刺豹淋血盛银罂。华筵鼓吹无桐竹,长刀直立割鸣筝。横楣粗锦生红纬,日炙锦嫣王未醉。腰下三看宝玦光，项庄掉箭拦前起。材官小臣公莫舞，座上真人赤龙子。芒砀云瑞抱天回，咸阳王气清如水。铁枢铁楗重束关，大旗五丈撞双镮。汉王今日须秦印，绝膑刳肠臣不论！

《公莫舞》是乐府旧题，据《宋书·乐志》记载："公莫舞，今之巾舞也。相传项庄舞剑，项伯以袖隔之，使不得害汉高祖，且语庄曰：'公莫。'古人相称曰公，云莫害汉王也。今之用巾，盖象项伯衣袖之遗式。"以往的《公莫舞》都是颂项伯的，而李贺"陋之"，转而以刘邦为核心，通过对史料和事件的重新剪裁和处理，确立一个全新的主题：刘邦是"赤龙子"——真龙天子，范增、项庄的计谋只是徒劳，枉费心机而已。大概李贺是有感于藩镇割据而主张维护统一才如此安排的吧。这就说明李贺善于从旧题材中翻出新意。此外，像《还自会稽歌》《金铜仙人辞汉歌》等，都属于这一类作品。

李贺受韩愈影响很大，他称赞韩愈"笔补造化天无功"（《高轩过》），他自己也是"唯陈言之务去"，"词必己出"。如《马诗》二十三首，首首写马，而又篇篇喻人，诗人不过借马来抒发人生感喟而已。"又每首之中皆有不经人道语。人皆以贺诗为怪，独朱子（熹）以贺诗为巧。"[8]又如《河南府试十二月乐词》，"二月送别不言折柳，八月不赋明月，九月不咏登高，皆避俗法"。[9]就是具体诗句也是语新意新，如：

昆山玉碎凤凰叫，芙蓉泣露香兰笑。（**《李凭箜篌引》**）

欲剪湘中一尺天，吴娥莫道吴刀涩。（**《罗浮山人与葛篇》**）

李贺的拟乐府古诗，多创为别名，"又总不及时事，仍咏古题，稍易本题字就新。及将古人事创为新题，便觉焕然有异"。[10]此类情况在李贺集中尤多，如《长歌行》改为《浩歌》，《公无渡河》改为《公无出门》等等。李贺在句法上也大胆探索，如《苦篁调笑引》是一首七古，而其中第四句"轩辕诏遣中分作十二"却是九言。这就是说李贺作诗纯系为了抒发情感，诗歌形式有时对他显得无可奈何。

《红楼梦》中诗词创作也力求有新意，不步他人后尘。曹雪芹在第六十四回借宝钗之口谈了这样的观点：

> 作诗不论何题，只要善翻古人之意。若要随人脚踪走去，纵使字句精工，已落第二义，究竟算不得好诗。即如前人所咏昭君诗甚多，有悲昭君的，有怨恨延寿的，又有讥汉帝不能图貌贤臣而画美人的，纷纷不一。后来王荆公复有"意态由来画不成，当时枉杀毛延寿"；永叔又有"耳目所见尚如此，万里安能制夷狄？"二诗俱能各出己见，不袭前人。

"善翻古人之意""各出己见，不袭前人"也正道出了诗贵有新意。这段话是针对林黛玉《五美吟》的评判。黛玉的《五美吟》分别咏西施、虞姬、明妃、绿珠和红绋。其中第三首是咏明妃的：

> 绝艳惊人出汉宫，红颜薄命古今同。
> 君王纵使轻颜色，予夺权何畀画工？

昭君出塞故事，历来一直是诗人吟咏的话题。黛玉在这里主要是谴责汉元帝根本无真情,才把临幸的决定大权交给毛延寿,这样昭君"红颜薄命"便可想而知了。这也是"翻出新意"。这五位有才色的女子"终身遭际,令人可欣、可羡、可悲、可叹",实际上林黛玉是借《五美吟》来寄托自身际遇的感慨。这五首诗均别辟蹊径,角度新颖,黛玉不愧为《红楼梦》中诗词魁首。

《红楼梦》诗词不蹈袭前人,在《芙蓉女儿诔》中表现得最为充分。曹雪芹又借宝玉之口道出了他的文艺观:"诔文挽词,也须另出己见,自放手眼,亦不可蹈袭前人的套头,填写几字搪塞耳目之文……或参半单句,或偶成短联,或用典实,或设譬寓,随意所之,信笔而去,喜则以文为戏,悲则以言志痛,辞达意近为止,何必若世俗之拘拘于方寸之间哉!"这篇诔文前骈后骚,打破常规,真是"洒泪泣血,一字一咽,一句一啼"。《芙蓉女儿诔》是《红楼梦》诗词中最长的一篇,也是艺术性最高的一篇。这篇诔文是为"心比天高,身为下贱"的丫鬟晴雯所撰,其思想性不言而喻。"不可蹈袭前人的套头""不拘拘于方寸之间",这与李贺"绝去笔墨畦径"如出一辙。

二

曹雪芹与李贺一样,他们的作品都运用丰富而奇特的想象,改造神话,浓笔重彩,创造一种新奇诞幻的艺术境界。质言之,他们都深受《楚辞》的影响,不乏浪漫主义特色。

李贺写过不少反映中唐社会现实的诗篇,但也有不少表现超现实的作品,这些作品深得《楚辞》余韵。李贺对《楚辞》是下过很深功夫的。"咽咽学楚吟,病骨伤幽素。"(《伤心行》）"斫取青光写楚辞，腻香春粉黑离离。"（《昌谷北园新笋》其二）"楞伽堆案前，楚辞系肘后。"（《赠陈商》)这是他的夫子自道。杜牧《李长吉歌诗叙》说他"盖《骚》之苗裔，理虽不及，辞或过之"。《唐音癸签》引《吟谱》："贺诗祖《骚》宗谢，反万物而覆载之。"《说诗晬语》："李长吉诗，每近《天问》《招魂》，楚骚之苗裔也。"先看他的《帝子歌》：

洞庭明月一千里，凉风雁啼天在水。
九节菖蒲石上死，湘神弹琴迎帝子。
山头老桂吹古香，雌龙怨吟寒水光。
沙浦走鱼白石郎，闲取真珠擲龙堂。

这首诗就是模仿《楚辞·九歌》的。"帝子"，即尧之二女，死为湘水之神，亦即湘夫人。开头两句状洞庭湖幽冷的氛围，实际上是为"帝子"不降做了环境上的铺垫。"九节"二句写湘神弹琴迎"帝子"，但"菖蒲"已死，"帝子"仍未来。《古诗》："石上生菖蒲，一寸八九节。仙人劝我餐，令我好颜色。"这里是言求仙的虚妄。"山头"二句用月色冷清，"雌龙怨吟"来暗示"帝子"未降。结句抛真（珍）珠于水中，祈神察其诚意。《古乐府》："白石郎，临江居，前导江伯后从鱼。""龙堂"即《楚辞·九歌·河伯》"鱼鳞屋兮龙堂"之龙堂，为河伯所居之所。又《九歌·湘夫人》："捐余袂兮江中，遗余褋兮澧浦。"结句正是对《楚辞》诗句的点化。这首诗酷似《楚辞》，只不过一个是表现自己不动摇的忠君爱国思想，一个则是表现对帝王求仙行为的婉讽。

《湘妃》也是一首深得《楚辞》神韵的作品：

筠竹千年老不死,长伴秦娥盖湘水。
蛮娘吟弄满寒空,九山静绿泪花红。
离鸾别凤烟梧中,巫山云雨遥相通。
幽愁秋气上青枫,凉夜波间吟古龙。

这首诗写湘妃为舜殉情,李贺选材独特,不写他们生前如何相爱,而写他们死后的感情相通,意境幽冷,哀伤顽艳。

李贺着意学《楚辞》的作品还有一些,如《公无出门》颇似《招魂》,而《神弦》又取法《九歌》。《楚辞》,尤其是《离骚》想象力极为丰富,上叩天阍,下求佚女,呼神唤仙,这从李贺诗中也能看到影子,如:

天河夜转漂回星,银浦流云学水声。(《天上谣》)
羲和敲日玻璃声,劫灰飞尽古今平。(《秦王饮酒》)

而《李凭箜篌引》则把想象力发挥到了极致,不具述。

曹雪芹也是多方面学习《楚辞》的。敦诚《挽曹雪芹》云:

故人欲有生刍吊,何处招魂赋楚蘅?

也是把他和《楚辞》联系起来。曹雪芹学《楚辞》最明显的莫过于假宝玉之手所作的《芙蓉女儿诔》。宝玉在作诔文之前联想:"远师楚之《大言》《招魂》《离骚》《九转》《枯树》《闲观》《秋水》《大人先生传》等法,何不以言志?"可见这是有意学《楚辞》。晴雯死后,丫环们说她做了芙蓉之神,这是个极其美丽而又动人的故事,这明显从李贺的故事中受到了启发,所以宝玉在诔文骈体文中说:"昔叶法善摄魂以撰碑，李长吉被召而为记。"据李商隐《李长吉小传》云："长吉将死时，忽昼见一绯衣人驾赤虬，持一板，书若太古篆或霹雳石文者，云当召长吉去。长吉了不能读，下榻叩头言：'阿老且病，贺不愿去。'绯衣人笑曰：'帝成白玉楼，立召君为记。'"

《芙蓉女儿诔》骚体部分就是从形式仿效《楚辞》，而"招魂"一段尤得其神韵：

天何如是之苍苍兮，乘玉虬以游乎穹窿耶？
地何如是之茫茫兮，驾瑶象以降乎泉壤耶？
望伞盖之陆离兮，抑箕尾之光耶？
列羽葆而为前导兮，卫危虚于旁耶？
驱丰隆以为庇从兮，望舒月以临耶？
……

这段文字十分凄怆，作者张开想象的双翼，上天入地，多方搜寻为晴雯招魂，声泪俱下，感人至深。

李贺学《楚辞》或表现自己的怀才不遇，或是对现实的否定；曹雪芹借《芙蓉女儿诔》学《楚辞》，表现对晴雯的不尽伤悼，具有一种民主思想。二人心灵相契，同铸伟辞。

三

曹雪芹和李贺都有着不幸的命运，都是空有不羁之才而壮志不展之人。他们的作品都有一种幽冷奇崛、哀伤顽艳的风格。李贺是唐诸王孙，是大郑王后裔，但家道中衰。其父李晋肃只做过"边上从事"、陕县令等微不足道的小官。家乡的女几山、连昌宫、南园等孕育了他的艺术灵性。李贺年少便有诗名，15岁时诗名远播，与李益齐名，并称"乐府二李"。他也有强烈的进取心，"少年心事当拏云"（《致酒行》）。18岁谒见韩愈，受到奖掖，韩愈劝其举进士。21岁时应进士举，遭到谗毁而落第。元和六年（811），时年22岁才做了个奉礼郎。奉礼郎不过是"掌君臣版位，以奉朝会、祭祀之礼"，这与李贺的远大志向是相悖的。"扫断马蹄痕，衙回自闭门"（《始为奉礼忆昌谷山居》），这种门可罗雀的生活处境，使他"壮年抱羁恨，梦泣生白头"（《崇义里滞雨》）。三年以后病归昌谷，后来又投潞州的张彻，企图再寻进身机会，但唐王朝已愈来愈走下坡路了，内忧外患，此伏彼起，再加上自己体弱多病，李贺的仕途生涯不得不画上了句号。李贺仅仅活了27岁，他的一生是不断追求的一生，也是不幸的一生。理想与现实的碰撞，呕心沥血地吟唱和独特的审美追求相结合，使他的诗篇呈现出一种孤峭哀伤顽艳的基调，如《苏小小墓》：

幽兰露，如啼眼。
无物结同心，烟花不堪剪。
草如茵，松如盖。风为裳，水为珮。
油壁车，夕相待。冷翠烛，劳光彩。
夕陵下，风吹雨。

这是一首咏史诗。诗人别出心裁地幻想出南朝宋时钱塘名妓苏小小的生前身后的生活状况，塑造了亦人亦鬼的形象。从苏小小这一形象上，也可以看出李贺仕途多舛、身心倍受压抑的折光，悼人亦是自伤。又如《秋来》：

桐风惊心壮士苦，衰灯络纬啼寒素。
谁看青简一编书，不遣花虫粉空蠹。
思牵今夜肠应直，雨冷香魂吊书客。
秋坟鬼唱鲍家诗，恨血千年土中碧。

这首诗是诗人秋夜读书，闻秋风而生发感慨，抒发强烈孤愤之情的诗篇。"桐风"二句点出时间和自己的感受，出语凄凉。"谁看"二句是激愤语，自己精心结撰的诗篇无人赏识，只好被花虫"空蠹"，世无知音。"思牵"以下四句诗人从现实拉开，由愁而恨，由现实而转向幽冥世界。"雨冷香魂吊书客""秋坟鬼唱鲍家诗"，人间冷酷而鬼魅有情，这种强烈的反差，正是对黑暗现实的否定。

李贺正是由于有这样一种风格的诗篇，因此被目为"诗鬼"。王思任《昌谷诗解叙》说："（李贺）以其哀激之思，变为晦涩之调，喜用鬼字、泣字、死字、血字，如此之类，幽冷溪刻，法当夭之。""幽冷溪刻"正是对这一诗风的概括。

曹雪芹与李贺相距九百多年，本是不相干的，但二人有类似的经历，都是不得志者，一生襟抱未尝开。曹雪芹出身于仕宦之家，曾祖曹玺、祖父曹寅、父亲曹頫都先后做过江宁织造。曹雪芹的曾祖母是康熙的乳母，祖父曾四次接驾，恩宠已极。到了雍正初年的时候，其父因故被革职抄家，曹家从此衰落，后来举家迁居北京。曹雪芹有过锦衣玉食的生活。南国的锦绣风光，家庭的诗学渊源，陶冶了他的诗才。但是曹家的失势，使他失去了进身仕途的机会，也使他清楚地认识到了官场的尔虞我诈，他朦胧地意识到了封建大厦将倾。这一切玉成了他思想上的叛逆种子的胚胎。他通过《红楼梦》嬉笑怒骂，一泄心中之块垒，"直追昌谷破篱樊""牛鬼遗文悲李贺"，足可以说明他从李贺身上找到了心灵上的知己，找到了感情上的慰藉。李贺对唐宪宗求仙不满，对藩镇割据义愤填膺，曹雪芹也不满所谓的"康乾盛世"，他借《红楼梦》把社会的弊端揭露无遗。

敦敏在《题芹圃画石》中说：

傲骨如君世已奇，嶙峋更见此支离。
醉余奋扫如椽笔，写出胸中磈磊时。

从诗中可以看出曹雪芹有"傲骨"，心底对社会有一种不平之气。曹雪芹的禀性确实与李贺有相似之处。《红楼梦》诗词也可以看出幽冷奇峭的风格。再以《芙蓉女儿诔》为例。

丫鬟晴雯是个连姓氏籍里都不知道的女奴，但是她刚直不阿，她不像袭人那样会讨好巴结，只因长得俊俏和宝玉亲近，便受到排挤，最终被迫害致死。富有平等思想的宝玉以其叛逆精神，饱蘸感情，写下了这篇诔文。他首先赞美晴雯的人品和容貌："其为质则金玉不足喻其贵，其为体则冰雪不足喻其洁，其为神则星日不足喻其精，其为貌则花月不足喻其色。"进而对迫害晴雯的王善宝家、袭人等进行诅咒："固鬼蜮之为灾，岂神灵之有妒？毁诐奴之口，讨岂从宽？剖悍妇之心，忿犹未释！"激愤之情如火山喷发。整篇诔文时而哀伤顽艳，时而幽冷奇崛。尤其是宝玉欲拜灵柩而扑空一段更为凄怆：

尔乃西风古寺，淹滞青磷。落日荒丘，零星白骨。楸榆飒飒，蓬艾萧萧。隔雾圹以猿啼，绕烟塍而泣鬼。西风飒飒，草木萧瑟，墓上猿啼，陇头鬼哭。

这个幽冥世界令人想起李贺的诗境,无怪乎永忠称之为"才鬼"。曹雪芹此类诗风的作品还有一些,如《葬花辞》有云:

一年三百六十日,风刀霜剑严相逼。
明媚鲜艳能几时,一朝飘泊难寻觅。
花开易见落难寻,阶前愁杀葬花人。
独把花锄偷洒泪,洒上空枝见血痕。
未若锦囊收艳骨,一抔黄土掩风流。
质本洁来还洁去,不教污淖陷渠沟。

黛玉葬花也是一种向邪恶势力抗争的表现,她和宝玉一样都是封建礼教的叛逆者。在大观园中她的行为不为正统观念所容。黛玉以花喻己,"一年三百六十日,风刀霜剑严相逼",这正是对周遭险恶环境的控诉!"质本洁来还洁去,不教污淖陷渠沟",宁为玉碎,不为瓦全,绝不向敌对势力低头。从这首《葬花辞》也隐约可以看出曹雪芹与世俗抗争的影子。

《凹晶馆联句》中也有幽冷的诗句:

寒塘渡鹤影,冷月葬诗魂。
石奇神鬼缚,木怪虎狼蹲。

这是大观园被抄检之后,黛玉、湘云和妙玉的联句,这幽冷的诗句正是贾府衰败的象征。

《红楼梦》诗词中也有像李贺一类的"鬼诗",如:

荡悠悠,芳魂消耗。望家乡,路远山高。故向爹娘梦里相寻告:儿命已入黄泉,天伦呵,须要退步抽身早!(《恨无常》)

则看那，白杨村里人呜咽，青枫林下鬼吟哦。更兼着，连天衰草遮坟墓，这的是，昨贫今富人劳碌，春荣秋谢花折磨。(《虚花悟》)

枉费了，意悬悬半世心；好一似，荡悠悠三更梦。忽喇喇似大厦倾，昏惨惨似灯将尽。(《聪明累》)

如上援引的诗句，透过小说中的人物，我们不难感受到曹雪芹那倍受压抑的心灵的律动。曹雪芹用多色调色盘中的冷色调，对徒有荣华富贵外表的贾府进行了理性的批判，这也是他抒发心中不幸的一种方式。《红楼梦》中这些充满"鬼气"的诗句也正是"诗追李昌谷"的绝好注脚。

以上仅就三个方面谈《红楼梦》诗词与李贺的某种渊源，从比较文学角度说则属于影响研究范畴。他们都是空有才华而不得志者，都是古之伤心人，在艺术追求上也有相似点。当然曹雪芹是从小说中人物角度创作诗词的，要竭力符合小说的具体情境、人物性格和修养等，因此也无法反映曹雪芹在诗词创作上的真正水平，他"诗追李昌谷"，从中也仅能看出一鳞半爪。李贺有了曹雪芹这位知音，亦足幸运；曹雪芹独钟情李贺，也可以说是从李贺身上获取一些感情的慰藉。无论从哪个角度说，二人都是杰出的诗人。

注释：

[1] 敦诚《寄怀曹雪芹》，见朱一玄《〈红楼梦〉资料汇编》，南开大学出版社，1985年版。

[2] 敦诚《挽曹雪芹》，见朱一玄《〈红楼梦〉资料汇编》，南开大学出版社，1985年版。

[3] 敦诚《荇庄过草堂,命酒联句,即检案头〈闻笛集〉为题。是集乃余追念故人,录辑其遗笔而作也》。

[4] 永忠《因墨香得观〈红楼梦〉小说吊雪芹》,见永忠《延芬室集》,上海古籍出版社影印,1990年版。

[5] 杜牧《李长吉歌诗序》,王琦等《李贺诗歌集注》,上海人民出版社,1977年版,第3页。

[6] 赵宧光《雅弹》,王琦等《李贺诗歌集注》,上海人民出版社,1977年版,第21页。

[7] 李维桢《昌谷诗解序》,王琦等《李贺诗歌集注》,上海人民出版社,1977年版,第23—24页。

[8] 王琦《李贺诗歌集注》,王琦等《李贺诗歌集注》,上海人民出版社,1977年版,第23—24页。

[9] 叶葱奇《李贺诗注》引明余光语,叶葱奇疏注《李贺诗集》,人民文学出版社,1980年版,第46页。

[10] 胡震亨《唐音癸签》,上海古籍出版社,1981年版。

本文发表于《沈阳师范学院学报》1998年第3期

◎陈绎曾生卒年、籍贯及仕宦考辨

陈绎曾是我国元代中后期的文学批评家和书法理论家,其《文说》、《文筌》、《翰林要诀》和《法书本象》等在有元一代占有重要地位。就是这样一位很有影响的人物,其生卒年史料不载;其籍贯、仕宦情况也多有歧说,实有厘清的必要。为此,笔者爬梳相关文献,提出一孔之见,就教于学界同仁。

一、关于生卒年的问题

陈绎曾,《元史》有传,附于《陈旅传》之后,传云:

绎曾字伯敷,处州人。为人虽口吃,而精敏异常,诸经注疏,多能成诵。文辞汪洋浩博,其气烨如也。官至国子助教。论者谓二人(绎曾与程文)皆与旅(陈旅)相伯仲云。[1]

史传极其简略,不言生卒年,其他史料也无明确记载。《历代书法论文选》只云:"陈绎曾,元代元统至正年间书法家。"[2]友人高洪岩先生在其博士论文《陈绎曾与元代中后期的文章学》中认为陈绎曾约生于1283年,卒年不详。[3]黄惇《元明书法史》认为陈绎曾约生于1286年,卒于1345年。[4]

其实,从陈绎曾本人及相关书序中大致可以推导出陈绎曾的生卒年。前文提到陈绎曾有书法理论著作《法书本象》,该书被收入元人吕宗杰《书经补遗》的第二卷。吕宗杰《书经补遗序》云:

余幼好书,不得其法,又为科目所拘,尝学蔡君谟书,不成;获见苏东坡书,喜之,遂穷其妙。坡习晋人书而超绝其格,以故人罕及。至正丙戌,余游太学,时陈伯敷先生为胄子师。先生博洽多闻,兼通六艺,一日授吴郡时彦举以《法书本象》,烂然巨轴,先生随授随书之,笔势飞动如经宿构,尽六书之法。余求观之,录于箧笥中且久,视余向时所书,真苟且杜撰,可谓不知而妄作者矣。[5]

吕宗杰,字志刚,乡贡进士,其他事迹不详。吕宗杰在至正丙戌年游太学,见到了时为"胄子师"的陈绎曾,当时陈绎曾以《法书本象》授"吴郡时彦",边授边书。据《书经补遗序》意,当时陈绎曾是任国子助教。按,至正丙戌为至正六年(1346),据此,《法书本象》至少在至正六年已成书。

又据陈绎曾《法书本象》自序:

绎曾童年羸疾,先人虑其夭折,禁绝群书,惟许游心书翰,以此研究积年,颇能记忆。尝为学者述《法书要诀》,又述《禁经提要》,散在人间,不著家稿。吴郡时彦举案书《笔诀》,年过知非,又加十载,目昏心耄非复昔时,勉备忽忘。随笔所及,杂体写之曰《法书本象》。[5]

按,"知非",《淮南鸿烈·原道训》:"故蘧伯玉年五十，而知四十九年非。何者？先者难为知，而后者易为攻也。"[6] "知非"为50岁之代称，"又加十载"是60岁，亦即《法本书象》为其60岁时所作，以此逆推，陈绎曾的生年当为前至元丁亥，即前至元二十四年（1287）。黄惇先生关于陈绎曾的生年说得较近似，但其卒年不确。仍举吕宗杰《书经补遗序》：

后六年，余再下第，为镇之晋州学官，以公委构书籍之钱唐留顺，偶得唐太宗《御制王右军执笔图》，乃东阳陈及时父希元先生授同里赵文叔之家藏也。喜不自已，因参考二家书法之精核无遗。[5]

"公"当前指陈绎曾，此段文字紧接前引《书经补遗序》之后。也就是说吕宗杰在认识陈绎曾的六年（实为五年，即六年头）以后，陈绎曾又委托他到钱塘留顺购书，换言之即后至正十一年（1351）陈绎曾仍然健在。

《书经补遗》前有吕宗杰"至正十一年（1351）岁在辛卯孟冬十月八日"的自序，后有"前乡贡进士天台张顺祖拜首识于至正十五年（1354）仲春朔日"作的《题吕志刚〈书经〉后》。该书有"宛委别藏"本、"涵芬楼秘籍"本，流传有序，所记当无疑义。

综上所考，陈绎曾最晚当生于1287年，而其卒年应为1351年之后。

二、关于籍贯的问题

陈绎曾的籍贯比较混乱，一方面是他自己造成的，他在

《静春先生诗序》手迹末尾自署:"至治元年(1321)三月既望吴兴陈绎曾序。"[7]而《文筌》自序又说:"至顺三年(1332)七月汶阳左客陈绎曾书。"[8]《法书本象》亦题:"国子助教汶上陈绎曾制。"另一方面史料记载也有分歧,《元史》本传说他是处州(今浙江丽水)人。《元诗选癸集》(丁卷)说:"绎曾字伯敷,湖州归安人。"[9]而《吴兴备志》卷二十五亦载其名,说:"陈绎曾学优识博,真、草、隶、篆,俱通习之,各得其法。"[10]

籍贯,又称祖籍。为了弄清陈绎曾的籍贯,极有必要简单考察一下陈绎曾的家世。陈绎曾的曾祖为陈存,字体仁,人称龙泉公。戴表元《陈无逸诗序》云:"余二十四五时,识龙泉公于杭,自是展转离合八九年,得间无不以文字相闻,然未尝说诗。龙泉公居湖,晚年归湖。既殁,而余始识湖之秀民奇士能诗者数人,数人诗皆清严有法度。窃怪之,盖虽科举废,人人得纵意无所累,然未应顿悟至此,久之识公之诸孙无逸,始间得龙泉诗读之,然后乃知湖人之于公,良有所受,而公平生雅善为诗,中经忧患,寄托益广,但不喜诵夸于人,而独家庭里闻子弟,时时窃闻之耳。最后戊戌岁与无逸同客杭,始又得读无逸诗。无逸之诗,视其祖天闲之驹,朝生而知步;玉田之禾,晚穫而同熟也。……"[11]《吴兴备志》卷十二:"戴表元序无逸诗,称其祖龙泉公居湖,即存也。"[10]陈无逸,即陈康祖,无逸为其表字,陈绎曾之父。陈存为陈无逸之祖,绎曾之曾祖。

陈存为"淳祐七年丁未(1247)张渊微榜进士"[12]。又,《南宋馆阁录续录》卷九引《括苍汇纪》:"陈存,字体仁,龙泉人。太学上舍淳祐七年第三人,文章政事皆有闻誉,仕至兵部尚书、端明殿大学士、知庆元府沿海制置使。"[13]陈绎曾的祖父事迹无考。其父陈康祖是位诗人,《吴兴备志》:"陈康祖,字无逸,嗜诗。剡源戴表元评其诗为'冰蚕火布,煤脱垢尽,翛然而洁云'。"[10]他又与赵孟頫友善,赵孟頫《陈子振诗序》云:"予友邓善之、张仲实、陈无逸皆英爽之士,其语言、文字足以雄一时,予重之爱之。"[14]陈康祖一生仕宦不显,仅做过攸州教谕(戴表元《陈无逸教谕攸州》)、婺源山长,其余为攸州、澧州、杭州等地教授。关于籍贯,戴表元在大德二年(1289)作的《八月十六张园玩月诗序》云:"大德戊戌岁八月十五日夜掩其明,游者阙焉。乃以次夕合宴于君子轩之圃。圃主张楳仲实……客剡源戴表元帅初、钱塘屠约存博、龙泉陈康祖无逸、会稽王润之德玉、戴锡祖禹、嘉兴顾文琛伯玉。侍游者……无逸子绎曾。"[11]陆文圭《送陈无逸赴攸州博士序》云:"攸州长沙邑,贾太傅、褚都督之文风治绪,意其犹有存者。近始升州陈君无逸为之博士。陈龙泉,世侨寓霅上,距长沙里数千,将行,道过友人陆叟之庐。……"[15]

综上所述,陈氏籍贯应为处州龙泉,时人称陈存为"龙泉公"、称陈康祖为"龙泉",即可明证。陈氏大约在陈存的时候侨居湖州,即"龙泉公居湖,晚年归湖""陈龙泉,世侨居霅上"。"霅上",即霅溪,浙江湖州之别称,因其境内有东苕溪、西苕溪等水合流为霅溪而得名。前文提到的"括苍",古县名,隋开皇九年(589)置,治所在今浙江丽水东南,即指处州龙泉县。湖州的治所在吴兴,陈绎曾自称吴兴人也顺理成章。至于说陈氏是湖州归安人,亦即吴兴人,归安与吴兴,异名而同地。归安,旧县名,宋太平兴国七年(982)分乌程县东南境置,治所与乌程同地,即今吴兴。1912年与乌程合并为吴兴县。另外,《南宋馆阁录续录》卷八云:"陈存字体仁,贯安吉州。"安吉隶属于湖州。那可能是更久远的事了,这里不再追溯。

那么陈绎曾为何又自称"汶阳""汶上"人呢？其中必有缘故。《四库全书总目·文筌八卷附小谱二卷》"提要"也曾质疑："绎曾，处州人，侨居湖州，而序末自称'汶阳左客'，岂又尝流寓齐鲁间，偶以自号欤？"[16]考察陈绎曾行踪，他的确到过齐鲁，《元诗选癸集》（丁卷）谓陈绎曾"尝往来兖、扬、徐、冀间，士多好游其门，李齐、李之英，其最著者"[9]。具体说陈绎曾确实在汶阳住过，不过不是游学或教书，而是因故被贬到了那里。"汶阳左客"，"左客"不是"左迁之客"吗？汶阳是他仕途受挫的避难所，也可能是汶阳给他受伤的心灵以极大的慰藉，因此才把汶阳作为自己的"第二故乡"。后文还将提及。

三、关于仕宦的问题

"汶阳左客"，李士棻家钞本作"汶阳老客"（见《续修四库全书》第1713册，上海古籍出版社，2002年版）。而《四库全书》卷一九七"集部·诗文评类存目"所收《文筌》系"浙江巡抚采进本"，署"汶阳左客"（见《四库全书总目》，中华书局，1965年版，第1799页）。李氏家钞本晚出，当为误钞。

陈绎曾的事迹正史记载颇简略，今钩稽相关史料，他一生大体上是幼年读书，青年时期求仕不成，后经举荐做官。他曾做过"将士左郎、翰林院编修"（陈绎曾《郑氏义门事迹传》）官终国子助教。其具体任职时间，史料阙如，不得而知。

这里我们主要探讨陈绎曾是否是进士出身和他"在官京师"这两个问题。

《元史》本传并没有说陈绎曾中进士。《浙江通志》卷一二九"元代进士"附"年份无考进士"有"陈绎曾,归安人,翰林院编修"[12]。说陈绎曾是年份无考的进士,略显底气不足。只是《元诗选癸集》言之凿凿:"绎曾字伯敷,湖州归安人,举进士,授翰林院编修,官国子助教。……按《元史》列传云:'绎曾,处州人。'不言举进士,今迹其著作尝自署曰吴兴,而《湖州志·科第表》亦尝列名,则《元史》之疏略无疑也。特改正之。"[9]后人多因其说,余绍宋《书画书录解题》[17]《历代书法论文选》《中国书法全集·元代名家卷》等都认为陈绎曾是进士出身。黄惇《元明书法史》说得更具体一些:"元统间(1333—1334)举进士[4]。"以上诸说均为猜测之辞。

　　当然也有不同的声音,桂栖鹏先生认为陈绎曾没有中过进士,他在《元代进士研究》中说:"《辽史》的修史官为四人,其中廉惠山海涯、王沂、徐昺三人出身进士,非进士出身者只有陈绎曾一人。"[18](P144)桂栖鹏先生依据的是欧阳玄代右丞相脱脱撰的《进辽史表》,查《圭斋文集》卷十三《进辽史表》:"中书遴选儒臣崇文、大监令兵部尚书臣廉惠凯雅、翰林直学士臣王沂、秘书著作佐郎徐昺、翰林监修臣陈绎曾为修史官。分撰《辽史》,起至正三年四月,讫四年二月。……"[19]不言其未中进士。桂栖鹏的观点出自他的博士论文《元代进士研究》,他认为陈绎曾未中进士,肯定有坚实的论据。

　　元代科举开科次数少、录取人数少,这在科举史上是仅见的。"元代实行科举的时间只有四十八年,其开科十六次,取士一千二百人。"[18]刘海峰、李兵《中国科举史》中《元代进士登科表》认为开科16次,录取1139人。[20]二者略有出入。正因为如此,元代很多官员并非科举出身,据《元史》"选举志",元代选官途径有:"一曰宿卫,二曰科举,三曰国学岁贡,四曰吏员出职,五曰荫叙,六曰荐举,七曰入粟补官。"[21]

其实,陈绎曾不是进士出身,他是被荐举走上仕途的。许有壬《至正集》卷七十五《荐吴炳、陈绎曾》说:

窃见处士汴梁吴炳,业专圣学,文造古人,特立不渝,真积力久,忘情轩冕,守道衡茅,势力不足以动其心,贫窭不足以累其志。又,江南陈绎曾,博学能文,怀抱材艺,挺身自拔乎流俗,立志尚友乎古人,放志山林,富贵浮云。但人既不自鬻,恐后日或有遗贤。如于文翰之职内,不次征用,不惟虑其素蕴,抑亦可以砥砺流俗。[22]

许有壬,字可用,汤阴人。延祐二年(1315)进士,历官集贤大学士、中书左丞兼太子左谕德致仕,在朝廷名望甚高。经他荐举,后来吴炳在至顺二年(1331)做了艺文监典簿(《元史》本传),陈绎曾也应在前后入仕,最初职官不详,后终国子助教。实则与陈绎曾友善的陈旅、程文,也都是通过荐举步入仕途的。

人们误以为陈绎曾中进士是与他的一些经历以及翰林编修、国子助教等职官有关。陈绎曾也曾参加过科举,其《凤凰山》诗可以证明:

平生丘壑爱跻攀,此日扳图意任闲。
江浙去题龙虎榜,海虞行看凤凰山。
鹤来华表千年后,云在丹崖万壑间。
闻有青囊书卷在,访仙求术待秋还。[9]

"江浙去题龙虎榜",表明从家乡去京城参加考试,只不过是名落孙山而已。《元诗纪事》卷十四载陈绎曾诗句:"处士近来恩列别,麻鞋一对当蒲鞋。"又援引杨瑀《山居新话·因话录》:"昔有德音,搜访怀才抱器、不求闻达者。有人逢一诸生,奔驰入京,问:'求何事?'答曰:'将应不求闻达科。'因念延祐间,陈伯敷绎曾到都,每见晦迹邱园者,数多奔竞,遂有云云之讥。"陈绎曾的诗句,对这些竞奔之徒予以辛辣的嘲讽。

一般说来,翰林编修、国子助教一类的职官,当由进士出身的人担任,但也有例外。前文说过陈旅也是通过荐举入仕的,据《元史》本传说:"中书平章政事赵世延力荐之,除国子助教。……元统二年,出为江浙儒学推举。至元四年,入为应奉翰林文字。至正元年,迁国子监丞,除文林郎。"那么,与陈旅同龄、才名相当的陈绎曾,不是进士出身却做了翰林编修、国子助教不也是理所当然的事吗?

其次,我们再来看看他"再官京师"的问题。

这一问题学术界以前从未有过关注,近年友人高洪岩在其博士论文《陈绎曾与元代中后期的文章学》曾做过探讨。他认为陈绎曾是通过科举步入仕途。后来辞官不做,隐居汶阳,又经过许有壬的荐举,于是又回京城做官。[3]

追本溯源,我们还是回到事情的起因,陈绎曾,"别号小拙先生"[23],胡助《纯白斋类稿》有《小拙先生传》:

> 有小拙先生者,容貌、性情、学行大抵与先生(大拙先生,胡助自谓)类,喜诗攻书,嗜酒又同。不交权贵、不务货利、不事妆饰,滋味亦同。称胡公不知何许人也,喉中作吴越声。再官京师,秩三百石,官小史氏。举相似,与先生处,淡然天游,违去晨夕,梦想未尝不神交也。慕仲连为

人,颇忧人间事,愿谨职业。年逾五十,须发尽白,身长七尺,量差小,时人称之为小拙先生。[24]

值得注意的是,其中"再官京师,秩三百石,官小史氏",个中消息是陈绎曾在朝中两次做官,第二次职位是"小史氏",亦即翰林编修。前文说过陈绎曾是经许有壬荐举入仕的,其初仕京城的时间当在去汶阳之前。吴炳是与陈绎曾同时被荐举的,吴炳入仕为至顺二年(1331),那么陈绎曾被荐举做官京城的时间至少也在至顺二年或稍前,因为陈绎曾在《文筌》自序曾署"至顺三年(1332)七月汶阳左客"。陈绎曾被贬谪的具体原因不明,但其"不交权贵、不务货私、不事妆饰"的骨梗性格恐怕是主要原因。胡助与陈绎曾为忘年好友,且志趣、秉性相投,所言"再官京师"当不虚。后来又是什么原因又回京城做官,便不得而知了。

总之,陈绎曾的仕宦情况是大约45岁时走上仕途,也许最初做的是将士左郎,元为正九品[25],文官;至少在57岁和58岁时做翰林编修(见《进辽史表》),也与胡助说的"再官京师,秩三百石,官小史氏"相合,60岁以后为国子助教,吕宗杰《书经补遗序》可以佐证。

注释:

[1] 宋濂等《元史》卷一百九十,中华书局,1977年版。

[2] 华东师范大学古籍整理研究室《历代书法论文选》,上海书画出版社,1979年版。

[3] 高洪岩《陈绎曾与元代中后期的文章学》,复旦大学博士学位论文,2002年版。

[4] 黄惇《元明书法史》,江苏教育出版社,2002年版。

[5] 吕宗杰《书经补遗》，《中国书画全书》，上海书画出版社，2000年版。

[6]《百子全书》，浙江人民出版社，1984年版。

[7]《中国书法全集·元代名家卷》，荣宝斋出版社，1900年版。

[8] 陈绎曾《文筌》，华东师范大学图书馆藏李士棻家钞本。

[9] 顾嗣立《元诗选癸集》丁卷，清嘉庆三年秀野草堂本。

[10] 董斯张《吴兴备志》，《四库全书》本。

[11] 戴表元《陈无逸诗序》，《剡源文集》卷八，《四库全书》本。

[12]《浙江通志·选举志》，《四库全书》本。

[13]《南宋馆阁录续录》卷九，《四库全书》本。

[14] 赵孟頫《松雪斋集》，《四部丛刊》本。

[15] 陆文圭《墙东类稿》卷六，《四库全书》本。

[16] 永瑢等《四库全书总目》，中华书局，1965年版。

[17] 余绍宋《书画书录解题》，民国二十年国立北平图书馆铅印本。

[18] 桂栖鹏《元代进士研究》，兰州大学出版社，2001年版。

[19] 欧阳玄《圭斋集》，道光十四年欧阳杰刻本。

[20] 刘海峰、李兵《中国科举史》，东方出版中心，2004年版。

[21] 宋濂等《元史》卷八一至八二，中华书局，1977年版。

[22] 许有壬《至正集》卷七十五，《四库全书》本。

[23] 陆峻岭《元人文集篇目分类索引》，中华书局，1979年版。

[24] 胡助《纯白斋类稿》卷十八，《四库全书》本。

[25] 俞鹿年《历代官制概略》，黑龙江人民出版社，1978年版。

本文发表于《社会科学辑刊》2007年第2期

◎ "出世"与"入世"的矛盾
——杜牧《将赴吴兴登乐游原》主旨寻绎

清时有味是无能,闲爱孤云静爱僧。
欲把一麾江海去,乐游原上望昭陵。

文学史上越是优秀的作品往往越不易索解。如李白的《蜀道难》、白居易的《长恨歌》等,它们究竟写的是什么?评论者各执己见,争论不休。这种现象的产生,往往是由于欣赏主体只从某一侧面去理解作品,就难免"横看成岭侧成峰"。杜牧的这首《将赴吴兴登乐游原》也是如此。

鲁迅先生曾经说过:"我总以为倘若论文,最好是顾及全篇,并且顾及作者的全人,以及他所处的社会状态,这才较为确凿。要不然,是很容易近于说梦的。"(《且介亭杂文二集·"题未定"草》)这对于我们正确地理解杜牧这首诗也很有启发意义。

杜牧生于风雨飘摇的晚唐。唐王朝经过"安史之乱"的沉重打击,已元气大伤。藩镇割据、宦官专权、外族侵扰,种种内忧外患,导致大唐帝国百孔千疮。杜牧也曾有远大的政治抱负,立志"平生五色线,愿补舜衣裳"(《郡斋独酌》)。杜牧一生确也写了许多针砭时事、忧国忧民的优秀诗文。同时,杜牧又富有政治才能和军事远略。他自信于"治乱兴亡之迹，财富兵甲之事，地形之险易远近，古人之长短得失，中丞即归廊庙，宰制在手，或因时召置堂下，坐与之语，此时回顾诸生，必期不辱恩奖"（《上李中丞书》）。当回鹘南侵时，他更迫不及待地献计献策："臣实有长策，彼可徐鞭笞。如蒙一召议，食肉寝其皮。"（《雪中抒怀》）尽管如此，杜牧也未得到重用。从入仕起，他居京时间不长，其余便四处飘零。先是做了几任幕僚，后历任黄、池、睦、湖等州的刺史，官品不高，至于中书舍人，不过是临终那年得到的"恩赏"而已。杜牧的一生是充满悲剧色彩的一生。他以积极入仕登上政治舞台，又以壮志难酬而蹭蹬终身。杜牧的一生也是矛盾的一生，尤其是晚年，苦闷、彷徨，这便是苏轼所说的"晚节先生道转孤"（《竹坞》）吧。

《将赴吴兴登乐游原》一诗作于大中四年（850）秋天，此时杜牧已48岁，在京都任司勋员外郎。调回长安本来是施展抱负的良机，然而此时的杜牧追求理想的心情已经淡薄，对朝廷也不抱多少幻想了，于是三次乞求到湖州（吴兴）做刺史，其理由便是为了照顾双目失明的弟弟和孀居的妹妹，解决经济拮据问题。这显然是一种"障眼法"。他是壮志难酬才无可奈何地选择了远离京城的湖州（欲去杭州，未获允），想找个安静的所在。

"清时有味是无能"，"清时"指太平盛世，"无能"是说自己没有才能。这是一句反语，又是牢骚话，暗含着诗人对社会的不满，也可以说是对不合理用人政策的抗争。这一句诸家均无歧义，不赘述。

"闲爱孤云静爱僧"紧承前句，是"有味"的注脚，也是"无能"的具体表现。正如沈祖棻教授所说："以爱孤云之闲见自己之闲,爱和尚之静见自己之静。"(《唐人七绝诗浅释》)"闲"、"静"这种生活情趣与有进取心的杜牧看似大相悖谬,其实不然。晚年的杜牧对仕途心灰意冷,他再也没有"谁知我亦轻生者,不得君王丈二殳"(《闻庆州赵纵使君与党项战中箭身死长句》)那样的报国热情了,而是持着"男儿事业知公有,卖与明君直几钱"(《醉赠薛道封》)这种消极处世态度了。晚唐的社会现实迫使他不得不自寻退路,去追求一种闲适生活的旨趣。这既可以看成是杜牧对现实的不满,也可以说是他在努力取得内心的暂时平衡。

其实,"闲爱孤云静爱僧"正是流露出一缕禅意,这种闲静清空的境界不正是佛教禅宗所追求的妙谛吗?尽管杜牧曾赞同武宗时期的大规模毁佛事件,但他与佛门还是有丝缕联系的:

寻僧解幽梦,乞酒缓愁肠。(《郡斋独酌》)
休公都不知名姓,始觉禅门气味长。(《赠终南兰若僧》)

"闲爱孤云静爱僧",不正是这种思想的折光吗?应该强调的是,杜牧这首诗中的禅味正是他受现实的压抑而别寻心灵寄托的表现,而不是佞佛。

"欲把一麾江海去"一句,更值得玩味。一些人对"一麾"一词用法百般挑剔,不屑一辩。"一麾"就是一旌,用颜延年"屡荐不入官,一麾乃出守"之意,暗含杜牧遭受排挤。这句诗的"江海"一词至关重要,从湖州的地理方位来说,它靠太湖,临长江,近东海,因此可以说"江海"代指湖州,但这只是表层意义,其实,"江海"一词的更深层含义便是归隐。如果说"闲爱孤云静爱僧"已透出禅宗味的话,那么"欲把一麾江海去"便流入老庄思想了。

"江海"一词历来大都与归隐有关。《吕氏春秋》载："中山公子牟谓詹子曰：'身在江海之上，心居魏阙之下，奈何？'"又，《后汉书·逸民传论》云："观其甘心畎亩之中，憔悴江海之上，岂必亲鱼鸟，乐林草哉！"这里的"江海"都代指隐者的隐居之所。这里，杜牧和欲"小舟从此逝，江海寄余生"（《临江仙》）的苏轼一样，都是因壮志难酬而深深感叹！

其实，对于封建士大夫说来，"仕"与"隐"往往统一于一身，正所谓有道则仕，无道则隐。陶渊明如此，杜牧亦如此，只是杜牧不如陶渊明果断罢了。杜牧的归隐思想也是比较浓厚的，他在《上知己文章启》中说："有庐终南山下，尝有耕田著书志，故作《望故园赋》。"杜牧的这种归隐情绪，在别的一些诗篇中也多有表露，因此他要"欲把一麾江海去"，也就不足为怪了。

"乐游原上望昭陵"，正是诗人将自己的心理活动揭示出来，也是诗人复杂情感的最终归宿。乐游原本是汉宣帝的乐游庙，又叫乐游苑，位于长安城南，地势高敞，可以凭眺，是长安著名的游览胜地。昭陵，是唐太宗陵墓，位于醴泉县的九嵕山。杜牧在即将离开长安之际，登上乐游原，向西遥望昭陵，内心真有说不尽的感慨！乐游原也是杜牧常登临的地方，他写过一首《登乐游原》，诗云："长空澹澹孤鸟没，万古销沉向此中。看取汉家何事业？五陵无树起秋风。"那是以汉喻唐，写唐王朝的衰败。揆其意当作于《将赴吴兴登乐游原》之前。乐游原又是长安著名的送别之地。亲朋相送，互道珍重，此时此地，此情此景，怎不令诗人思绪万千？"望昭陵"是诗人在寻求一丝感情上的安慰。唐太宗是唐朝最贤明的君主，他重用人才，勇于纳谏。相形之下，当今君主良莠不辨，自己空有才智无处施展，不满之情溢于言表。"望昭陵"也是诗人对自己思退思想的一种自我否定。杜牧毕竟是杜牧，它虽然曾向往出家人，但不皈依佛门；尽管用老庄思想来解脱自己，但不堕入虚无。他的儒家进取之心并未泯灭，如果当今有像唐太宗那样贤德的明君，自己还是有所作为的。然而，在"夕阳无限好，只是近黄昏"（李商隐《乐游原》）的晚唐，杜牧这种想法只不过是幻想而已，杜牧欲退不得，欲进不能，找不到医治心灵创伤的良药。

《将赴吴兴登乐游原》一诗，是杜牧对自己仕宦生涯的自我反省，其所表现的思想感情是比较复杂的。诗人生当"太平盛世"，反倒"闲爱孤云静爱僧"；"欲把一麾江海去"又要"乐游原上望昭陵"。进而可知："清时"并不清，"闲""静"也不是真的闲静，"江海去"更不是一去不返，当然"望昭陵"也改变不了社会现实。这种逆向手法的运用，也便使种种矛盾交织于诗人心头。心绪起伏，一波三折，这便造成了这首诗内容上的多层次。如果仅仅抓住一两句便下结论，岂不厚诬古人？

可以说，这首七绝包含着儒、释、道三种思想，三者并非孤立依附于某一句，而是水乳交融于全篇。诗中有牢骚话，有壮志难酬之慨，有寄托禅门之意，有退隐之情，也有对明君的憧憬。要而言之，反映"出世"与"入世"的矛盾，便是该诗主旨所在。

本文发表于《文史知识》1989年第2期

| 上编

◎李贺的艺术追求和审美理想

李贺以其别具一格的诗歌创作奠定了他在文学史上的地位。他的诗以其独特的构思、奇异的想象、绚丽的词藻,倾倒了一代又一代读者。李贺为什么能够创作出具有如此魅力的诗篇呢?我们不妨看看他的艺术追求和审美理想,因为作家的艺术追求和审美理想是其创作的内驱动力。李贺除了给我们留下二百多首诗篇外,没有留下其他任何文字材料,更不用说理论著作了。但是我们从他的诗作中,还是依稀可以梳理出他的艺术追求和审美理想的。

一

李贺的艺术追求和审美理想首先表现在对诗体的选择和诗歌创作的有意避俗上。中唐时期七律十分盛行,施子愉《唐代科举制度与五言诗的关系》一文曾对《全唐诗》中存诗一卷以上的诗人的诗体进行了统计,其中七律初唐72首、盛唐300首、中唐1848首。[1]中唐七律的数量差不多是初盛唐之和的5倍。中唐时期盛行的七律,而李贺集中却一首也没有。[2]作为韩门弟子,李贺明显地要受到韩愈反对骈体文的影响,这或许是他不写或少写七律的一个原因。从李贺的诗作中,我们也可以看出他是不大喜欢骈偶的。他在《赠陈商》中说：

凄凄陈述圣，披褐俎豆。
学为尧舜文，时人责衰偶。

陈商为文古奥，韩愈认为他的文章"语高而旨深，三四读尚不能通达"（《答陈商书》）。陈商本来学习古代的文辞，即"尧舜文"，"而时人却偏要他作当时那种委靡的骈俪体"[3]，李贺却要表示向他学习："李生师太华，大坐看白昼。"（《赠陈商》）明确地表示了自己对骈偶之文的态度，那么李贺不写或少写七律也就有了答案了。

李贺集中除了少量的五律和一些绝句外，绝大部分是古诗，而尤属意于乐府。赵璘《因话录》说："张司业籍善歌行，李贺能为新乐府，当时言歌篇者，宗此二人。"张读《宣示志》也说，李贺"稚而能文，尤善乐府词句"。李贺对自己钟情乐府也颇自矜，如《巴童答》：

巨鼻宜山褐，庞眉入苦吟。
非君唱乐府，谁识怨秋深？

当然这里的"乐府"语义双关：一方面指的是他所吟诵的诗篇，另一方面也说明他独钟乐府诗。也就是说李贺在诸体诗中独选乐府，来诉说自己的愁怨。乐府诗从形式上看灵活自由，而又不受格律限制，也最适宜于表现李贺的独具情怀，当然也是浪漫主义诗人的最佳选择，盛唐时期的李白便是一个典型的例子。

李贺不写或少写七律，从某个方面看，说明他有意避俗。

李贺的有意避俗主要表现在"能探寻前事，所以深叹恨古今未尝道者，如《金铜仙人辞汉歌》、《补梁庾肩吾宫体谣》（即《还自会稽歌》）。求取情状，离绝远去笔墨畦径间，亦殊不能知之。"[4]《金铜仙人辞汉歌》是李贺根据汉武帝所造的金铜仙人，而魏明帝欲迁至洛阳一事而作。李贺代"仙人"立言，表现了不忍离别京城一事。诗人不过是以仙人自况，表明了自己被迫离开长安时的感喟。而《还自会稽歌》则是诗人设想当年侯景之乱时，庾肩吾"先潜难会稽，后始还家"，其"必有遗文，今无得焉"，故此写了这首诗。李贺也是以庾肩吾自比，抒写了自己的困顿。贺诗中还有《公莫舞歌》，也属于这类作品，所不同的是前两首只是凭空杜撰，而此诗则是在立意上有别于前人。该诗序中说："《公莫舞歌》者，咏项伯翼蔽刘沛公也。会中壮士，灼灼于人，故无复书；且南北乐府率有歌引。贺陋诸家，今重作《公莫舞歌》云。"贺言南北乐府"歌引"今不传，但从该诗序中明显看出李贺有意回避同类题材中俗滥的写法，而另立主脑。正如陈伯海所说："李贺则喜立新题以咏古事，如《金铜仙人辞汉歌》《公莫舞歌》之类，覃思入微，恢诡奇谲，在唐人乐府中别是一体。"[5]

李贺避俗不仅表现在立意上，在造语上也是如此。如《河南府试十二月乐词》一组诗，"二月送别，不言折柳，八月不赋明月，九月不咏登高，皆避俗法"[6]。李贺好"用代字，不肯直说物名。如剑曰'玉龙'，酒曰'琥珀'，天曰'圆苍'，秋花曰'冷红'，春草曰'寒绿'。"[7]另外，"长吉赋物"，又喜欢"使之坚，使之锐"[8]，如：

骨重神寒天庙器，一双瞳人剪秋水。（《唐儿歌》）
端州石工巧如神，踏天磨刀割紫云。（《杨生青花紫石砚

歌》)

魏宫牵车指千里，东关酸风射眸子。(《金铜仙人辞汉歌》)

向前敲瘦骨，犹自带铜声。(《马诗二十三首》其四)

李贺有意避俗，使我想起了清朝书法大家何绍基用回腕作书的故事。何绍基为了在书法上自成一家，他别出心裁地创立了一种回腕法，亦即在执笔书写时腕子勾回书写，并且始终保持这种书写姿势。这是一种与生理机能相悖的自讨苦吃的执笔法。正如他在《张黑女墓志题跋》中说："每一临摹，必回腕高悬，通身力到，方能成字，约不及半，汗浃衣襦矣。因思古人作字未必如此费力，直是腕力笔锋，天生自然，我从一二千年后，策驽骀以蹑骐骥，虽十驾亦徒劳耳，然不能自已矣。"何绍基正是由于用回腕作书，用笔取涩势，古朴而又有逸趣，才在书法史上自立面目。何绍基一反常人的执笔方法是源于一种创新意识，李贺的避俗法也是为了创新，直欲新天下人耳目才是他的艺术追求和审美理想。

二

李贺的艺术追求和审美理想还表现在对《楚辞》和六朝乐府的继承上。李贺的诗歌来源大致包括三个方面：1.《楚辞》等神话系列；2.六朝诗歌传统；3.汉魏以来的现实主义传统。[9]而前两者最能体现李贺的诗歌特色，因此，我们探讨李贺艺术追求和审美理想也主要集中在这两个方面。

李贺虽然仅仅生活了27个春秋，但其读书是十分广博的，从其诗歌反映出他经史子集无所不览，但最令他爱不释手的便是《楚辞》。他在诗集中也一再提及，如"咽咽学楚吟，病骨伤幽素"（《伤心行》），"斫取青光写楚辞，腻香春粉黑离离"（《昌谷北园新笋》其二），"楞伽堆案前，楚辞系肘后"（《赠陈商》），"郑公乡老开酒樽，坐泛楚奏吟招魂"（《南园》）。李贺是自觉学习《楚辞》的，他简直把《楚辞》当作日课时常诵习。李贺为什么对《楚辞》如此痴迷呢？一方面应该是为屈原的爱国主义思想所激发，屈原虽遭排挤，壮志不酬，但爱国之情从未消弭，时时为国家命运担忧。作为"宗孙"的李贺也时时关注国家命运，他对藩镇叛乱痛心疾首，如《猛虎行》等。李贺还有一些表现投笔从戎意愿，以及对不合理的社会现象进行讽刺的诗篇，也表明了他对时局的关注。另一方面恐怕还是他自身的审美理想从《楚辞》中找到了共鸣。《楚辞》是我国浪漫主义诗歌的源头，大量的比兴手法，丰富而神奇的想象，尤其是《九歌》中的神话系列，《离骚》中的求宓妃、访佚女，《天问》中的对大自然和历史的叩问……无不开启他的艺术灵性。李贺本来就耽于沉思，好作幻想，弥留之际的白玉楼故事正是他潜意识的一种外化。而故乡的连昌宫、兰香神女庙早已在他心中播下了迷幻的种子。这应该是李贺喜欢《楚辞》的根本原因。李贺学习《楚辞》，也主要是借鉴其表现手法，如《雁门太守行》《苏小小墓》《帝子歌》《湘妃》《巫山高》《公无出门》《神弦》《神弦曲》《神弦别曲》等，都是受屈原作品的启发而创作的。《新唐书》本传说他"辞尚奇诡"，主要指的是这类作品。李贺的一些作品兴寄遥深，笔涉尘外，正说明他追求一种奇幻的审美情趣。

　　李贺诗还刻意追求语言的华美，这固然与《楚辞》有关，正如沈德潜《唐诗别裁》所说:"长吉诗依约《楚辞》,而意取幽奥,而辞取瑰奇。"但与六朝乐府的影响则更直接些。李贺好友沈亚之在《送李胶秀才序》中说:

余故友李贺,善择南北朝乐府故词,其所赋亦多怨郁凄艳之巧,诚以盖古掷今,使为词者莫得其偶矣。

沈亚之认为李贺的诗"多怨郁凄艳之巧",概括得还是比较准确的。"怨郁""凄"是他仕途蹭蹬的折光,而"艳"则道出了李贺诗歌的语言特点。李贺集中有一些作品明显受南朝乐府诗歌的影响,如《洛姝真珠》《李夫人》《屏风曲》《冯小怜》《蝴蝶飞》《梁公子》《后园凿井歌》《美人梳头歌》等,都写得比较秾艳;贺诗中还有许多比较劲健的作品,如《雁门太守行》《浩歌》等。但语言华美却是不争的事实。翻开李贺集,我们随处可见华美的词句,真是铺金镂彩,瑰丽无比。"金"有金屈卮、金槽、金鹅、金泥、金翘、金甲、金埒、金鞍、金杯;"银"有银湾、银灯、银箭、银壶;"玉"有玉蟾蜍、玉宫、玉喉、玉碗、玉钩、玉轮、玉壶、玉瑟、玉勒、玉珂、玉漏、玉花、玉挽;色彩有紫丝、紫云、紫陌、绿香、绿鬓、寒绿、小绿、细绿、缃帙、糜黄、红镜、愁红、团红……正如僧齐己所说:"赤水无精华,荆山亦枯槁。玄珠与虹玉,璨璨李贺抱。清晨醉起临春台,吴绫蜀锦胸襟开。狂多两手掀蓬莱,珊瑚掇尽空土堆。"(《读李贺歌集》)陆游也说:"贺词如百家锦衲,五色炫耀,光夺眼目,使人不敢熟视。"[10]

李贺诗歌语言华美固然受《楚辞》和六朝乐府民歌的影响,但更主要的还是李贺审美观念的反映。李贺在《酒罢,张大彻索赠诗。时张初效潞幕》中说：

> 长鬣张郎三十八，天遣裁诗花作骨。

这是对张彻的称道，"花作骨"是说张彻诗歌语言华美，如锦心绣口般吟成的。对张彻的认同，也正说明惺惺相惜。李贺在词采华赡方面也曾以曹植自比，如《许公子郑姬歌》末尾云：

> 蛾鬟醉眼拜诸宗，为谒皇孙请曹植。

这里除了和曹植同为"宗孙"颇自得外，不也有对曹植诗风的一种心仪吗？曹植诗"骨气奇高，词彩华茂"[11]，胡应麟《诗薮》说："子建华赡精工。"又说："子建《名都》、《白马》、《美女》诸篇，辞极赡丽，然句颇尚工，语多致饰。"而陆游《赵秘阁文集序》又把李贺和曹植并列，认为他们"以帝子及诸王孙，落墨妙古今，冠冕百世。"由此可见，李贺诗歌语言华美是有意为之的，这也是对元白诗风的一种反拨。他高扬唯美大旗，在中唐诗坛上异军突起，给唐诗百花园中又增添了绚丽的一朵。

三

众所周知，李贺喜欢雕琢，他的诗人工痕迹很浓。他自谓"寻章摘句老雕虫"（《南园》其六），对此，后人也颇得心会，如李纲说："长吉工乐府，字字皆雕镂"[12]，《麓堂诗话》也说："李长吉诗，字字句句欲传世，顾过于剗鉥，无天真自然

之趣。"李贺为什么要雕词琢句呢?这实际上是他在艺术上的刻意追求。李贺在《高轩过》中有这样的诗句:

殿前作赋声摩空,笔补造化天无功。

这固然是赞美韩愈和皇甫湜的,但也体现了李贺的审美价值取向,正如《中国大百科全书·中国文学卷》"李贺"条所说的"笔补造化天无功"一语"可以作为他的自我评赞"。"造化"即创造化育,指的是天地和自然界。李贺是要用诗笔去补"造化"之不足,强调"人工"胜"天功"。对此钱锺书先生也有精辟的论述:

长吉《高轩过》篇有"笔补造化天无功"一语,此不特长吉精神心眼之所在,而于道术之本原、艺事之极本,亦一言道著矣。夫天理流行,天工造化,无所谓道术学艺也。学与术者,人事之法天,人定胜天,人心之通天也。[13]

钱先生站在一定的高度来探讨"笔补造化天无功"的理论价值,认为此语"于道术之本原、艺术之极本,亦一言道著矣"。钱先生还说艺术有两种情况,一种是"师法造化,以模写自然为主",另一种是"润饰自然,功夺造化"。李贺"笔补造化天无功"则属于"润饰自然"一派,并为此派"提要钩玄","此派论点不特以为艺术中造境之美,非天然境界所及;至谓自然界无现成之美,只有材料,经艺术驱遣陶溶,方得佳观。此所谓'天无功'而有待于'补'也。"[14]钱先生的论述对于我们研究李贺的艺术追求和审美理想,深有启发。

实则自然与艺术、天籁与人籁的问题始终令中外艺术家们苦恼不已。从中国的文化传统来看，更重视的是自然之美，视之为艺术上的极品，而对非自然的人工造作时有微词。其实，问题并非如此简单，艺术完全等同于自然，则无艺术，二者完全对立，亦无疑是艺术的自我毁灭。在艺术世界里，人工与天然各有其不可替代的价值。从这一角度来看待李贺的艺术追求，便可以看到他对中国诗歌史或美学史的冲击与震撼是多么强烈而巨大！前人总以为李贺对文学史的长远影响只是技巧问题（诸如构思、遣词造语之类），而忽视了这一艺术追求的本质意义，这是令人遗憾的事情。

"笔补造化天无功"是李贺诗歌创作的纲领，他强调艺术的"造境"。他就是在这一理论的指导下进行创作的，如《春怀引》："宝枕垂云选春梦，钿合碧寒龙脑冻。"这里的"选"字就是"笔补造化"，正如钱先生所说："作梦而许操选政，若选将、选色或点戏、点菜然，则人自专由，梦可随心而成，如愿以作。醒时生涯之所缺欠，得使梦'补'具足焉。"[15]为了实现"笔补造化"这一审美理想，李贺驰骋想象，直欲弥补大自然之"不足"。例如，他认识到人寿不可延，求长生是虚妄的，便断言：

王母桃花千遍红，彭祖巫咸几回死？（《浩歌》）

几回天上葬神仙？漏声相将无断绝。（《官街鼓》）

他从现实社会的人生经验，使联想到：

天河夜转漂回星，银浦流云学水声。（《天上谣》）
羲和敲日玻璃声，劫灰飞尽古今平。（《秦王饮酒》）

据《汉武内传》说，王母仙桃三千年才开一次花，而诗人却说已经"千遍红"；彭祖和巫咸都是长寿者，其中彭祖活了八百多岁，而诗人却说他们已经死过几回了。神仙本来是长生久视的，但诗人却说"几回天上葬神仙"。银河是由无数恒星组成的天体现象，既然称为"河"，随着星转斗移，诗人便认为星星在银河里漂动；银河里行云如水，云既然像水，其流动也一定会发出像流水一般的潺潺之声。太阳光明如同玻璃一般，那么羲和敲日也便如同敲玻璃而发出同样的声响了。以上都是借助于想象和联想去补天地和大自然的"不足"，以达到神奇的效果。又如《北中寒》有云：

一方黑照三方紫，黄河冰合鱼龙死。
三尺木皮断文理，百石强车上河水。

诗人为了表现北方的寒冷，极力夸大事实，以增强主观感受。黄河"冰合"也不会把"鱼龙"冻死，"三尺木纹"也不会冻"断文理"，且《汉书》云："胡貉之地，阴积之处，木皮三寸，冰厚六尺。"李贺故意夸大事实，以突出北方的寒冷。"百石强车上河水"，更令人击节，胡震亨《唐音癸签》说："换'冰'字作'水'，寒意自跃。此用字之最有意者。"这里都是对自然加以"润色"，以达到"笔补造化"的目的。

"笔补造化天无功"是李贺诗歌创作的终极目标，明乎此，我们对李贺在诗国里惨淡经营、呕心沥血、直欲穷人所不能言的做法就完全可以理解了。

总之，李贺有意避俗、尚藻饰、喜雕琢，是有其理论基础的，那就是要"笔补造化"。尽管其艺术追求和审美理想缺乏系统性，还不完善，但对天才而早夭的诗人，我们又怎么能苛求呢？

注释：

[1] [5]陈伯海《唐诗学引论》，东方出版中心，1988年版。

[2] 清人黄之隽最早提出李贺集中有七律，清代梁章钜《浪迹丛谈》卷十《李长吉诗》引黄之隽（瘖堂，原文误作王唐堂士俊）《詹言》云："向闻人言《李长吉集》中无七律，一日读《南园绝句》第十一首，嫌语意未完，急以第十二首连续之，始知本为一首而误分者。"清人陈本礼《协律钩玄》、杨钟羲《雪桥诗话》亦曾引证。今人房日晰、阮堂明曾著文以证之。见《文学遗产》，1995年第1期、1996年第4期。

[3] [6]叶葱奇《李贺诗集》，人民文学出版社，1980年版。

[4] 杜牧《李长吉歌诗叙》，见王琦《李贺诗歌集注》，上海人民出版社，1977年版。

[5] [7] [8] [13] [14] [15]钱锺书《谈艺录》，中华书局，1984年版。

[6] [9]王祥《李贺》，春风文艺出版社，1999年版。

[7] [10]范晞文《对床夜语》，中华书局，1985年版。

[8] [11]曹旭《诗品集注》，上海古籍出版社，1994年版。

[12] 李纲《读李长吉诗》，见王琦《李贺诗歌集注》，上海人民出版社，1977年版。

本文发表于《沈阳师范学院学报》2000年第3期

◎曹操《短歌行》新解

为了论说方便,先引原诗:

对酒当歌,人生几何?譬如朝露,去日苦多。慨当以慷,忧思难忘。何以解忧?唯有杜康。青青子衿,悠悠我心。但为君故,沉吟至今。呦呦鹿鸣,食野之苹。我有嘉宾,鼓瑟吹笙。明明如月,何时可掇?忧从中来,不可断绝。越陌度阡,枉用相存。契阔谈䜩,心念旧恩。月明星稀,乌鹊南飞。绕树三匝,何枝可依?山不厌高,海不厌深。周公吐哺,天下归心。

这是曹操著名的《短歌行》诗。《短歌行》属于《相和歌·平调曲》。朱嘉徵在《乐府广序》中说:"《短歌行》,歌对酒,燕雅也。"这类诗篇大都是宴饮时的即兴之作,曹操的这首诗也不例外。他是在"月明星稀,乌鹊南飞"之时宴饮的环境下创作的。关于这首诗的主题,古今人的理解还是存在分歧的,西晋崔豹《古今注》:"《长歌》《短歌》,言人寿命各有定分,不可妄求。"品味诗意,此说不确。清陈沆《诗比兴笺》:

此诗即汉高《大风歌》思猛士之旨也。人生几何，发端，盖传所谓古之王者知寿命之不长，故并建圣哲，以贻后嗣。次两引《青衿》《鹿鸣》二诗，一则求之不得，而沉吟忧思；一则求之既得，而笙簧酒醴。虽然，鸟则择木，木岂能择鸟？天下三分，士不北走，则南驰耳。分奔蜀、吴，栖皇未定，若非吐哺折节，何以来之？山不厌土，故能成其高；海不厌水，故能成其深；王者不厌士，故天下归心。

陈沆的见解较前人说强甚，也较符合诗的本意。今人也多依陈沆之说，认为该诗主题是广泛地招贤纳士，延揽人才，以期为自己建功立业服务。不错，《短歌行》中确实有这种思想因素，但再三吟哦，诗中还别有一番隐情。诗人那种难以排遣的忧虑指的是什么？如"忧思难忘"，"何以解忧"，"忧从中来"等。诗人因何而忧？难道仅仅是忧虑天下不能统一吗？即"不戚年往，忧世不治"（《秋胡行》二），显然不全是。曹操创作《短歌行》时，三国鼎立的局面已初步形成（该诗创作时间见后文），统一也绝非易事。抑或仅仅忧虑人才流向吴蜀吗？也不尽然。"良禽择木而栖，良臣择主而仕"，曹操礼贤下士是很有名的。依我看，这首诗隐含着对某人的怀念，亦即有所"忧"之人。傅庚生先生曾说："此诗意有所主，寓怀思招来之情，'但为君故，沉吟至今'，此'君'，必有所指。若不深求其脉注之鹄的，则此篇之旨，殊费揣摩。"（《中国文学欣赏举隅·脉注与倚交》）所见极是。

前贤有识，故对诗中这一隐情做了索解，有的说是为怀刘备而写，也有的说是为念荀彧而作。其实这两说均系捕风捉影。《短歌行》当作于赤壁之战以后，《三国演义》认为作于赤壁之战前夕乃小说家言。我们知道在赤壁之战中曹操损失惨重，元气大丧，他再也没有"方其破荆州，下江陵，顺流而东也，舳舻千里，旌旗蔽空"（苏轼《前赤壁赋》)那种气概了。尽管曹操还百般辩解："赤壁之役，值有疾病，孤烧船自退，横使周瑜虚获此名。"（《与孙权书》)赤壁失败以后，曹操深感人才的重要，于是在建安十五年（210）下了一道《求贤令》：

  自古受命及中兴之君，曷尝不得贤人君子与之共治天下者乎！及其得贤也，曾不出闾巷，岂幸相遇哉？上之人不求之耳。今天下尚未定，此特求贤之急时也。孟公绰为赵魏老则优，不可以为滕、薛大夫。若必廉士而后可用，则齐桓其何以霸世！今天下得无有被褐怀玉而钓于渭滨者乎？又得无有盗嫂受金而未遇无知者乎？二三子其佐我明扬仄陋，唯才是举，吾得而用之。

  《求贤令》的核心思想便是"唯才是举"，只要是人才，无论其品行如何，皆可以重用。因为"天下尚未定，此特求贤之急时也"，这是曹操在非常时期的用人之道，也是曹操高明的地方。而《短歌行》中"山不厌高，海不厌深。周公吐哺，天下归心"与《求贤令》的旨意正相吻合，大约《短歌行》也作于这个时候。既然此诗作于赤壁之战后不久，那么曹操怀刘备说显然不能成立。赤壁之战乃孙、刘两家合兵共击曹操，其后曹操又屡次欲拆散他们的联盟，可以说曹操对刘备是恨之入骨的，又因何而怀之？况刘备又与诗中所怀之人的身份不合。再说荀彧，他固然是曹操的重要谋臣。他为人清正，为曹操的事业也颇多建树，屡次得到曹操的褒奖。但他没有长期离开过曹操，又因何而念？如果是说他不赞成曹操进国公、加九锡，曹操因此而"忧"的话，那当是建安十七年（212）的事，与作诗年代又不符。据《魏氏春秋》记载："太祖馈彧食，发之乃空器也，于是饮药而卒。"（《魏书·荀彧传》引）可以看出荀彧晚年，曹操并不十分得意他。怀荀彧之说也不能成立。

揆以诗意，曹操所"忧"之人是有过人之才而又离之而去的故人。同时他又是位谋士，"青青子衿"即可证明。那么这个人是谁？我认为是郭嘉。诗中凄凉的格调，不是朋友间的忆念，而是出于对亡者的深深缅怀。曹操创作《短歌行》之时，可以说赤壁的余痛犹在。在赤壁之战的前一年，郭嘉不幸夭亡，曹操的智囊团中少了一位最重要的人物，无怪乎在赤壁受挫时，曹操十分悲痛地说："郭奉孝在，不使孤至此。"（《魏书·郭嘉传》)郭嘉的不幸病故，曹操一直耿耿于怀，"青青子衿，悠悠我心。但为君故，沉吟至今"，不正是怀念之情的延续吗？"衿"古为衣服的交领，后代指为学子或有才能的人，这也与郭嘉的身份相合。"君"即"子衿"，这里是特指，而不是泛指。现在我们再从曹操和郭嘉的关系做进一步的探讨。

郭嘉，字奉孝，颍川阳翟人。《傅子》曰："嘉少有远量。汉末天下将乱。自弱冠匿名迹，密交结英隽，不与俗接，故时人多莫知，惟识达者奇之。"（《魏书·郭嘉传》注引）起初投奔袁绍，但认为袁绍"徒欲效周公之下士，而未知用人之机。多端寡要，好谋无决，欲与共济天下大难，定霸王之业，难矣！"（《魏书·郭嘉传》）后经荀彧推荐，又投奔曹操。曹操与之一见如故，讨论天下大事，"深通有算略，达于事情"（同上）的郭嘉认为袁绍与曹操比，袁有十败，曹有十胜。"太祖曰：'使孤成大业者，必此人也。'嘉出，亦喜曰:真吾主也。"（同上）二人大有相见恨晚之意。从此，郭嘉遂为曹操谋划军务，深得曹操的器重，曹操每每叹曰："唯奉孝为能知孤意。"（同上）郭嘉与曹操"自在军旅，十有余年，行同骑乘，坐共幄席"（曹操《请追赠郭嘉封邑表》）。在讨吕布、征袁绍的战斗中，郭嘉多方面分析了斗争形势，为曹操提出了许多建设性的意见，为统一北方作出了重要贡献。尤其是在北征袁尚及乌丸之前，群臣多惧刘表派刘备乘虚攻许，以讨曹操。郭嘉力排众议，认为："（刘）表，坐谈客耳，自知才不足以御（刘）备，重任之则恐不能制，轻任之则备不为用，虽虚国远征，公无忧矣。"（《魏书·郭嘉传》）果不出郭嘉所料，此番大获全胜，刘备亦未来攻。遗憾的是郭嘉只活了三十八岁，就在这次北征凯旋的路上染上了重病，后来"疾笃，太祖问疾者交错。及薨，临其丧，哀甚，谓荀攸等曰：'诸君年皆孤辈也，唯奉孝最少。天下事竟，欲以后事属之，而中年夭折，命也夫！'"（同上）曹操对郭嘉情深意笃，并想以后事托之，如刘备之于诸葛亮。可见，曹操对郭嘉的器重真是到了无以复加的地步！

郭嘉的病故，曹操如失左右手，也给他的心灵带来了巨创。为了表示哀悼之情，曹操于建安十二年（207）向汉献帝上了《请追赠郭嘉封邑表》，要求对郭嘉进行追封，表云：

故将军祭酒洧阳亭侯颍川郭嘉，立身著行，称茂乡邦。与臣参事，尽师为国，忠良渊淑，体通性达。每有大议，发言盈庭。执中处理，动无遗策。自在军旅，十有余年，行同骑乘，坐共幄席。东禽吕布，西取眭固。斩袁谭之首，平朔土之众。逾越险塞，荡定乌丸；震威辽东，以枭袁尚。虽假天威，易为指麾，至于临敌，发扬誓命，凶逆克殄，勋实由嘉。臣今日所以免戾，嘉与其功。方将表显，使赏足以报效，薄命夭殒，不终美志。上为陛下悼惜良臣，下自毒恨丧失奇佐。……今嘉殒命，诚足怜伤。宜追赠加封，并前千户,褒亡为存,厚往劝来也。

在这封上表中,曹操对郭嘉的人品、智慧、业绩进行了充分的褒扬,并寄予了无限的悼念之情。曹操认为郭嘉是"奇佐",因此,"诚足怜伤"。曹操悲痛不尽,又在《与荀彧书追伤郭嘉》的两封书信中进一步抒发这种痛悼之情。

其一

郭奉孝年不满四十,相与周旋十一年,阻险艰难,皆共罹之。又以其通达,见世事无所凝滞,欲以后事属之,何意卒尔失之,悲痛伤心!今表增其子满千户,然何益亡者!追念之感深。且奉孝乃知孤者也,天下人相知者少,又以此痛惜,奈何奈何!

其二

追思奉孝,不能去心。其人见时事兵事,过绝于人。又人多畏病,南方有疫,常言:"吾往南方,则不生还"。然与共论计,云当先定荆。此为不但见计之忠厚,必欲立功分,弃命定。事人心乃尔,何得使人忘之!

两封信均言词切切,悲哀不尽。曹操认为郭嘉"通达",是自己的"相知","欲以后事属之"。郭嘉"见时事兵事,过绝于人",舍生忘死,"事人心乃尔",如此之人,"何得使人忘之"!在曹操看来,郭嘉是能够帮他"成大业"的杰出人才,当然是"忧思难忘"。

如上的上表及给荀彧的两封信中的悲痛之情不正与《短歌

行》所抒发的情感异曲同工吗？在曹操所有的文臣武将中，郭嘉算是得到最隆重的礼遇了。诗不一定要质实，但必须要有所感，"为赋新诗强说愁"是写不出优秀作品的。我们把握了曹操这一心态，无疑找到了一把开启该诗"忧思"之谜的钥匙。

郭嘉对于急欲争霸天下的曹操来说是不会忘却的，战争需要人才，更需要运筹帷幄之中、决胜千里之外的英隽之才。而此时曹操身边的智囊人物，如荀彧、荀攸、程昱等人均已"老矣"，尽管自己"唯才是举"，但真正"使孤成大业者"，"能知孤意者"却没有。正是由于这一心理定式，才使诗人在大宴宾朋之时，酒酣情满之际，勾起了对郭嘉的怀念。痛定思痛，痛何如哉！这首《短歌行》便是寄托了对郭嘉的怀念，权且"短歌当哭"吧。

"对酒当歌，人生几何？譬如朝露，去日苦多。"开篇几句，气势不凡，沉郁悲凉，诗人从宏观上对人生发出慨叹。在兵连祸接的汉末，"白骨蔽于野，千里无鸡鸣"（曹操《蒿里行》），人们常常感到人生如朝露，转瞬即逝，这是当时社会普遍的人生感受。这几句有两个感情层次：一是自己统一大业未竟，感到岁月匆匆；一是怀念早逝的郭嘉，感到人生短暂。曹操一再说郭嘉"夭折""夭殒"，应"人生几何""譬如朝露"；郭嘉作古已三载，亦合"去日苦多"。

"慨当以慷，忧思难忘。何以解忧？唯有杜康。""慨当以慷"是"慨慷"的间隔用法，亦即"慷慨"。这是描写歌声的激昂不平，当然诗人的内心亦激昂不平。"杜康"是传说中最初酿酒的人，这里代指酒。诗人"忧思难忘"的是什么？这固然有"不戚年往，忧世不治"之意，但"君子多苦心，所愁不但一"（曹操《善哉行》）。"平定天下，谋功为多"（《魏书·郭嘉传》），这里主要的是忧思人才。"忧思难忘"正与怀念郭嘉的感情一致,如"追思嘉勋,实不可忘","事人心乃尔,何得使人忘之"。诗人对郭嘉的怀念之情积郁于心已很久,在"对酒当歌"中念起故人,不禁"忧从中来",何以解此愁绪?只有靠"杜康"了,因此升华了对郭嘉深深缅怀的感情。借酒浇愁是古今人常事,酒只能麻醉人片刻,正所谓"举杯浇愁愁更愁"也。

"青青子衿,悠悠我心。但为君故,沉吟至今。"前两句语出《诗经·郑风·子衿》:"青青子衿,悠悠我心。纵我不往,子宁不嗣音。""子衿"是周代学子的装束,"悠悠"是长久的样子,形容思念之情。本为男女相思之词,曹操却翻其意为对贤者的思念。"但为君故,沉吟至今"李善本《文选》和《乐府诗集》不载,惟五巨本《文选》存之。胡克家《文选考异》认为此二句是原文,该诗四句一韵,"今"与"心"叶韵。这两句从全篇来看不仅不是衍文,而且是理解诗旨的关键所在。"君"应指某个人,有具体所指,而不是泛指一些人,这在古诗文中是普通常识。曹丕《燕歌行》:"群燕辞归鹄南翔,念君客游思断肠。"徐干《室思》:"人靡不有初,想君能终之。"陈祚明说:"孟德所传诸篇,虽并属拟古,然皆以写己怀来……本无泛语,根在性情,故其跌宕悲凉,独臻超越。"(《采菽堂古诗选》)这里的"君"指谁不是很清楚了吗?"沉吟"指低吟,"沉吟至今"也就是说对郭嘉的怀念至今不忘,紧承上文"忧思难忘"。曹操认为赤壁的失败是由于没有郭嘉出谋划策,否则结局不会那样,故而忧愁不尽。

"呦呦鹿鸣,食野之苹。我有嘉宾,鼓瑟吹笙。"这是状眼前欢宴场景。这四句语出《诗经·小雅·鹿鸣》的第一章。"嘉宾",尊贵的客人,这里指贤才。曹操这里既有写欢宴之意,又有思念贤才之情。正所谓以乐景写哀,"乐以兴会,悲以别章。岂曰无感？忧为子忘"（陆机《短歌行》）。欢会是易引起悲痛之事的，触景生情，眼前众宾芸芸，而所思念之人却已故去，其痛苦是难以排遣的。

"明明如月，何时可掇？忧从中来，不可断绝。""明月"比喻人才。"掇"即拾取、得到的意思，《乐府诗集》作"辍"，误。《文选》作"掇"，从之。眼前的欢宴是掩饰不住内心痛苦的。诗人认为郭嘉死而不能复生，那么像郭嘉那样的人才我何时才能得到呢？正因为不易得，因此"忧从中来，不可断绝"。正如赤壁受挫时，他号啕痛哭："哀哉奉孝！痛哉奉孝！惜哉奉孝！"（《魏书·郭嘉传》注引《傅子》）这四句怀郭嘉之情更切。

"越陌度阡，枉用相存。契阔谈䜩，心念旧恩。"这四句写宾客们纷纷屈就到来，与主人久别重逢，把酒叙旧，和睦相处的情景。应劭《风俗通》："越陌度阡，更为客主。""枉"，是枉驾、屈就之意。"契阔"，是聚散、离合之义，偏义复词，意在"散""离"。"谈䜩"是谈心饮宴。从语气上来看，诗人写到这里思想情绪起了变化，过去的终归已过去，还是面对现实吧。正如方东树所说："大约武帝诗沉郁直朴，气直而逐层顿断，不一顺平放，时时提笔换势。寻其意绪，无不明白，玩其笔势文法，凝重屈蟠，诵之令人意满。"（《昭昧詹言》）诗人不能一味地缅怀郭嘉，适可而止，努力把自己从愁思中拔出来。

"月明星稀，乌鹊南飞。绕树三匝，何枝可依。"这是即景生情。沈德潜《古诗源》："月明星稀四句，喻客子无所依托。"这只是看到了表面。曹操曾在《举贤勿拘品行令》中说："今天下得无有至德之人放在民间，乃果勇不顾，临敌力战，若文俗之吏，高才异质，或堪为将守，负污辱之名，见笑之行，或不仁不孝，而有治国用兵之术，其各举所知，勿有所遗。"在这几句诗中，诗人是在用反语，意思是不让他们"南飞"。曹操爱才如命（当然也忌才），他在《下荆州书》中说："不喜得荆州，喜得蒯异度耳！"蒯异度，即蒯越，原是大将军何进的东曹掾，劝何进诛杀宦官，何进犹豫不决。蒯越便投奔刘表，曹操也深知人才给他带来的益处，"吾义起兵，诛暴乱，于今十九年，所征必克，岂吾功哉？乃贤士大夫之功也"（《封功臣令》）。在礼贤方面，曹操还是很自信的。

"山不厌高，海不厌深。周公吐哺，天下归心。"紧承前文，抒发延揽人才之情。前两句语出《管子形解》："海不辞水，故能成其大；山不辞土石，故能成其高；明主不厌人，故能成其众；士不厌学，故能'成其圣'。"后两句系引周公语："吾于天下亦不轻矣！然一沐三握发，一饭三吐哺，犹恐失天下之士。"（《韩诗外传》）"哺"是咀嚼食物。这里是说像郭嘉那样的王佐之才是不易得到的，还是客观一点吧，尽量多招些能人，并且多多益善。最后以周公自比，吐哺折节，礼天下贤士，让天下人归心。

总而言之，这首诗抒发了对其已故重要谋士郭嘉的怀念之情，以及广泛延揽人才的思想，而对郭嘉的怀念则是该诗的主线。

本文发表于《辽宁大学学报》1991年第6期

◎吴大廷论魏燮均其人及其诗

吴大廷和魏燮均为清末著名诗人,吴大廷为魏燮均的诗集作序跋并题词,魏燮均亦有诗赠吴大廷。二人诗文往还,堪称文坛佳话。但二人的交游与文字往来并没有引起学界的关注,笔者愿献芹意,求教于学界同仁。

吴大廷(1824—1877),字桐云,湖南沅陵人。工诗文,成就不凡,"纵学而甚文,警敏有器观"[1],"早年有奇才之称"[2]。吴大廷初由拔贡入资为内阁中书,又由军功简放福建盐法道,后又移调台湾。在位有政声。吴大廷喜交游,与政界之胡林翼、曾国藩、郭嵩焘、左宗棠、李鸿章等均有交往,与文士刘熙载、方宗诚、吴廷栋、孙衣言、俞樾等均有往来,平生足迹半天下。有《小酉腴山馆诗文抄》《小酉腴山馆主人自著年谱》等传世。

魏燮均(1811—1887?),字公隐、子亨,号九梅居士,辽宁铁岭人。岁贡生,即所谓明经。一生未登仕途,除了在辽宁昌图、海城、辽阳、金州、沈阳、岫岩等地做幕府和授徒外,便在家乡躬耕,但这并不妨碍他成为著名诗人。此外,魏燮均又是著名书法家,有"字震九州"之誉。魏燮均著有《香雪斋笔记》《梦梅轩杂著》等,现仅有《九梅村诗集》传世。吴大廷与魏燮均相识当在咸丰三年(1853)。按吴大廷应学使张鏴之邀,到沈阳书院做事。吴大廷于咸丰三年正月出山海关,二月初七抵达沈阳。[3]吴大廷的职责是在书院"教读书启"和襄校试卷。张鏴(1793—1855),字振之、振斋,直隶南皮人。(《九梅村诗集》有误)《奉天通志》卷一百三十五·职官十四·奉天府丞兼学政:"张鏴,直隶南皮人,道光乙未进士。咸丰二年八月自太常寺少卿授,代雷以诚,五年八月改。"[4]咸丰三年,魏燮均岁考被擢为贡生,因此魏燮均便成为张鏴的门生。魏燮均《挽学使张振之先生序》云:

先生讳鏴,天津南皮人。壬子视学奉天。明年,夫人卒于任。先生无子,惟以孙承嗣焉。乙卯,差竣旋都。未几弃世。先是癸丑,余贡明经,获为先生门下士。继与其幕友吴桐云(大廷)交。往来诗翰极蒙嘉赏,欲擢为汉教习,适余居忧,未果。因感知己,为赋挽词二章,以志悼。[5]

此序点明魏燮均是通过张鏴才认识吴大廷的。吴大廷曾于咸丰四年(1854)为魏燮均《间山游草》作"跋",则二人相识于咸丰三年当不成问题。

吴大廷与魏燮均的文字往还,以吴大廷写给魏燮均的居多。吴大廷先后给魏燮均作了《间山游草跋》《题词》二首和《九梅居士诗集序》。通过这些作品,我们可以看出吴大廷对魏燮均其人及其诗的评价。依时间先后,先看《间山游草跋》:

龙二为云:"吾游西湖屡矣,不赋诗无以谢山水,必赋诗又无如此习见习闻何?吾当俟吾性情之所至耳。"余尝深韪是言。及读子亨明经《间山游草》,益信二为之言不余欺，而鄙见为不谬也。忆癸丑夏，余尝陪张振之学使登闾山观音阁，呼僧瀹茗，徜徉于石棚下，低徊而不忍去，顾乃无一言以吐胸中之所得，岂非以冠盖喧阗，虽山灵亦不能使之静耶！不然，子亨搜奇抉奥，渊然作金石声，而余并习见习闻，亦不可得。人才虽相越，不应如是之甚，盖性情有至有不至也类如此。虽然闾山名雄北镇，子亨才轹东都，其性情相感发，宜也。乃近依桑梓，亦若有悲从中来而不能自已者，何哉？读子亨诗，益不禁念行迈之悠悠，怆然而涕下矣。爰缀数语以遗子亨，不知子亨视余与二为何如也？

咸丰甲寅秋后四月，沅陵桐云弟大廷拜跋。[6]

《闾山游草》即《闾山集》，见《九梅村诗集》卷六，今存诗44首，为魏燮均咸丰四年甲寅（1854）游广宁（今北镇）登闾山所作。闾山全称为医巫闾山，《周礼·职方氏》：“东北曰幽州，其山镇曰医无闾。”[7]从隋代起，闾山就成为“北镇”的“五大镇山”之一。元明清时，帝王登基时，都要到山下的北镇庙遥祭此山。古往今来，闾山游人不绝，吟诵之作数不胜数。

吴大廷这篇跋文，第一，强调魏燮均的诗是性情所至之作，即有真情实感。吴大廷引好友龙二为游西湖赋诗，必须“吾当俟吾性情之所至”为立论前提，又用自己陪张鑅学使游闾山而没作出诗，来反衬魏燮均《闾山游草》是性情所至之作。第二，强调魏燮均的诗有极强的感染力。魏燮均与闾山能够“性情相感发”，吴大廷从魏燮均苍凉的诗句中受到感染，不禁想起自己的行迈之苦，“怆然而涕下”。总之，吴大廷认为魏燮均的诗是主性情的，无情产生不了诗，诗言志而缘情。按魏燮均的诗，陈德懿说学孟郊，以苦吟著称。[8]魏燮均地位低下,有才华而不得施展,其诗风凄苦也是自然而然的了。其实,吴大廷也有描述闾山的诗句,如《自题匹马出关图》:"生不愿立谈唾呼窃卿相,侧身衮衮云霄上。亦不愿腰缠万贯青铜钱,买笑一掷随风烟。但愿世有知心如鲍叔,万里投荒死亦足。南皮遇我独有情(张振之少京兆),慨然邀我出关行。关外海风浪拍天,关前长城尖削山。松杏雪花如掌大,探胜直到医闾颠。主宾相顾称壮绝,狂啸一声山石裂。便须九塞清边尘,挥刀划云云欲掣。……"[9]诗中追忆了陪同张学使游闾山时的情景,并赞美闾山"壮绝"。与魏燮均相较,一个是即时,一个是追忆。

其次,再看吴大廷的《九梅村诗集·题词》:

大雅久销歇,君才世不如。
情怀同白傅,气骨逼黄初。**(君工选体)**
希古志良苦,传家计未疏。
至诚神可格,风雨护残书。

一洗淫哇习,筝琶去弗留。
杜陵谁嗣响,萧统自高楼。
抗坠元音合,酸咸臭味投。
他年执牛耳,无复撼蚍蜉。
　　酉阳桐云吴大廷题[10]

这里先说明一下,吴大廷"题词"时,《九梅村诗集》尚未结集,用他的话说是"又题二律于拟选诸作后"[11]。这两首诗对魏燮均评价颇高,认为魏燮均很有诗才,能继大雅,绝无淫邪之音,亦即说魏燮均的诗纯正,是风雅之作。从"性怀同白傅""杜陵谁嗣响"来看,他认为魏燮均诗学白居易和杜甫。这里至少有两层含义:一、从内容上说是反映现实,关心民瘼;二、从形式上说语言通俗而又不乏典雅。从"气骨逼黄初""萧统自高楼"来看,又强调风骨和古雅。黄初,魏文帝曹丕年号,"逼黄初",实际上就是继承建安风骨。萧统是《昭明文选》的选编者,所选诗均为汉魏晋南朝宋齐等五古之作。诗中自注"君工选体",亦是强调作诗古雅。"选体",严羽《沧浪诗话》认为"五古"为选体,另一种说法是指按《文选》风格体制所写的作品为选体。笔者倾向于前者。《九梅村诗集》中五古颇多,且多为上乘之作。魏燮均《寄怀吴桐云观察》(时官福建盐法道)也提到了"选体",诗云:"凤自高翔燕自飞,云泥分隔远相违。十年离别词人散(如王柘园谢世、傅味琴往山东、刘松云官锦州),万里音书驿使稀。置酒高会逢子建,赋诗工效谢元晖(桐云工选体)。而今莫负朝廷望,闽海苍生正溺饥(时发逆窜扰福建)。"[12]这是目前发现的唯一一首魏燮均赠吴大廷的诗。诗中除了期望对方有所作为外,还把吴大廷比作曹植和谢朓,也强调古雅。同时也说"桐云工选体",可见"选体"是当时文人对写"五古"诗人的雅称。

吴大廷《题词》还期望魏燮均能左右诗坛,将古雅诗风发扬光大。同时也表明二人志趣相投。这两首诗虽不无恭维,但总体说来概括了魏燮均诗歌风格以及所表现的旨趣。

最后,我们再看吴大廷《九梅居士诗集序》对魏燮均的评价。序云:

余性直且量褊,不叶于俗。独遇磊落之友,往往好之。而其间能以文词自表见者,则好之尤笃。若性生焉,不可以强致也。往者辛亥岁,客游星沙,遇同年友张君哲堂,以选贡教授乡里,酷嗜诗歌,不求知于人,时人亦罕得见其诗者,顾与余相切劘。明年,余游京师,尝出所作邮寄哲堂。哲堂刻求于一字一句之间,不稍宽假。使非性情相感发,乌能以南北数千里往返论诗,若余与哲堂者哉!未几而哲堂死矣,余不得哭于寝门,仅遥为诗以吊之。倘归志早决,藏其诗以传其人,或稍纾夙昔嗜好之意。乃濡滞都门,而南顾里间,烽火烛天,兵车之所躁蹴,虺蜴之所窜伏,正恐其人既往而其诗亦付之杳冥之天,不复知其能存与否也?吁!良可悲矣。

近寓辽东,得于九梅居士交,居士少负异志,无所遇,困于州县记室者有年。平居好山水,尤爱结纳英流。抑郁沉晦之意,时于诗发之。余悲其境类哲堂,尝为跋《间山游草》,又题二律于拟选诸作后。居士乐之,以为知音。兹复出《九梅村全集》,问序于余。夫以居士之诗之富,闲淡隽永,罔不可喜,都人士既知而慕之矣,奚以余言为重轻。然而余不获再见哲堂,又不获哀集其诗,每唏嘘感慨不能自禁。苟得有类哲堂者,虽不识其人,犹将网罗散失,矧以余为同心,成就卓卓如居士者,顾可胸忍以终,重贻异日之戚哉!然则余言虽无足重轻,而以文扬居士之志,固性所乐为也。

居士姓魏氏,名燮均,字公隐,初字子亨,铁岭岁贡生。世居其邑之南乡,故又别号九梅居士云。

咸丰乙卯夏五月楚南桐云吴大廷序于沈阳锁院。[13]

在这篇序中,吴大廷对魏燮均的评价是很高的。就其人而言,认为魏燮均"少负异志",只是"无所遇,困于州县记室有年"。就其诗而言,首先认为魏燮均的诗都是有感而发之作,即"抑郁沉晦之意,时于诗发之"。诗歌从产生时起就是有感而发的,"饥者歌其食,劳者歌其事",魏燮均有志不获聘,数困于州县低级幕僚,其诗便是其际遇的写照。正因为言之有物,才引起吴大廷的共鸣,才一再为其诗集作序跋、题词。其次,认为魏燮均诗风"闲淡隽永","成就卓卓",这种概括是恰当的。《九梅村诗集》现存诗1400多首,由于为地位、经历所囿,他的诗多写山野村居的感受,偶涉名山大川,亦以清新质朴之语出之,"古近体淡远古朴,逼真王孟"[14]。王维和孟浩然多清新淡远之作,一直为写山村风光诗人所宗,魏燮均长年躬耕,不慕名利,其诗自然也就清新淡雅了。"隽永",即有余味,耐人咀嚼。诗以廊庙气和山林气为高,那么,魏燮均显然是近于后者。

吴大廷与魏燮均于咸丰三年相识,咸丰五年(1855)六月吴大廷入京,参加顺天乡试[15],相处的时间不长,但却建立了深厚的友谊。《九梅村诗集》初稿,曾得到吴大廷的校定[16],《闾山游草跋》和《题词》,魏燮均读后"乐之,以为知音"[17]。总之,吴大廷写给魏燮均的文字,除了见证二人的友谊外,吴大廷对魏燮均的人品、诗品以及艺术上的定位都是很高的,同时对《九梅村诗集》在关内的传播也起到了推动作用,也使魏燮均这位关东才子让更多的人知晓,赢得更多的知音。

注释:

[1] 吴汝纶《赠太仆卿故福建台湾兵备道吴君墓志铭》,缪荃孙《续碑传集》卷三十八,宣统二年江楚编译局印本。

[2] 廖一中、罗真容整理《李兴锐日记》,中华书局,1987年版,第

27页。

[3] [15] 吴大廷《小酉腴山馆主人自著年谱》，台北商务印书馆，1980年版，第6页。

[4] 翟文选、臧式毅主修，白永贞、袁金铠等纂《奉天通志》，辽海出版社影印，2003年版。

[5] [8] [10] [11] [12] [13] [14] [16] [17] 毕宝魁《九梅村诗集校注》，辽海出版社，2004年版。

[6] 魏燮均《九梅村诗集》，光绪元年红杏山庄刻本。

[7] 钱玄等注译《周礼》，岳麓书社，2001年版，第308页。

[9] 吴大廷《小酉腴山馆诗抄》卷上，同治元年壬戌刊于京馆。

本文系"全国首届魏燮均诗歌与艺术研讨会"邀请论文

◎李贺浪漫主义诗风的成因

李贺,这位中唐诗坛上天才而又早夭的诗人,以其独特的创作个性以及别具魅力的浪漫主义诗歌奠定了在文学史上的地位,引起了后人的广泛关注。杜牧在《李长吉歌诗叙》中对其浪漫主义诗风曾做了比较全面的论述:"云烟绵联,不足为其态也;水之迢迢,不足为其情也;春之盎盎,不足为其和也;秋之明洁,不足为其格也;风樯阵马,不足为其勇也;瓦棺篆鼎,不足为其古也;时花美女,不足为其色也;荒国陊殿,梗莽邱垄,不足为其怨恨悲愁也;鲸吸鳌掷,牛鬼蛇神,不足为其虚荒诞幻也。"的确,浪漫主义诗风是李贺创作的主流,诸如丰富的想象,奇特的夸张,驱神逐鬼,纵横捭阖,那一幅幅神奇的画卷,惹人无限遐思。那么李贺是怎样形成这一浪漫主义诗风的呢?笔者拟探讨这一问题,借以抛砖引玉。

一

李贺诗以雕琢著称,"寻章摘句老雕虫,晓月当帘挂玉弓"(《南园》其六),便是他的自画像。李贺在语言上求新求奇,他好"用代词,不肯直说物名。如剑曰'玉龙',酒曰'琥珀',天曰'圆苍',秋花曰'冷红',春草曰'寒绿'"[1]。而在《河南府试十二月乐词》中也力求避俗,如"二月送别,不言折柳,八月不赋明月,九月不咏登高,皆避俗法"[2]。在求新求奇的同时,李贺更注重语言的色彩美,他在《酒罢,张大彻索赠诗,时张初效潞幕》中说张彻"天遣裁诗花作骨",赞美张彻诗句语言华美,犹如锦心绣口。这话也不妨看作是李贺的审美理想。翻开李贺诗集,我们便会看到许许多多铺金镂彩的诗句,如金屈卮、金槽、金鹅、金泥、金翘、金甲、金垿、金杯;银湾、银灯、银箭、银壶;玉蟾蜍、玉宫、玉喉、玉碗、玉钩、玉轮、玉壶、玉瑟、玉勒、玉珂、玉漏;紫丝、紫云、紫陌;绿鬓、寒绿、小绿、细绿;红镜、红旗、愁红、团红,等等,令人目不暇接。李贺在多姿多彩的语言万花筒中随意抛掷,便会织成锦绣的诗篇,难怪僧齐己赞叹说:"赤水无精华,荆山亦枯槁。玄珠与虹玉,璨璨李贺抱。"(《读李贺歌集》)

对此,后人也不无微词,陆游曾说:"贺词如百家锦衲,五色炫耀,光夺眼目,使人不敢熟视,求其补于用,无有也。"[3]张表臣也说:"篇章以含蓄天成为上,破碎雕镂为下。……如李长吉锦囊句,非不奇也,而牛鬼蛇神太甚,所谓施诸廊庙则骇矣。"[4]无论是他夫子自道、诗的文本,还是后人的评价,都可以看出李贺诗的人工痕迹很重,这是不争的事实。殊不知这正是李贺独特的艺术追求,是有意为之的,他强调一种"人工"美。正如他在《高轩过》中所说的:

殿前作赋声摩空,笔补造化天无功。

"笔补造化天无功"意谓人力可以弥补造化之足,强调"人工"胜"天工"。这可以说是李贺诗歌创作的宣言,对此钱锺书先生曾有过精辟的论述："长吉《高轩过》篇有'笔补造化天无功'一语，此不特长吉精神心眼之所在，而于道术之本原、艺术之极本，亦一言道著矣。夫天理流行，天工造化，无所谓道术学艺也。学与术者，人事之法天，人定胜天，人心之通天者也。"[5]钱先生认为艺术有两大宗："一则师法造化，以模写自然为主"，"二则主润饰自然，功夺造化"。李贺"笔补造化天无功"则是"润饰自然"，足可以为"润饰自然"一派"提要钩玄"。并接着说："此派论点不特以为艺术中造境之美，非天然境界所为；至谓自然界无现成之美，只有资料，经艺术家驱遣陶溶，方得佳观。此所以'天无功'而有待于'补'也"[6]。钱先生的论述正是开启李贺惨淡经营、苦心雕琢的一把钥匙。

"笔补造化天无功"是李贺诗歌创作的终极目标，他不满足于"模写自然"（他早期一些创作也是沿着这条路走的，如骑驴觅诗等），而追求的是一种人为的艺术美，强调艺术的造境。这种艺术追求戛戛独造，前无古人。一般艺术创作追求"我师造化"，强调描写的逼真，重神似，亦即钱先生所说的"模写自然"。而李贺却别辟蹊径，另立"一宗"，不唯独具慧眼，也可以看出他的胆识。正因为有这一指导思想，才使他的诗有别于同代的其他诗人，而形成了自家风貌。请看下面的诗句：

天河夜转漂回星，银浦流云学水声。（《天上谣》）

王子吹笙鹅管长，呼龙耕烟种瑶草。（同上）

石脉水流泉滴沙，鬼灯如漆点松花。（《南山田中行》）

博罗老仙持出洞,千岁石床啼鬼工。(《罗浮山人与葛篇》)

呼星召鬼歆杯盘,山魅食时人森寒。(《神弦》)

碾碎千年日长白,孝武秦皇听不得。(《官街鼓》)

这些诗句或想象神奇,或大胆夸张,或人为"造境",都旨在"润饰自然",追求一种"人工"美。这种"人工"美的追求,也遂使他的作品笔涉尘外,上天入地,任意驰骋,无论在布局谋篇上还是在造语上都追求新奇,不屑做经人道语。这些也都加速了他诗歌的浪漫主义进程。

二

李贺体弱多病,好作非非之想,弥留之际的白玉楼故事即可明证。他的非非之想与《楚辞》所表现的意趣是合拍的。《楚辞》是我国浪漫主义诗歌的源头,尤其是其中的《九歌》,保存了大量的神话传说,成为后世浪漫主义诗歌创作的范本。李贺对我国传统诗歌独钟《楚辞》,试看他的夫子自道:

咽咽学楚吟,病骨伤幽素。(《伤心行》)

楞伽堆案前,楚辞系肘后。(《赠陈商》)

斫取青光写楚辞,腻香春粉黑离离。(《昌谷北园新笋》其二)

郑公乡老开酒樽,坐泛楚奏吟招魂。(《南园》)

李贺不仅自述自觉学习《楚辞》，而且还把自己的诗也称之为《楚辞》。李贺与《楚辞》有不解之缘。对此，杜牧《李长吉歌诗叙》说他"盖《骚》之苗裔，理虽不及，辞或过之"。《唐音癸签》引《吟谱》说："贺诗祖《骚》宗谢，反万物而覆载之。"《说诗晬语》："李长吉诗，每近《天问》《招魂》，楚骚之苗裔也。"《唐诗别裁》："李长吉依约《楚辞》，而意取幽奥，辞取瑰奇。"

李贺在诗歌创作中也多方面从《楚辞》中汲取营养，如《雁门太守行》《苏小小墓》《帝子歌》《湘妃》《巫山高》《公无出门》《神弦》《神弦曲》《神弦别曲》等，这些诗或模仿《楚辞》，或师其意而不袭其句，均是李贺的优秀诗篇。可以说自《楚辞》问世后，除李白外，那便是李贺真正得到了《楚辞》的神韵。请看《苏小小墓》：

幽兰露，如啼眼。无物结同心，烟花不堪剪。草如茵，松如盖。风为裳，水为珮。油壁车，夕相待。冷翠烛，劳光彩。西陵下，风吹雨。

在这首诗中，诗人用浪漫主义手法塑造了苏小小这一鬼魂形象，描写了一个动人的爱情故事。诗人着力描写墓边景物，幽兰上的露珠，像苏小小啼泪的眼睛，开篇便抓住了人物的关键——眼睛。"啼"，一方面写她沦为娼妓的不幸遭遇，另一方面写她追求幸福而不得的悲伤。"无物结同心"与"烟花不堪剪"是句内感情对立，因无人可"结同心"，故繁花也不堪剪以相赠。"草如茵，松如盖。风为裳，水为珮。油壁车，夕相待。"这里主要用细线条勾勒苏小小形象，采用以形写神法，她不因为失望而放弃追求"乘青骢马"的意中人。最后四句仍写她的希望成空。诗人或借景抒情,或缘情造景,描写苏小小悲伤—追求—失望的情怀。这里的苏小小并不可怖,反倒令人同情。诗的意境幽冷,奇幻迷离。这首诗无疑是取法《山鬼》和《招魂》的。

《楚辞》,尤其是《离骚》大量运用比兴手法,这里的比兴手法不再像《诗经》那样简单地就事论事,而是注入了政治与道德的内涵。李贺也继承了这种方法,他用猛虎、毒虺、狻猊等比喻叛乱的藩镇,用松、剑、马、竹比喻自己的品格高洁和寄托自己的抱负,用张仲蔚、扬雄、司马相如比喻自己的政治失意,等等。

李贺自觉地学习《楚辞》,借鉴其表现手法,这也是他浪漫主义诗风形成的一个重要原因。

三

文学作品毕竟是生活的折光,李贺浪漫主义诗风的形成也是与他的独特的生活经历分不开的。李贺短暂的一生大部分时光是在故乡昌谷度过的。李贺"稚而能文,尤善乐府词句"[7],《唐摭言》说:"贺年七岁,以长短之歌名动京师。"这正是家乡的山水风物孕育了诗人的灵秀,开启了诗人的诗思。据《宜阳县志》记载,昌谷"西往秦晋,南连吴楚",是交通要道。昌谷隶属福昌县,即今河南宜阳县。这里有福昌宫(又名连昌宫)、女几山、南园和北园等景观,尤其是福昌宫和女几山更是著名胜迹。福昌宫本是隋故宫,唐高宗时又重新修建,韩愈、元稹都有诗吟咏。李贺《昌谷诗》也对其进行过描述:"待驾栖鸾老,故宫椒壁杞。鸿珑数铃响,羁臣发凉思。"女几山更是充满神奇色彩,据传说,女几山是兰香神女升天的地方,山上有兰香神女庙，供奉神祇，用李贺的话说便是"烧桂祀天几"（《昌谷诗》）。李贺也有《兰香神女庙》一诗专咏其事。诗有云："看雨逢瑶姬，乘船值江君。吹箫饮酒醉，结绶金丝裙。走天呵白鹿，游水鞭锦鳞。"这里有许多神仙往来，是众仙聚会的场所。神女更是美丽无比："密发虚鬟飞，腻颊凝花匀。团鬓分珠窠，浓眉笼小唇。弄蝶和轻妍，风光怯腰身。"这样一个充满迷幻色彩的人文环境，是李贺浪漫主义诗歌创作的诱因，少年时期的李贺不能不受这具有浪漫情调传说的浸染。

李贺少有大志，正如他所说的"少年心事当拿云"（《致酒行》）。在诗赋取士的时代，李贺学习作诗，本拟以此作为仕途的梁津。他吟诗十分刻苦，"有人谒李贺，见其久而不言，唾地者三，俄而文成三篇，文笔噪喉"[8]。由于勤奋和良好的悟性，他的诗名日播。在十五六岁的时候，他时常往来于昌谷和洛阳之间，结识了不少诗友，如王参元、杨敬之、权璩等人，为日后科举奠定了基础。元和二年（807），韩愈以国子博士分司东都洛阳的时候，李贺以诗谒见韩愈[9]，正如张固《幽闲鼓吹》所说的："贺以歌诗谒韩吏部，吏部时为国子博士分司。送客归，极困。门人呈卷，解带旋读之。"首篇《雁门太守行》曰："黑云压城城欲摧，甲光向日金鳞开。"却授带，命邀之。自此，李贺受到韩愈奖掖，成为韩门弟子。在韩愈的鼓励下，他决定走进士一科，实现自己的理想和壮志。李贺于元和五年（810）以《河南府试十二月乐辞》顺利地通过了河南府试，旋即又兴致勃勃地到长安举进士。木秀于林，风必摧之。由于韩愈对李贺"深所知重，于缙绅之间每如延誉，由此声华籍甚"[10]，李贺是进士科的有力竞争者。一些应试者便挖空心思地找材料，说李贺犯"避讳"，其父名晋肃，"晋"与"进"同音，李贺不该举进士，一时舆论哗然。尽管韩愈专为此事作

《讳辩》，也无济于事。按唐人避讳是有的，钱易《南部新书》："凡进士入试，遇题目有家讳，谓之文字不便，即托疾下将息状求出云：'牒某忽患心痛，请出试院。'"应举遭毁，无疑给李贺当头一棒，此事给李贺造成终生憾痛。次年，李贺可能是因"祖荫"，或是经韩愈推荐，做了奉礼郎。李贺的性格由早期的积极进取而一改为孤愤，他在现实中找不到出路，这时便超越现实，寻求心灵的一丝平衡。他呕心所为之诗或寄托仙国，或笔涉幽冥，或写梦境，诗风也由早期注重写实而变为注重表现理想和愿望以及理想和愿望不能实现的激愤，浪漫主义也就成了他诗歌创作的主流。

总之，李贺浪漫主义诗风形成的原因是多方面的，然而撮其要者不外乎是其独特的艺术追求、深受《楚辞》的影响以及其特殊的生活际遇。是耶？非耶？敬祈方家教正。

注释：

[1] [5] [6]钱锺书《谈艺录》，中华书局，1984年版。

[2] 王琦等《李贺诗歌集注》，上海人民出版社，1977年版。

[3] 范晞文《对床夜话》卷二，中华书局，1985年版。

[4] 张表臣《珊瑚钩诗话》卷一，何文焕《历代诗话》，中华书局，1981年版。

[7]《太平广记》卷四九，中华书局，1961年版。

[8] 冯贽《云仙杂记》，王琦等《李贺诗歌集注》，上海人民出版社，1977年版。

[9] 刘衍《李贺诗校笺证异》，湖南出版社，1990年版。

[10] 康骈《剧谈录》，王琦等《李贺诗歌集注》，上海人民出版社，1977年版。

本文发表于《辽宁大学学报》2000年第3期

◎试论李煜变"伶工词"为"士大夫词"

王国维《人间词话》论及李煜时说:"词至李后主眼界始大,感慨遂深,遂变伶工之词而为士大夫之词。"对于李煜的这一杰出贡献,除个别人外[1],绝大多数学者都予以肯定,但没有人深入探讨这一问题。

所谓"伶工词",就是作者依一定乐律填词,然后交给伶人去演唱,内容多以男女相思、纵情淫乐为主,风格柔媚、缠绵悱恻。像这样供统治者享乐的词是根本没有多少真情实感的,如果有真情流露,反倒有碍于佐欢。"伶工词"尽管把词"雅化"了一些,但却背叛了民间词的抒情传统。而"士大夫词"则是作者抒发一己怀抱,使词逐渐脱离音乐,把词变为一种抒情工具。其内容多是对国家命运、个人际遇的感慨等,风格或沉痛不已或慷慨激昂。

纵观五代词坛,大都是"伶工词",但具体说来又有很大的不同。五代词主要有西蜀和南唐两个词派。西蜀词派以温庭筠为领袖,以《花间集》为代表。五代本是干戈四起、瓜分豆剖的年代,然而西蜀却偏安一隅,没有兵燹之忧。更何况前蜀王衍、后蜀孟昶都奢侈无比,沉溺于酒色,这就造成了西蜀轻歌曼舞、浅斟低唱的局面,也遂使那些艳曲有了滋生的温床。《花间集》结集,标志着词史上的第一个流派——"花间词派"的形成。但是，花间词派基本上与六朝宫体诗一脉相承，题材狭窄，多写追欢买笑，正如欧阳炯在《花间集序》中所说："则有绮筵公子，绣幌佳人，递叶叶之花笺，文抽丽锦，举纤纤之玉指，拍按香檀，不无清绝之词，用助娇娆之态。"这就不打自招地把其创作过程、倾向兜了出来。花间词派把词领进"秦楼楚馆"，在清澈的民间词流中抛进无数胭脂，使词变为淫靡、妩媚，毫无时代气息。

　　花间词派是典型的"伶工词"。然而在浓重的唯美主义氛围中也有极少数词人写出了一些格调比较清新、富于抒情韵味的作品。最突出的是韦庄，他词风比较朴实，善于运用白描手法，不假雕饰。此外，还有李珣、孙光宪等，他们的作品也都以清秀见长。这些人的作品都直接或间接地影响了李煜的创作，为李煜能够开拓词风铺上了一层台阶。

　　与花间词派相对的南唐词派则是另一种面貌。南唐的政治局面也相对稳定，烈主李昇用和平方式取得吴国政权后，便"罢去苛政，与民更始"，同时举用儒吏，重视文治。李昇生活非常俭朴，这多少也影响了李璟和李煜，他们不可能像西蜀那样纵情声色。金陵自三国以来，就有几个朝代在此建都，文化积淀雄厚。况且李昇还建立了白鹿洞学馆，李煜专设崇文馆，这些都推动了南唐文化的发展。南唐词人的文化素质之高是西蜀所不能企及的。同时南唐君臣又不满时下文风，统治者设法用科举力矫时弊，群臣也积极倡导，张泊曾不无感慨地说道："自李杜之后，风雅道丧。"（《张司业诗集序》）徐锴也大声疾呼："为文而造情，污准而粉额。"（《曲台奏议集序》）由于大家竞相倡导，南唐学古文风气很盛，遂使当时文坛呈现一种"元和气象"。

　　这种文艺思想无疑推动了南唐词的创作。南唐词固然有华丽的一面,也有"伶工词",但总体说来是风格沉郁、哀怨,这便是南唐国势由盛转衰,统治阶级内部党争激烈所致。南唐词人的政治地位都非常高,这就促使他们把国家命运、政治斗争糅进作品中。这样,也就使他们的作品政治色彩增强了,男欢女爱成分逐渐淡薄。

李煜之所以能够把词从花间词派的泥淖中拔出来,挽狂澜于既倒,将词领回民间词的抒情道路并有所发展,正是由于他深深地扎根在南唐这块文学泥土中,并汲取西蜀词人尤其是韦庄等人的表现技巧,转益多师的缘故。这正是李煜词风转变的一个坚实基础。

李煜能变"伶工词"为"士大夫词",与他独特的生活经历以及把生命献给艺是分不开的。

李煜本是个文人才子,不喜追名逐利。青少年时代,他为了躲避长兄弘冀太子的迫害,只是潜心于读书。他自己也曾说:"自出胶庠,心疏利禄。"(《即位上宋太祖表》)李煜是厌倦仕途的,可是生活仿佛有意为难,他却被阴差阳错地推上了皇帝的宝座。他没有政治才干,在治国上也没有什么建树,他对人良莠不分,反被奸佞所包围。"赏人之善,常若不及;掩人之过,惟恐其闻。"(《吴王陇西公墓铭》)这便是他为政的准则。为了寻求精神寄托,李煜也尽情欢乐,早期的几首"伶工词"便是他优渥帝王生活的写照。然而好景不长,"卧榻之下岂容他人酣睡"的赵匡胤,是不允许南唐苟延残喘的。尽管李煜屡屡纳贡朝奉,竭尽卑屈,也无济于事。面对强大的宋朝,李煜"常怏怏以国蹙为忧,日与臣下酣饮,愁思悲歌不已"(欧阳修《新五代史》)。况且李煜又"喜浮图",另寻心灵慰藉,南唐终于在开宝八年(975)为宋所灭。三年的囚徒生涯,是在"此中日夕,只以眼泪洗面"(《与金陵旧宫人书》)中度过,其境遇是可想而知的。

　　李煜的作品以他被俘入宋为界,明显地分为前、后两期。他的前期词,基本是沿花间词派余绪,然而李煜毕竟擅长于花间词派以外的创作,这便扩大了词的题材。他除了写些纵情游乐外,还有写闲适生活的,如《子夜歌》(寻春须是先春早),有写人物情态的,如《一斛珠》(晓妆初过),有写爱情的,如《菩萨蛮》(花明月黯笼轻雾),也有写隐逸的,如《渔父》二首,等等。就是他这些词,也具有一定的情感,难能可贵的是他在国破家亡前夕写的一些词更是背叛"伶工",纯是抒发一己情怀了。

　　别来春半,触目柔肠断。砌下落梅如雪乱,拂了一身还满。雁来音信无凭,路遥梦断难成,离恨恰如春草,更行更远还生。(《清平乐》)

　　深院静,小庭空,断续寒砧断续风。无奈夜长人不寐,数声和月到帘栊。(《捣练子》)

　　前者是为怀念七弟从善入宋久而不归所作。"愁肠断"表示想念之极,"落梅如雪"写心情之烦,"雁来"乃盼望之笔,而"离恨恰如春草"则写恨之不断。全词感情饱满。而所选择的词汇都能准确地表达感情。后者是用思妇口吻写自己的孤寂心情。"静""空""寒砧"都给人一种凄楚的感觉,而"夜长人不寐"恰点出主人公的心境。这是一种反衬写法,表面是"静",实际是写人思绪不宁。

　　这两首词与花间词派风格迥异,这正是现实生活的折光。如果说李煜前期词已透出"士大夫词"端倪的话,那么他后期词更是一洗铅华,真正走上"士大夫词"抒情之路了。

现实生活猛烈地惊碎了李煜的酣梦,由皇帝跌落为"臣虏",这打击太大了。这时他作品中反复出现的是愁,是恨,是梦;是现实的愁,是往日的恨,是故国的梦。

林花谢了春红,太匆匆!无奈朝来寒雨晚来风。胭脂泪,留人醉,几时重?自是人生常恨水长东。(《相见欢》)

帘外雨潺潺,春意阑珊。罗衾不耐五更寒。梦里不知身是客,一晌贪欢。独自莫凭栏,无限江山,别时容易见时难。流水落花春去也,天上人间!(《浪淘沙》)

这两首词明白如话,而又感情奔放,笔笔写实,句句言情。前者重在恨,后者重在忆。玩味再三,作者凄凉而悲惨的神情跃然纸上。张耒在《东山词序》里说:"文章之于人,有满心而发,肆口而成,不待思虑而工,不待雕琢而丽者,皆天理自然,而性情之至道也。"这句话用来说李煜,我看更贴切。

李煜的后期词尽管只有十余首,但都是精品,都是用鲜血和生命换来的,可以说作词成为他赖以生存的强大精神支柱。当然,李煜也只是一己之愁,一己之恨,这,我们又怎能苛求一个封建皇帝呢?尽管如此,这不也比花间词人的一缕闲愁淡恨远胜许多吗?正如王国维说:"'自是人生常恨水长东','流水落花春去也,天上人间',《金荃》《浣花》能有此气象邪!"(《人间词话》)

李煜虽失败于政治,但却换来了艺术的成功。三年的囚徒磨难,使他的艺术炉火纯青。李煜以自己的生命实现了词风转变,从而也使他的词具有某种悲剧美。

李煜词风的转变，除了他具有独特的生活经历外，从主观方面来看，他的性格特征、审美情趣也是不容忽视的一个重要因素。

　　李煜"为人仁惠，有慧性"，天真多情而又"好生戒杀"。他始终用善良的目光来看待一切，以致在政治上做出许多荒唐可笑的事。他"常欲群臣和于朝，不欲闻人过，章疏有纠谪稍评者，皆寝不报"（马令《南唐书》），最终导致了"法不胜奸，威不克爱"。他空有"惟以好生富民为务"（《十国春秋》）的抱负，实无半点治国良策。李煜真是既可爱，又可怜！这便是"阅世愈浅，则性情愈真"（《人间词话》）吧。但是，李煜却有着艺术家所特有的丰富感情。他不仅钟情于大周后，就是对父母兄弟也极尽孝悌之道。母后钟氏病危，他"药必亲尝乃进"（《十国春秋》）。其弟从善入宋，久而不放归，他不仅为之"罢宴"，还赋《却登高文》以见义。

　　李煜这种真率、多情的禀性，便孕育了他艺术的灵秀。

　　李煜的审美情趣是建立在多方面艺术修养之上的。他"雅善属文，工书画，知音律"（《十国春秋》）。艺术家的才气几乎钟灵于一身。他不仅自己著述丰富（《江南别录》），还设"崇文馆"，延揽文人学士，积极鼓励读书创作。他曾不无感慨地说道："群臣勤其官，皆如徐锴在集贤，吾何忧哉？"（《十国春秋》）李煜"幼而好古，为文有汉魏风"，（《江南别录》）南唐力矫浮靡文风，他无异是位擘划者。遗憾的是李煜的绝大部分作品均已亡佚。不过艺术是相通的，我们还可以从李煜对书画、音乐的创作及欣赏态度来窥其艺术倾向和审美情趣。

　　多方面的艺术修养，提高了李煜的审美能力。李煜在艺术上不是墨守传统，而是讲究创新。他的书画不仅自出机杼，而且还重神韵。李煜的书论有《书评》和《书述》两篇。前者是评价后人学王羲之书法的得失，堪称一家之言，后者释卫夫人所传执笔的拨镫法，有益于后学。他的书法本学柳公权，但却认为柳书学王羲之仅"得其骨，而失于生犷"（《书论》）。他作书不守唐人法度，"作颤笔樛曲之状，遒劲如寒松霜竹"（《清异录》），他还独创了"撮襟书"。《宣和书谱》说他"尤喜作行书，落笔瘦硬，而风神溢出，然殊乏姿媚"。李煜的画更是别具一格，他曾把柳书笔法用于画竹，"互相取备"，收到了相得益彰的效果。李煜画墨竹"清爽不凡"（都穆《寓意编·题后主墨竹》），画林木飞鸟则"远过常流，高出意外"。

李煜对音乐的造诣也很深，"洞晓音律，精别雅郑"，（郭若虚《图画见闻录》）"凡度曲莫非奇绝"。（邵思《雁门野说》）他曾对大周后说："汝能创为新声则可矣"，大周后遂谱成《霓裳羽衣》，使失传已久的开元、天宝遗音又得以流行。

李煜的创作倾向和审美情趣都表明，他在探索艺术真谛，在追求艺术个性。他不甘拾人牙慧，师古而不泥古，化古为我。凡此种种，便构成了李煜词风转变的原动力！

总之，李煜变"伶工词"为"士大夫词"，在词史上具有里程碑意义。苏、辛在李煜开拓词风的基础上更进一步扩展词的境界，大刀阔斧地创作，使词真正得到了解放，并成为与诗并驾齐驱的文学样式。

注释：

[1] 陈兼与先生在《人间词话述评》中说："变伶工之词而为士大夫词，实始子于中康之刘、白，而健全于温、韦，冯延巳、李煜并时豪杰耳。"（《词学》第一辑，华东师大出版社）

本文发表于《辽宁大学学报》1987年第2期

 中编

【以刘熙载为中心的个案研究】

◎大文艺观视阈下的刘熙载书论略说

刘熙载把书法与诗词文赋并称为艺,认为它们都能表现"道"。《艺概》中的《书概》与其他艺术门类一样,都有一致的文艺思想和审美追求。这种文艺思想和审美追求,都是以儒释道为规约的,我们姑且称之为大文艺观。所谓大文艺观是指以儒家为主导的文艺思想,当然也包括道家和佛教。从儒家来看,大文艺观导源于经学,经学中的文艺思想统摄文学艺术的方方面面。从大文艺观角度看,书法的根本是文字,而"文字"又是"经艺之本,王政之始"[1],因此,书法又有着浓厚的政治色彩。儒家思想在书法上的表现就是经世致用,依据经世致用的原则,在书体上表现为秩序感;在书家楷模上就需要有权威;在书法风格上则讲究含蓄,也就是温柔敦厚的诗教观。从经世致用角度看,就连书如其人也在儒家的大文艺观之内。书如其人可以追溯到孟子的"知人论世"说。《尚书·舜典》的"诗言志",《毛诗序》的"情动于中,而形于言",直接开启了书法的抒情观,也都属于大文艺观范畴。与儒家崇尚实用不同,道家和佛教则重视精神层面的追求,道家的有无、技道观,佛教禅宗的顿悟和渐悟等,都给书法以形而上的启示,也都是大文艺观的组成部分。

儒、释、道大文艺观加在一起就是道,无论是文以载道,还是"写字者，写志也"，都表现为道。刘熙载的《书概》《游艺约言》或多或少都涉及上述内容，都是用大文艺观来支撑的。因此，从大文艺观角度来研究刘熙载的书论，无疑是一种有意义的尝试。

一、刘熙载书论中的大文艺观

刘熙载的文艺观以儒家为根基，也就是说刘熙载的文艺思想基本上是属于儒家的，佛、道只是一种补充。刘熙载是著名经师，立身行世始终以儒家信条为指归。《文概》开篇即云："《六经》，文之范围也。圣人之旨，于经观其大备。"文章要遵从《六经》，圣人的思想贯穿于《六经》之中。书法与诗词文赋一样，都是"艺"，书法也应当体现《六经》的文艺思想。

1. 诗言志

《诗概》："'诗言志'，孟子'文辞志'之说所本也。""诗言志"最早出自《尚书·舜典》："诗言志，歌永言，声依永，律和声。八音克谐，无相夺伦，神人以和。"[3]"诗言志"，意谓诗是表达情感的。《毛诗序》也说："诗者，志之所之也，在心为志，发言为诗。情动于中，而形于言。言之不足，故嗟叹之；嗟叹之不足，故永歌之；永歌之不足，不知

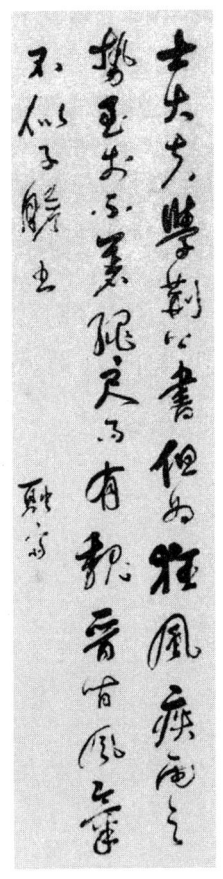

刘熙载草书中堂

手之舞之,足之蹈之也。"[4]这里也是强调诗歌的抒情性。书法上的抒情也与诗歌有类似之处,韩愈《送高闲上人序》描述张旭草书创作的情形即为显例。文学艺术都要有感而发,都要以情感人。

刘熙载的书论也强调书法的抒情性,《书概》云:

写字者,写志也。故张长史授颜鲁公曰:"非志士高人,讵可与言要妙?"

《游艺约言》亦云:

徐季海论书,以为亚于文章。余谓文章取示己志,书诚如是,则亦何亚之有?[5]

以上两则书论,均认为书法就是"写志",与"诗言志"没有什么不同。而后一则是提高书品,认为书法如能言志,就不比文章差。唐代孙过庭《书谱》曾云:"岂知情动形言,取会风骚之意;阳舒阴惨,本乎天地之心。"[6]张怀瓘《文字论》也说:"文则数言乃成其意,书则一字已见其心。"又说:"不由灵台,必乏神气。"[7]他们均强调书法的抒情性。抒情本是艺术的天性、自然之性,但是艺术又不能不受社会性的制约,因此深受儒家思想浸润的刘熙载在《书概》中又说:

笔性墨情,皆以其人之性情为本。是则理性情者,书之首务也。

"笔性墨情",即笔墨所表现出的情趣,亦即抒情性。

"性"指个性、天性。刘熙载认为书法的情感表现,取决于人,结合刘熙载的"书如其人"说,这又和伦理批评挂上了钩。其实刘熙载在这里又践行了《毛诗序》"发乎情,止乎礼义"[8]这一文艺思想。

支撑刘熙载书论的儒家文艺观还有很多,如《艺概·叙》篇首"艺者,道之形也",遥承"文以明道""文以载道"。刘熙载书品人品论则导源于"知人论世"观。总之,刘熙载谈文论艺的大文艺观是以儒家为主的。

2. 技道观

尽管刘熙载一生主要受儒家思想影响,但其于古人最契陶渊明,在广东学政任上以病辞归。其身上又不无道家思想的折光。儒家是重视传统、讲秩序的,任何事物光有秩序还不行,还要有个性,于是就有了道家,在儒家范围内给道家留了点艺术空间。《艺概》中的艺术风格论,道家的文艺观比比皆是。《游艺约言》也有不少借老庄思想来论书法的。《游艺约言》云:

> 不毁万物,当体便无;不设一物,当体便有。书之有法而无法,至此进乎技矣。

刘熙载是借庖丁解牛的故事来论述学书的技道观。"不毁万物,当体便无","体",指牛的躯体。这是指庖丁解牛的经验老到之后"未见全牛"。"不设一物,当体便有",是指庖丁刚学解牛的时候,"所见无非全牛",他对牛的生理结构全然不知,处于学习阶段。"进乎技矣",语出《庄子·养生主》:"(庖丁对文惠王说)臣之所好者道也,近乎技矣。"[9]此即技进乎道的原始出处。技进乎道用于书法,"技",指技法；"道"，指书理和规律。技道观虽然以道家经典为原型，但又不无儒家的因素，孔子就曾说："志于道，据于德，依于仁，游于艺。"[10]技道观早在唐代就有人关注，刘禹锡《论书》根据魏、晋、宋、齐间尚书，至有"君臣争名，父子不让"的情况，说"吾姑欲求中道耳"[11]。元代郝经《移诸生论书法书》说："必观夫天地法象之端……澹然无欲，翛然无为，心乎相忘，纵意所如，不知书之为我，我之为书，悠然而化然，从技入于道。凡有所书，神妙不测，尽为自然造化，不复有笔墨，神在意存而已。"[12]刘熙载用庖丁解牛的两个不同过程来模拟书法的有法和无法。刘熙载强调书法先要有法，再由有法过渡到无法。亦即先要"有为"，再由"有为"过渡到"无为"，从而达到技进乎道的目的。

刘熙载的技道观继承了先贤的说法，又有他自己的体会。刘熙载既重技又重道，《书概》中的技法论、书体论、书家论即可证明。不过刘熙载在这里所说的"道"是指书理，还没有人品的内涵。

刘熙载书论中的道家文艺观还有天然、有为、无为等，就不展开论述了。

3. 顿悟和渐悟

刘熙载对佛教，尤其是对禅宗还是有浓厚兴趣的。据《昨非集》卷三《查芙波先生借梵书》一诗，刘熙载读过《楞严》《圆觉》《净名》三经。《昨非集》卷三《检书》云："向来耽悟境，释部翻常勤。"《与友人游山寺》云："好借神机悟常性，穷不可忧达勿喜。"佛教，尤其是禅宗对文学艺术影响最大。

佛教对书法的影响主要是禅宗的悟。对此，刘熙载也有论述，《游艺约言》云：

悟有顿、渐。学书从摹古人得者，渐也；从观物得者，顿也。

禅宗在初唐时分为南北两派，南派主张顿悟，代表人物是慧能；北派主张渐悟，代表人物是神秀。顿悟是顿然觉悟，指不须繁琐的佛教仪式和长期的修习，因为人人心中都有佛性，一旦参悟，便可见性成佛。渐悟与顿悟相对，认为尽管人人心中都有佛性，但由于种种障碍，人必须通过长期的修行，才能逐步掌握佛理而领悟，达到成佛的境地，亦即神秀法偈所说的："时时勤拂拭，莫使惹尘埃。"

刘熙载认为，"学书从摹古人得者"，就如同禅宗的渐悟；"从观物得者"，就如同禅宗的顿悟。"摹古人"即临摹古人的碑帖，这的确是一个"渐悟"的过程。"观物"是说书家通过观察世界万事万物，进行比类联想，从而悟出书法之理。如张旭观公孙大娘舞剑器而悟草书之理，颜真卿观屋漏痕而悟笔法，文与可观蛇斗而草书大进等，均属此类。但不是每一位书法家都能够通过"观物"而有所悟，那是平时百思而不得其解，而客观之物正好启动了他的灵感，主观与客观契合，遂顿悟书理。学书上的"渐悟"是"与古为徒"，"顿悟"是"与天为徒"，与禅宗不同的是，学书上的"渐悟"与"顿悟"并不互相斥，相反倒是学书者所兼备的。在佛教的教义中，只有"悟"与书法的关系最为密切。

二、大文艺观视阈下的刘熙载书论的特点

刘熙载的书论是对中国古代书论的全面总结和理论上的提

升。以《书概》为例,全文似可分为书体论、书家论、技法论和审美鉴赏论,是作者精心结撰、自成体系的一部著作。由于刘熙载在大文艺观规约下来谈文论艺,因此,刘熙载的书论又呈现出有别于一般书论的特点。

1. 理论色彩浓厚

刘熙载书论的理论色彩很浓,不同于一般的经验介绍。首先,刘熙载借助于《周易》的意象理论来切入书法的本质。《书概》云:

> 圣人作《易》,立象以尽意。意,先天,书之本也;象,后天,书之用也。

《书概》开篇刘熙载便引《周易》的意象概念,来论述书法的本质。《周易·系辞传》第十三章:"子曰:'书不尽言,言不尽意。'然则圣人之意其不可见乎?子曰:'圣人立象以尽意,设卦以尽情伪,系辞焉以尽其言。'"[13] "意"即圣人的思想,"象"指卦象,圣人立象的目的,就是想把思想充分表现出来。刘熙载是借用《周易》的"意""象"概念来论书法,进而认为"意"是先天的,是书法的本体,"象"是后天的,是书法的表现。那么进而可知"意"显然就是书家的主观情志,而"象"则是表现情志的点画、线条等的外在形象。这里既有文字观,也有自其转化而来的书法观。这是全书的总纲,也是刘熙载对书法本质的认识。

其次,刘熙载根据传蔡邕的"书肇于自然"的说法,提出"由人复天"的观点。《书概》云:

> 书当造乎自然。蔡中郎但谓书肇于自然,此立天定人,

尚未及乎由人复天也。

刘熙载是依据道家思想探讨艺术的生成理论的。传蔡邕《九势》云："书肇于自然，自然既立，阴阳生焉；阴阳既生，形势出矣。"[14]"这种借助道家思想而构筑起来的书法艺术生成论，简质而明了。"[15]"书肇于自然"即模拟自然，这只是"立天定人"，是从文字观向书法观的转变。"书当造乎自然"是一种人工的再造自然，是"由人复天"。"立天定人"，人与自然的关系中人是被动的，书家只能从自然中汲取有益于书法的灵感；"由人复天"，在人与自然的关系中人是积极主动的，书家可以通过创造性思维再造一个"自然"，重构一种人与自然的秩序。《游艺约言》对此尚有补充："无为者，性也，天也；有为者，学也，人也；学以复性，人以复天，是有为蕲至于无为者。""由人复天"是无为之境，刘熙载道出了中国艺术的真谛。

再次，刘熙载的"二观"说理论色彩更浓。《书概》云：

学书者有二观：曰观物，曰观我。观物以类情，观我以通德。如是，则书之前后莫非书也，而书之时可知矣。

刘熙载从哲学高度来探讨学书的过程，融合了儒、道思想。"二观"出自宋邵雍《皇极经世·观物篇六十二》："不以我观物者，以物观物之谓也。既能以物，又安有我于其间哉！"[16]《观物篇下》又说："以物观物，性也；以我观物，情也。"[17]"类情""通德"，语出《周易·系辞传》："古者包牺氏之王天下也，仰则观象于天，俯则观法于地，观鸟兽之文与地之宜，近取诸身，远取诸物，于是始作八卦，以通神明之德,以类万物之情。"[18]刘熙载所说的"观物",即邵雍"以我观物,情也"、《系辞传》"以类万物之情";刘熙载所说的"观我",即邵雍"以物观物,性也"、《系辞传》"以通神明之德"。"情",指情形、情状。"德",即邵雍说的"性",指品性、德性。"观物以类情",就是书法类天地万物。"观我以通德",就是通神明之性,书家从经验、感悟中神明自得,获得的书法真谛等,都是"以通神明之德"。张旭从惊沙坐飞、怀素从夏云奇峰悟到的笔法都属此类。当然,借助联想,以通神明之德还包括品德、文化修养等。"二观"说实际上就是书法创作时的想象和灵感的问题,刘熙载将其提升至道的层面来认识,高屋建瓴。

2. 辩证论艺

刘熙载被誉为东方的黑格尔,《艺概》辩证论艺俯拾即是。《艺概》有一百多对相互对应的概念范畴,《艺概》思辨意味非常浓厚。

《书概》的辩证论艺也很多,如技法论中论笔法的提按、振摄、迟速、疾涩、完破、质文等都是。综观刘熙载书论中辩证论书,主要可以分为两类:一种是矛盾的转化,一种是采取折中、调和的方法。属于矛盾转化这一类型的不多,如《书概》:

学书者务益不如务损。其实损就是益,如去寒去俗之类,去得尽,非益而何?

怪石以丑为美,丑到极处,便是美到极处。

"损"和"益"是相对的范畴,也是《周易》六十四卦中对立的两个卦名。"损",减损。书法如能去掉寒俭、俗气,本身就是"益",矛盾向对立方转化。"美""丑"也是如此,"丑"是一种大朴的自然状态,"美"则有一种人工痕。刘熙载的看法十分独特,发人深省。

刘熙载辩证论艺采用最多的方式是折中和调和。《书概》云:

或问颜鲁公书何似?曰:似司马迁。怀素书何似?曰:似庄子。曰:不以一沉着一飘逸乎?曰:必若此言,是谓马不飘逸,庄不沉着也。

北书以骨胜,南书以韵胜。然北自有北之韵,南自有南之骨也。

将颜真卿书法模拟司马迁的《史记》、将怀素的书法模拟《庄子》,取其沉着与飘逸。但刘熙载认为司马迁也有飘逸、庄子也有沉着的一面。对南北书派的关注本身就体现了时代性。北书以魏碑为主,楷法遒劲;南书乃江左风流,富有韵致。刘熙载概括得还是比较准确的。但刘熙载又辩证看问题,认为"北自有北之韵,南自有南之骨",属于典型的折中主义。

《游艺约言》中也有辩证论书的,如:

书尚道、逸。道,非直劲焉而已;逸,非直秀焉而已。

有狂篆、狂隶,有庄行、庄草。庄正而狂奇,此亦哀益平施之理,达者自知。

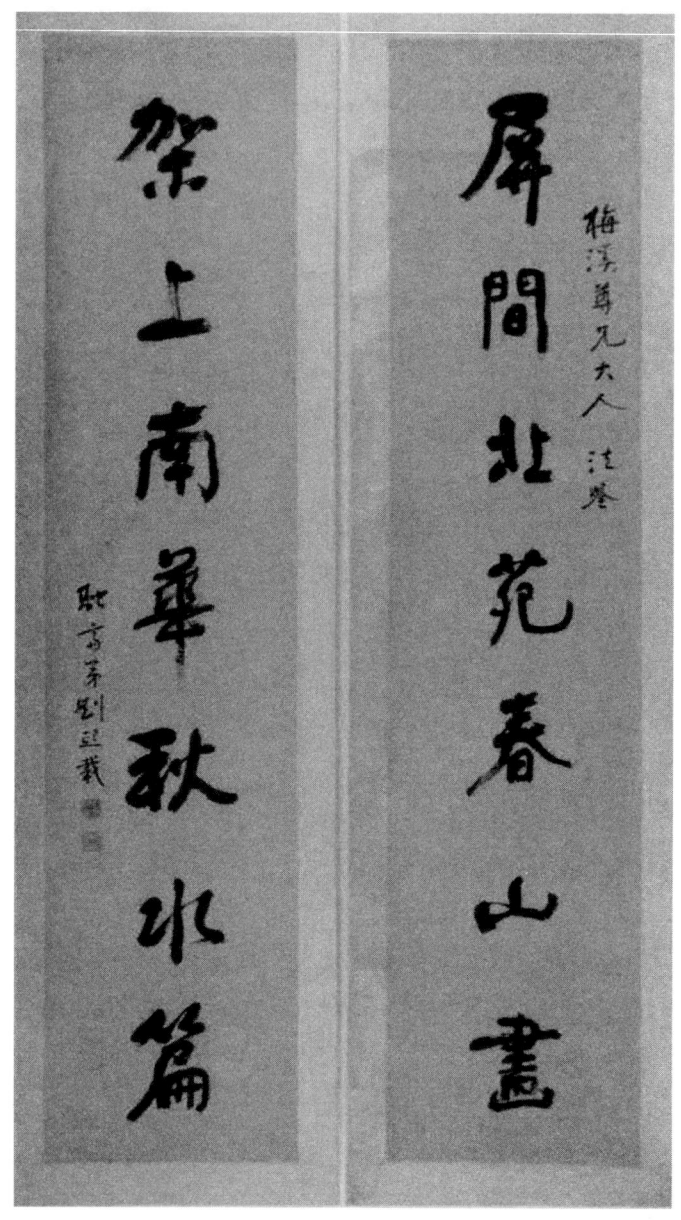

刘熙载行书七言联

"遒""逸"本为两种相对的笔法或风格，但刘熙载却认为遒劲并非是"直劲"，俊逸也并非是"直秀"，而是你中有我，我中有你。篆隶为正体，行草则狂逸，但刘熙载则辩证地看问题，他认为篆隶应"狂"，行草应"庄"，正所谓"庄正而狂奇"。"裒益平施"语出《周易·谦·象》："地中有山，谦。君子以裒多益寡，称物平施。"王弼注曰："多者用谦以为裒，少者用谦以为益，随物而与，施不失平也。"[19]"裒"，减少。"益"，增加。意谓根据"谦"卦，多的让它减少一些，少的让它增加一些，不同情况区别对待，就是为了公平。"裒益平施"对于书体而言，就是狂逸的书体如行、草让它们端庄一些，端庄的书体如篆、隶让它们狂逸一些；狂逸的书体使之敛，避免漂浮，增强质感；端庄的书体使之放，避免呆板，增强灵动性。这明显有折中的意味。"刘熙载着眼于对应范畴所作的思辨，大都是以儒家的'中和'之美为指归的"[20]，又回到了他的儒家文艺观。

在中国古代书论中，刘熙载辩证论书最为典型。那么刘熙载为什么喜欢辩证论艺，这和大文艺观有何关系呢？《周易》为"五经"之一，是儒家思想的重要组成部分。《易传》在解释《周易》的时候提出许多哲学范畴，如阴阳、刚柔、动静等，而这些范畴有的就与书法艺术紧密相关。金景芳先生认为"《周易》一书是用辩证法的理论写成的"[21]。刘熙载对儒家典籍烂熟于心。《艺概》每每征引《周易》，借鉴其辩证法也是顺理成章的。《老子》也讲辩证地看问题，其论美丑、有无、损益等对立统一范畴，很明显也被刘熙载《书概》所继承和发扬。而佛教尤其是禅宗也惯于辩证思维，刘熙载辩证论艺的圆通，也受禅宗思想的浸润。如此说来，刘熙载书论中的辩证论艺确实是践行了大文艺观。

3. 崇尚简约的书论文本

刘熙载崇尚简约，《文概》云："刘知几《史通》谓《左传》'其言简而要，其事详而博'。余谓百世史家，类不出乎此法。《后汉书》称荀悦《汉纪》'辞约事详'，《新唐书》以'文省事增'为尚，其知之矣。"刘熙载的书论从形式上看，最明显的特点是篇幅短小，虽只言片语，却含义深刻，言简旨丰。如《书概》：

"篆尚婉而通"，南帖似之；"隶欲精而密"，北碑似之。

张长史书悲喜双用，怀素书悲喜双遣。

灵和殿前之柳，令人生爱。孔明庙前之柏，令人起敬。以此论书，取姿致何如尚气格耶？

在中国书法批评史上，书论著作数不胜数，书论的文体也颇多，然而用"概"为书论文体的，仅刘熙载一人，这不能不令人思考。诚然，《书概》原名为《论书诀》，后收入《艺概》，遂易为《书概》，与《文概》《诗概》《赋概》《词曲概》《经义概》整齐划一。刘熙载为什么喜欢用"概"来谈文论艺呢？这不能不涉及他的学术思想。从学术上说，刘熙载是经学家，《兴化县续志》卷十三刘熙载本传说"熙载治经无汉宋门户见，不好考据。"[22]好友方宗诚《沪上观摩册跋》云："融斋性笃行恭，恪守宋儒之学。"[23]从其不好考据来看，刘熙载属于宋学派；从今文经与古文经的区别上来看，他属于今文经学派。宋学派注重阐发经书之义理，探求如何做人的道理，故语言简约。"今文经学派以《春秋公羊传》为主要经典，着力发'微言大义'"[24]，这又牵扯到了儒家的文艺观。

刘熙载为好友吴大廷《读书随笔》所作的《题词》中说：

> 读《诗》读《易》两随笔，会体用于一源，而以明白正大、直截简易出之，此通人硕士之说经，所以卓然越俗也。曲学支离缠绕、穿空凿巧以为能事，不知言愈繁而旨愈隐。此二书一出，定当如皎日见而阴噎消矣。教弟刘熙载拜读。[25]

从中可以看出刘熙载崇尚简易，而反对曲学"支离缠绕，穿空凿巧"，认为"言愈繁而旨愈隐"。可见简约是刘熙载治学读书的一贯主张。而"概"正是简约的体现，《游艺约言》的"约言"与"概"如出一辙。据《艺概·叙》可知，"概体"具有"举此以概乎彼"、"举少以概乎多"和"触类引申"的特征。

总之，刘熙载的"概体"书论是独特的，"概"适于抽象之书法的表达，它不同于一般书论的长篇大论，语言简约却能切中要害，以少概多却又能提要钩玄。它又不同于明清时期的评点派，不是简单地肯定或否定，而是以理服人，以事实为依据，以符合规律性和目的性的审美标准作价值判断。同时，触类引申又打通书体、书家，进而打通不同艺术之间的壁垒，找出艺术之间的共同规律，进而对艺术作整体的把握，刘熙载站在了艺术的制高点而独领风骚。

三、从大文艺观看刘熙载书论的不足

以大文艺观支撑的刘熙载的书论，固然有很多优长，但正

如一枚硬币有其正反两面一样,刘熙载的书论也有些许不足。刘熙载对宋明理学、陆王心学均有研究,《艺概》中刘熙载对儒家传承过程中的重要人物都给予激赏,如《文概》中对董仲舒和朱熹,《赋概》中对王守仁,均给予很高的评价。董仲舒、朱熹、王守仁在为文作赋上并非一流高手,但由于他们的特殊身份,刘熙载在有限的文字内还不忘褒扬。北宋后期的游酢,书名不显,但由于是理学家,刘熙载论述的80多位书家中他还占一席。凡此既欠公允,又乏科学,这些又都是大文艺观尤其是儒家文艺观折射的结果。

1. 忽略书法的特殊性,书论有时成为儒家道统的说教

《词曲概》中有这样一段话:"词进而人亦进,其词可为也;词进而人退,其词不可为也。词家縠到名教之中自有乐地,儒雅之内自有风流,斯不患其人之退也夫!""名教"指封建礼教,这里代指儒家道统。"名教之中自有乐地"语出《晋书·乐广传》:"是时王澄、胡母辅之等,皆亦任放为达,或至裸体者。广闻而笑曰:'名教内自有乐地,何必乃尔!'"刘熙载认为把词家笼络到名教之中、儒雅之内,是自有乐地,自有风流。

刘熙载书论中宣扬儒家道统也不少,《书概》云:

《洛书》为书所托始。《洛书》之用,五行而已;五行之性,五常而已。故书虽学于古人,实取诸性而自足者也。

书,阴阳刚柔不可偏陂,大抵以合于《虞书》"九德"为尚。

第一则本来讲学古人要"取诸性",但刘熙载却要强调五常,把"取诸性"归结到仁、义、礼、智、信之中。第二则讲书法的阴阳刚柔不可偏颇,讲得很好,但最终又归终到《虞书》的"九德"之上。"九德"为"宽而栗,柔而立,愿而恭,乱而敬,扰而毅,直而温,简而廉,刚而塞,强而义"[26]。这种不顾书法特性而随意联想,只能是将简单的问题复杂化。

《游艺约言》也有类似的论述:

或问书以何为正脉?曰:王道者是。问:何为王道?曰:纯乎德礼而无所为而为之者是。

"王道",就是儒家的以仁义治天下,与霸道相对。刘熙载认为王道就是"纯乎德礼而无所为而为之",仍然没有脱离儒家的纲常内容。刘熙载认为书法的正脉就是王道,这是赤裸裸的儒家中心主义。书法是艺术,儒家可以影响艺术,但不能左右艺术。刘熙载过分强调儒家纲常对书法的决定作用,显然有失偏颇。

2. 概体本身的局限性

大文艺观只能从宏观上把握艺术,解决不了多少具体问题。"概体"书论由于语言简约、篇幅短小,在论书时往往不可能深入,有时显得过于笼统,"概"本身就有大概的意思。如《游艺约言》:

辞必己出,书画亦然。

怀素书,笔笔现清凉世界。

"辞必己出",为韩愈论文之语,刘熙载认为书画也应如此。书画的"辞必己出",当为书画要表现出作者的个性,有自己的艺术追求。什么样的个性,只好自己去意会。至于怀素书法每一笔都能表现出的"清凉世界",更令人费解。怀素早期书法与后期不同,往往是在酒醉的情况下乘兴书写的,倒看不出清凉世界。

刘熙载的书论语言典雅,措词也有分寸,在论述具体问题时缺乏对应性。《书概》云:

> 高韵、深情、坚质、浩气,缺一不可以为书。

> 凡论书气,以士气为上。若妇气、兵气、村气、市气、匠气、腐气、伧气、俳气、江湖气、门客气、酒肉气、蔬笋气,皆士之弃也。

这两则书论经常为人所引用。"高韵、深情、坚质、浩气"当指书家所具备的美质,《游艺约言》"劲气、坚骨、深情、雅韵四者,诗文书画不可缺一"同此。那么哪些书家同时具备这四种美质呢?无人能确指。"士气"就是书卷气,这毋庸置疑。据语境"妇气""兵气"等都应与"书气"相关,怎么落实,恐怕也无人能说清。这两则材料,刘熙载大概是在触类联想,因此有失严谨。

"概体"书论语言简约,有时缺乏必要的论证,结论显得很突兀。《书概》云:

> 《端州石室记》或以为张庭珪书,或以为李北海书,东坡正书有其傲岸磅礴之气。

或言怀仁能集此序，何以他书无足表见，然更何待他书之表见哉！

《端州石室记》为何人所书迄今无定论，刘熙载也不参与讨论，但此则末尾却说苏轼的正书"有其傲岸磅礴之气"。这里是省略了大前提：《端州石室记》，正书，具有傲岸磅礴之气。但此则前边探讨的是书者，末尾一转，跳跃性极大。第二则针对有人提出怀仁能集《圣教序》，为什么没有留下其他作品，刘熙载认为有《圣教序》足矣，就不须其他作品了。刘熙载是所答非所问。集字固然可以看出集字者的书法造诣，但毕竟不是本人的书法作品，刘熙载偷换了概念，就难以自圆其说了。

3. 过分强调书如其人

《艺概》特别强调人品。《诗概》说"诗品出于人品"，《赋概》说"赋尚才不如尚品"，《词曲概》说"余谓论词莫先于品"。《书概》和《游艺约言》更过分强调书品人品论。《书概》云：

书，如也。如其学，如其才，如其志，总之曰如其人而已。

这是刘熙载书如其人论的显例。书如其人的说法可以追溯到张怀瓘的《评书药石论》，其中有云："故小人甘以坏，君子淡以成，耀俗之书，甘而易入，乍观肥满，则悦心开目，亦犹郑声之在听也。"到了苏轼，"书如其人"说被正式提出来了，苏轼在《书唐氏六家书后》说："凡书象其为人。……古之论书者，兼论其平生，苟非其人，虽工不贵也。"[27]刘熙载的"如其学,如其才,如其志",是意义的追加,不过作为理学家,他说的"学""才""志"都与儒家的伦理道德相关。这属于书法批评物件的人格化,审美物件的人格化。为了证明书如其人,《书概》又云:

贤哲之书温醇,骏雄之书沉毅,畸士之书历落,才子之书秀颖。

刘熙载旨在说明不同品格的书家,其书风是不同的。"贤哲""骏雄"等也是缺乏对应性,没有什么说服力。

《游艺约言》也说:

字不出雕、朴两种,循其本,则人雕者字雕,人朴者字朴。

"雕",雕琢。"朴",质朴。刘熙载反对雕琢,肯定质朴。他进而认为"人雕者字雕,人朴者字朴"。"人雕",落实人品上便是虚伪、粉饰。"人朴"则为诚,无须雕琢,"朴散为器"。刘熙载加入了人品这一介入因素,故以人品为参照系,实亦未必然。

书如其人属于伦理批评,但人品是人品,艺术是艺术,二者没有必然的联系。刘熙载在《书概》和《游艺约言》中一再重申书品即人品,他可能是想借论书来论育人,借书品来砥砺人品。他的良法美意也是行不通的。

总之,刘熙载书论的大文艺观是以儒家为主,释道为辅。刘熙载书论之所以常读常新,是因为其背后有沉甸甸的中国传统文化作支撑。当然大文艺观,尤其是儒家文艺观给刘熙载带来众多荣耀的同时,也给他带来几许遗憾,这才是事实。

注释:

[1] 许慎《说文解字·序》,中华书局,1963年版,第316页。

[2] 刘熙载《艺概》,上海古籍出版社,1978年版,文中所引《艺概》均同此。

[3][26] 周秉钧注释《尚书》,岳麓书社,2001年版,第12页、第23页。

[4][8] 郭绍虞主编《中国历代文论选》(一卷本),上海古籍出版社,1979年版,第30页。

[5] 刘熙载著《刘熙载文集》,江苏古籍出版社,2001年版,文中所引《游艺约言》均同此。

[6][7][14]《历代书法论文选》,上海书画出版社,1979年版,第129页、第209页、第6页。

[9] 曹础基《庄子浅注》,中华书局,1982年版,第43页。

[10] 杨伯峻《论语译注》,中华书局,1980年版,第67页。

[11][12]《历代书法论文选续编》,上海书画出版社,1993年版,第41页、第175-176页。

[13][18][21] 金景芳《〈周易·系辞传〉新编详解》,辽海出版社,1998年版,第93页、第179页、第15页。

[15] 丛文俊《书法史鉴——古人眼中的书法和我们的认识》,上海书画出版社,2003年版,第48页。

[16][17] 邵雍《皇极经世书》卷十二,四库全书本,第803—1050页,第803—1085页。

[19] 楼宇烈校释《王弼集校释》,中华书局,1980年版,第259页。

[20] 詹志和《好借禅机悟"文诀"——佛学对刘熙载文艺美学观的影响与浸润》,《文学评论》,2006年,第1期。

[22] 李恭简[民国]《续修兴化县志》，民国三十二年刊印。

[23] 方宗诚《柏堂集余编》，光绪十二年夏开雕。

[24] 冯天瑜《中华元典精神》，上海人民出版社，1994年版，第349页。

[25] 吴大廷《读书随笔》，同治癸酉刊印。

[27] 孔凡礼点校《苏轼文集》，中华书局，1986年版，第2206页。

本文收录于《全国第八届书学讨论会论文集》

（中国书法家协会编，河南美术出版社，2009年版）

◎刘熙载的书品人品论
——从"狂狷""乡愿"谈起

刘熙载是清朝中叶后期的著名学者、书法理论家和书法批评家,他的书论见于《艺概》卷五《书概》和《游艺约言》,尤其是前者,其学术价值之高,早已饮誉学界。《游艺约言》为《书概》的姊妹篇,论书亦颇含至理。刘熙载同时是著名的书法家,他"早年工行楷法,晚年喜橅汉、魏人八分篆书,久之,镕铸一体,规模奇古,变化无端"[1]。其书论正是他在书法实践的基础上,对书法深切体悟时的理论升华。

时贤对《书概》评价颇高,而对《游艺约言》则鲜有论及;对《书概》的思辨美学颇多会心,而对其"书如其人"即"书品人品"中所融入的强烈主观情感则关注不够。本文从《游艺约言》《书概》的书品人品论入手,以"狂狷""乡愿"为切入点,结合刘熙载的为人、治学和从教的经历,旨在寻绎一点规律性的东西,对其特别强调"书如其人"论进行索解。

一

"狂狷"和"乡愿",是在刘熙载书论及其他著作中出现率比较高的词汇。我们先看《游艺约言》的两则材料:

书虽小道,学书者亦要不见恶于圣人。圣人所恶者,舍狂狷而就乡愿也。

诗文书画之品,有狂有狷。若乡愿,无是品也。

"圣人"指孔子。"狂狷"语出《论语》。《论语·子路》:"子曰:'不得中行而与之,必也狂狷乎!狂者进取,狷者有所不为也。'"何晏《集解》引包氏曰:"狂者进取于善道,狷者守节无为。"杨伯峻解释道:"孔子说:'得不到言行合乎中庸的人和他相交,那一定要交到激进的人和狷介的人罢;激进者一意向前,狷介者也不肯做坏事。'"[2]"乡愿"一词亦出于《论语》。《论语·阳货》:"子曰:乡愿,德之贼也。"《孟子》对此有很好的解释和说明。《孟子·尽心下》:"'何以是嘐嘐也?言不顾行,行不顾言,则曰,古之人,古之人,行何为踽踽凉凉?生斯世也,为斯世也,善斯可矣。'阉然媚于世者,是乡原(《孟子》将'愿'作'原')也。""万子曰:'一乡皆称原人焉,无所往而不为原人,孔子以为德之贼,何哉?'曰:'非之无举也,刺之无刺也,同乎流俗,合乎污世,居之似忠信,行之似廉洁,众皆悦之,自以为是,而不可与入尧舜之道,故曰德之贼也。'"[3]综上所述,可知狂狷是指那些勇于进取和守节无为的人，而乡愿则是指那些取媚世俗、言行不一之人。刘熙载所说的"学书者亦要不见恶于圣人"，是规劝学书法的人首先要增进自己的品德修养，不要被"圣人"厌恶；"舍狂狷而就乡愿"意谓"圣人"不厌恶"狂狷"，而厌恶"乡愿"。至于说"诗文书画之品，有狂有狷。若乡愿，无是品也"，则是激愤之辞，"乡愿"也有"品"，只不过是下品（详见后文）。

《刘熙载集》[4]中有关"狂狷"和"乡愿"的论述颇多，为了能更好地说明问题，现择其要者介绍如下：

狂狷可为社稷之臣，直谅之友；乡愿则容悦而已矣，善柔而已矣。余事以是推之。（《持志塾言·人品》）

元次山文，狂狷之言也。其所著《出规》，意存乎有为；《处规》，意存乎有守；至《七不如七篇》，虽若愤世太深，而忧世正复甚挚。是以足使顽廉懦立，未许以矫枉过正目之。（《文概》）

乡愿不能进取，不能有所不为。使一乡皆称"愿人"，其实自狂狷观之。是无此人也，愿系以"人"，不已过乎！（《读书劄记》）

有志立品者，未至纯粹，且须坦白，使表里如一，便可实实用功，以去非求是。不然，挟助长之心，强附纯粹，必反落入"著善掩不善"界里，断送一生。圣人取狂狷而恶乡愿，以此。（《持志塾言·人品》）

居之似忠信，如孔光；行之似廉洁，如公孙宏；均之

起于保禄固位之见耳。大抵狂狷异于乡愿,惟能不为利害压住。(《持志塾言·人品》)

乡愿亦以狂狷为失中,然彼能托为中,不能托为正。故欲无邪慝,在于经正。(《持志塾言·人品》)

乡愿伪德,利口伪才。圣人只是个至诚,所以恶之。(《持志塾言·人品》)

"乡愿"之"愿",异于"愿而恭"之"愿"。乡愿,貌恭而骨肆者也。观自以为是可见。此乃放肆之极,非止不恭。(《读书剳记》)

通过上述材料,我们可以更进一步地了解"狂狷"和"乡愿"的为人及性格特征:"狂狷"之士的品格虽未达到圣人所要求的标准,"不得中行",但襟怀坦白,"表里如一","实实用功,以去非求是",他们可以为"社稷之臣,直谅之友";而"乡愿"之人则"不能进取,不能有所不为","貌恭而骨肆","利口伪才",即使在朝为官也只是"保禄固位"之徒,如孔光、公孙宏等。

刘熙载心仪"狂狷",痛斥"乡愿",那么什么样的人才是狂狷之人呢?他认为屈原、陶渊明就是狂狷之人。其《赋概》曰:

屈灵均、陶渊明,皆狂狷之资也。屈子《离骚》一往皆特立独行之意。陶自言"性刚才拙,与物多忤,自量为己,必贻俗患",其赋品之高,亦有以矣。

屈原"特立独行",积极进取,是为"狂";陶渊明弃官归隐,守节无为,是为"狷"。刘熙载对屈原、陶渊明二人十分仰慕,他在《拱极台谒三闾大夫像三首》中说:"屈子祠高夕照前,孤忠千古动流连。""未回主志愧贞臣,侘傺频频岂为身!""从来清浊两流歧,但立修名谤已随。"他"于古人志趣尤契陶渊明"(《寤崖子传》),于诗中也颇多称道。

其实,刘熙载本人就是一位狂狷之士,他清正廉洁,淡泊名利,督学广东,"一介不苟取"[5]。安贫乐道,在朝廷为官时不结交权贵,唯以闭门读书自娱,咸丰皇帝曾书"性静情逸"四字赐之。湖北巡抚胡林翼又以"贞介绝俗"上疏荐之,刘熙载还告诫自己"安贫无外慕,兼远谤与名"(《赠成子清回里》)。刘熙载谦恭和蔼,又爱憎分明,"与人居,温温然无疾言厉色",但"意有不可,亦卒莫之夺也"[6]。在朝廷做官时,"中涓岁时索犒,独惮熙载方严,不敢干"[7],显示他刚正不阿;在龙门书院时,一外国人求见,"三至三却之。一日径造其庭,君在内抗声曰:'吾不乐与尔曹见。'其人悚然去,竟不得见"[8],又显示出他的民族气节。和许多正直的士大夫一样,刘熙载也是有进取心的,也想干一番事业。他曾以"狂者"自许,如《嘤嘤吟》:"抗心希古绝逡巡,吾党嘤嘤亦有因。狂便要能狂到底,不然翻愧不狂人。"又如《狂者二首》(其一):"狂者世所抑,抑之乃愈狂。何如两不问,鱼伏鸟高翔。"这便是他的"狂"。他只是目睹了官场的黑暗、社会的动乱,才主动辞官,心慕陶渊明,守节无为,在上海龙门书院找到了心灵的栖息之所,这也便是他的"狷"。既然不能"兼济天下",那就只好"独善其身"了。"陶公傲许当年寄,只不受官场气"(《对玉环带·清江引》其二),这是借古人之酒杯,来浇自己心中之块垒。"乡愿在朝亦愿,不止愿于乡也",此语耐人寻味,刘熙载在朝廷任职近10年,他看到了许多口是心非、伪善之人,刘熙载是耻与他们为伍的。明乎此,我们也就清楚了他心仪"狂狷",痛斥"乡愿"的内在动因。

二

清代的学术主要分义理和考据两大学派,而刘熙载重义理,"不好考据"[9]。他在值上书房时,"与大学士倭仁以尚操相友重,论学则有异同。倭仁宗程、朱,熙载则兼取陆、王,以慎独主敬为宗,而不喜《学蔀通辨》以下掊击已甚之谈"[10]。刘熙载对程、朱理学,陆、王心学都有研究,而尤推崇王阳明的"致良知"和"知行合一"学说。他的《持志塾言》和《读书劄记》都是阐发义理的学术著作。作为学术著作的《书概》和《游艺约言》,就是在"义理"的观照下研究书法的。《艺概·序》说:"艺者,道之形也。学者兼通六艺……即莫不当根极于道。"这里的"道"即儒学之义理。其"书如其人"或"书品人品论"也是从"心学"的善恶观角度来进行研究的,从而也具有一定哲学意味。

古代书论中,论述"书如其人"或"书品人品论"这一问题的人不少,但大都是偶尔一提而已。而刘熙载则是不厌其烦地论述,尽管角度不同,总离不开善恶,总是以"狂狷""乡愿"为尺度去衡量书品人品,进而给书"立品"。他在《书概》明确提出:

书者,如也。如其学,如其才,如其志,总之曰如其人而已。

这是对书品人品论的总结。刘熙载不是像以前书论家那样，仅仅简单地以书区分君子、小人，而是具体落实到"如其学，如其才，如其志"，这固然可以理解为书家的学养、才气和志趣，但作为理学家，刘熙载所说的"学""才""志"有其特殊的含义。先说"学"，刘熙载认为："学也者，学其性之所固有也。圣人之教，无非要人用力于仁义礼智。仁义礼智，非性所固有者而何？"（《持志塾言·为学》）"学也者，学为君子也。学君子，必以道制欲；若以欲忘道，是学为小人矣。"（《读书劄记》）"读书非独广才，实为养德。"其次说"才"，他强调"才者德之用"（《读书劄记》），又说："有气质之才，如凡智识、力量之过人者是也。有德性之才，如诚者之明、仁者之勇是也。"（《持志塾言·才器》）再次说"志"，志就是立志，"知性善则知立志"（《持志塾言·立志》），"立志只是立其为善不为恶，从正不从邪之志。"（《持志塾言·立志》）刘熙载进而认为："志于道，则艺亦道也；志于艺，则道亦艺也。"（《持志塾言·立志》）总之"学""才""志"与"人"，不仅仅是审美上的对应，更重要的是伦理道德上的皈依。

《书概》中有一则涉及"书品"："书与画异形而同品。画之意象变化，不可胜穷，约之不出神、能、逸、妙四品而已。"这里并没有把"书品"和"人品"对接，倒是《书概》中另一则颇值得玩味：

司空表圣之《二十四诗品》，其有益于书也，过庾子慎之《书品》。盖庾《品》只为古人标次第，司空《品》足为一己陶胸次也。此惟深于书而不狃于书者知之。

刘熙载不满意庾肩吾《书品》，认为只是给"古人标次第"，而司空图的《二十四诗品》虽然不论书，但"有益于书"，"足为一己陶胸次"。司空图的《二十四诗品》，主要是论诗歌的风格和艺境的，其中也涉及了诗人的品德修养；在论"悲慨""清奇"等风格时，通过诠释融注了司空图个人的情感。这恐怕就是"为一己陶胸次"吧。那么评论书法不也该融入情感，不也应该将书品与人品对接吗？刘熙载是怎样给书法立品的呢？这一问题《书概》和《游艺约言》均没有明言，但"举此以概乎彼，举少以概乎多"，"触类引申"（《艺概·序》），我们还是可以从《艺概》中找到答案的。如《诗概》说：

诗品出于人品。人品悃款朴忠者最上，超然高举、诛茅力耕者次之，送往劳来、从俗富贵者无讥焉。

无独有偶，《词曲概》也说：

"没些儿婴姗勃窣，也不是峥嵘突兀，管做彻元分人物，"此陈同甫《三部乐》词也。余欲借其语以判词品。词以"元分人物"为最上，"峥嵘突兀"犹不失为奇杰，"婴姗勃窣"则沦为侧媚矣。

"诗品人品论"这段话完全出自《楚辞》。《楚辞·卜居》："屈原曰：'吾宁悃悃款款，朴与忠乎？将送往劳来，斯无穷乎？宁诛锄草茅，以力耕乎？将游大人，以成名乎？宁正言不讳，以危身乎？将从俗富贵，以偷生乎？宁超然高举，以保真乎？将哫訾慄斯，喔咿嚅唲，以事妇人乎？'"

王逸注云："悃悃款款，志纯一也。""呢訾栗斯，承颜色也。""喔咿嚅唲，强笑噱也。"[11]据此可知，"悃款朴忠"，指道德修养十分纯正之人；"超然高举"，指勇于进取的雄杰之士；"诛茅力耕"，本指农夫，这里指守节无为的隐居之人；"送往劳来、从俗富贵"指善于应酬、老于世故之人。刘熙载又借陈亮的《三部乐》来概括"词品"，也别出心裁。"媻珊勃窣"，《文选·司马相如〈子虚赋〉》："媻珊勃窣，而上乎金堤。"李善注引韦昭曰："媻珊勃窣，匍匐上也。""媻珊"，又作"媻姗"，意同"蹒跚"，比喻那些没有骨气的奴颜婢膝之徒。"峥嵘突兀"，本义为山势陡峻突出，用以比喻人的卓绝不凡、勇于进取。"元分人物"，指那些在道德修养上至善至美之人。《易·乾·文言》："元者，善之长者。"

"诗品出于人品"，书品也同样出于人品。稍加对比，前文所说的那些超拔的"狂狷"之士，不与"超然高举，诛茅力耕""峥嵘突兀"者同调吗？是为中品；而刘熙载所厌恶的"乡愿"之人，不正是"送往劳来、从俗富贵""媻珊勃窣"之流吗？是为下品。那么"书品"中有没有"悃款朴忠""元分人物"这样的上品呢？刘熙载也没有明言，我们看《书概》中关于王羲之和颜真卿的论述：

右军书以二语评之，曰：力屈万夫，韵高千古。

颜鲁公书，书之汲黯也。阿世如公孙宏，舞智如张汤，无一可并之。

"力屈万夫，韵高千古"，固然是指王羲之书法的风格和气势，但也隐寓其骨鲠、脱俗的襟怀。唐太宗钟情大王，在《王羲之传论》中说王羲之的书法"尽善尽美"，这"尽善尽美"正符合书法"上品"的要求。王羲之历来被尊为"书圣"，项穆更将其比作孔子(《书法雅言》)。刘熙载在《书概》中对王羲之评价颇高，也足以说明问题。说颜真卿的书法是"书之汲黯"，正是指其忠正不阿、临大节而不亏的崇高人格。汲黯，是汉武帝时的一位贤臣，他性情耿直，疾恶如仇，刚正不阿，能面折君过。而公孙宏(《汉书》作"公孙弘")为人多诈，"其性意忌，外宽内深"，曲迎上意，汲黯曾骂他不忠。张汤更是阳奉阴违的小人，靠耍聪明、攀附权贵而迎合主意，官至御史大夫，是有名的酷吏。这两个人正是典型的"乡愿"之徒。王羲之和颜真卿，他们的书品和人品完美统一，他们正是所谓的"悃款朴忠"式的"元分人物"。那么"狂狷""乡愿"各指的是哪类书法家或作品呢？"狂狷"好解释，指的就是那些在继承前人的基础上，勇于创新，能独领风骚的人。这类书法家富有个性，不囿于成规，能开宗立派。《书概》中提到的杨凝式、苏轼、黄庭坚等人便是。"乡愿"则要复杂一些。张文虎《舒艺室杂著乙编》卷上《周叔米诗跋》："诗以道性情，岂不然哉！而貌为风雅者，皆声曼辞，剽窃近似，曰：'吾唐音也，温柔敦厚之教也。'吾以为此诗中之乡愿也。"[12]此乃诗之"乡愿"，对理解书法之"乡愿"有帮助。曾国藩曾论及书法之"乡愿"，说："作诗之道，寓沉雄于静穆之中，乃有深味。雄字须有长剑快戟、龙拿虎踞之象，锋芒森森，不可逼视者为正宗，不得以'剑拔弩张'四字相鄙。作一种乡愿字，名为含蓄深厚，非之无举，刺之无刺，终身无入处也。"[13]据此，书法之"乡愿"，是指那些貌似风雅、含蓄，没有个性的媚俗之人的作品。馆阁体、馆阁体等即是。马宗霍认为赵之谦是书家之"乡愿",他说:"㧑叔书家之乡愿也,其作篆隶,皆卧笔纸上,一笑横陈,援之不能起,而亦足以动人。"[14]马宗霍是有胆有识的。刘熙载在《书概》里并没有提及"乡愿"一类的书家,或许是有所顾忌吧。

从人品论的角度说,刘熙载向往道德上的至善至美之人,他"慎独主敬",无时不在砥砺自己;他心仪"狂狷"之士,他骨子里就是这样的人;他最痛恨"乡愿"之人,因为这些人貌恭骨肆、言行不一,与王阳明的"知行合一"观相悖。这种梯级式的人品论虽非刘熙载首创,但用于评价书品却是他的发明。

三

刘熙载的一生主要从事教育管理和教学工作。他做广东学政时,便作《惩忿》《窒欲》《迁善》《改过》"四箴"给学生,催人向善,让他们做个符合仁义道德的人。晚年他又执教龙门书院14年,做龙门书院的第三任院长(即山长)。他"与诸生讲习,终日不倦。每五日必问其所读何书,所学何事;黜华崇实,祛惑存真"[15]。龙门书院的"课规"为"住院肄业诸生额共三十名……课程以经史、性理为主,而辅以文辞,尤重躬行。人置行事日记、读书日记各一册,每月填记,逢五、十日呈请山长评论。"[16]"理学家们道德实践的终极追求是圣人之境,如果圣人所谓'中行'的境界难以企及的话,其次是狂者形态,再次是狷者的形态,而追求成圣道路上的最大敌人或者说最应当避免的则是乡愿。"[17]作为教师,刘熙载劝人学圣贤,圣贤的境界难以达到,他便希望学员做"狂狷"之士,而不能沦为"乡愿"之人。他的《古桐书屋六种》都是在龙门书院编成的,其中《持志塾言》就是给学生的教科书。至于《艺概》是否是教科书,没有材料证明,但时时给学员讲相关内容必定无疑。刘熙载在《读书劄记》中说:"师,所以使人明善、行善。设科虽分,主善则一。"那么,他在论书法里寓之以做人的道理当顺理成章。

基于"书如其人"或"书品人品论",刘熙载给书家定了道德标准:

善书者不出廉、立、宽、敦四字。然则欲从事于书,莫如先师夷、惠。不然,则顽懦鄙薄之书,且将接迹于世矣。(《游艺约言》)

"廉、立、宽、敦"皆儒家所推崇的做人行为规范。"夷",伯夷;"惠",柳下惠。这二人是著名的仁人君子,向他们学习,就要求书家增强仁义道德修养,只有这样,写的作品才不会成为"顽懦鄙薄之书"。进而刘熙载认为:"贤哲之书温存,骏雄之书沉毅,畸士之书历落,才子之书秀颖。"(《书概》)因为这些人尽管道德修养、个人气质不一,但都不悖儒家伦理观,都是学书者可以效法、借鉴的。

刘熙载受陆、王心学影响很大,其书论也从内心劝人"迁善""改过":

扬子以书为心画,故书也者,心学也。心不若人而欲书之过人,其勤而无所宜矣。(《书概》)

笔性墨情,皆以其人之性情为本。是则理、性、情者,书之首务也。(《书概》)

高韵深情,坚质浩气,缺一不可以为书。(《书概》)

"扬子",为西汉扬雄,他在《法言·问神》中说:"言,心声也;书,心画也。声画形,君子小人见矣。""书,心画也",这是最早把写书与书写者的主观情感联系起来的说法,开启了"书如其人"论的先河。刘熙载易"心画"为"心学",上升到一定的哲学高度来认识书法的情感表现,是难能可贵的。"心不若人而欲书之过人"的"心不若人"颇费解,刘熙载在《持志塾言·心性》中解释道:"心不若人,则不知恶。不若人,如不好义而好利,不忧道而忧贫,皆是。"据此,"心不若人"仍是从道德实践方面说的,这种人即是"乡愿"之人,这种人想写好字,即便下苦功夫也做不到。要想"心若人",就得懂得"理、性、情",因为这是"书之首务也"。"理",事物之理,格物可得,包括是非等;"性",分善恶,"善则好之,以其与本体同也;恶则去之,以其与本体异也"(《持志塾言·心性》)。《持志塾言·心性》说:"喜怒哀乐一不中节,则行之于身,措之于世,无不差谬。学当以理、性、情为第一义。"两相对照,其义自明。"故书也者,心学也,""是则理、性、情者,书之首务也,"都是让人从善去恶,是"寓教于书"。

刘熙载的书品人品论还论述了崇尚本色、反对雕饰,这也与"狂狷"、"乡愿"有关:

人尚本色,诗文书画亦莫不然。太白"清水出芙蓉,天然去雕饰"二句,余每读而乐之。(《游艺约言》)

字不出雕、朴两种。循其本,则人雕者字雕,人朴者字

朴。(《游艺约言》)

本色就是不雕琢，不粉饰，自然而然，即"乱头粗服，自有龙凤之姿"。(《游艺约言》)

刘熙载用李白的诗句作例证，并"每读而乐之"，可见对人及书法本色的看重。本色是艺术与为人的最高境界，他在《文概》中说："'白贲'占于贲之上爻，乃知品居极上之文，只是本色。"《游艺约言》中也说："文之不饰者，乃饰之极。盖人饰不如天饰，是故《易》言'白贲'。"《易·贲》是讲文饰的，《序卦传》："嗑者合也，物不可以苟合而已，故受之以贲。贲者饰也。"其上九曰"白贲"，"则白即贲，白与贲为一回事了。贲至于极点，有饰变为无饰也。说无饰，其实不是无饰，是以无色为饰，以质素为贲"。[18]从"人品"的角度说，本色应该指"狂狷"一类的人吧。"朴"本指木材之未加工者，"朴散则为器"(《老子》)，即本色，与"雕"相对。就书法风格来说，刘熙载赞成"朴"，反对"雕"，进而认为"雕""朴"均来自人品。"大善不饰，故书到人不爱处，正是可爱之极"(《游艺约言》)，"诗涉修饰，便可憎鄙。而修饰多起于貌为有学而不善本体"(《诗概》)，二者异曲同工。在书法实践中，"雕"和"朴"是对立统一的，正如其在《书概》中所说的："学书者始由不工求工，继由工求不工。不工者，工之极也。《庄子·山木篇》云：'既雕既琢，复归于朴。'善夫！"这不是简单的重复，而是质的飞跃。刘熙载反对的"人雕"，落实到人品上，即是虚伪、粉饰。"存诚者为君子，作伪者为小人"(《持志塾言·人品》)，这与"乡愿"相去几何？"黜华崇实，祛惑存真"，不正是对此有感而发的吗？

刘熙载关于"书品人品论"中涉及"狂狷""乡愿"的论述，还有一些，我就不胪列了。通过以上论述，我们可以看出刘熙载对书品人品论是做了比较全面而又深入的思考的，说他是"书品人品论"的集大成者，似不为过。刘熙载是位理学家，钟情陆、王心学，他借鉴了陆九渊及王阳明弟子王畿等人道德实际上的"狂者之学"思想[19]，构建了自己的"悃款朴忠"或"元分人行""狂狷""乡愿"的人品论梯级层次，形成一定的体系，并寄托了自己的强烈爱憎。刘熙载又是一位教育家，他的"书品人品论"既给学书者树立了可资学习的样板，又对学书者的陋习进行斥责，旨在使其"迁善""改过"，也算"寓教于书"了。

当然，刘熙载的"书品人品论"，也有不尽人意的地方，有时说得过于玄妙，如："或问：书以何为正脉？曰：王道者是。问：何为王道？曰：纯于德礼，而无所为而为之者是。"(《游艺约言》)而伦理批评本身就有其局限性，这一点丛文俊师在《"字如其人"与传统书法批评"伦理推闻法"的应用》[20]有精辟的论述，可参看。书法毕竟是技术性很强的一门艺术，伦理道德的东西不好与之对应。人品好的人，字又好，那真令人生敬意；人品不好，但字写得好，可以说代不乏人。但写字先做人，这一传统理念也应当给予充分肯定。明乎此，我们也就不用苛求刘熙载了。

注释：

[1] [5] [6] [15]萧穆《刘融斋中允别传》，《敬孚类稿》，光绪丙午正月刻本。

[2] 杨伯峻《论语译注》，中华书局，1962年版。

[3] 杨伯峻《孟子译注》，中华书局，1960年版。

[4] 刘熙载《刘熙载集》，华东师范大学出版社，1993年版。

[5] [7] [8] 俞樾《左春坊左中允刘君墓碑》，《春在堂杂文》，光绪三十一年刻本。

[9] 李恭简[民国]《续修兴化县志》卷十三，1943年刊印。

[10] 缪荃孙、柯邵忞《清史稿·儒林传》，中华书局，1979年版。

[11] 洪兴祖《楚辞补注》，中华书局，1983年版。

[12] 张文虎《舒艺室杂著乙编》，《舒艺室全集》，同治十三年冬十月刊。

[13] 曾国藩《求阙斋书论精华录》，见崔尔平《明清书法论文选》，上海书店出版社，1994年版。

[14] 马宗霍《霋岳楼笔谈》，见刘正成《中国书法鉴赏大辞典》，大地出版社，1989年版。

[16] 俞樾、方宗诚《上海县志》，清光绪八年补刻同治十一年本。

[17] [19] 彭国翔《良知学的展开——王龙溪与中晚明的阳明学》，三联书店，2005年版。

[18] 金景芳《周易全释》，吉林大学出版社，1989年版。

[20] 丛文俊《揭示古典的真实——丛文俊书学、学术研究论集》，中州古籍出版社，2003年版。

本文发表于《北方论丛》2007年第1期

◎刘熙载与齐学裘的交游

刘熙载（1813—1881），字伯简，号融斋，晚号寤崖子，江苏兴化人。刘熙载是我国晚清时期的著名学者、文艺理论家和书法家。道光二十四年（1844）进士，历任翰林院编修、国子监司业、广东学政等，晚年主讲上海龙门书院十四年。主要著作有《古桐书屋六种》(《持志塾言》《艺概》《四音定切》《说文双声》《说文叠韵》《昨非集》)和《古桐书屋续刻三种》(《古桐书屋札记》《游艺约言》《制义文存》)。齐学裘（1803—？），字子贞，一字子冶，号玉谿，晚号老颠，安徽婺源人。齐彦槐子。能诗，工书画，不求仕进，曾隐居绥定山中。一生著述颇多，有《蕉窗诗钞》二十卷、《劫馀诗选》二十卷、《云起楼词》三卷，此外还有《见闻随笔》和《见闻续笔》。关于刘熙载与齐学裘的交游，前人曾提及过，王韬《瀛壖杂志》[1]卷四"刘熙载"："同治丁卯，应敏斋观察苏松聘之，主讲上海龙门书院。时婺源齐玉谿方侨寓沪中，小驻于也是园湛华堂，屡相过从，尝谓'士人胸次不可一日无光明磊落气象'，洵哉是言，足以觇刘君学养矣！"李详《药裹慵谈·董文敏〈送王侍御按黔诗〉卷》："按玉谿为梅麓长子，与吾乡刘融斋先生善。"[2]

当下学界对刘熙载的文艺思想及其美学研究关注颇多，而对刘熙载的生平交游则关注不够，而其与齐学裘的交游更是无人提及。本文从他们的诗词酬赠、题跋以及书画切磋等几个方面入手，探讨他们的文学、艺术交流，试图从另外的视角对刘熙载进行动态研究，从中看出他的思想性格以及艺术追求。

一

我们首先看刘熙载的一首词。《昨非集》卷四《唐多令·题齐翁玉谿〈归不归图〉》：

> 壮志秉桑弧，先生计不疏。快敖游不为饥躯。底事欲随云入岫？寻旧隐，赋归与。　天地是蘧庐，田园未觉芜。且陶然客里琴书。饱看吴山情亦得，便归去，待何如？[3]

这首词活画了一位高洁的隐者形象，这个隐者便是齐学裘。齐学裘曾以贵公子的身份隐居绥定山中，入沪前，寓居吴门（苏州）过着隐者般的生活，但他不忘世事，仍有自己的事业追求，既不官又不隐，"归不归"正表现出一种矛盾的心理状态。此词齐学裘《见闻随笔》[4]卷十九"刘学政"作《还山图》，个别词语小异，当系初稿。

《昨非集》中写给齐学裘的作品，仅此一篇；而齐学裘《劫馀诗选》《见闻随笔》中写给刘熙载的作品较多，更令人意想不到的是齐学裘的著作中还记载了刘熙载不见《昨非集》的三首诗及一些题跋，这些珍贵的文献，对于研究刘熙载有重要的参考价值。

刘熙载结识齐学裘是在同治六年（1867）十一月。是年春，刘熙载应应宝时聘做上海龙门书院的山长，而齐学裘是为应宝时（敏斋）刊校陈亮《龙川文集》和《蒋剑人文集》，时寓居上海也是园之湛华堂。齐学裘《见闻随笔》卷十九"刘学政"云：

兴化刘融斋先生，名熙载，由翰林院上书房行走，出放广东学政，引疾归里。为经师授徒，年得馆修百金，安贫乐道。手著诗、词、曲、制义，删存若干卷，不出示人。同治丁卯，主讲上海龙门书院。余亦是年十月为应敏斋方伯刊校陈同甫《龙川文集》并《蒋剑人文集》，馆于沪上也是园。冬十一月，融斋过访湛华堂，一见如故。

二人定交后，"从此或一月一见，或数月一见，或一月数见"，从同治六年（1867）到光绪五年（1879）凡十二年，一直交游，这对不喜交际的刘熙载来说，恐怕是绝无仅有的。他们时常在一起探讨学术、互赠诗词、切磋艺术，表达对对方的景慕。刘熙载《唐多令·题齐翁玉谿〈归不归图〉》首开其端，同治六年底，齐学裘《劫馀诗选》[5]卷八有《十二月二十一日，刘融斋学政过访海上也是园，作诗赠之》，诗云：

山林钟鼎云泥隔，岁暮何期遇海隅。
我喜实心行实事，君辞名宦作名儒。
英才争立程门雪，明月来从甓社湖。
时除升平庆同乐，歌闻击壤笑掀须。（**时余作《平匪颂》，就正有道，故及之**）

诗中以"钟鼎"喻刘熙载，以"山林"喻己，本为"云泥隔"，却不期而遇于上海。"我喜实心行实事"，指刊校《龙川文集》和《蒋剑人文集》事;"君辞名宦作名儒",言刘熙载辞却广东学政,到龙门书院做山长。"英才争立程门雪",用程门立雪的故事说刘熙载教学有方,远方士子竞相投其门下。沈祥龙《左春坊左中允刘先生行状》[6]:"主上海龙门书院讲席十四年……远近之士,闻风来学,前后著录者数百人。学舍不能容,辟旁屋处之。""明月来从甓社湖",化黄庭坚"甓社湖中有明月"句意。黄庭坚《寄外舅孙莘老》:"甓社湖中有明月,淮南草木借光辉。故应剖蚌登王府,不若行沙弄夕霏。"[7]甓社湖在扬州,据沈括《梦溪笔谈》[8]第三六九条记载,甓社湖中有一颗大明珠,友人书斋在湖上,见到了明珠,后来这一年的秋闱友人中了进士。沈括的友人便是孙觉,字莘老,高邮人,即后来黄庭坚的岳父。齐学裘用这一典故喻指刘熙载能造就更多的英才。末尾写自己作完了《平匪颂》,很是高兴。总之,这首诗,言之有物,非泛泛应酬之作可比。

同治九年(1870)中秋,他们共赏明月,齐学裘《云起楼词》[9]卷三有《满江红·赠刘融斋先生》:

老客天涯,喜良友时时观我。顿唤起懒残成癖,北窗高卧。只爱甓湖明月好,浑忘老屋秋风破。怪长虹一道出檐前,高轩过。 斋十笏,淹留坐,霏玉屑,清言吐。听《阳春》《白雪》,曲高难和。抛弃高官如敝屣,潜修天爵尊王佐。算龙门讲学得先生,真堪贺!

这首词把刘熙载比作甓社湖的明珠,又比作韩愈和皇甫湜,而自己不过是李贺而已。小斋常来,时听《阳春》《白雪》。"抛弃官高如敝屣,潜修天爵尊王佐",更是对其不恋富贵、自己完善人格的礼赞。倾慕之情,溢于言表。

光绪三年（1877）秋，齐学裘《劫馀诗选》卷十九又有《刘融斋先生招饮，作诗奉赠》：

蒹葭何苍苍，伊人水一方。
束躬蓄道德，寿世焕文章。
不爱高官职，暮年开讲堂。
英才乐教育，后学尊津梁。
著书四海传，盛名千古扬。
我来沪上游，幸见鲁灵光。
相过慰寂寥，间谈到家常。
不交情立异，接之温且良。
论文尚质实，问道无隐藏。
十年如一日，嗟予惭德凉。
令人起敬畏，一瓣陈心香。
报道芙蓉开，折柬招举觞。
大块东坡肉，老饕贪饱尝。
旨酒佐持螯，篱菊灿花黄。
醉眼更模糊，雾中看渺茫。
人生贵乐志，贫贱庸何伤。
苟得行胸臆，信可齐彭殇。
千秋万岁后，君子何曾忘。
年已跻耄耋，不乐其痴狂。
饮君酒一樽，赠君诗一章。
聊以申企慕，奚足计短长。
龙门高且峻，容我时循墙。

齐学裘与刘熙载交往已近10年，对刘熙载的人品、学品都有非常深刻的了解,他们谈文论艺,道家常里短,"论文尚质实,问道无隐藏"。刘熙载的《持志塾言》《艺概》《昨非集》均已成书,流传广远,正所谓"著书四海传,盛名千古扬"。二人饮酒畅谈,其乐融融,"人生贵乐志,贫贱庸何伤",安贫乐道,矢志不移,二人互为知己。这首诗从一个侧面反映了刘熙载在龙门书院教学、著书的情形,对研究刘熙载彼时的生活、心态有重要的参考价值。

来而不往非礼也。光绪五年(1879),刘熙载有《题玉谿老人〈海天长啸图〉》:

天有清泠风,佛有微妙音。
客有星江老,三者为知心。
此老善长啸,意与苏门深。
海天聊寄兴,浩浩涵古今。
千诗冲口出,杯酒无多斟。
但听琅琅诵,胜彼鸾凤吟。
有诗耽静默,隐契昭文琴。
此亦同太上,希声含雅南。
安知啸与默,均齐无厌欤。
我虽昧啸旨,游戏时相寻。
愿言师此老,他贤非所钦。

这是一首题画诗。"啸"这种行为盛行于魏晋时期,是快然适志的一种表现。刘熙载把齐学裘的"长啸"与天之"清泠风"、佛之"微妙吟"相提并论。又说他得意于"何妨吟啸且徐行"的苏轼,可谓深谙齐学裘;齐学裘学宋诗,尤属意于苏、黄。这首诗表现了齐学裘快然自得、纵情吟啸的性格。此诗作于《昨非集》编成之后,现在学人不知,弥足珍贵。

此诗齐学裘有和诗。《劫馀诗选》卷二二《刘融斋先生时时枉顾,慰予寂寥,感其盛意,作诗奉赠,即用其〈题海天长啸图〉诗韵》:

> 鼓琴聊自娱,何处求知音。
> 晚岁始学道,海滨逢素心。
> 十年如一日,花潭无此深。
> 匡予以不逮,论古复论今。
> 有花共欣赏,有酒同酌斟。
> 天涯忘作客,老至时呻吟。
> 黄浦萦金带,远山横玉琴。
> 鹏飞九万里,海运当图南。
> 有道人情厚,无为天德歆。
> 吾师今在是,何必成连寻。
> 寡过恨未能,师言敢不钦。

这首诗齐学裘把刘熙载看成知音,诗中充满尘外意味。如"晚岁始学道,海滨逢素心","鹏飞九万里,海运当图南。有道人情厚,无为天德歆",浓厚的道家思想与诗人不求仕进、悠游山水志趣相契。刘熙载也深谙道家,所以说"吾师今在是,何必成连寻"。"成连"乃伯牙之师,有刘熙载在,就不必别寻名师了。此诗感情真挚,直抒胸臆。

二人诗词互赠,既表现出他们的深厚友谊,也从一个侧面描绘了刘熙载在龙门书院的生活剪影。

二

刘熙载除了给齐学裘的画题诗、词外,还给齐学裘的画、著作题跋,充分显示出其学术功力。

同治九年夏,刘熙载为齐学裘《化雨慈云图》题跋。跋云:

玉谿先生博雅好古,馀事及于六法,往往得宋元以来诸家遗意,能遗貌取神。此墨意韵逼香光,笔情横溢过于江上,至其元气淋漓,有泰山出云,肤寸而起,不崇朝而雨遍天下气象,匪持一隅之润而已也。同治庚午长夏兴化刘熙载观并识。

《化雨慈云图》乃齐学裘为刘熙载所作。该画孙玉堂跋云:"玉谿翁此画极似方方壶,能使山气欲动,风云变化;气韵藏于笔墨,笔墨成于气韵,逸致苍莽,有天马腾空之妙。吾未见刘融斋先生,但观玉谿翁为作是图,则韩孟之交、云龙之逐,其在斯乎?"(《见闻随笔》卷二十五)而周闲题跋则揭示了此画的意蕴,跋云:"龙门化雨沾濡遍,鳞屋慈云覆被多。经济文章足传世,笔随意到墨生波。"(《见闻随笔》卷二十五)俞樾《左春坊左中允刘君墓碑》说刘熙载"主讲龙门书院十四年,与诸生讲习,终日不倦。每五日必一一问其所读何书,所学何事,讲去其非而趋于是。丙夜或周视斋舍,察诸生在否"。[10]刘熙载就如同"慈云",其"化雨"培育诸生,寓意甚明。

刘熙载的跋语,是从绘画史的角度说齐学裘深得古人笔意,尤其取法董其昌,得其淡雅,而整幅作品又有"以少概多"的特点。这与其《艺概》评书画是一脉相承的。

同治十年（1871）仲冬，刘熙载又为齐学裘《观瀑图》题跋。跋云：

> 玉谿先生深于六法，其气韵生动淋漓，为近日名家逸品。良由胸中丘壑，无尽所谓维其有之，是以似之也。吾人生平涉历，迫于尘事，登山临水不为不多，常苦匆匆，未能得趣。今读先生此画，顿觉令浩然神往，悠然意远也。质之泽夫贤契，其亦与余相同焉否耶！同治辛未仲冬融斋刘熙载题于宝书精舍。

《观瀑图》系齐学裘为泽夫所画。刘熙载跋语认为齐学裘深得南朝谢赫"六法"之一的"气韵生动"真谛，"六法"包括"一曰气韵生动，二曰骨法用笔，三曰应物象形，四曰随类赋形，五曰经营位置，六曰传移模写"[11]。也就是说作者胸中有丘壑，亦即苏轼说的"胸有成竹"。[12]

除为齐学裘的画题跋外，刘熙载还为其著作题跋。光绪二年，刘熙载为《见闻随笔》题跋。跋云：

> 尊著《见闻随笔》刊就，读之曷胜忻慕。先生积数年而成此书，神闲意暇，力果心精，均为不可几及。至其旨关劝戒，有裨世道，其美更未易一二言也。（**齐学裘《见闻续笔》卷首**[13]）

刘熙载刚接触齐学裘时，看到齐学裘的《见闻随笔》书稿，"携之而去，半月后微雪洒空，独自还书而来，谓此事有关世道人心，可传之作，速刊为要"（《见闻随笔》卷十九

"刘学政")。此跋亦寥寥数语,认为"其旨关劝戒,有裨世道",言近旨远。更有意思的是此跋是跋《见闻随笔》,却刊于《见闻续笔》卷首,大概也有"举此以概乎彼"之意味吧。

大约是同治八年(1869),刘熙载又为齐学裘的《云起楼词》题跋,跋云:

尊著妙词,读之再四,味美于回觉,非壮夫大人物不能作此,非雕虫篆刻比也。

《云起楼词》仅三卷,无儿女情态,不斤斤于声律,风格直追苏、辛。刘熙载跋语慧眼独具,语少而中肯綮。

齐学裘也为刘熙载的作品题诗,光绪三年(1877)冬,《劫馀诗选》卷二十有《题刘融斋先生(熙载)所著〈昨非集〉》:

著书讲道学,绝无道学气。是真道学人,立言警万世。

《昨非集》是刘熙载的诗文集,寓教于文,尤其是《寤崖子》,通过一个个故事讲做人的道理,给人以启迪。齐学裘的题诗,一句一转,下语果断,言简意丰。

通过对二人题跋、题诗的爬梳,既可以看出二人的学识,也说明二人互为知己,他们在文学、艺术上是同道者。

三

刘熙载与齐学裘的文字交往颇多,他们各自又为对方扩大文化交游圈。

刘熙载通过齐学裘结识江湄，并为江湄《海天吟啸图》题诗。《见闻续笔》卷十九"江伊人"云：

嘉定江伊人，名湄，隐于市廛，性静情逸。年逾花甲，神气如仙，著《秋水轩诗钞》若干卷，索余序言，弁诸简首。工分书、篆刻，绘《海天吟啸图》以自娱。余题《满江红》一阕云："海碧天青，吟弄良宵风月。且任尔取之无禁，用之不竭。秋蝶翩翩寻旧梦，隙驹迅速惊飘瞥。处茅庐，抱膝事长吟，人中杰。　才不尽，头盈雪，身虽隐，中常热。对蜃楼海市，唾壶敲缺。虎啸龙吟何意态，名缰利锁都抛撒。幸天涯海角遇斯人，余心悦。"伊人属余转求刘融斋先生题图。融斋曾于小斋遇见伊人一面，谓伊人风仪清尚，知非常人，故肯题诗二绝句，云："曾说蒹葭秋水诗，但今洄溯寄相思。纵然音许闻金玉，只有高人共赏之。""兴似回风吹紫澜，诗人具此旷怀难。始知当日成连曲，还为尘中漫一弹。"融翁诗词，素不易作，非其人不可得也。若伊人者，真吾友也。天涯得朋，喜可知矣。

查[民国]《嘉定县续志》[14]卷十一"文学"有《江湄传》，传云："江湄，字伊人，号添山，又号鹤徂山农。工隶能诗，尤善铁笔，著有《秋水轩吟稿》《梦花庐印谱》。今唯《秋水轩吟稿》行世。卒年七十二。"实则《秋水轩诗稿》十二卷、《二稿》十卷，今存上海图书馆。齐学裘所题《满江红》，收入《云起楼词》卷三，题为《满江红·题江伊人处士〈海天吟啸图〉》。依《云起楼词》所收词的时间来推算，此词当作于同治二年（1863）二月二十日之后，三月十二日之前，那时刘、齐尚未谋面，更不可能认识江湄。此二诗应作于刘齐定交之后，而此二诗《昨非集》不载，又当作于《昨非集》成书之后，姑定于光绪三年（1877）三月以后，大约与齐学裘《刘融斋先生招饮，作诗奉赠》同时。刘熙载的题诗巧借《诗经·秦风·蒹葭》句意，赞美江湄人品的高洁、不同流俗。此二诗亦为学者所不知，文献价值自不待言。

  齐学裘通过刘熙载，还结识了龙门弟子，如吴绍箕、孙照、孙点等。《劫馀诗选》卷二〇有《吴子弓（绍箕）明经，浙东衢州人，刘融斋先生之门下士也。阅余和孙子舆三十韵诗，次韵见赠，感其意，再用原韵奉酬》诗。而同卷《戊寅四月十七日，龙门书院与刘融斋先生并其门人吴子弓、孙子明、孙子舆诸子谈论〈阴符经笺注〉，回寓见子明和诗三十韵，情文亹亹，有感于中，四叠前词作诗答之，并呈融斋先生》：

  老年好吟诗，梦醒披衣起。
  喔喔鸡初鸣，磨墨还伸纸。
  执笔书所怀，难忘二三子。
  骚坛逢健将，精锐有如此。
  我欲曳兵逃，恐被人笑指。
  努力与周旋，胜败不暇揣。
  海碧与天青，高山和流水。
  而我居其间，逍遥游未已。
  艺海茫无边，道藏深无底。
  独学无友朋，孤陋真堪耻。
  何事乐余心，读书而已矣。
  孙康好读书，砚穿良有已。
  读书种子逢，焉得不欢喜。
  顾子惭德凉，何能益乎尔？

忧患为生机，穷通听天使。
颇爱出蓝青，深恶夺朱紫。
晏子善交人，一敬全终始。
龙门慕执鞭，不愧古贤士。
名师与高弟，尽是东南美。
我乐与交游，醇醪甘酌彼。
学者贵精勤，时术之如蚁。
偶阅阴符经，讨论导之理。
思之复思之，鬼神通奥旨。
莫讶笺者非，须求悟者是。
一得解真言，不忘到没齿。
切磋而琢磨，此乐知奚似。
刘向传经师，门前盛桃李。
担簦负笈来，不远百千里。
论交十馀年，爱我忘我鄙。
何物致吾忱，心香一瓣耳。

吴子弓即吴绍箕，浙东衢州人，明经出身。孙子明即孙照，安徽来安人，事迹不详。孙子舆即孙点（1855—？），安徽来安人，拔贡生，官知县，曾出使日本，有《嘤鸣馆百叠集》等。齐学裘这首是答孙照并呈刘熙载的。该诗主要分两部分，第一部分盛赞孙照刻苦读书，诗做得好，青出于蓝；第二部分写刘熙载，一方面说刘熙载对《阴符经》"一得解真言"，另一方面说其传经一如刘向，门徒众多，自己也愿得一瓣心香。这首诗对研究刘熙载的教学及学术很有参考价值。刘熙载《昨非集》卷二有《阴符经序》，当为同时所作。

此外，刘熙载是著名书法家，齐学裘也工书画，曾刻其祖雨峰先生、其父梅麓先生《双溪草堂遗墨迹》九卷,又刻《宝稜室帖》二十四卷,其著作中也多处论及书法,因此二人又是书友。刘熙载曾为其书"光明磊落之居"六个擘窠大字,又书集邵康节先生"乐天为事业,养志是生涯"对联,又为其书"容膝易安"(《见闻随笔》卷十九"刘学政")。还为《见闻续笔》题署,等等,不赘述。

总之,刘熙载与齐学裘的文字交往,是文学史、艺术史上的佳话。从这些文献中,我们可以了解他们的生活情趣、学术以及艺术思想。齐学裘的文学创作及艺术创作学术界几乎没有人关注。而对刘熙载学界除津津乐道其《艺概》《游艺约言》外,对其生平交游也少有谈及,这极不正常。笔者近来撰成《刘熙载年谱》,阅读了大量的晚清时期相关文献,刘熙载与齐学裘的交游便是在这个基础上来思考的。本文侧重文献资料的整理,旨在为刘熙载的进一步研究尽些绵薄之力。

注释:

[1] 王韬《瀛壖杂志》,光绪元年十月刊印。

[2] 李详《药裹慵谈》,《李审言文集》,江苏古籍出版社,1989年版。

[3] 刘熙载《刘熙载文集》,江苏古籍出版社,2001年版。

[4] 齐学裘《见闻随笔》,同治十年刻于天空海阔之居。

[5] 齐学裘《劫馀诗选》,同治八年天空海阔之居刻本。

[6] 沈祥龙《乐志簃文录》,光绪庚子冬文墨斋写刻。

[7] 黄庭坚《寄外舅孙莘老》,《全宋诗》第十七册,北京大学出版社,1995年版。

[8] 沈括《梦溪笔谈》,上海书店出版社,2003年版。

[9] 齐学裘《云起楼词》,同治十年刊于天空海阔之居。

[10] 俞樾《左春坊左中允刘君墓碑》,《春在堂杂文》,光绪三十一年刻本。

[11] 谢赫《古画品录》,见王伯敏《中国绘画史》,上海人民美术出版社,1982年版。

[12] 苏轼《文与可画筼筜谷偃竹记》,《苏轼文集》,中华书局,1986年版。

[13] 齐学裘《见闻随笔》,光绪二年刻于天空海阔之居。

[14] [民国]《嘉定县续志》,中华民国十九年十一月印。

本文发表于《沈阳师范大学学报》2007年第1期

◎刘熙载行迹考

刘熙载是我国晚清时期的著名学者、文艺理论家和书法家。一生不愿为宦,惟以读书、著述、教学为己任,著述宏富。又不喜交游,他自己曾说:"早岁心交三数子,才如宗悫谁先。"(《临江仙·梦宗惺泉谈文》)[1]韩弼元《刘子歌寄赠融斋(熙载)编修》:"生平交友略数人,馀子落落非所亲。李生(杭)殀矣薄君(彭龄)殁,乃独遇我如弟昆。"[2]郭嵩焘也说:"融斋往在京师,所与往还,惟帅抑斋、韩叔起、徐进之数人。"[3]正因其寡交游,诸家所记其行迹或语焉不详,或失载。王气中先生的《刘熙载行年小志》则太简约,且失实之处较多。刘熙载本人在其作品中也较少提及个人的行止,这就更增加了难度。实际上,一个人的学术思想、艺术成就与其人的经历交游是分不开的。基于此,笔者通过阅读大量相关文献,拟对其一生比较重要或鲜为人知的经历进行考察,或有所补遗,或正其谬误,以期还原历史。

一、设馆山东禹城

刘熙载以病请假,设馆山东禹城,相关文献大都有所记载。沈祥龙《左春坊左中允刘先生行状》:"(咸丰)六年,京察一等,记名以道府用,旋乞病假。"[4]蔡冠洛《清代七百名人传》:"大计群吏,君在一等,记名以道府用。不乐为吏,请假客山东,授徒自给。"[5]刘熙载《昨非集》卷三《题蟋蟀轩诗集二首》序云:"此集明禹城刘士骥允良撰。余昔尝闻焉,而未之见。丁巳馆其邑,得借读之,觉其出处怀抱先得我心。题此以寄尚友之志。"[6]

据刘熙载夫子自道,他是"丁巳馆其邑",即咸丰七年(1857)在山东禹城设馆授徒,但他到达的具体时间、何时离去以及游历过山东什么地方、接触过何人,则无人提及。刘熙载《昨非集》卷三《交河遇风二首》《过东阿旧县》应是从京城前往山东禹城的路线。二诗写冬、春交替时情景,刘熙载应该是在初春先到济南小住,然后在春季开学之时到禹城授课。刘熙载在禹城遇到了强汝询,二人相聚十日,甚欢洽。韩弼元《翠岩室诗钞》卷二《赓廷、融斋同客济南,晤谈十日,各以书来道念,怅然作此以寄。第三首专怀赓廷,四首则为融斋发也》(丁巳)其前二首诗云:"旅馆茕茕正索居,故人迢递惠双鱼。新欢缱绻偏遗我,往事凄凉倍感渠。浪涌清淮愁厉揭,云横泰岱怅崎岖。崔驷自今忧成老,贫病年来懒著书。""沦落天涯赋式微,悠悠身世与心违。幼安避地仍非所(赓廷以金坛被寇,避之滋阳),彭泽辞官尚未官(融斋记名道府,以病辞,时假馆禹城)。握手西窗同感慨,怆怀南国独分飞。往时晤对寻常事,一别谁知见者稀。"从诗意得知,刘、强二人在济南结识后,分别给韩弼元写了信。韩弼元(1822—1905),字叔起,江苏丹徒人,咸丰二年(1852)进士,授刑部主事。强汝询是为避难,举家迁滋阳(今兖州);刘熙载是为辞官才假馆禹城的。

强汝询(1824—1894),字菀叔,号赓廷,江苏溧阳人,咸丰九年举人。[光绪]《溧阳县续志》卷十一本传说："汝询少有迈异,好学出于天性,博通经史,旁及方伎、医卜、百家述作,靡不讨究。"[7]强汝询著有《大学衍义续》《春秋测义》等。刘熙载与强汝询结识,且盘桓十日,一方面是二人秉性、趣味相投,另一方面则是韩弼元的中介作用。韩弼元与刘熙载友善,《昨非集》卷三有《答韩叔起二首》。韩弼元与强汝询两家系世交,后又是儿女亲家,他们的集子中赠对方的诗文颇多。

刘熙载与强汝询结识当在咸丰丁巳之春,以情理推之当在设馆禹城之前。同年夏,二人又邂逅于沛水之滨。强汝询《求益斋诗钞》卷五《怀刘融斋太史》:

跖富夷贫古所疑,苍昊迥邈意孰稽。
乃有智士耻受犠,斡旋穷通开秘机,以巧得多为众魁。
室罗金贝躬紫绯,艳夺世眼群慕师。
既导其流不可堤,圣贤遗文寡所裨。
呻之咀之为禄梯,模肖口吻不避俳。
孰探其旨以自治,刘君苦心全秉彝。
少掇上科官禁闱,长安十载无葳蕤。
避利疾走恐被痍,衣敝缊袍咽盐齑。
众曰困矣君益肥,进难退易义之期。
拙宦自若蒙咍讥,泰然不猜吾道非。
嗟我薄德非君侪,相见幸如针引磁。
雄谭奥辨倾肺脾,天人古今赅不遗。
昼或忘食宵忘疲,蓬转不休东复西。
丁夏再遇沛水湄,谓我当作蛮駏蛌。
若体有疢交相医,若玉有玷互相劘。

庶脱俗缰窥道扉,此言莫偿情曷依?
索居易惛过夏胎,方寸日斗面瘠黧。
鲁山有蒙复有龟,杏坛之风安可希?
朔风萧瑟雨雪霏,隔千里兮同为羁。
身无羽翼不得飞,引领北望徒嗟唏。[8]

此长诗作于咸丰七年冬季,时强汝询回兖州,而刘熙载则已假馆定兴,离开了禹城。这首诗点明他"丁夏再遇沛水湄"。丁夏,丁巳夏天。沛水,即济水。当是刘熙载趁假期远足寻胜,又与强汝询不期而遇。从强汝询的诗中,可以看出诗人对刘熙载的人品、学品的赞赏以及不尽的思念之情。"若体有疢交相医,若玉有玷互相劘",说明二人志同道合,能够彼此取长补短,相得益彰。

二、设馆定兴

刘熙载设馆河北定兴一事,鲜为人知。俞樾《左春坊左中允刘君墓碑》、萧穆《刘融斋中允别传》、沈祥龙《左春坊左中允刘先生行状》均失载。王气中《刘熙载行年小志》说:"刘熙载自1857年(咸丰七年)请假到山东禹城设塾授徒,到了1859年(咸丰九年)已历三年,满了假期,所以仍回北京。""他可能在1859年底或1860年初辞馆回到北京。"[9]不确。

鹿传霖《简易庵算稿》序云:"吾师兴化刘公,世所称融斋先生者也。趋步程、朱,粹然为东南大儒,晚年尤精天算之学。喆嗣省庵君,尽得其传而益加研述,遂成绝学。……方丁戊间,先生谢史馆,离上斋,应徐太学聘,而假馆于定兴也。"[10]《简易庵算稿》是刘熙载长子彝程的数学著作。彝程，字省庵，著名数学家。鹿传霖（1836—1910），字滋轩，直隶定兴人。刘熙载弟子，此亦鲜为人知。鹿传霖是刘熙载众弟子中官品最高的一位，同治元年进士，曾为广东、江苏等地巡抚，两江总督。宣统嗣立，与摄政醇亲王同受遗诏，加太子太保。历拜体仁阁、东阁大学士，卒谥文端。作为当事人，鹿传霖所记当不虚。

鹿传霖说"丁戊间"，即丁巳和戊午两年之间，刘熙载应徐太守聘设馆于定兴，也就是说刘熙载至少在咸丰七年底就已经到定兴了。徐太守，即徐志守，字孟卿，歙县人。[民国]《歙县志》："选举志·科目"之"道光二十四年甲辰"本年恩科乡试："徐志导，徐村人，北榜贵西兵备道。"[11]又，[光绪]《保定府志》卷六"职官表"之"国朝知府、同知各官"："徐志导，歙县人，进士。咸丰八年知府任，九年四月回任。"[12]关于徐志导，《郭嵩焘日记》第二卷同治四年六月廿七日记载："贵西道徐孟卿（志导）来见"，"徐君任保定太守，颇有名。瑞澄泉署直隶，一奏保署保定，而遂有师生之谊。徐君质直，非务奔竞者，如方耀诸人皆联为师生。"[13]府志说徐志导是咸丰八年知保定，"九年四月回任"，而鹿传霖说是"丁戊间"，二者略有出入。徐志导有《直隶通省舆图》，署"咸丰九年秋九月保定府署摹刻"、"咸丰九年秋知保定府事古歙徐志导绘图并识"[14]。徐志导自署与"九年四月回任"亦有出入，我们当以鹿传霖记载为准，因为他是当事人。

关于具体设馆授徒情况，鹿传霖也有记载，《简易庵算稿》序："定兴之人，喜先生来，从游者甚众。时余方遭先壮节公都匀之难，奉柩由黔归里，经营祠葬，无暇制举之业。群从中有以余文质先生者，独蒙赞许。余之获识先生，自此始。当是时，余与君皆少壮耳。越明年己未，先生改馆京师，余因从学为文，又以病不获日月请业。"据鹿传霖记载，刘熙载设馆定兴，定兴很多学子从之学，而自己的文章也蒙赞许。刘熙载的教学是颇受欢迎的。

正因为设馆定兴，刘熙载才顺便拜谒杨继盛墓，而不是像王气中说的咸丰十一年（1861）前往武昌经由定兴而作《过杨忠愍墓》，时间不对，路线亦错误。杨继盛（1516—1555），字仲芳，号椒山，明保定容城人。嘉靖进士，官至南京兵部右侍郎。因弹劾权贵严嵩被迫害致死，后谥"忠愍"。杨继盛"少孤贫，尝就师于定兴。从邸进士学，邸即副宪赵宸也。"[15]后葬于定兴。刘熙载《昨非集》卷三《过杨忠愍墓》序云："墓在定兴，与元元勋张献武宏范墓相对。"诗云："椒山墓树烈寒风，献武丰碑在眼中。却听行人辨功节，先生二字独称公。"杨继盛忠贞刚正，刘熙载诗中充满仰慕之情。此诗当作于咸丰七年冬季。

刘熙载设馆定兴，收鹿传霖为弟子，才得以读《鹿忠节公家传》。《昨非集》卷三《读鹿忠节公家传》："成劳宣幕府，死节效城堚。讲学仅馀暇，旨开孙夏峰。"鹿忠节公为鹿善继（1575—1636），字百顺，明易州定兴人，信奉王阳明之学，进士出身，笃信王阳明之学，以忠孝著称。谥忠节。鹿传霖八世祖。孙夏峰，即孙奇逢（1584—1675），字启泰，一字钟元，世称夏峰先生，直隶容城人，明清之际著名学者。明亡后，隐居不仕，潜心于理学研究，为学"以慎独为宗，以体认天理为要，以日用伦常为实际"，初宗陆、王，后归程、朱。刘熙载从鹿善继和孙奇逢处获得为学灵感，与古人相契，促进其学理思考。

刘熙载设馆定兴的时间并不长,最晚在咸丰八年(1858)的十月就回北京了。《郭嵩焘日记》第一卷咸丰八年十月廿九、十一月初六、初九等,都记载了他们的交游,即为明证。

三、赴武昌江汉书院

咸丰八年十月之前,刘熙载回到北京。咸丰十年(1860)五月湖北巡抚胡林翼(1812—1861)以"贞介绝俗,学冠时人"上疏皇帝,推荐重用刘熙载。《郭嵩焘日记》第一卷咸丰十年五月廿六日记载胡林翼的奏折:"保举人才十六人:一沈葆桢,一李元度,堪胜督抚藩臬。一左宗棠,一刘蓉,各募兵六千,随办江南军务。一刘熙载,一毛昶熙,一杨宝臣,一梅启照,一范泰亨,一田玉梅,请旨简用。一严树森,一毛鸿宝,一阎敬铭,一邢亭魁,现在湖北办理军务,不敢不以其名上闻。"[16]后来,胡林翼又延请刘熙载到湖北武昌主讲江汉书院。刘熙载正不喜为官,为报其知遇之恩,便于咸丰十一年(1861)去武昌。那么刘熙载什么时候到达武昌的,到武昌又和谁交游,则极有必要探讨。

先说到达武昌的时间。王气中《刘熙载行年小志》认为刘熙载是在清明后到达武昌的。王先生进行了推理,他根据刘熙载《辛酉过大梁》"便是梁园风景在,客行且莫赋阳春"诗句,"可知他经过河南开封是在春雪之后。查咸丰十一年春节在1861年2月10日,在立春之后。假定刘熙载在正月二十日(1861年3月1日)启程上路,到开封约在三月中,再过二十天,到荆门,恰好清明。到达武昌,约在四月中。"[17]这个时间是不准确的。

刘熙载到达武昌的具体时间是在三月初。胡林翼在咸丰十一年三月二十日《复刘容（融）斋太史》信中说："十九日接到初十日来函，敬悉文驾于正出京，三月初抵鄂省。藉稔行旌所指，缘路康平，都符心祝。弟历载从征，驰驱戎马，筹兵议饷，烦琐堪胸，急拟晤对名儒，用消尘集。乃以口谋不臧，遂致贼踪纷扰，良觌犹稽，惆怅何似！现在皖贼复由上游下窜，台从来营，应俟驿路肃清，始可遄行耳。即此奉复，顺请道安。"[18]又据胡林翼在咸丰十一年同月同日《复李午山太守》信中得知，刘熙载到武昌后暂住知府李宗焘"衙斋"，刘熙载还想到军营中拜见胡林翼[19]，因战乱无法成行。

在端午节（五月初五）的时候，刘熙载见到了好友莫友芝。莫友芝《郘亭遗诗》卷七《后逃城行简刘融斋（熙载）供奉》云：

> 鄂城累月刁斗喧，九门篆严开两门。
> 逃人渐归趁端午，翻然一阕还惊猿。
> 问来何闻去何见，但有狂走奔其奔。
> 百金一舟担千钱，争门夺港相踶掀。
> 门官不呵绿营闭，嚣牙闹市如空村。
> 此中岂自有机要，当涂秘策且勿论。
> 融斋师席尊，虎皮未暖臀。
> 入危居乱悔至此，急若野鸟羁笼樊。
> 郘亭盾墨慵，眈守丛桂园。
> 昔诚批亢此穷麑，决以静摄扶灵根。
> 便愁伤勇亦甲计，明旦笠屐观东屯。[20]

诗中"逃人渐归趁端午"点明具体时间是端午节。他到达武昌后正赶上太平军合围武昌，学生星散，胡林翼则在太湖督战，根本无法见面，更无法上课。好在遇到了故友——客居武昌的莫友芝，还算给他一丝感情上的慰藉。莫友芝（1811—1871），字子偲，号邵亭，贵州独山人。著名学者、诗人和书法家。二人于咸丰七年（1857）在北京结识，此时莫友芝依胡林翼，为其校《读史兵略》。莫友芝在诗中描述了武昌人逃难的情形：满城刁斗之声，一片肃杀，人们趁端午节回家看看，但一有风吹草动，还是夺门而逃。而在这兵荒马乱之际，刘熙载是"入危居乱悔至此，急若野鸟羁笼樊"。最后莫友芝自己也打算离开此地，顾不了别的了。诗中不无幽默。这首诗是两位大学者、书法家交往的惟一见证，文献价值不容忽视。

在武昌，刘熙载还遇到了丁取忠。丁取忠，字果臣，号云梧，湖南长沙人。著名数学家。有《数学拾遗》《粟布演算》《演算补》等。时亦被胡云翼聘为鄂省校书，襄助校理《读史兵略》[21]。刘熙载也研究数学，著有《开元正负歌》。丁取忠与郭嵩焘友善，刘熙载对丁取忠是久相知，今相识，他们自然要谈论数学，后来长子彝程专程去长沙向丁请教数学，便是此时打下的伏笔。为了避难，丁取忠回长沙，刘熙载《昨非集》卷三《送丁果臣由湖北之长沙》："丁仪共处久知贤，相送南归意悯然。自昔骚人悲落木，于今看上洞庭船。"诗中充满了依依惜别之情。

武昌烽烟不息，不可久留，约两个月后刘熙载作《鄂城留别》以自我解嘲，诗云："荐剡知名忝，招延致礼频。传经公许我，问字地何人？关塞连烽火，文章恼鬼神。去留感知己，不在聚宵晨。"至此离开武昌，前往山西，重操设馆授徒旧业。

四、督学广东

同治三年（1864），刘熙载补国子监司业。同年秋被任命为广东学政，补左春坊左中允。王气中《刘熙载行年小志》认为"刘熙载到达广州，当在本年底或1864年初"。此说近似。

郭嵩焘于同治二年（1863）六月廿九日被任命为广东巡抚，九月廿一日到任。《郭嵩焘日记》第二卷同治三年十二月廿八日记载："出城接海关监督师继瞻郎中。旋闻刘容（融）斋学使亦已驰抵三水。"[22]三水距广州不远。第三天即同治四年（1865）正月初一，刘熙载到达广州。"刘容（融）斋学使以巳起岸。文武百官道以上迎之南城外，跪请圣安。"[23]学政是钦差大臣，怀揣圣旨，故欢迎场面如此隆重。正月十六日，"刘融斋学使以是日接篆，前往祝贺"[24]。"接篆"即接印，亦即正月十六日，刘熙载正式为广东学政。

刘熙载在广东学政任上的事迹我们所知寥寥。刘熙载《昨非集》卷二《箴言四首并序》说曾用"惩忿""窒欲""迁善""改过"以训士子。[民国]《续修兴化县志》说："每按试毕，行部供张，一无所取。粤人益敬仰之。"[25]此显其廉。另外还结识学者、诗人、书法家陈澧[26]。此外还接触了哪些人，工作生活情况如何，为什么辞职以及辞职的时间等，这些问题无人提及。

据《郭嵩焘日记》记载，在广州他们时常在一起交游、宴饮，他们是多年的好友，故略。爬梳相关文献，刘熙载曾聘强汝谌为学政僚属。强汝谌，强汝询之弟，字彦吉，一字存斋。[光绪]《溧阳县续志》卷十一说"同治丁卯举于乡，铨赣榆县训导。三年以回避，改溧水训导。汝谌力学敦谨，不苟于时，事亲孝"。《郭嵩焘日记》第二卷同治元年（1862）八月廿二日说他"明敏有办事之才"。在京师时，经宋晋介绍与其兄汝询，还有韩弼元，他们拜访过郭嵩焘。强汝谌亦于京师结识刘熙载，并于同治四年（1865）闰五月廿九日到刘熙载署衙。《郭嵩焘日记》是日记载："回拜瑞澄泉、刘融斋，知强彦吉（汝谌）已至其署。前岁曾邀其赴粤，力辞不就，云为其兄强赓廷（汝询）所阻。吾不能致，而融斋能致之，吾德固不足也。"[27]韩弼元《致刘融斋学使书》说："彦吉直谅之友，与融斋相依，可云两得。"[28]

强汝谌在刘熙载的署衙工作不足五个月，便于同治四年（1865）十月之前离开广州回上海了。韩弼元《翠岩室文稿仅存》卷一《复强彦吉书》（乙丑）云："融斋书来，言足下已决作归计，方深想念。顷得十月三日上海手柬，知已航海达到江苏鲛宫蜃窟，往来如履平地，疑有神相（疑脱'助'字）也。足下之于融斋，始不远万里而往，继不远万里而归，其故某可悬揣得之。而来示词气浑融，方歉然。若不足于己，何用意深厚乃尔！足下之去就皆合于义，而不惬于情，行其心之所安，而一身之劳苦在所不计，今世若此者有几人哉！"强汝谌离开广州的原因不明，他自己不说，刘熙载的信已佚，韩弼元又闪烁其词，个中隐情是个谜。

刘熙载又聘林昌彝襄校文卷，并与其讨论学术。学政负责全省府州县生员的考试，确实需要不少人力。林昌彝（1803—1876），字惠常，号芗溪，福建侯官人。道光十九年（1839）举人。著名诗人、学者，有《射鹰楼诗话》《海天琴思录》《海天琴思续录》《衣隐山诗集》等。他当时就职于广州某书院，与郭嵩焘时相过从。林昌彝《海天琴思续录》卷七云：

同治乙丑，扬州兴化刘融斋中允（熙载）督学广东，招余襄校文卷。舟中问六书源委、《说文》声音训诂。余作《舟中对》一篇，约三千馀言，均用骈偶，贯串《说文》全部。中允惊叹。中允问："淳于髡、东方朔，滑稽之流耶？抑非耶？"余曰："凡人臣纳谏于君，须对症用药，斯不至折肱；若非对症，徒沽直名而无补于事。对症者，善隐语也；隐语者，借他事以譬此事也。淳于髡之于齐宣王、东方朔之于汉武，皆善隐也，非滑稽也。司马迁、班固以二人为滑稽，盖不识古人之学也。[29]

考林昌彝同治四年（1865）十一月二十日回福建(《郭嵩焘日记》第二卷十一月二十日"日记"），他们交往的时间不足一年。林昌彝博学多才，有强烈的爱国意识，且对诗歌有独到的见解，又长于经学。二人交往也可以说是志同道合。

刘熙载在广东的生活和工作情况，直接材料目前没有发现，但从韩弼元《翠岩室文稿仅存》卷一《致刘融斋学使书》（同治乙丑）和《复刘融斋书》（乙丑）两篇尺牍中可以窥知一二。《致刘融斋学使书》有云：

比闻执事清苦绝俗，有过平日，深用叹服。鄙意以为清诚美德，而持之太过，未免有偏倚之处。故圣贤之律己也，止求合乎人情之中，而不以一节为可贵。《易》言以义制事，言得其宜也；苦节不可，《贞》言节之过而流于苦，则不可常也，不可继也。又闻执事事必躬亲，劳至于疾。夫用人者与为人用不同，为人用者唯知劳而已，用人者则择其人之可信者而用之，而吾第操其大纲，事将不劳而治；若任之而又疑之，从而察察然窥之，役役然无不自为之，将无一人之可用而身愈劳,而事愈益不治。执事之精神才力纵兼数十人长,犹将有竭时,况必不能也。此某之所以为执事深虑而不能已于言方者也。

从信中得知刘熙载生活过于清苦,在京城时曾被讥为"厨子翰林","户无帘,床无帐……以砂铛煮粝饭",而在广东则"有过平日"。刘熙载为官极其清廉,这是他的一贯风格。另外一点则是"事必躬亲,劳至于疾",他什么事都自己去做。不过从"若任之而又疑之,从而察察然窥之,役役然无不自为之,将无一人之可用而愈劳,而事愈益不治"这段文字,我们既可以看出韩弼元对其关心,也可以看出刘熙载对别人做事不放心。此信所言之事是强汝谌来函告之的,强汝谌离开刘熙载或许能找到答案。

《复刘融斋书》有云:

来书又以尽职为难,歉然于督学之未见寸益,此诚君子之用心也。某则谓转移振作之效,当如汉诏所云'日计不足,月计有馀',斯善耳!若必期其效于目前,恐操之太过,未见一益先受百损。大约贤者之处事,不患不及,惟患太过;不及所自知者也,恐不及而遂至于过,则所不克自知者也。不自知,斯过矣,且所谓过者,非必恶也,善不适中,均谓之过。愚者之言或足供明智他山之助耶!

这是一封复信,刘熙载来信言自己督学工作没有多大成效,自己感到歉疚,作为好友,韩弼元对其进行规劝,让他不要过于求成。两封信合起来看,是有内在联系的。刘熙载在学政任上,进行一些改革,如减免供张等,但积弊太久,虽事必躬亲，也不能立竿见影，他为此而心焦。韩弼元这两封信对于研究刘熙载为广东学政时的生活、工作及心态都有重要参考价值。

刘熙载为什么辞去广东学政呢？俞樾《左春坊左中允刘君墓碑》、萧穆《刘融斋中允别传》、沈祥龙《左春坊左中允刘先生行状》等都说是因病而归。这显然是托辞。朱克敬《儒林琐记》说：

文宗知熙载廉窭，特授广东学政。熙载至，尽裁上下陋规，胥吏患之，知熙载狷，故为蜚语刻洋报中。熙载见之，果恚，即日乞病归。[30]

刘熙载的改革，损失了胥吏的利益，这些人便制造流言蜚语，登在报纸上，诬陷刘熙载。这段文字应该是其辞职的直接原因。

学政一任应该满三年，刘熙载未满任归，相关文献均无异辞。李详《药裹慵谈·刘融斋中允》说："中允督学广东，仅考四府，移病归里。"[31]那么刘熙载是什么时间辞职的呢？汪宗衍《陈东塾先生年谱》说同治五年丙寅"五月，督学刘熙载引病归"[32]，其所依据的是[宣统]《番禺县续志》卷三十八有关刘熙载的记载[33]，可从。而《郭嵩焘日记》第二卷同治五年（1866）五月十六日记载："瑞澄泉、蒋湘泉、成鉴泉……方子箴、蒋叔起邀同刘融斋学使、丁禹生都转钱饮于郑仙翁祠。"[12]郭嵩焘辞去广东巡抚时，刘熙载参与饯行。据此可知，刘熙载辞去广东学政当在五月十六日之后。

刘熙载此前在京城为官以及此后主讲上海龙门书院的行迹较显豁，这里就从略了。总之，以上是根据相关文献对刘熙载设馆山东禹城、设馆河北定兴、赴湖北武昌江汉书院及赴广东学政任的行迹、交游做些钩稽，旨在对刘熙载有一个比较全面的认识，对于了解其学术思想，文艺观的发展演变也不无裨益。由于个人学识、眼界所限，或许有不当之处，敬请学界同仁指正。

注释：

[1] 刘熙载《刘熙载文集》，江苏古籍出版社，2002年版。

[2] 韩弼元《翠岩室诗钞》，光绪二十六年刻本。

[3] [16]郭嵩焘《郭嵩焘日记》第一卷，湖南人民出版社，1982年版。

[4] 沈祥龙《左春坊左中允刘先生行状》，见《乐志簃集》，光绪庚子冬文墨斋写刻。

[5] 蔡冠洛《清代七百名人传》，中国书店，1984年版。

[6] 朱畯、王祖庆等修[光绪]《溧阳县续志》，光绪丁酉续纂。

[7] [8]强汝询《求益斋诗钞》，光绪二十一年刻本。

[9] [17]王气中《刘熙载行年小志》，见《艺概笺注》，贵州人民出版社，1986年版。

[10] 刘彝程《简易庵算稿》，光绪庚子秋制造局锓版。

[11] 石国柱主修[民国]《歙县志》，民国二十六年刊印。

[12] 张豫垲纂[光绪]《保定府志》，光绪七年刊印。

[13] [22] [23] [24] [27]郭嵩焘《郭嵩焘日记》第二卷，湖南人民出版社，1982年版。

[14] 徐志导《直隶通省舆图》，咸丰九年至同治元年保定府署刻本。

[15] 杨晨纂修[光绪]《重修定兴县志》，光绪十六年刻、光绪十九年校定本。

[18] [19]杜春和、耿来金《胡林翼未刊往来函稿》，岳麓书社，1989年版。

[20] 莫友芝《邵亭遗诗》，光绪初元刻本。

[21] 梅英杰《胡文忠公年谱》，己巳三月梅氏抱冰堂刊。

[25] 李恭简[民国]《兴化县续志》，民国三十二年刊印。

[26] 陈澧《送刘学使序》，见《东塾集》，光绪壬辰刊本。

[28] 韩弼元《翠岩室文稿仅存》，光绪二十六年刻本。

[29] 林昌彝《海天琴思续录》，同治八年广州刻本。

[30] 朱克敬《儒林琐记》，见王文濡《说库》，民国四年上海文明书局石印本。

[31] 李详《药裹慵谈》，见《李审言文集》，江苏古籍出版社，1989年版。

[32] 汪宗衍《陈东塾先生年谱》，文海出版社，1966年版。

[33] 梁鼎芬修，丁仁长、吴道镕等撰[宣统]《番禺县续志》，宣统三年刻本。

本文发表于《东北师大学报》2007年第2期

◎刘熙载佚诗考

刘熙载是晚清杰出的文艺理论家,其《艺概》享誉文坛,同时也是一位著名诗人,其诗作收入《昨非集》中。刘熙载的诗于清代诗人中虽不能说是一流的,但清新隽永,多反映民生疾苦,还是为读者所喜爱的。近来笔者撰写《刘熙载年谱》[1],从晚清文人别集、诗话及刘熙载书法中发现其一些佚诗,这些作品不见于《昨非集》,但对研究刘熙载的生平、交游以及艺术情趣均有益处。本文将发现的佚诗以创作时间为序,进行考索,以期对深入研究刘熙载有所佐助,并就教于学界同仁。

一、《题〈伯山诗话〉》

迄今发现刘熙载最早的佚诗当为《题〈伯山诗话〉》。诗见康发祥《伯山诗话续集》卷二。[2]诗云:

我叹金昌绪,诗稿纷飘零。
赵碫不可作,长笛遗悲风。
二子忽下世,谁与留芳馨。
况我苦才弱,文质无所成。
未有表扬力,何以慰斯人。

长才具特识,篇藉归评论。
能使负奇士,遇屈才自伸。
书在幸我寄,拱璧不足珍。
几时聆麈教,一洗胸中尘。

首先确定一下该诗的创作时间。据吉林大学图书馆古籍部藏民国抄本《伯山诗话》,知该书刻于丁未仲春,即道光二十七年(1847),那么刘熙载的题诗当作于《伯山诗话》刻成之后不久。

其次考索一下相关人物。康发祥(1788—1865),字瑞伯,号伯山,江苏泰州人。岁贡生,官太常博士。擅诗文,有《伯山全集》传世。刘熙载为其忘年交,刘熙载通籍前即与其交游,在京城做官时交游则更加频繁。《伯山诗话后集》卷四记载与刘熙载等人游兴化拱极台,《伯山诗钞》中《癸巳集》卷二"怀人诗"有怀刘熙载的诗。《伯山诗话续集》记载与刘熙载交游的文字亦不少。

《伯山诗话续集》卷二说刘熙载"诗悲金子石、赵沆芷二君下世,而以阐扬见推,洵愧不敢当也"。金子石,即金德辉,字子石,江苏兴化人。恩贡生。[咸丰]《兴化县志》[3]卷八《文苑附录》说他"画山水能仿大家,而自出新意,远近争购之。诗词皆工。道光二十五年恩贡"。康发祥《伯山诗话后集》卷四云:"兴化金子石(德辉)明经,诗集将付剞劂,见质于余。余展读再三,知其宗法唐贤,而一秉于性情之正。"金德辉师法唐贤,故刘熙载喻之为唐代诗人金昌绪。

赵沆芷,即赵闶中(1805—1845),字沆芷,江苏兴化人。举人。[民国]《兴化县续志》[4]卷十三《人物志》云:"赵闶中,字沆芷,性颖悟。少有声庠序,诗文峭拔灵秀。屡踬秋闱,年五旬始膺乡荐。一上春官不第,旋卒。著有《种兰草堂诗文集》。"康发祥《伯山诗话后集》卷三云:"兴化赵沅芷(闳中)孝廉,与余交谊最久,气谊亦洽。予两人梗概,往往相同,幼同事笔研,同游泮水,长同踏荆闱。……沅芷著《种兰草堂诗存》,余最爱其《秦良玉割袖》一歌,惜篇长不备登,姑节录之。"赵闳中殆亦学唐,故刘熙载又以唐之赵嘏喻之。

金德辉和赵闳中都是刘熙载的老乡,而《伯山诗话》屡屡称扬,而二人却又都离开人世,故刘熙载的题诗充满悲慨。刘熙载既肯定金、赵二人的诗歌成就,又对康发祥高度评价二人的诗歌给予充分的肯定。从该诗中可以看出兴化文风之盛。

二、《雪后游西山》

刘熙载《雪后游西山》最迟当作于咸丰八年。诗见康发祥《伯山诗话续集》卷二。诗云:

晶晶望无极,独游风景奇。
雪中人不见,惟有鹤来窥。

此五绝是赞美隐士徐退的。西山,即北京西山。徐退(1821—1903),字进之,初名宗勉,字谈月,兴化人。多才艺,工书善画竹。李详《药裹慵谈》卷四《徐进之先生》说他进京应会试,不中,沦落京城,后入西山为道士。"咸丰八年,融斋官允集乡人醵金资徐归,遂不复出。"[5]

刘熙载和徐退是好友,道光二十六年(1846)仲冬,刘熙载撰写的《昌平文庙碑》,就是由徐退书写的,至今碑文尚在。徐退隐居西山,刘熙载时常去探望,周其匮乏。《昨非集》卷四《浣溪沙·西山禅院访徐进之》云："黄叶声干下半阶，白云无雨恋高斋，不应先我有君来。 孺子原非争礼数，伯伦早已外形骸，浑教莲社羡吾侪。"[6]《郭嵩焘日记》也多次记载与刘熙载谈论徐退隐居西山的情况，郭嵩焘还欲去西山访徐退。[7]

徐退自号种竹道士，兼字鹤来。《昨非集》卷二《答人问徐子》云："徐子进之，余友也。屡种竹，自号种竹道士。又尝有鹤止于旅次，因兼字鹤来。"正因为如此，刘熙载的好友帅远燡才作《鹤来歌赠徐进之》[8]，韩弼元才作《种竹歌为种竹道士徐退作》[9]，以表达对徐退的景仰。

刘熙载这首《雪后游西山》，通过对晶莹剔透雪景的描绘，赞美了徐退人品之高洁。"鹤来"一语双关，饶有情致。

三、《题〈吴下寻秋稿〉》

《题〈吴下寻秋稿〉》当作于同治二年（1863）。这是刘熙载的书法作品，载金学智《书概评注》（插图本），释文为：

我来邗上游，秋风正萧瑟。
回忆吴门下，心绪渺飘忽。
入吴方盛夏，炎飙苦蒸郁。
携侣事嬉游，匆匆少闲适。
既疏泛水舲，复倦游山屐。
偶尔登虎邱，苍茫日已夕。
群山翠欲流，芳鲜远难挹。
欲效吴趋吟，景光殊未得。
清风有客来，晤谈溯畴昔。

赠我寻秋篇，才思迥超逸。
绘图志所径，林峦具殊色。
尘外结奇赏，烟波荡空碧。
幽兴寄无涯，何时复来觌。

南樵兄大人，与余会于广陵客舍，以《吴下寻秋稿》见示，属题。适余亦回自吴门，因率此篇应教，即希削正。融斋弟刘熙载初稿。[10]

南樵即符葆森（1814—1863），原名灿，字南樵，江苏江都人。举人出身，著名诗人。编有《国朝正雅集》，著有《寄鸥馆诗集》等。刘熙载好友。《昨非集》卷三《赠符南樵》云："自古诗人误，多由名早传。众皆夸绣帨，君合守冰弦。杜老穷愁日，陶公乞食年。知希良可贵，肯被世情牵？"符葆森咸丰元年中举，次年入京参加会试，报罢。咸丰三年符葆森《癸丑怀人诗》[11]有怀刘熙载之诗，诗云："词赋相如擅，凄然渴病深。饥穷仍旷达，知遇总浮沉。儒素疑当日，交游证此心。"他们当结识于咸丰二年。据《国朝正雅集》[12]崇实"序"说符葆森咸丰六年（1856）又参加会试，仍报罢。《国朝正雅集》符葆森"自序"说第二次会试报罢后，他应邀在崇氏半亩园寓所修订《国朝正雅集》，一直到咸丰七年（1857）三月。而刘熙载在咸丰七年之前一直在京城，咸丰七年则先去山东禹城，后到直隶定兴，于咸丰八年（1858）底回京城，直到咸丰十一（1861）年赴武昌之前仍未离开过京城。揆情理，刘熙载是同治二年（1863）从山西曲沃回故乡，后又到苏州览胜，秋天寓居扬州。该诗当作于是年之秋。

另，据章汝奭《吴下寻秋图·跋》，"《吴下寻秋图》

卷为黄秋士鞠、孟毓森应符葆森南樵先生之请作图,后邀十余友人赋诗题识而成","是卷成于道光二十六年丙午,先生年四十有二,以一介书生,偏得名士青眼"。[13]刘熙载也应邀为该画题诗。此图无缘获观,但可以肯定的是,此题图与《题〈吴下寻秋稿〉》无涉。首先是时间不对,其次是一个题画,一个题诗。然不得不辨。

《题〈吴下寻秋稿〉》是应好友所邀而创作的五言古诗。"邗上"指扬州,"吴下"指苏州。诗人以纪行的方式写从苏州到扬州的游历,又通过对比的方法,以扬州秋之萧瑟反衬苏州的苦热。尽管携友登过虎丘等名胜,但"芳鲜远难挹",流露出一种无奈。而符葆森的《吴下寻秋稿》,则如"清风",吹走盛夏的烦恼。一方面是由于时令的不同,另一方面是符葆森卓绝的诗笔,唤起刘熙载重游苏州的欲望。该诗对于研究刘熙载的行迹、交游均有重要参考价值。

四、《题〈海天吟啸图〉》

刘熙载《题〈海天吟啸图〉》当作于同治七年(1868)至十年(1871)之间。该诗见齐学裘《见闻随笔》[14]卷十九《江伊人》。诗云:

曾说蒹葭秋水诗,但今泂溯寄相思。
纵然音许闻金玉,只有高人共赏之。

兴似回风吹紫澜,诗人具此旷怀难。
始知当日成连曲,不为尘中漫一弹。

江伊人，即江湄，《见闻随笔》卷十九《江伊人》云："嘉定江伊人，名湄，隐于市廛，性静情逸。年逾花甲，神气如仙，著《秋水轩诗钞》若干卷，索余序言，弁诸简首。工分书、篆刻，绘《海天吟啸图》以自娱。余题《满江红》一阕云："……伊人属余转求刘融斋先生题图。融斋曾于小斋遇见伊人一面，谓伊人风仪清尚，故肯题诗二绝句……""

江湄，[民国]《嘉定县续志》[15]卷十一"文学"有传，说他"工隶能诗，尤善铁笔"，"卒年七十二"。据《申报》丁丑（光绪三年，公元1877年）五月初五日，江湄有《七十生朝自述，录请诸大吟坛敦证，并祈赐和，不拘体韵》共四首七律。江湄享年七十二，则江湄当生于嘉庆十三年（1808）戊辰，卒于光绪五年（1879）己卯。据齐学裘《云起楼词》，齐学裘所题的《满江红》在同治二年（1863），那时刘、齐尚未谋面，揆情理，刘熙载的题图当在同治七年（1868）之后，同治十年（1871）之前。因为《见闻随笔》刻于同治十年（1871）。

《昨非集》卷二《题伯牙待成连图》也是题江湄的画，只不过是散文，是题跋。文中的"伊人"不正是江湄的表字吗？"画纸颇古"不过是障眼法罢了。刘熙载一再为江湄题画，二人的关系也非同一般。

刘熙载的《题〈海天吟啸图〉》，巧借《诗经·陈风·蒹葭》句意，赞美江湄人品的高洁，不同流俗。二诗清新隽永，韵味无穷。

五、《题玉谿老人〈海天长啸图〉》

刘熙载的《题玉谿老人<海天长啸图>》作于光绪五年。该诗见齐学裘《劫余诗选》[16]卷二二附，诗云：

天有清泠风,佛有微妙音。
客有星江老,三者为知心。
此老善长啸,意与苏门深。
海天聊寄兴,浩浩涵古今。
千诗冲口出,杯酒无多斟。
但听琅琅诵,胜彼鸾凤吟。
有诗耽静默,隐契昭文琴。
此亦同太上,希声含雅南。
安知啸与默,均齐无厌歆。
我虽昧啸旨,游戏时相寻。
愿言师此老,他贤非所钦。

玉谿,即齐学裘(1803—1883),字子贞,一字子治,号玉谿,安徽婺源人。诗人,书画家。著有《蕉窗诗钞》《劫余诗选》《见闻随笔》等。刘熙载与齐学裘从同治六年(1867)底相识相知(见《见闻随笔》卷十九),一直持续到光绪二年(1876),凡十年。这在刘熙载的交际圈中交往时间长,友谊之深可以说绝无仅有。齐学裘诗词、随笔中关于刘熙载的文字颇多。[17]

《昨非集》卷四有《唐多令·题齐玉谿〈归不归图〉》:"壮志秉桑弧,先生计不疏。快敖游不为饥躯。底事欲随云入岫?寻归隐,赋归与。　天地是蘧庐,田园未觉芜。且陶然客里琴书。饱看吴山情亦得,便归去,待何如?"该词活画了一位隐者形象,而这位隐者就是齐学裘。齐学裘一生不求仕进,唯以著述、书画、校勘为乐。

刘熙载这首《题玉谿老人〈海天长啸图〉》,赞美了齐学裘的诗才,高扬了齐学裘快然自得、纵情吟啸的品格。这也是一首题画诗。"啸"这种行为盛行于魏晋时期,是快然适志的一种表现。刘熙载把齐学裘的"长啸"与天之"清泠风"和佛之"微妙言"相提并论,为抬高题面法。又说齐学裘的长啸得益于"何妨吟啸且徐行"的苏轼,可谓深谙齐学裘。齐学裘学宋诗,尤属意于苏、黄,刘熙载说中了肯綮。该诗作于《昨非集》成书之后,实为老道之作。

此诗齐学裘还有和诗,限于篇幅就不援引了。

此外,康发祥《伯山诗话续集》卷二还载有刘熙载的《过桐城驿》,还有为林昌彝之母所题的《一灯课读图》等,也都是刘熙载的佚诗,但由于时间不可考或纯属应酬之作,这里就不展开讨论了。

总之,刘熙载的佚诗是刘熙载诗歌的重要组成部分,这些佚诗对于研究刘熙载的生平、交游及至艺术追求,都有重要的参考价值。我们也相信,随着对刘熙载研究的深入,还可能发现刘熙载的佚诗,这些都将促进对刘熙载的研究,从而也能更好地印证他的诗歌理论。刘熙载不仅是文艺理论大家,同时也是一位重要的诗人,倘若没有诗歌创作经验的积淀,他的理论也就不会站在时代的高度而独领风骚。

注释:

[1] 杨抱朴《刘熙载年谱》,辽海出版社,2010年版。

[2] 康发祥《伯山诗话后集四卷续集二卷再续集二卷》,道光咸丰刻本。

[3] 梁国棣修,郑之侨等纂[咸丰]《兴化县志》,咸丰壬子春刊。

[4] 李恭简修,魏儁、任乃赓纂[民国]《兴化县续志》,民国甲申夏月县志委员会监印。

[5] 李详《李审言文集》,江苏古籍出版社,1989年版,第672—673页。

[6] 刘熙载《刘熙载文集》，江苏古籍出版社，2001年版，第704—705页。

[7] 郭嵩焘《郭嵩焘日记》第一卷，湖南人民出版社，1981年版，第186—189页。

[8] 帅远燡《帅文毅公诗文遗集》，光绪丁酉孟夏，黄梅县署校刊。

[9] 韩弼元《翠岩室诗抄》，光绪二十六年刻本。

[10] 金学智《书概评注》（插图本），上海书画出版社，2007年版，第171页。

[11] 符葆森《癸丑怀人诗》，光绪十四年符寿堂等刻本。

[12] 符葆森《国朝正雅集》，咸丰年间刻本。

[13] 章汝奭《跋〈吴下寻秋图〉》，《书法》，2004年第6期，第50—51页。

[14] 齐学裘《见闻随笔》，同治十年刻本。

[15] 范钟翔、陈传德修，金念祖、黄世祚纂[民国]《嘉定县续志》，民国十九年十一月印。

[16] 齐学裘《劫余诗选》，同治八年刻本。

[17] 杨抱朴《刘熙载与齐学裘的交游》，《沈阳师范大学学报》，2007年第1期，第42-46页。

本文发表于《社会科学辑刊》2010年第5期
人大复印资料《中国古代、近代文学研究》2011年第2期全文转载

◎刘熙载致强汝询三封信札考释

近来笔者在研究刘熙载的过程中,发现了刘熙载致强汝询的三封信札。这三封信札对于研究刘熙载的行迹、交游及其特定时期的心态,都有重要的参考价值,是不可多得的文献。强汝询何许人也?读过鲁迅《华盖集续编·马上支日记》的人大概还记得,文中提到特别憎恶小说的那位老先生就是强汝询。[1]笔者在编纂《刘熙载年谱》时,并未发现这些信札,现将这三封信札依时间为序,一一考释,就教于学界同仁。

一、咸丰七年致强汝询的信札

程道德编《中国近现代文化名人遗墨》[2]收了刘熙载致强汝询的一封信札,释文如下:

赓廷仁弟大人阁下:

十月来信及此次信,俱收到,迩惟起居佳胜为颂。兄自八月至定兴,忽又岁莫(暮),日月逾迈,甚可畏也。胸中所存,不免撄于细故,如偿债、给家等事,殊难暂忘。古人于事尽其当为之道,而不过为无益之忧,此境诚未易至也。阅叔起书及诗,具知近境,虽微来音,固知其甚固也。第四首收句，兄未能践，此质任自然，未易罄其所以然，非必有所去取于其间。且即论兄今日之所处，岂有可愿者乎？瓜洲、镇江同时收复，可喜之甚！金陵奏捷，想应在迩，滋阳当有《邸抄》，可阅否？

书院一事，据今所见所闻，诚为琐琐，然兄固将就之者，以不住书院，则将停所应偿之债，其（岂）非更甚？而书院创始之意，固有所在，抑所谓"虽不能至、心向往之"者。惟觅书院有未能急者，吾弟可谅而知也。如书院迟久未得，兄方甚忧之，亦所处之，不得不忧耳。兄明年必非有书院气象，（近宋雪帆来信，言有书至直隶制军，然甚晚矣）意欲入都觅一小馆，以待后年书院万一有就，然闻食用甚贵，且酬应未能尽免，恐至于不可支，是以尚待踌躇也。

至吾弟入都应试，兄以为必不可已，彦吉弟当益无须劝驾矣。春间早行，一切自较宽裕。馆事应必得，然或仍须作数月之待，当亦无累也。彦吉弟留办七令弟喜事，其期可早必（毕）否？兄实未能静定者，弟疑其有学力，未免过言，惟时予箴规，防其大远于静定，则幸矣。叔起穷愁，兄亦不免，承示近未得书。读前书知韩眉伯已愈矣。近有所得，俱望示知。

岁华客兴，何如念念。此布即候，近安。

愚兄刘熙载顿首。十二月十五日。

彦吉令弟候候。

骕原令弟统此。

该信札已引起关注，吴坤培先生《刘熙载致赓廷信札初释》[3]依据相关材料考证该信札为咸丰七年所作，可从。另，强汝询《咸丰七年秋得叔起书并见怀诗，却寄一篇》"君不见天心已厌干与戈，行营名将如星多。润州瓜洲已收复，行见江水平不波"[4]亦可证之。据此信札可得知刘熙载于咸丰七年八月到定兴设馆授徒，而非我在《刘熙载年谱》中，依据刘熙载弟子鹿传霖给《简易庵算稿》序中记载推论在咸丰七年底。吴坤培的论文是很有价值的，但也有微瑕，如个别句读不准、释文有误，对信札中提及的人物关系也有失察之处。现将该信札中相关人物、事件做一考释。

1. 人物考证

先说强汝询。

强汝询（1824—1894），字莪叔，号赓廷，江苏溧阳人。咸丰九年举人。晚清文学家、学者。强汝询一生未登仕途，虽曾铨赣榆县教谕，亦未到任。强汝询曾入山西按察使陈湜幕，后在江南、苏州等地书局任职。一生勤于著述，有《大学衍义续》七十卷、《春秋测义》三十五卷，此外还有《求益斋文集》和《求益斋诗抄》等。刘熙载与强汝询于咸丰七年（1857）相识相知（见《刘熙载年谱》，辽海出版社，2010年3月版），并确立了终生友谊。强汝询本溧阳人，为躲避战乱举家北迁，咸丰六年（1856）寓居于山东兖州，即信札中所言滋阳。韩弼元咸丰七年作《赓廷、融斋同客济南，晤谈七日，各以诗来道念，怅然作此以寄。第三首专怀赓廷，四首则为融斋也》其二："沦落天涯赋式微，悠悠身世与心违。幼安避地仍非所（赓廷以金坛被寇，避之滋阳），彭泽辞官尚未归（融斋记名道府，以病辞，时假馆禹城）。握手西窗同感慨，怆怀南国独分飞。往时晤对寻常事，一别谁知见亦稀。"据此可知，刘熙载与强汝询于咸丰七年相识于山东济南，时强汝询寓居兖州，刘熙载则到山东禹城设馆授徒。信札中言强汝询明年欲入都应试，当指参加顺天府乡试，并未考中，因为强汝询于咸丰九年（1859）中顺天恩科举人。[5]刘熙载不同意其入京应试，个中缘由不得而知。

再说韩弼元。

韩弼元（1822—1905），字叔起，江苏丹徒人。道光癸卯举人，咸丰二年（1852）进士，曾为刑部主事。刘熙载与韩弼元交往当不会晚于道光三十年（1850）。刘熙载《昨非集》卷三有《答韩叔起二首》，对韩弼元落第给以宽慰。强汝询《求益斋诗抄》卷一有《送叔起下第南归》，此诗当作于道光三十年。当时刘熙载为殿试授卷官，因地缘关系，韩弼元结识了刘熙载，并确立了终生友谊。该信札说韩弼元赠诗当指前文提到的《赓廷、融斋同客济南，晤谈七日，各以诗来道念，怅然作此以寄。第三首专怀赓廷，四首则为融斋也》。[6]信札言"第四首收句"当为："驰骋仍愿遵王路，莫向荒村守固穷。"韩弼元劝刘熙载回京城做官，为国家效力，不要在偏远地方教蒙童。咸丰十五年（1865）京察，刘熙载被列为一等，咸丰六年（1856）五月刘熙载被引见，"交军机处记名，以道府用"。[7]但刘熙载不愿做官，请病假到山东设馆授徒，而此时又移馆直隶定兴，所以刘熙载信札中说"兄未能践"。

然后说宋晋。

宋晋（1802—1874），字锡蕃，号雪帆，江苏溧阳人。与刘熙载为举人同年和进士同年。散馆授编修，官礼部和户部侍郎等。刘熙载和宋晋关系至密，宋晋请刘熙载教育自己的孩子，宋晋的侄女是刘熙载的大儿媳，二人又是亲家。吴坤培文中说，笔者《刘熙载年谱》引《郭嵩焘日记》记载刘熙载与宋晋等人讨论音韵学问题，"它仅能证明刘氏与宋氏此日在公共场合有过接触，至于两人之间是否也有私下交往，尚嫌证据不足"，这种说法是不能成立的。

此信札说宋晋来信,称作书给直隶总督谭廷襄,求其帮忙,给刘熙载觅一书院。这一信息对于研究刘熙载心路历程是很有价值的。详见后文。

最后合说彦吉、韩眉伯和觌原。

彦吉即强汝谌,字彦吉,一字存斋,汝询胞弟。同治丁卯举于乡,铨选赣榆县训导,后改溧水训导。[光绪]《溧阳县续志》有传。日后刘熙载督学广东,强汝谌曾入其衙署工作。韩眉伯为韩弼元次子,名景伊。韩弼元共有二子:长景修,字省斋;次景伊,字眉伯。景修为强汝询女婿。韩弼元次子身体不好,年二十便夭折了,因此信札说"韩眉伯已愈矣"便有了所指。长子也仅仅活了三十二岁。详见强汝询《韩省斋哀辞》[8]。吴坤培说韩眉伯可能是韩弼元父亲,差辈了。韩弼元的父亲为韩友玕,已于咸丰六年(1856)八月卒,详见强汝询《韩友玕先生文》。韩、强两家为世交,关系友善。觌原即强汝觇,汝询胞弟。强汝询的父亲强溎(1786—1851),字东渊,号沛崖,甘肃安定县知县。据韩弼元《诰授奉直大夫甘肃安定县知县加三级强府君墓志铭》[9],强溎元配汤氏无出,继配胡氏生酉堂和仲篯,再继配生汝询、汝谌和汝觇。"汝觇,廪贡生,候选训导"。韩弼元《翠岩室诗抄》卷二《赠强觌原(汝觇)》:"鹏程何必慕扶抟,一室无惭俯仰宽。髫龀已承家学邃,艰难益见道心安。情同爱日姜肱被,视若浮云贡禹冠。似尔纯修今罕觏,好从独行传中看。"汝觇后改名汝谔,字星源。

2. 书院情结

此信札刘熙载一再提及书院一事,甚至成为他的情结,由此可以理出刘熙载的心路历程。此乃该信札最重要的价值。刘熙载欲觅一书院教书,首要任务是偿债,因何欠债不得而知。揆书意,刘熙载是想在京城附近找一家书院,明年不一定成,后年则有些希望。暂时在定兴设馆,明年移馆京城,以待时机。刘熙载咸丰七年(1857)就有入书院的想法,咸丰十年(1860)去武昌江汉书院,因战乱无法授课,书院又成了泡影。直到同治六年(1871),才入主龙门书院,经过十年才圆了他的书院梦。

二、咸丰十年致强汝询的信札

浙江一通2010年秋季拍卖会上见到刘熙载致强汝询的一封信札,释文为:

赓廷仁弟大人阁下:

久未问候,谦甚。此者何为?念念。自叔起出京,兄旋闻其同年戴七兄言及有(衍文)叔起有丁内艰之信,天之厄吾党有如不克,谓之何哉?前此见足下致叔起一字,劝其定意回家,盖一言而数意具焉,特不忍尽言之耳。

九月初,兄之家眷亦已由粮船南回,闻言十一月可到。近居京,虽觉身累稍轻,然前累已重,不可为矣。足下可有馆否?如不遽得馆,犹或无妨否?学问本非同人可望,况如兄者终日课数童子,目眩耳聋,能勿退步为难矣,其敢求益耶?未知足下何以教之也。

叔起榜后资用已觉勉力,书院等事似又难猝得,穷愁当日甚矣。足下朝夕相接,而有以辅之,必且以境之难而所学益坚,所就愈大,迥有异于兄之怠弛而无所进者也。尤杰庵兄明年当北上,甚思之,未尝致书,如晤蕲代候是荷。

顺次布达,即请箸安。

愚兄刘熙载顿首。十月十五日。

此封信札未引起学界关注。笔者拟从写作时间、信札涉及的人物以及刘熙载的行迹几个方面做些考察。

1. 写作时间

此信与咸丰八年（1858）的信札书法近似，都属于瘦劲一路的书风。且此信札晚于前札，作于北京，时正设塾馆于京城。本来此信札的写作时间是明确的，即韩弼元母亲去世之年（丁内艰），但是遍查韩弼元的《翠岩室诗抄》《翠岩室文稿仅存》以及强汝询的《求益斋文集》《求益斋诗抄》均未找到相关记载。为了寻找答案，我们只好另寻思路。

从刘熙载在京城设馆推论。该信札云："学问本非同人可望，况如兄者终日课数童子，目眩耳聋，能勿退步为难矣，其敢求益也耶？"刘熙载何时在京城设馆？这是探讨问题的关键。张剑《莫友芝年谱长编》"咸丰九年（1859）己未"引莫友之《邵亭日记》"京中所闻及新识诸名辈"，名单中第一名就是刘熙载，云："刘熙载，字庸斋，有道之士，□□人，在经板库陈中堂宅授经。"[10]

陈中堂即陈官俊（1782—1849），字伟堂，山东潍县人。历任工部、兵部、礼部、吏部尚书，官至协办大学士。经板库，在西安门，陈宅所在地。陈官俊为道光二十四年（1844）会试主考官，刘熙载与其有师生之谊。据莫友芝的记载，刘熙载最迟当于咸丰九年在京城陈官俊宅设馆授徒。

鹿传霖《简易庵算稿》序亦云："方丁戊间，先生谢史馆，离上斋，应徐太守聘，而假馆丁定兴也……越明年己未，先生改馆京师，余因从学为文，又以病不获日月请。"[11]

鹿传霖也说刘熙载咸丰九年设馆京师，并从其学。鹿传霖为刘熙载得意弟子，所言当不虚。

考刘熙载行迹，咸丰十一年（1861）正月应胡林翼邀赴武昌，主讲江汉书院，然后入山西设馆，则刘熙载在京城设馆的具体时间应是咸丰九年和十年（1860）这两年。

再从强汝询与韩弼元同居一地推论。

该信札云："叔起榜后资用已觉勉力，书院等事似又难猝得，穷愁当日甚矣。足下朝夕相接，而有以辅之……"明言当时强汝询与韩弼元同居一地。强汝询给韩弼元《翠岩室诗抄》所作序有云：

> 方余与叔起初定交时，二亲皆无恙，天下安乐，不见兵革之事。余年甫逾弱冠，叔起仅长余二岁耳。朝夕过从，议论古今，意气豪甚，虽间或感慨为诗，而辞气英壮激发，勃然有不可遏之势。未几两人皆连丁大艰，粤贼覆金陵，江东骚然无安岁。余避兵适兖州，二年乃复临金坛，而叔起已迁居兴化之乡，不复得相见。今年余为寇所迫，亦携家至兴化，始复与叔起相聚，则两人年皆将四十矣。

此序落款为："咸丰十年仲冬溧阳强汝询书。"因此，刘熙载信札所言"足下朝夕相接，而有以辅之"，当指咸丰十年二人同居刘熙载家乡兴化时事。

结合上述文献，刘熙载此信札当作于咸丰十年十月十五日。

2. 人物考证

该信札中韩叔起的同年戴七，其人不详。尤杰庵，即尤英，丹徒人，韩弼元的举人同年，《丹徒县志摭余》[12]卷八"孝友"云：

> 尤英，字杰庵，诸生，道光癸卯举人。性孝友，父仁

钰,早殁。英时尚幼,家故贫,乃力学奉母尽孝尽养,甘旨不缺。乡荐后以母老不肯应礼闱试,戚友强之,始行。比庚戌,同年韩弼元复坚约偕往,抵清河,夜梦母,遂不复寐。待旦趣车归,自此不应试。或延课徒,稍远辞不赴。依母前承色笑,数十年无一日离。尝语人曰:"使吾得朝夕事母,虽卿相不能易也。"五十后遭母丧,哀恸剧,几灭性。又遭叔及弟丧,怨伤太甚,遂遘疾,卒年五十九。

尤英是位典型的孝子。韩弼元《翠岩室诗抄》有数首赠尤英的诗,强汝询《求益斋文集》卷七有《尤杰庵衰辞》。刘熙载当是通过韩弼元结识尤英的。

3. 刘熙载的行迹

从该信札透露的信息来看,刘熙载是在京城陈官俊宅设馆授徒,鹿传霖、宋晋之子从其学。咸丰七年底致强汝询的信札中刘熙载急于找一家书院,而此札仅提及一次,且轻描淡写,似乎他把书院淡忘了,其实不然。信札中言及"九月初,兄之家眷已由粮船南回,闻言十一月可到",刘熙载把家眷送回老家,是为入主武昌江汉书院做准备。

咸丰十年五月,湖北巡抚胡林翼以"贞介绝俗,学冠时人"疏荐刘熙载,同年年底又聘刘熙载做江汉书院山长,胡林翼咸丰十一年二月十四日《复阎敬铭》函说"关订三百金"[13],刘熙载一心想偿还债务,也便应允了。如果能在直隶找家书院,家眷仍可以留在北京,但偏偏武昌请他,也就只好让家眷南回了。

该信札的这一细节,透露了刘熙载人生的又一选择。

三、光绪六年致强汝询的信札

彭长卿编《名家书简百通》也收了刘熙载致强汝询的一封信札。释文为:

赓廷仁弟大人阁下:

接读覆函,多蒙指示养生之道,感甚!兄历七八日以来,胁气渐愈,而胸膈间颇不开通,眠食俱少。此系旧疾,于(与)在苏之跌无关也。现觉在沪度夏为难。惟书院中事,一切未有交代。兄游苏时,有敏翁之熟人张少渠(欣木本家)兄来沪约游西湖,西湖定不能往。惟少渠不久当复来,来则可传语以达敏翁,较书札尤为详备也。

延师最为居要,兄非明师,而深望东南学者能得明师出幽迁乔,乃自古言之矣。兄如归里,不知几时方能促席,以发前会未宣之蕴;天能使人缔交,而不能使之久聚,何耶?

小儿新有之病,兄已属其安心静养,勿误就医,悉如来命,不知能有瘳否?

此布,即颂箸安,诸惟垂照。

愚兄刘熙载顿首。四年初二日。[14]

此信札并未引起人们关注,亦无人论及。现对该信札做一番考释。

1. 写作时间

此信札当作于晚年,仍在龙门书院。久病不愈,手亦颤抖,信稿多抖笔,书法失去了往日的灵动。

刘熙载患病,强汝询来函告诉养生之道,近来"眠食俱少",感觉"在沪度夏为难",急欲回老家静养。刘熙载是极富责任心的人，龙门书院的事情"一切未有交代"，尤其是要选个名师来接班，这让他悬心。萧穆《刘融斋中允别传》说他光绪六年（1880）五月得寒疾（中风），七月被送回兴化，次年二月卒于里第，则此信札当作于光绪六年四月初二日。

2. 人物考证

应宝时（1821—1890），字敏斋，浙江永康人。道光二十四年（1844）举人，咸丰初被授予国子监学正。官至江苏按察使，署布政使。官苏松太道时，聘刘熙载主讲上海龙门书院。应宝时对刘熙载有知遇之恩，故称之为"敏翁"。

张少渠，即张豫立（1827—?），字少渠，秀水（今浙江嘉兴）人。俞樾《右台仙馆笔记》[15]记载了张豫立行善得福的故事，云："少渠名豫立，光绪元年以县丞奉檄与海运之役。凡从事海运者，皆至沪渎，附火轮船以行。有轮船名'福星'者，行有日矣，江苏海运局之官大半附是舟。少渠初亦预焉，适有一轮船先'福星'二日而首涂，少渠舍而从之。同袍之友争掺其袪，卒不为留。已而少渠安抵丁沽，'福星'轮船竟沉于海，坐是船者皆死焉。少渠平日亦乐为善事者也。光绪二年，少渠行年五十，乞言于余。余因言少渠行善而得福报，宜益加勉，而力避王充之说。恐后之读者有矛盾之疑，故掇举其事，著于此编。"俞樾为张豫立五十大寿所作的贺联是："不福星，真福星，即此一言，可为君寿；已五十，又五十，请至百岁，再征吾文。"

张欣木，即张王熙，字欣木，秀水人。同治丁卯举人。官太平教谕。刘熙载龙门书院弟子。方宗诚《柏堂集外编》（光绪十年十月开雕）卷九《答张欣木、袁爽秋》："欣木近沉潜，爽秋近高明；欣木质胜文，爽秋文胜质，皆异才也。"据此，张王熙性情沉稳、朴实。

刘熙载小儿指刘尊程，据刘熙载《道融公传》（兴化"鹤山堂"《魏氏族谱》卷五）云，尊程从同乡魏潢（字倬云）学。据"树德堂"《刘氏家谱》，刘熙载有孙四人，均三子尊程所生。

3. 刘熙载行迹

该信札说如今之病乃旧疾，与在苏州之跌无关，则此前刘熙载有苏州之行。考刘熙载光绪三年冬、光绪五年秋、光绪五年腊月曾回兴化，大概顺路去苏州小住，还不慎摔了一跤。具体时间待考。

张王熙的族兄张豫立约刘熙载游西湖，刘以病不能往。从中亦看出刘熙载喜好游历。

总之，此件信札作于衰暮之年，记载了刘熙载的病情以及欲为书院选名师，为莘莘学子着想，期望龙门学子出于幽谷，迁于乔木。从中仍可以看出刘熙载博大的胸怀。

四、结语

刘熙载致强汝询的这三封信札，尽管写于不同时期，但却有着共同之处，即三封信札均与书院相关。第一封信札千方百计想觅一家书院，地点应该在直隶，目的是赚薪水还债。第二封信札言将家眷送回老家兴化，减少后顾之忧，自己准备到武昌江汉书院，此时心态平和了一些。第三封信札作于龙门书院，风烛残年，即将永远告别书院，但仍惦记书院薪火相传。正是由于刘熙载的书院情结，才能使他脱离晚清浑浊的官场，远离尘嚣世界，在宁静的书院里不断完善自我，默默地培育人才，像鹿传霖、袁昶、翁同龢、蒯光典、胡传等都得到他的沾溉。刘熙载也因此成为远近闻名的教育家，成为一代名儒。

注释：

[1] 鲁迅《鲁迅全集》第3卷，人民文学出版社，1979年版，第333页。

[2] 程道德编《中国近现代文化名人遗墨》，中国方正出版社，2008年版。

[3] 吴坤培《刘熙载致赓廷信札初释》，《天津美术学院学报》，2010年第1期。

[4] 强汝询《求益斋诗抄》卷五，光绪二十一年刻本。

[5] 马其昶《强赓廷先生墓志铭》，《抱润轩文集》卷十七，民国十二年京师刻本。

[6] 韩弼元《翠岩室诗抄》，光绪二十六年刻本。

[7] 中国第一历史档案馆编，《咸丰朝上谕档》（六），广西师范大学出版社，2008年版，第184页。

[8] 强汝询《求益斋文集》卷七，光绪二十四年江苏书局刻本。

[9] 韩弼元《翠岩室文稿仅存》卷二，光绪二十六年刻本。

[10] 张剑《莫友之年谱长编》，中华书局，2008年版，第174页。

[11] 刘彝程《简易庵算稿》，光绪庚子秋制造局锓板。

[12] 李恩绶编纂，李丙荣续纂《丹徒县志摭余》卷八，民国七年刻本。

[13] 杜春和、耿来金《胡林翼未刊往来函稿》，岳麓书社，1989年版，第44页。

[14] 彭长卿编《名家书简百通》，学林出版社，1994年版，第67—68页。

[15] 俞樾《春在堂全书》，同治光绪刻本。

本文发表于《社会科学辑刊》2011年第6期

◎袁昶日记中有关刘熙载的文献

笔者在编纂《刘熙载年谱》时,与刘熙载相关的书籍收罗虽夥,但没有见到袁昶的《毗邪台山散人日记》。袁昶是晚清著名同光体诗人、学者,也是晚清政坛叱咤风云的人物。袁昶于同治七年(1868)夏,入上海龙门书院,追随刘熙载先生。袁昶虽侍函丈时间不长,但对刘熙载的感情非常深,可以说刘熙载的人品和学品影响了袁昶的一生。《毗邪台山散人日记》(以下简称《日记》)是沿袭龙门书院院规的读书日记,但其中也记载了许多刘熙载的为人、治学等方面的内容。我们这里仅从刘熙载的行迹、逸事、文学和书法等几个方面,对其进行梳理,同时结合刘熙载的经历、著述,相互生发,以期对刘熙载的研究更拓宽一步。

一、关于刘熙载的行迹和逸事

1. 在山西设馆授徒的地点

刘熙载一生行迹,笔者曾做了一系列的考订工作,但有些问题仍不甚显豁。咸丰十一年(1861)五月,刘熙载离开武昌前往山西设馆授徒。[1]那么刘熙载在山西设馆授徒的具体地点于何处,我在《刘熙载年谱》中曾推论大概是曲沃。根据徐珂《清稗类抄》第二册《刘融斋偿逋不逾期》"乞假游晋,假寓某同年所,设帐授徒"的记载,于是查到刘熙载在山西做官的同年。又根据刘熙载同年何彤云《赓缦堂诗集》[2]卷三《曲沃县赠应雪汀同年》诗"剧喜多同志"注"谓黄叔济观察,叶小山刺史,陈石似大令三同年",得出的结论。此结论不确。

袁昶《日记》第三册光绪六年(1880)八月记载:

太谷王粹甫汝纯来。(亦兴化弟子,能言兴化授徒山西逸事,为之胸中洒然而凉)[3]

王汝纯为太谷人,则刘熙载设馆授徒当为太谷无疑。塾馆是教授蒙童的,蒙童一般不会舍近求远到外地去启蒙。刘熙载《昨非集》卷三《太谷把酒持螯》亦可为佐证。王汝纯常讲刘熙载在太谷授徒逸事,袁昶"胸中洒然而凉",应是融斋先生日子过得凄凉。王汝纯,[民国]《太谷县志》[4]卷五"乡贤"有传,传云:

王汝纯,字粹甫,挑园堡人,廪贡生。以助饷议叙户部郎中补缺,后尝充南新仓监督。性谨厚,稽查仓储但使无亏,不事苛刻,以故仓丁不忍欺。耽吟咏,好金石,服官京师四十年,惟于兄汝绥由山东栖霞县卸职时一返里。在京与李文田及翁、潘诸相均有酬和。著《翠柏山房诗集》四卷。

王汝纯的志趣与为人,显然受刘熙载的影响。王汝纯与袁昶同为刘熙载弟子,故在京城有交往。据袁昶《日记》辛巳三月记载,闻知刘熙载去世,袁昶与王汝纯等拟设灵位以祭之。

徐珂说"假寓某同年所"不太准确,应学埭于咸丰元年至咸丰三年知太谷县[5],此时已不在太谷任了,但他毕竟对太谷很熟悉，介绍个住所也是情理中事。

2. 按临嘉应州

刘熙载同治四年正月做广东学政，次年五月辞职，"仅考四府，移病归里"[6]。这四府依据《昨非集》《书概》和朋友的记载仅知道有广州、端州和琼州，另一州则不知，幸好袁昶的《日记》提供了信息。《日记》第三册癸未二月记载：

> 同治四年冬，融斋先生在嘉应州围城中，剧贼十余万奄至，狼睨环攻，志在必得。时州无见（现）兵，先生乃从容与州将规守御方略，曰："事急须兵，犹可驱市人为之耳，顾饷将安出？"会见微伺在籍布政使某甲，婪富而吝，先生乃造甲譬说大义，动之以利害。甲坚不应。先生曰："吾儒臣也，出白金二千为若倡。"甲惭沮，立起自责，署二万，即辇送吏，自甲以次皆听命。遂籍壮佼为兵，城以获全。会援至，围解。此事先生未尝言之，得诸嘉应士人。[7]

这段文字明确记载了刘熙载于同治四年冬考核嘉应州学子，这是其他文献所没有记载的。此则《日记》不仅记载刘熙载的行迹，还讲了一个感人的故事。叛贼十余万包围了嘉应，州中无兵力，在围城中刘熙载从容镇定，他智激布政使，筹到款饷，招募城中壮士为兵丁，城池赖以保全。布政使为督抚属官，掌管一省的人事和财赋。刘熙载是学政，与督抚级别平行，而招募兵丁需要钱，故此刘熙载对其采取激将法。刘熙载是典型的文人，此种文韬武略之事可谓仅见，这也许是他研究《阴符经》的结果吧。此则文献弥足珍贵，让我们了解了刘熙载性格的另一面。

3. 喜欢弈道

刘熙载喜欢下围棋,此事不大为人所知。袁昶《日记》第四册光绪十年十二月记载:

> 夜与外姑闲谈吾师融斋翁,曾与释子秋航相善。秋航居京华,不免事故弃俗,与人围棋,不问其技高下,常输半子,实则国工也。所居门庭萧寂。自署云:"不死只得活,无荤亦吃斋。"其玩世寄傲甚矣。[8]

"外姑",指岳母。秋航本名愿船,为著名棋手。刘熙载在京城做官时与秋航友善。《碑传集补》[9]卷五十六"艺术"(弈人传):"僧愿船,字秋航,仪征人。居京师梁家园寿佛寺,饮酒不茹素,性和易,以弈为禅,与介之同为周文勤客。年九十余,乃圆寂。"秋航行为乖张,本为国手,与人下棋,不论对方棋艺高下,自己常输半子,以此自娱。这段文字透露出一些信息,刘熙载喜与棋手交往并喜欢下棋。刘熙载与著名棋手李湛源也建立了很深的友谊。《昨非集》卷三《赠李海门》云:

> 启口说书剑,非好书剑人。
> 好诗与好画,亦以名所存。
> 闻风慕高士,所患非由真。
> 多君聪慧质,奇思通风云。
> 围棋虽小道,斯世无比伦。
> 短褐入京华,素襟孤绝尘。
> 来学频拒见,招致安肯臻?
> 众因峻其品,不复亲其身。

迩来倍沦落，旅况难可论。
对我三叹息，世事多悲辛。
不然投世好，技岂须通神？
我谓君勿叹，一得天所珍。
何不拂衣去，故园常闭门。
自布一枰玩，静乐宵与晨。
乐此可忘饥，竟死弥欣欣。
不然投世好，技岂须通神！[10]

李海门，即李湛源，通州人，道光年间著名棋手，与秋航齐名，均为刘熙载好友。刘熙载也善弈，吴坤修《三耻斋初稿》[11]卷四有《夜观胡顺之、刘熙载对弈，诗以嘲之》：

一局较输赢，依然君子争。
少贪方养性，多斗是穷兵。
灯火篷窗小，茶烟几案清。
先机知彼己，漫作不平鸣。

这是目前见到的唯一记载刘熙载下围棋的文字。正因为刘熙载精通棋道，《艺概·文概》才说："国手置棋，观者迷离，置者明白。《离骚》之文似之。不善读书者，疑为于此于彼，恍惚无定，不知只由自己眼低。"[12]这里的弈者喻读者，也别开生面。

二、关于刘熙载的文论与文学创作

刘熙载是位学者，著有《艺概》，其中的《文概》《诗概》《赋概》和《词曲概》是论文学的,《游艺约言》也有论文学的内容。刘熙载也是一位作家,有别集《昨非集》传世。袁昶《日记》也记载了聆听刘熙载关于文学的论述。这些内容大都不见于《艺概》,其文献的学术价值毋庸置疑。

先说论《庄子》。袁昶《日记》第六册癸巳八月记载:

融斋老人说:"《庄子》寓言工于造意,其核要殊不易寻,当于字句外求之。"[13]

刘熙载的话不见于《文概》和《游艺约言》,当为佚文。众所周知,《庄子》行文云谲波诡,神龙不见首尾。刘熙载对《庄子》曾有深入的思考,《游艺约言》说:"《庄子》之文,如空中捉鸟,捉不住则飞去。"[14]《文概》也说:'意出尘外,怪生笔端',《庄子》之文,可以是评之。"[8]都是说《庄子》之文意不易把握,与袁昶所记异曲同工。这段文字,扩展了《文概》对《庄子》的评价,也是很有价值的。

再说对屈原和宋玉的评价。袁昶《日记》第三册甲申五月记载:

读《柳州集》,心抑郁而不扬。融斋先生言:"阳性多施,多施怜者悯世;阴性情多感,多感者悯己而已。此屈宋品格之所以别。"予谓韩柳之判亦然。[15]

刘熙载的论述也不见《赋概》,但颇含至理。刘熙载用"阳性"和"阴性"的不同特点来论述屈原和宋玉的不同品格,可谓新奇。阳性刚,刚则外显,故多悯世之情;阴性柔,柔则内敛,故多情善感、多悲一己之情。屈原为国家着想,忠君爱国，悲悯世事；宋玉则逞小惠，多想自身利益，多悲一己之情。袁昶则借题发挥，认为韩愈、柳宗元也应作如是观。袁昶读《柳州集》心情抑郁，这也许是柳宗元的不幸遭遇所引发的联想。其实柳宗元的作品也不是"多悲一己之情"，刘熙载《文概》说："柳州系心民瘼，故所治能有惠政。读《捕蛇者说》《送薛存义序》，颇可得其精神郁结处。"这倒是说柳宗元多悯世之情。韩愈是儒家学派的重要人物，理学的先驱，一生以弘扬孔孟思想为己任，悯世之情自不待言，但将韩柳如此区分，显得不妥。袁昶的仿拟不尽合乎实际。

《昨非集》中收录刘熙载不少诗词，这些诗词虽不能说是一流的，倒也是脍炙人口。袁昶《日记》也常提及刘熙载的诗词，也可以说是对刘熙载文学作品的最早评论。袁昶《日记》第四册甲申十月记载：

融斋老人诗云："自立问宜何处所，无楼无阁得天光。"此言乐天知命，善于立身者，不必有凭藉也。[16]

刘熙载此诗见《昨非集》卷三《漫成》：

人生务外总荒唐，外物终须有散场。
自立问宜何处所？无楼无阁得天光。[17]

"务外"，指对名利的追求。刘熙载一生淡泊名利，一介不苟取，极重操守，用陈澧的话说便是"盖世之人皆好进，而先生独好退，不知美官厚禄之可羡，而惟知读书，此古之君子"[18]。袁昶此则《日记》说乃师诗句有"乐天知命，善于立身"之意，是对其内容的评价，可以说很了解他的老师。也许

是袁昶对刘熙载这两句诗感受特深,《日记》第五册戊子十二月又探讨了这两句诗:

> 融斋先生诗云:"自立问宜何处所,无楼无阁得天光。""无楼无阁",即朱子《答陈同甫》所云"掀却卧房,亦且露地睡","得天光"者,即《老子》"啬"义、微明之义。[19]

朱子即朱熹,陈同甫即陈亮。朱熹寄陈亮书共十五首,这是其中的第十一首。原文为:"尝论孟子'说大人,则藐之',孟子固未尝不畏大人,但藐其巍巍然者耳。辨得此心,即更掀却卧房,亦且露地睡,似此方是真正英雄。""掀却卧房,亦且露地睡",原文是比喻义,表示不依赖外界条件。刘熙载作诗时是否想到这些,不得而知,但袁昶为其找到了理论依据。《老子》五十九章:"治人、事天莫若啬。夫唯啬,是谓早服。"[20]"啬"与俭义近,有爱惜精神、蓄积力量之义,这里指节俭。"微明",见《老子》三十六章,强调做事要有预见性,见微知著。袁昶解诗真是"无一字无来处"了。

三、关于刘熙载的书论及书法创作

刘熙载是著名的书法家、书论大家,其《艺概》中的《书概》以其见解深邃而享誉学界。袁昶也是书法家,对书学也有自己的见解,其《日记》记载书法之事颇多,但更主要的还是记载了乃师刘熙载的书学,及对其书法的评价。

袁昶《日记》第四册光绪乙酉二月记载:

> 融斋先生《艺概》，论书二百数十条，今日重校，附识臆见十数则。[21]

《书概》共246则，袁昶重校，并写出十几则意见。袁昶的意见今不可见，但足以证明他也是深谙书学的。

袁昶对《书概》评价甚高，这恐怕是学界最早关于《书概》的评价。袁昶《日记》丙子三月记载：

> 览融斋先生《艺概》内"论书"一种，意理微渺，辞亦深澈，耐人寻玩。惟静故能含一切智，惟勤故能造甚深法，惟默故能观不思议，惟慎故能畜一切神，惟朴故能生种种寿者，相当之者，岂为我兴化夫子乎？[22]

"意理微渺"，指对书法阐幽抉微；"辞亦深澈"，指言辞警策。这是对《书概》的评价。接下来则论述其师"勤""默""慎""朴"，故此才写出这样见解高深的书论。由"书"及人，这种论述倒也别致。

袁昶《日记》中也有刘熙载对书法的论述。其中有见于《书概》的，《日记》第六册癸巳八月记载：

> 刘中允师作"书诀"三言曰：逆入、涩行、紧收。[23]

这是论笔法中的用笔。"逆入"指逆锋入纸，筋骨内含；"涩行"指运笔迟涩，强调质感；"紧收"指快速收笔，果断有力。书法有力就有骨，有骨也就有了神，也就有了生命，当然也就有了美感。《书概》原文为："逆入、涩行、紧收，是行笔要法。如作一横画，往往末大于本，中减于两头，其病坐不知此耳。竖撇捺亦然。"[24]揆情理,刘熙载是经常与学生探讨笔法等问题的,袁昶对老师此"三言"更是心仪不已。

袁昶《日记》中还有不见《书概》的书论,《日记》第二册丙子十月记载:

融斋师言:"真书法《郭家庙碑》、柳《琅琊》二碑亦可。"[25]

"真书",即楷书。《郭家庙碑》,颜真卿书。该碑是郭子仪在广德二年(764)为其父郭敬之建家庙时所立。该碑字势瘦劲,且方笔较多,在颜书中较为特殊。《琅琊碑》,即《沂州普照寺碑》,为金人集柳公权书,极有骨力。刘熙载《书概》除王羲之外,便推崇颜真卿,柳书也属于颜系,颜柳并称很能说明问题。颜柳碑刻很多,刘熙载特拈《郭家庙碑》和《琅琊碑》,作为楷书师法对象,也是有深意的。《艺概》成书于同治十二年(1873),据袁昶《日记》,袁昶于光绪二年(1876)重游龙门书院,刘熙载此则书论是即兴对弟子而言的,故不见于《书概》。

袁昶《日记》还记载了关于刘熙载书法创作的情形,更是弥足珍贵。《日记》第二册丙子十月记载:

观融斋师悬肘作大字,气势旁魄,意理纵横,苍秀寓于雄浑,德人之书也。[26]

这是对恩师书法创作的观感。说刘熙载悬肘写大字,非常有气势,雄浑苍劲。这里强调刘熙载书法的气势和风格。"德人"指品德高尚的人。袁昶这里沿袭了乃师书如其人的观点。

袁昶诗中也有写刘熙载作书的作品，袁昶《安般簃诗续抄》[27]"诗续丁"《观融斋老人所作草隶》：

右军偶作崩云势，中散本身餐霞人。
不须演孔刮佛老，新沐无言自写真。

先生臂痛废书时，悟澈南宗妙决疑。
下笔枯中生气蓊，万年藤络秃松枝。

这里明确了所作书体是草隶，草隶即隶属的快写。"右军"，王羲之。"中散"，嵇康。将刘熙载比作王羲之，是强调作品的力感；比作嵇康，是强调真情的抒发。第二首"悟澈南宗妙决疑"指南北书派有互通之处，不是互立营垒。该句注云："先生晚年著《论书诀》一卷，谓北宗郑道昭与南宗《鹤铭》《萧憺》《井阑》诸石，同一气格，极有微解。"末二句言笔法老到，苍劲而又富有气势。这首诗可以看作是对《日记》描述刘熙载作书的补充。

刘熙载的书论，学界推崇无比，而刘熙载的书法创作，学界几乎没有怎么关注，那么袁昶《日记》及诗中对刘熙载作书的描绘，应该是不容忽视的文献。

总之，袁昶《日记》涉及刘熙载的内容非常多，以上仅从其行迹、逸事、文学和书法几个方面的材料进行归纳分析，旨在让读者更完整地了解刘熙载，认识刘熙载，借以抛砖引玉，期待更多的研究刘熙载的佳作问世。

注释：

[1] 沈祥龙《左春坊左中允刘先生行状》，《乐志簃文录》，光绪庚

子冬文墨斋写刻。

[2] 何彤云《赓缦堂诗集》，咸丰九年冬绿天兰若开雕。

[3] [7] [8] [13] [15] [16] [19] [21] [22] [23] [25] [26]袁昶《毗邪台山散人日记》，见《历代日记丛抄》，学苑出版社，2006年版。

[4] 安恭己等修，胡万凝纂[民国]《太谷县志》，民国廿年岁次辛未秋日印。

[5] 王效尊纂修[光绪]《太谷县志》，光绪丙午重修，凤山书院藏板。

[6] 李详《药裹慵谈》，《李审言文集》，江苏古籍出版社，1989年版。

[9] 闵尔昌《碑传集补》，民国十二年燕京大学国学研究所铅印本。

[10] [12] [14] [17] [24]刘熙载《刘熙载文集》，江苏古籍出版社，2001年版，第671页。

[11] 吴坤修《三耻斋初稿》，同治乙丑仲夏刊刻。

[18] 陈澧《送刘学使序》，《东塾集》卷三，光绪壬辰冬月刻本。

[20] 任继愈《老子新译》，上海古籍出版社，1985年版，第187页。

[27] 袁昶《安般簃诗续抄》，光绪壬辰刻本。

本文发表于《辽东学院学报》2012年第8期

◎刘熙载书学的审美崇尚

由于个人审美趣味的不同,对美的形式的追求也有所不同。刘熙载的书学追求自然、含蓄与真率,被给予极高的评价。

一、自然

自然美历来为艺术家所崇尚,刘熙载也不例外。《游艺约言》云:

> 人尚本色,诗文书画亦莫不然。太白"清水出芙蓉,天然去雕饰"二句,余每读而乐之。

本色就是质朴自然,不假雕饰。李白的诗句出自《经乱离后,天恩流夜郎,忆旧游书怀赠江夏韦太守良宰》,诗有云:"览君荆山作,江鲍堪动色。清水出芙蓉,天然去雕饰。"[1]刘熙载特别崇尚本色美,所以每读李白"清水出芙蓉,天然去雕饰"诗句便忍俊不禁,这也是刘熙载书学中最为动情之处。

关于书法的自然美,刘熙载论述得颇多。《书概》云:

学书者始由不工求工,继由工求不工。不工者,工之极也。《庄子·山木篇》曰:"既雕既琢,复归于朴。"善夫!

刘熙载在这里论述了学书的两个不同的发展阶段,即由学书开始的不工求工,再由工到不工。"工"指工整,学书之始由不工整到工整,这仅仅是第一个阶段。朱履贞《书学捷要》云:"凡学书,须求工于一笔之内,使一笔之内,棱侧起伏,书法具备;而后逐笔求工,则一字俱工;一字既工,则一行俱工;一行既工,则全篇皆工矣。"[2]朱氏比较详细地阐述了学书由不工到工的具体过程。但是工整不是学书的最终目的,学书的最终目的是由工到不工,"不工者,工之极也",这是书法进入自然状态的一种化境。换言之,由工到不工是由技入道,艺术进入了一种无为的境界。也正如朱履贞所说的:"学书未有不从规矩而入,亦未有不从规矩而出,及乎书道既成,则画沙、印泥,从心所欲,无往不通。"[3]刘熙载为了证明自己的观点,又引《庄子》的话为自己作理论支撑。《庄子·山木》:"北宫奢为卫灵公赋敛以为钟,为坛乎郭门之外。三月而成上下之县。王子庆忌见而问焉,曰:'子何术之设?'奢曰:"一之间无敢设也。奢闻之:'既雕既琢,复归于朴。'侗乎其无识,傥乎其怠疑。……"[4]"既雕既琢,复归于朴",意思是经过雕琢之后,又回归于原始的朴素状态。"复归于朴"即是"由工求不工",正是"不工者,工之极也"。

与追求本色、自然相伴,刘熙载则反对修饰。《游艺约言》云:

大善不饰,故书到人不爱处,正是可爱之极。

真古无托，托古之意即俗也；真美无饰，饰美之意即丑也。

不用诠释，语浅而意明。刘熙载《游艺约言》在论"文之不饰"时道出了不饰的真谛：

文之不饰者乃饰之极，盖人饰不如天饰也。是故《易》言"白贲"。

文不修饰就是修饰到了极点，亦即《词曲概》所说的"极炼不如不炼，出色而本色，人籁悉归天籁"。《周易·象·贲卦》"上九，白贲，无咎"，王弼注曰："处饰之终，饰终反素，故任其质素，不劳文饰，而无咎也。以白为饰，而无患忧，得志者也。"[5]白贲是《贲》卦的上九爻，是"以白为饰"，即不用文饰。举此以概乎彼，书法亦如此。

刘熙载论书法的自然美，还提出了以丑为美的命题。《书概》云：

怪石以丑为美，丑到极处便是美到极处。一丑字中丘壑未易尽言。

"怪石以丑为美"本为画论中语。郑燮《板桥题画》云："米元章论石，曰瘦，曰绉，曰漏，曰透，可谓尽石之妙矣。东坡又曰：'石文而丑。'一丑字则石之千态万状，皆从此出。彼元章但知好之为好，而不知陋劣之中有至好也。东坡胸次，其造化之炉冶乎！燮画此石，丑石也。丑而雄，丑而秀。"郑燮的怪石"丑而雄，丑而秀"直接启发了刘熙载。刘熙载对这位兴化老乡还是敬佩的,《昨非集》卷四《浪淘沙·闻潍县人颂吾乡郑板桥先生遗政,有感而作》上阕云:"孤抱出风尘,兀傲嶙峋,拈来俚语也精神。书画是雄还是逸?只写天真。"刘熙载借鉴乡贤的观点也是可以理解的。明末清初的傅山曾提出"四宁四毋"说,即"宁拙毋巧,宁丑毋媚,宁支离毋轻滑,宁直率毋安排"[6]。傅山是针对赵孟頫、董其昌妍美书风而提出"宁丑毋媚"的,明显地带有感情色彩。郑燮也是偶一提及而已。而刘熙载则专门从美学角度论述,并进而提出了"丑到极处便是美到极处"的审美命题,高屋建瓴,有出蓝之妙。"丑到极处便是美到极处",这是美与丑的转化,更是美与丑的辩证法。刘熙载以丑为美的目的是反对俗书,他也是有感而发的。正如《书概》所云:

俗书非务为妍美,则故托丑拙。美丑不同,其为为人之见一也。

故意表现为丑拙的丑不是美,因为它做作,不自然。以丑为美的丑是一种未经雕琢的原始状态的美,是大朴,所以才"丑到极处便是美到极处"。刘熙载在这里是以石喻书,"以丑为美"的"丑书",我以为即指北碑。北碑相对于南帖而言是"丑",但刘熙载却认为"丑到极处便是美到极处",这也是刘熙载对北碑书法的充分肯定并给予极高的评价。遗憾的是,竟然有人对刘熙载这一审美命题做出"新解":"怪石的丑,并非指的是美丑之丑。怪石的丑,实际是指其'怪',怪的含义,是出乎一般,即奇特的意思。把奇特引伸到书法中来,是指书法的奇特,奇特之书就具有视觉冲击力。但奇特不等于美丑,因为奇特的东西有美也有丑,不奇特的东西同样有美也有丑。所以奇特到极处,并不等于美到极处,而只能说它是极其奇特。"[7]这种抛开刘熙载文本而自说自话的做法,实在令人忍俊不禁。

二、含蓄

诗文书画均讲含蓄,含蓄就是含而不露,"不着一字,尽得风流"[8]。刘熙载《文概》:"《檀弓》语少意密,显言直言所难尽者,但以句中之眼、文外之致含藏之,已使人自得其实。是何神境!"这也讲的是含蓄。含蓄既是一种风格美,也是一种审美崇尚。书法的含蓄与诗词等其他艺术门类的含蓄还有所不同,书法的含蓄主要表现在笔法与格调上。

《书概》云:

虞永兴书出于智永,故不外耀锋芒而内涵筋骨。

虞世南得智永亲传,智永又是王羲之的七世孙,秉承祖法,并以惊人的毅力学书,其书"书法秀逸,风神娟静"[9],深得王羲之书法遗韵。智永书法字势内敛,柔中寓刚。虞世南书法也以妍美著称,刘熙载认为他的书法"内涵筋骨"而不外露锋芒,正是说明虞书用笔含蓄。张怀瓘《书断》评欧阳询和虞世南时说:"虞则内含刚柔,欧则外露筋骨,君子藏器,以虞为优。"[10]此语或为刘熙载所本。虞书用笔含蓄,筋骨内藏,"不外耀锋芒",也符合刘熙载一贯主张的中和之美。

《游艺约言》也有关于用笔含而不露的论述:

商邱子力无敌于天下,而六亲不知,盖力贵含不贵露也。书力亦当如是。

"商邱子力无敌于天下,而六亲不知"语出《列子·仲尼篇》:"臣之师有商丘子者,力无敌于天下,而六亲不知;以未尝用其力故也!臣以死事之。乃告臣曰:'人欲见其所不见,视人所不窥;欲得其所不得,修人所不为。故学视者先见舆薪,学听者先闻撞钟。夫有易于内者无难于外。于外无难,故名不出其一家。'今臣之名于诸侯,是臣违师之教,显臣之能者也。"[11]据《列子》记载,公仪伯以力大闻名于诸侯,而他说他的师父商邱(一作"丘")子则力大无比,天下无敌,就连父、母、兄、弟、妻、子都不知道,因为他从不在别人面前显露。刘熙载用商邱子"力贵含不贵露"来类比书法,认为"书力亦当如是"。书贵用笔,笔画真力弥满而不外显,则含蓄蕴藉,引人深思。

《游艺约言》又云:

兵家"能而示之不能,用而示之不用"二语,亦书家所宝。

"兵家"指孙武,《孙子兵法·计篇》云:"兵者,诡道也。故能而示之不能,用而示之不用;近而示之远,远而示之近……"[12]兵法本身讲的是计谋,讲的是以假乱真。"能而示之不能,用而示之不用",用在书法上即可理解为书家在技法上有表现能力却看不出表现,笔道很用力却看不出用力,这是艺术的辩证法,也是含蓄的一种表现。刘熙载认为书家应该重视《孙子兵法》这两句话,并以资为借鉴。从中我们可以看出刘熙载是反对书家过分逞才使气的。

三、真率

真率就是真挚坦率。真率表现在书法上就是书家性格的外现,即不虚假,情感自然而然地流露。

《书概》云:

裴公美书,大段宗欧,米襄阳评之以真率可爱。"真率"二字,最为难得,陶诗所以过人者在此。

裴休(791—864),字公美,孟州济源人。曾官同中书门下平章事,晚唐著名书法家,朱长文《续书断》列其为能品,其楷书遒媚有法度。米芾《海岳名言》说:"裴休率意写碑,乃有真趣,不陷丑怪。"[13]米芾《书史》又云:"江南庐山多裴休题寺塔诸额,虽乏笔力,皆真率可爱。"刘熙载不无动情地说:"'真率'二字,最为难得,陶诗所以过人者在此。"真率就是不矫情,不做作。"陶"指陶渊明,《南史·陶潜传》:"贵贱造之者,有酒则设;潜若先醉,便语客:'我醉欲眠,卿可去。'其真率如此。"《诗概》云:"诗可数年不作,不可一作不真。陶渊明自庚子距丙辰十七年间,作诗九首,其诗之真,更须问耶?"《昨非集·自为书赞》亦云:

古人书质,余观愈美。后人书妍,余乃不喜。笔墨以外,具辨神理。余偶作书,但率其真。文不胜质,书之野人。

无论是审美鉴赏,还是自己的创作实践,刘熙载都崇尚真率。刘熙载的为人也十分真率,在京城做翰林编修时,他从不专营，敝衣粗食，处之晏如。生活困窘，则设馆授徒，以微薄的束脩贴补家用。做广东学政，因无力扭转当时官场颓风而愤然辞职，效法陶渊明而隐居龙门书院。刘熙载书学崇尚真率，也可以说像司空图一样，借《书概》和《游艺约言》为自己"陶胸次"。

注释：

[1] 王琦《李太白全集》，中华书局，1977年版，第574页。

[2] 《历代书法论文选》，上海书画出版社，1979年版，第611页。

[3] 朱履贞《书学捷要》，见《历代书法论文选》，上海书画出版社，1979年版，第602页。

[4] 曹础基《庄子浅注》，中华书局，1982年版，第294页。

[5] 王弼著，楼宇烈校释《王弼集校释》，中华书局，1980年版，第328页。

[6] 《明清书法论文选》，上海书店出版社，1994年版，第452页。

[7] 唐嗣信《风马牛不相及的引证》，《书法》，2003年第1期，第15—16页。

[8] 司空图《诗品·含蓄》，见郭绍虞《诗品集解》，人民文学出版社，1981年版，第21页。

[9] 朱关田《中国书法史·隋唐五代卷》，江苏教育出版社，2002年版，第14页。

[10] 《历代书法论文选》，上海书画出版社，1979年版，第192页。

[11] 杨伯峻《列子集释》，中华书局，1979年版，第136—137页。

[12] 孙武《孙子》，见《百子全书》，浙江人民出版社，1984年版。

[13] 《历代书法论文选》，上海书画出版社，1979年版，第360页。

本文发表于《中国书法·通讯报》2012年8月15日

◎刘熙载与包世臣的书学渊源

刘熙载的《书概》在晚清书学上无疑是一道亮丽的风景，历来好评如潮，但学界对刘熙载书论的学术渊源关注得不够。《书概》的出现不是偶然的，一方面刘熙载有着自己独特的艺术领悟力，另一方面他借鉴了前人的学术成果，这往往被人忽视。本文以包世臣为例，探究一下刘熙载与包世臣的书学渊源，看看刘熙载在哪些方面认同包世臣的学说，哪些方面是对包世臣书学观点的修正，以及哪些方面是在包世臣的基础上又提出了自己的碑学思想。刘熙载选择了包世臣，也就等于选择了碑学。刘熙载的书学也明显地打上了时代的烙印。

一、刘熙载对包世臣部分书学观点的认同

包世臣虽为泾县人，但长期寓居扬州。刘熙载为兴化人，隶属扬州府，与包世臣也算是半个老乡。包世臣长刘熙载38岁，二人未曾谋面。刘熙载心仪包世臣，一靠地缘，二可能是齐学裘起的作用。齐学裘，著名诗人，书画家，刘熙载的好友。从同治六年（1867）底到光绪六年（1880）将近13年的时间，他们在上海交往密切，题赠唱和之事颇多，详见刘熙载的《昨非集》和齐学裘的《劫余诗选》《见闻随笔》。包世臣为

齐学裘父执。齐学裘《见闻随笔》卷一一《包大令》云:

> 安徽泾县包慎伯(世臣)大令,先子之故人也,著有《安吴四种集》传世,工书法。……咸丰二年,余刻《宝禊室法帖初集》十二册成,二集六册、三集六册,尚未告竣,出游袁江,访慎翁于何帅园中,以所刻先集、拙诗集、拙法帖、《宝禊室法帖》就正有道,谬加褒赞不已。……与余论书学源流,颇以余为知音。又作拙刻'宝禊室法帖'五大字并长序一篇见惠。[1]

据包世臣《宝禊室法帖序》说所收法帖"什八九皆梅翁(齐彦槐)使予别其真伪者"。齐学裘也时常与刘熙载切磋书艺,刘熙载心仪包世臣大概与齐学裘不无关系。

刘熙载的书论借鉴包世臣《艺舟双楫》的地方不少,《书概》开篇"与古为徒",出自包世臣的《答三子问》;刘熙载关于八分书的探讨参考了《历下笔谭》;《游艺约言》中"书之有法而无法,至此进乎技矣",明显又受《记两笔工语》的影响;甚至《游艺约言》中关于"狂狷""乡愿"的论述,也与《答熙载九问》不无关系。

刘熙载明确引用《艺舟双楫》并认同其说法有一些,先看书体论部分。

《书概》论草书云:

> 地师相地,先辨龙之动不动,直者不动而曲者动,盖犹草书之用笔也,然明师之所谓曲直,与俗师之所谓曲直异矣。[2]

此则文字是论草书笔法的曲与直，草书是最具动感的书体，显然刘氏强调的是"曲"，按其辩证论艺的惯例，是曲中有直，直中寓曲。

刘熙载的"曲直"论，直接来源于包世臣。包世臣《答三子问》就有过关于曲与直关系的论述：

> 书道妙在性情，能在形质。……古帖之异于后人者，在善用曲。《阁本》所载张华、王导、庾亮、王廙诸书，其行画无有一黍米许而不曲者，右军已为稍直，子敬又加甚焉，至永师，则非使转处不复见用曲之妙矣。尝谓人之一身曾无分寸平直处。大山之麓多直出，然步之，则措足皆曲，若积土为峰峦，虽略具起伏之状，而其气皆直。为川者必使之曲，而循岸终见其直；若天成之长江、大河，一望数百里，瞭之如弦，然扬帆中流，曾不见有直波。少温自矜其书于山川得流峙之形者，殆谓此也。[3]

包世臣用类比法，比较详细地论析了书法用笔曲与直的关系，两相对照，渊源有自，只不过一简一繁而已。

《书概》论述草书尤其注重"筋节"，"若笔无转换，一直溜下，则筋节亡矣"，显然又受包世臣《答熙载九问》中强调草书"妙在点画"，"点画寓使转之中"和"节节换笔"的影响。此不赘述。

最能体现刘熙载认同包世臣书学观点的是关于《瘗鹤铭》和北魏书风的论述。

《书概》云：

> 《瘗鹤铭》用笔隐通篆意，与后魏郑道昭书若合一契，

此可与究心南北书者共参之。[4]

此则文字刘熙载认为《瘗鹤铭》的用笔与北魏郑道昭一致,而这些在包世臣的书学著作里就有了。

《历下笔谭》云:

北碑体多旁出,《郑文公碑》字独真正,而篆势、分韵、草情毕具。其中布白本《乙瑛》、描画本《石鼓》,与草同源,故自署曰草篆,不言分者,体近易见也。以《中明坛》题名、《云峰山五言》验之,为中岳先生书无疑,碑称其"才冠秘颖,研图注篆"不虚耳。南朝遗迹唯《鹤铭》《石阙》二种,萧散骏逸,殊途同归。[5]

《郑文公碑》据包世臣考证为郑道昭所书,得到学界普遍认可,刘熙载也同意这种说法。郑道昭,北魏人,郑文公羲之子,号中岳先生。包世臣认为《郑文公碑》"篆势、分韵、草情毕具",与《瘗鹤铭》《石阙》在风格上"殊途同归"。刘熙载拿包世臣的论证结果来说事,完全同意包世臣的观点。

刘熙载弟子袁昶《观融斋老人所作草隶》诗注,可作为此则的补充,其注云:"先生晚年著《论书诀》(即《书概》)一卷,谓北宗郑道昭与南宗《鹤铭》《萧憺》《井阑》诸石,同一气格。极有微解。"[6]包世臣《历下笔谭》也说"《天监井栏》在茅山,可辨者尚有数十字,字势一用《瘗鹤铭》"[7]。《书概》最初名《论书诀》,袁昶记录的这段话与包世臣的观点毫无二致。

刘熙载论北派书法风格几乎与包世臣如出一辙。

《书概》云:

论北朝书者，上推本于汉、魏，若《经石峪大字》《云峰山五言》《郑文公碑》《刁惠公志》，则以为出于《乙瑛》；若《张猛龙》《贾使君》《魏灵藏》《杨大眼》诸碑，则以为出于《孔羡》。余谓若由前而推诸后，唐褚、欧两家书派，亦可准是辨之。[8]

包世臣《历下笔谭》云：

北魏书，《经石峪大字》《云峰山五言》《郑文公碑》《刁惠公志》为一种，皆出《乙瑛》，有云鹤海鸥之态。《张公清颂》《贾使君》《魏灵藏》《杨大眼》《始平公》各造像为一种，皆出《孔羡》，具龙威虎震之规。[9]

刘熙载说的"论北朝书者"显然是指包世臣，刘熙载赞同包世臣对北碑风格的分类，以及对两种风格的概括。

刘熙载认同包世臣的部分书学观点，这也说明刘熙载对碑派理论是重视的，尤其是对包世臣的一些观点是服膺的。

二、刘熙载对包世臣书学观点的修正

刘熙载的高明之处是绝不是盲从于他人，而是对事物有自己的判断。刘熙载在认同包世臣书学观点的同时，还对包的书法观点进行修正，使之更科学、系统。

刘熙载对包世臣书学观点的修正主要体现在技法论部分。其中笔法论最多。《书概》云：

起笔欲斗峻，住笔欲峭拔，行笔欲充实，转笔则兼乎住、起、行者也。[10]

很显然,刘熙载论述的是碑学笔法。"斗峻","斗"通"陡",本指山势陡峭,这里用来形容起笔的劲捷之势。"住笔"就是收笔。"峭拔"本指高而陡的地势,这里用来形容收笔的果断利落。"充实"指结实、沉实、不浮滑。刘熙载认为,笔画的起笔必劲捷,收笔要果断,行笔要沉实,而转笔要兼具起笔、收笔和行笔三者的特点。如此笔画才不俗,才有力感。

包世臣也论述过起笔和收笔,《答熙载九问》:"结字本于用笔,古人用笔悉是峻落反收,则结字自然奇纵,若以吴兴平顺之笔而运山阴矫变之势,则不成字矣。"[11]吴兴,指赵孟頫;山阴,指王羲之。包世臣说的"峻落"指的是起笔,即刘氏所说的"起笔欲斗峻"。"反收"说的是收笔,即"无垂不缩,无往不收"。这样做的目的就是为了避免笔画平顺。包世臣也论述过行笔,不过他称之为"中截"。

《历下笔谭》云:

用笔之法,见于画之两端,而古人雄厚恣肆令人断不可企及者,则在画之中截。盖两端出入操纵之故,尚有迹象可寻;其中截之所以丰而不怯、实而不空者,非骨势洞达,不能幸致。更有两端雄肆而弥使中截空怯者,试取古帖横直画,蒙其两端而玩其中截,则人人共见矣。中实之妙,武德以后,遂难言之。[12]

"武德",唐高祖李渊年号,亦即唐以后的书法不再有"中实之妙"了。这显然也是指碑派而言。包世臣所谓的"中截"指的就是行笔,亦即为刘熙载"行笔欲充实"所本。而笔画之两端即起笔和收笔,两相对照,刘熙载是借鉴了包世臣观点的,但刘氏将"峻落"、"反收"、"中截"易为起笔、住笔、行笔,进行了若干修正,赋予了更为准确的含义,表述也更为科学;同时又增益了转笔,使之更为完整,大有出蓝之妙。

在笔法论中,刘熙载对包世臣"换笔心"的说法也进行了补充和修正。

《书概》:

笔心,帅也;副毫,卒徒也。卒徒更番相代,帅则无代。论书者每曰"换笔心",实乃换向,非换质也。[13]

刘熙载采用传卫铄《笔阵图》的话语方式,把笔心比作将军,把副毫比作士卒,强调笔锋的重要。"论书者"指包世臣,《述书》(中)说:

盖行草之笔多环转,若信笔为之,则转卸皆成扁锋,故须暗中取势换转笔心也。[14]

"换笔心"就是换笔锋,包氏认为行草书多作环转状,书写起来笔锋就偏向一边,形成扁锋,必须捻管调整笔锋方向,仍逆锋行之。刘熙载认识到了这些,因此特别强调"实乃换向,非换质也",亦即调整笔锋方向,不是以副毫来代替。其实这里正反映了书界的现实情况,随着碑派书法被普遍接受,长锋羊毫被广泛使用,捻管即转指,已成为不可忽视的技法问题。刘氏怕人误解,故有此补充。

刘熙载在论字的结构"活中宫"这一问题比包世臣更科学。

《书概》云：

> 欲明书势，须识九宫。九宫尤莫重于中宫，中宫者，字之主笔也。主笔或在字心，抑或在四维四正，书著眼在此，是谓识得活中宫。[15]

九宫，俗称九宫格。又分小九宫和大九宫两种，分析研究字的结构的叫小九宫，分析研究篇章结构的叫大九宫。刘熙载说的是小九宫。刘熙载认为九宫中最重要的是中宫，并将其类比为字的主笔。"四维"，语出《淮南子·天文训》："日冬至，日出东南维，入西南维……夏至，出东北维，入西北维。"高诱注："四角为维也。"九宫格总体为一大正方形，如九小格上下左右或东南西北各三格，四角为维，上下左右居中者为正，中间一格为中宫。刘熙载认为字的主笔"或在字心"，即中宫；"或在四维四正"，即或在四边的正中或四角，这就是"活中宫"。

包世臣《述书下》：

> 字有九宫。九宫者，每字为方格，外界极肥，格内用细画界一"井"字，以均布其点画也。凡字无论疏密斜正，必有精神挽结之处，是为字之中宫。然中宫有在实画，有在虚白，必审其字之精神所注，而安置于格内之中宫，然后以其字之头目手足布于旁之八宫，则随其长短虚实而上下左右皆相得矣。[16]

包世臣说的"中宫"指字的"精神挽结之处",即字的重心,字的重心有的在实画,有的在虚白处,这也是"活中宫"。但问题是,字的好坏在于主笔,而不在于重心。

刘熙载易包世臣字之重心为主笔,又将中宫位置不定概括为"或在字心,亦或在四维四正",更具学理性,更使人易于接受。

三、刘熙载在包世臣的基础上进一步阐述碑学审美理想

认同、补充或修改包世臣的书学思想并不是刘熙载的目的,刘熙载的目的是在继承包世臣的书学观点的基础上,提出自己的碑学思想,这里既有笔法上的,也有审美上的。《书概》中论笔法的逆入、涩行、紧收,以及提按、疾涩,《游艺约言》中的"书要笔笔落实",都是针对碑派书法而言的,刘恒先生也认为"其书论中对'逆'、'峭拔'、'充实'、'骨气'及'指实'、'腕悬'等概念原则的阐发和提倡,与包世臣、何绍基等人一脉相承,完全是碑派书家的口吻"。[17]

不过,刘熙载并未就此止步,而是从审美的角度探讨碑派的书法。在刘熙载之前,包世臣曾对碑派的书风进行了分类,虽然简单,但有筚路蓝缕之功。刘熙载著名的"以丑为美"的命题就是针对碑派书法而言的。

《书概》云:

怪石以丑为美,丑到极处便是美到极处。一"丑"字中丘壑未易尽言。[18]

"怪石以丑为美"本为画论中语。郑燮《板桥题画》云:

"米元章论石,曰瘦、曰绉、曰漏、曰透,可谓尽石之妙矣。东坡又曰:'石文而丑。'一丑字则石之千态万状,皆从此出。彼元章但知好之为好,而不知陋劣之中有至好也。东坡胸次,其造化之炉冶乎!燮画此石,丑石也,丑而雄,丑而秀。"[19]郑板桥的"丑而雄,丑而秀"的丑石,直接启发了刘熙载。刘氏对这位老乡还是钦佩的,借鉴乡贤的观点也是可以理解的。明末清初的傅山曾提出"四宁四毋"说,即"宁拙毋巧,宁丑毋媚,宁支离毋轻滑,宁直率毋安排"[20]。傅山是针对赵孟頫、董其昌妍美书风而提出"宁丑毋媚"的,明显地带有感情色彩。郑燮也是偶一提及而已。而刘熙载则专门从美学角度论述,并进而提出了"丑到极处便是美到极处"的审美命题,高屋建瓴。"丑到极处便是美到极处",这是美与丑的转化,更是美与丑的辩证法。刘熙载以丑为美是追求自然,那些"非务妍美,则故托丑拙"的俗书除外。故意表现为丑拙的不是美,因为它做作、不自然。以丑为美的丑是一种未经雕琢的原始状态的美,是大朴,所以才"丑到极处便是美到极处"。刘熙载在这里以石喻书,"以丑为美的"的"丑书"当指北碑。北碑相对于南帖而言是"丑",但刘熙载却认为"丑到极处便是美到极处",这是对北碑书法的充分肯定并给予极高的评价。

在碑派书法审美上,刘熙载还提出了金石气的概念。《游艺约言》云:

书要有金石气,有书卷气,有天风海涛、高山深林之气。[21]

气,本是哲学的一个概念,后被人们移用来论文,如曹丕的文气说；继而又用为论书，如书卷气。这里"气"指书家的作品中所蕴含的审美情趣和个性气质，而金石气是指行草书中所表现出的金石韵味，即行草书中借鉴篆、隶笔法，如何绍基、赵之谦、沈曾植等即是楷模。书卷气肇始于北宋，金石气的说法殆为刘熙载首倡。刘熙载的碑学审美具有开创意义，他直接影响康有为对北碑的审美批评。如果说书卷气适宜帖派的话，那么金石气则适宜碑派。刘熙载将金石气和书卷气并提，充分说明他碑帖并重，也显示出他独立不倚的学术品格。

刘熙载借鉴了包世臣的碑学理论，进而在包世臣的基础上又提出自己的对碑学的审美理想，这充分说明刘熙载看到了碑学的长处，看到了轰轰烈烈的碑学可以救日益馆阁化的唐楷之弊。刘熙载借助阮元、包世臣的碑学理论，以及邓石如等人的篆隶书法实践，想要在篆隶复古的基础上进一步开启楷书灵性，对持续已久的唐楷进行变革。我们不要辜负了刘熙载的良苦用心。

刘熙载所生活的时代，碑帖之争已持续半个世纪，经过沉淀，刘熙载不像双方当事人那样感情用事，他能够净静客观地看问题，刘熙载对碑学出现的弊端也予揭示，《书概》说"书用中锋，如师直为壮，不然，如师曲为老。兵家不欲自老其师，书家奈何异之"[22]，据此可知刘熙载是反对"书家自老其笔"的。"自老其笔"当指学碑者师刀之弊，如绞笔、颤笔等。刘熙载如此冷静客观地看待碑学，这正是他的高明之处，也是他明显高出许多碑学理论家的地方，这里当然也包括包世臣。

注释：

[1] 齐学裘《见闻随笔》，同治十年刻本。

[2]《历代书法论文选》,上海书画出版社,1979年版,第690页。

[3]《历代书法论文选》,上海书画出版社,1979年版,第667页。

[4]《历代书法论文选》,上海书画出版社,1979年版,第695页。

[5]《历代书法论文选》,上海书画出版社,1979年版,第651页。

[6] 袁昶《安般簃诗续抄》,光绪壬辰刊印。

[7]《历代书法论文选》,上海书画出版社,1979年版,第656页。

[8]《历代书法论文选》,上海书画出版社,1979年版,第696页。

[9]《历代书法论文选》,上海书画出版社,1979年版,第625页。

[10]《历代书法论文选》,上海书画出版社,1979年版,第708页。

[11]《历代书法论文选》,上海书画出版社,1979年版,第662—663页。

[12]《历代书法论文选》,上海书画出版社,1979年版,第653页。

[13]《历代书法论文选》,上海书画出版社,1979年版,第708页。

[14]《历代书法论文选》,上海书画出版社,1979年版,第646页。

[15]《历代书法论文选》,上海书画出版社,1979年版,第710—711页。

[16]《历代书法论文选》,上海书画出版社,1979年版,第648页。

[17] 刘恒《中国书法史·清代卷》,江苏教育出版社,1999年版,第198页。

[18]《历代书法论文选》,上海书画出版社,1979年版,第714页。

[19] 郑燮《板桥题画》,上海广益书局民国二年刊。

[20] 崔尔平《明清书法论文选》,上海书店出版社,1994年版,第452页。

[21] 崔尔平《明清书法论文选》,上海书店出版社,1994年版,第888页。

[22]《历代书法论文选》,上海书画出版社,1979年版,第709页。

本文发表于《书法丛刊》2014年第1期

◎从《四旬集》到《昨非集》
——兼论刘熙载前后期学术思想的变化

刘熙载的别集为《昨非集》，收入《古桐书屋六种》[1]。而《昨非集》是在对早期著作《四旬集》增删润色而成的，这一点刘熙载也承认，他在《昨非集·序》中说："此集始名《四旬集》，盖集中所编入，大率四十以前作也。"也就是说《昨非集》与《四旬集》有着十分密切的渊源关系。遗憾的是《四旬集》早已亡佚，我们无法直接发现两者之间的发展变化，但是爬梳相关文献，我们还是能勾勒出《四旬集》的轮廓，进而也可以和《昨非集》《艺概》对比，的确发现了一些问题，现将这些问题整理一下，就教于学界同仁。

一、《四旬集》钩沉

《四旬集》收录的是刘熙载四十岁之前创作的文学作品和学术著作，咸丰二年（1852）编定于京城。据《国粹学报》"撰录"附李详《〈融斋类稿四旬集〉写本序》，《四旬集》当为写本，非刻本，故流传不广。李详读的是刘熙载好友陈广德的手批本。《四旬集》虽已不存，但刘熙载《融斋类稿四旬集自序》却保存下来了，其《自序》云：

> 集以"四旬"名，记余集成之年也。孔子言"无闻""见恶"，皆以四十自警，盖前此曰"壮"，后此曰"艾"，而此适居壮、艾交会之间，为人生尤易致力者。古人立德、立功，皆欲及时，今余尚一无所就。立言则有志者不得已而为之，而余亦未能庶几于万一。如集中所载，自有道视之，且以为有当于立言乎哉！虽然行者之择途也，欲不误于将来，必自鉴于既往。往者之得，安知不为将来之失？而往者之失，即安知非将来之得？凡吾之有此集者，以著失也。此集既不精，亦不富，然向之所谓精且富者，不过尔矣。余之失尚可以一事尽耶？[2]

刘熙载这篇"自序"除了在"立言"上生发感慨外，还看不出《四旬集》的内容，倒是李详《融斋类稿四旬集叙》对《四旬集》做了比较详细的说明。李详《融斋类稿四旬集叙》云：

> 吾乡刘融斋熙载中允，少溺于学。道光甲辰通籍后，借公私图书阅之，粹然向道，一归于冲融夷怿，遂其自适之趣。盖其为学，泛滥于诸子百家之说，颇以泰州王心斋及乡人韩乐吾两先生为宗。此集乃咸丰壬子自定本，时先生年正四十，故以四旬名，而学已底于大成。逮其后讲学沪渎，刊所著书，虽视此稍有改易篇目，然皆元本斯集，立为根干，其枝叶疏疏，则与年俱进，非有子云之悔，而以其少作为不工也。集凡四卷，文第一；诗词曲第二；《砭吾集》《会意编》第三；《习艺琐言》《文法易来》第四。（李详《学制

斋文抄》卷一）。[3]

依李详记载和刘熙载的夫子自道，后来刘熙载执教于龙门书院所刊刻的著作，都以《四旬集》为基础，"虽视此稍有改易篇目，然皆元本斯集，立为根干"。也就是说刘熙载的《昨非集》等著作与《四旬集》渊源很深。那么，《四旬集》究竟是什么样子呢？我们依据相关线索勾勒一下。

李详说《四旬集》共分四卷，第一卷是散文，第二卷是诗词曲，这两卷的大部分作品收到《昨非集》中，也就是说《昨非集》中四十岁所作的作品即为《四旬集》中的。第三卷是《砭吾集》和《会意编》。

《砭吾集》今不传，《砭吾录》当为《砭吾集》，《昨非集》卷二有《砭吾录序》，可以探寻该集梗概。序云：

以石刺病曰"砭"。病之在意向言动，犹在饮食起居也，不砭之，易有瘳乎？古之君子，先使其身为无病之身，然后治人之病，若张子砭愚是也。吾之愚，极欲得贤者砭之。并世之贤为吾所承教者，固亦尝见吾病而为之救，乃往往聚散靡定，难以求治于目前，则吾之自砭，其可已乎？此录所列，类属古昔恒言，然制过补不足，颇于"砭"之意为近焉。夫欲治病者，患无其方。今既有其方矣，苟犹不以之自治，其亦思辑为此录者谁哉？

据其自序可知，此集为刘熙载辑录古昔贤哲劝人行善之类的格言。

张子即张载，北宋理学大师。《砭愚》又称《西铭》，为《正蒙·乾称篇》的一部分，为训诫学者所作，旨在阐扬儒家思想。刘熙载的《砭吾集》是辑录前贤名言,不是自己的著作,《昨非集》不收也就不足为怪了。

《会意编》就是《寤崖子》,为寓言故事集,借讲故事阐述哲理。刘熙载《寤崖子·自序》云:

> 余作《寤崖子》,或问所以名书之义,余曰:偶然耳,过则忘之矣。抑或寤者见之谓之寤,崖者见之谓之崖矣乎?

"寤者见之谓之寤,崖者见之谓之崖",颇有"会意"的意味。另,刘熙载同年好友方浚颐《梦园子》[4]之《谲觚谛》云:

> 寤崖子之书著于四十以前,梦园子不及见;见于光绪庚子之夏,时寤崖子六十有九,梦园子六十有六。读而爱之,亟欲一见寤崖,为梦园开其寤而导之崖,而乌知寤崖已寤已崖,而梦园卒不寤不崖,而犹孜孜焉寻绎寤崖、步趋寤崖,以翼一旦豁然寤而底乎崖。

寤崖子为刘熙载自号,梦园子为方浚颐自号,二者又同为寓言集名。方浚颐说《寤崖子》为四十岁以前作,当时未看到,如今看到的则是《昨非集》中卷一《寤崖子》。《四旬集》收入四十岁之前的作品,《寤崖子》则作于四十岁之前,当为《四旬集》的一部分。综上,《寤崖子》即《会意编》。

第四卷的《习艺琐言》类似《艺概》中的《文概》《诗概》《赋概》《词曲概》和《书概》。琐,琐碎之意,自谦之词。《文法易来》,当为《艺概》中的《经义概》。文指制艺文,即八股文,为学艺制文者指点迷津。

总之,《四旬集》与刘熙载《古桐书屋六种》的关系是,《四旬集》卷一、卷二大部分散文诗词曲保留在《昨非集》卷二、卷三、卷四及卷四附中;卷三《砭吾集》已不存,《会意编》即《寤崖子》,保留在《昨非集》卷一;卷四的《习艺琐言》是《艺概》卷一至卷五的蓝本,《文法易来》大概就是《艺概》卷六之《经义概》。也就是说《四旬集》最终衍生出《昨非集》和《艺概》。

二、《四旬集》作品索引

《四旬集》虽然亡佚了,但是检索相关文献,还是能够找到一些作品的,我们先从实证的角度找出确切属于《四旬集》中的作品。

康发祥《伯山诗话续集》[5]卷二云:

> 兴化刘伯咸(熙载)太史《过桐城驿》云:"北望桐城驿,风尘一骑过。庙荒钟覆地,桥圮石沉河。雁影遥天入,鸦声古木多。踌躇将日暮,客思更如何?"《交河遇风作》:"行行已半日,征斾正飞扬。岸土浮城堞,河舟隐石梁。草枯千冢出,树秃一村荒。寄旅何由遣,高歌入酒乡。"又云:"万里冲飚起,征途望不分。沙封冰作碛,烟匝地为云。古驿回雕翮,寒关断雁群。怀人向天末,书札几时闻。"《雪后游西山绝句》云:"皛皛望无极,独游风景奇。雪中人不见,惟有鹤来窥。"伯咸学行醇粹,而诗笔遒劲如此。

康发祥(1788—1865),字瑞伯,江苏泰州人。岁贡生。

官太常博士,与刘熙载为忘年交。在京城时,二人时常交游。《伯山诗话后集四卷续集二卷再续集二卷》为道光咸丰刻本,那么诗话中记载的刘熙载的诗为早期作品,其中又见于《昨非集》的诗当属《四印集》无疑。

《昨非集》卷三《孤驿》云:

孤驿人家少,风尘一骑过。庙荒钟覆地,桥圮石沉河。雁影遥天没,鸦声古木多。踌躇将日暮,客思更如何?

此《孤驿》即《伯山诗话续集》所录的《过桐城驿》,只是题目有别,首句不同罢了。此诗创作时间不详,但两相对照,还是《昨非集》中的更佳。

《昨非集》卷三《交河遇风二首》云:

风自滹沱至,征途望不分。沙封冰作碛,烟匝地为云。古驿回雕翮,寒关断雁群。半空声吼处,都似怒涛闻。

行行已半日,征斾正飘扬。岸土浮城堞,河舟隐石梁。草枯千冢出,树秃一村荒。欲遣萧条意,高歌入醉乡。

与《伯山诗话续集》所录的《交河遇风作》相对照,只是诗题有别,内容偶有不同而已。

康发祥《伯山诗话再续集》中,还收录了保存《四印集》中的词。《伯山诗话再续集》卷二:

刘伯咸与陈茂亭,在京邸共文字之饮,伯咸成《玉漏迟》一阕最佳。其词云:"漫空横雪意,天应相劝,此宵沉醉。况我疏狂，正合狂歌燕市。直共元龙去也，且无问，高楼平地。刚好是，梅花香处，玉醅正美。　　平生把臂论文，似崛崒双峰，云中撑起。不是才人，却是才人奇气。隔座二豪休笑，便拼饮，也非容易。心未已，杯干更移江水。”

此词《昨非集》卷四作《玉漏迟·与陈茂亭饮酒家》：

漫空横雪意，天应欲劝，今宵沉醉。况我疏狂，恰称醉歌燕市。直共元龙去也，且莫问，高楼平地。刚好是，梅花香处，玉醅清美。　　酒半抵掌论文，似万顷波澜，因风掀起。老兴淋漓，未减平生豪气。隔座少年休笑，便伴饮，也非容易。心未已，杯干更移江水。

两相对比，该词下阕文字差别较大，《昨非集》文本减了几分锐气，多了几分蕴藉。

《昨非集》中属于《四旬集》的作品很多。《昨非集》卷一《寤崖子》都是《四旬集》中的作品。卷二文中的《砭吾录序》《南归序上》《南归序下》《寓东原记》《祭李梅生文》等，《昨非集》卷三诗中的《己酉闻故乡水灾》《检书》《赠李海门》《答韩叔起二首》《赠符南樵》《薄仲默胡佛生朱卧云论佛性，令余下转语》等都是《四旬集》中的作品。

《昨非集》卷四词中《浣溪沙· 西山禅院访徐进之》《临江仙 ·梦与宗惺泉谈文》等。这些明显都是《四旬集》中的作品。

《昨非集》中还有一些原系《四旬集》的，但有些作品的创作时间不易确定，这里就不胪列了。

三、从《四旬集》到《昨非集》看刘熙载艺术与学术思想的变化

清代的学术包括三个方面：义理、考据和辞章。刘熙载不好考据，专在义理和辞章上下功夫。《艺概》《持志塾言》《游艺约言》《古桐书屋札记》都是阐述义理的，而《昨非集》则属于辞章之学。从《四旬集》到《昨非集》我们可以看出刘熙载学术思想的变化。

前文援引既收入《四旬集》亦收入《昨非集》中的作品，有的文字出入很大，就已透出了个中消息。这里仅以《玉漏迟》词为例说明之。该词上阕差别不大，而下阕则迥异，为清晰比较，今列表如下：

《四旬集》词句	《昨非集》词句
平生把臂论文，似崛崒双峰，云中撑起。不是才人，却是才人奇气。隔座二豪休笑，便拼饮，也非容易。心未已，杯干更移江水。	酒半抵掌论文，似万顷波澜，因风掀起。老兴淋漓，未减平生豪气。隔座少年休笑，便伴饮，也非容易。心未已，杯干更移江水。

《四旬集》里的诗句显得非常自负，睥睨一切。"平生"三句以比喻来状论文时的高谈阔论，但"崛崒双峰，云中撑起"，显得十分高傲。"不是才人，却是才人奇气"二句看似谦逊，实仍自负。"隔座"三句则显得傲视群雄。《昨

非集》中的诗句相对平和一些,用"万顷波澜"来形容文思泉涌,很贴切,没有早期的孤傲。"老兴淋漓,未减平生豪气",只是该豪情不减当年,并不那么自负。"隔座"三句将"二豪"改为"少年",将"拼饮"改为"伴饮",语言平和,缺少了当年的张狂。

与前文提到的既收入《四旬集》又收入《昨非集》的几首诗只是个别词语的润色不同,《玉漏迟·与陈茂亭饮酒家》文本前后改动很大。这里不仅是词语上的改变,也有思想观念上的变化,前者是在京城时与陈广德共文字之饮,是年轻时的作品,后者自称"老兴淋漓",称隔座的为"少年",这里又有了时间上的变化。改变了形式也就改变了内容,后者更显得温柔敦厚了。

一首词的前后不同也折射出作者前后的学术思想的变化。李详《融斋类稿四旬集叙》也说:

> 先生自后,颇有悔少年立言,微露亢厉,又多以禅悦为味,虑为世所诟病,大加刈剃,尽摧其牙距而后已。至于岁莫,乃甘自晦遁,颓然为蜀庄之沉冥,士遂以儒林归之。

后来刘熙载对《四旬集》中的作品进行了反思,颇悔少作,认为"微露亢厉",缺乏含蓄;有些作品又涉禅理,怕人指责,故收入《昨非集》时十分审慎,痛加删削。晚年则冲融和气,被誉为东南大儒,"蜀庄沉冥",用西汉严遵的故事说刘熙载幽居匿迹,弃官隐于龙门书院,一改年轻时的做法。

刘熙载的《昨非集·序》也承认这一点,他说:

> 此集始名《四旬集》,盖集中所编入,大率四十以前

作也。余之少也，学不知道，虽从事于六经，颇好周秦间诸子，又泛滥诸仙释书，并骚人词客之悲愁放旷，惜衰暮，感羁旅者，亦未尝不寓目焉。故当时所作，指趣多所出入，且有傲然自得而不知其非者，岂非沉溺之甚也哉！四十后乃始悔之。又后，则欲勿存之矣。既而思之：非与是，不容偏掩者也。是中有非，非中亦岂必无是？狂言圣择，理或同与？且即未必有是，然存之以著其非，庶鉴余非者得以及时趋是，而不至若余之过时而悔与！偶忆陶渊明辞有"昨非"二字，因以名集。

"昨非"取陶渊明《归去来兮辞》"今是而昨非"之意，刘熙载认为自己年轻时虽学习儒家经典，未得要领，但更喜欢诸子百家以及道家和佛家理典，这些都属于"昨非"，也就是说刘熙载年轻时学术思想在取向上是多元的，满洲文秀庵评《寤崖子》说："取类得于《易》，博依得于《诗》，敷畅似《说苑》《新序》，非深悉事物之理，其何能为？"（《寤崖子·自序》）依据刘熙载的"昨非"观，《昨非集》卷二文中的《书列子杨朱篇后》《书庄子山木篇后》《广论衡订鬼篇》《戏为三生石偈》，卷三诗中的《梦授丹经》《狂者二首》《僧属作念佛忏悔偈应以两绝》《查芙波先生借梵书》等都应为《四旬集》中的作品，都是他泛滥于诸子百家之说的最好印证。

年轻时的刘熙载也是想有所作为的，同年好友李杭《刘生行赠伯咸同年》说："刘生俶傥起淮海，奇气崒兀凌九州。骐骥长嘶走灭没，雕鹏奋击当清秋。胸中图史列经纬，博览前修更多识。……去年奏赋趋明光，天门羽翼争颉颃。……"[6]韩弼元《刘子歌寄赠融斋（熙载）编修》也说："独全太璞守太素,寸心炯炯常有神。读书尽抽万古秘,下掌迅扫群言烦。尔来留心到经济,欲还斯世唐虞淳。"[7]献赋天子,留心经济都说明刘熙载在入仕初期,具有强烈的用世之心。

从刘熙载的仕履来看,他做过翰林学士、翰林侍读、上书房行走、国子司业,最后做广东学政。刘熙载的仕途看起来很顺畅,但他志不在此。刘熙载是典型的学者,不是从政的材料。面对官场的腐败,他不得不辞去学政职务。穷则独善其身,达则兼济天下。刘熙载的内心更倾向于宋明理学和陆王心学,在儒家著作中寻求心灵栖息之地。在龙门书院,他教学生学圣贤,就是在《艺概》中,他也时常强调书如其人、诗如其人,而《持志塾言》就是他的理学著作,刘熙载编辑的音韵学著作《说文双声》《说文叠韵》《四音定切》也都是为读经书服务的。正是由于刘熙载对儒学的贡献,《清史稿》才把他列为"儒林传"而非"文苑传"。

刘熙载的前后期学术思想的转变,对他的人格修养来说是好事,但对他的学术来讲,并不尽然。学术取向上的多元,促进思想活跃;当然这也使刘熙载的学术在某种程度上僵化了,唯名教是从,思想就被禁锢了,这又不能不说是件遗憾的事。

注释:

[1] 刘熙载《古桐书屋六种》,同治光绪刻本。

[2] 刘熙载《融斋类稿四旬集自序》,《国粹学报》,广陵书社,2006年版,第289页。

[3] 李详《学制斋文抄》,《李审言文集》,江苏古籍出版社,1989年版。

[4] 方浚颐《梦园子》,光绪甲申十月开雕于维扬。

[5] 康发祥《伯山诗话后集四卷续集二卷再续集二卷》，道光咸丰刻本。

[6] 李杭《小芋香馆遗集》，咸丰年间刻本。

[7] 韩弼元《翠岩室诗抄》，光绪二十六年刻本。

本文发表于《辽东学院学报》2016年第2期

下编

【古典书学研究与当代书法批评】

◎对清代碑学的理性思考
——从理论和实践两个层面谈起

清代碑学是清代书法史和书法理论不可或缺的重要组成部分，对清代书法的艺术走向和审美情趣都产生了极其重要的影响。碑学经阮元、包世臣、康有为等人的鼓动，声势浩大，波澜壮阔；加之邓石如、伊秉绶、何绍基、赵之谦、沈曾植等碑派书法的成就，从理论到实践，蔚为大观。清代碑学的"新理异态"，引起了时人及后人的广泛关注。正如一枚硬币有正反两面一样，碑学固然对以帖学为主的单调而僵化的书坛注入了活力，但碑学在颠覆帖学的同时，自己复生新弊。本文拟从理论和实践两个层面，对清代碑学重新梳理，旨在深入研究碑学，寻求历史的本来面目。

一、碑学理论上的不足

1. 依附帖学构建理论，无法彰显自身特点

帖学、碑学是晚清康有为在《广艺舟双楫》中提出的概念。北朝时期既无碑学概念，也无碑学理论，碑派楷书多非名家所作，更无理论上的阐扬。具有反传统观念的清代碑学却提出了技法和审美等方面的理论问题,由于缺乏积淀,既不完善也不成体系。这些理论对于北朝书法而言明显滞后,但对清代的碑派书法则又是超前的,不管怎样,碑学理论还是应该重视的。但在梳理清代碑学理论的同时,我们发现这些理论大都依附于帖学,缺乏独立性。

这里先以论述北碑笔法的"中实"说为例试分析之。包世臣《历下笔谭》云:

> 用笔之法,见于画之两端,而古人雄厚恣肆令人断不可企及者,在画之中截。盖两端出入操纵之故,尚有迹象可寻;其中截之所以丰而不怯、实而不空者,非骨势洞达,不能幸致。[1]

这就是著名的用笔"中实"说,包世臣又说"中实之妙,武德以后,遂难言之"。武德为唐高祖李渊年号,中实自然指北碑的笔法而言。中实即强调笔画结实,不是滑过。对此沈曾植却有不同的看法,他认为"惟小篆与古隶,可极中满能事。八分势在波发,纤浓轻重,左右不能无偏胜,证以汉末诸碑可见。故中画蓄力,虽为书家秘密,非中郎、钟、卫法也"。[2] 包世臣旨在强调笔道的力量,沈曾植有点胶柱鼓瑟。再说包世臣论述的是北碑(楷书),也不存在分势波发的问题。其实包世臣的中实说是受帖学书法理论的启发,传卫铄《笔阵图》说"'横'如千里阵云,隐隐然其实有形"。[3] "其实有形"强调的是自始至终要有力感。清初笪重光《书筏》:"欲知多力,观其使运中途。何谓丰筋?察其纽络一路。"[4] "使运中途"即包世臣所说"画之中截",两相对比,包世臣显然是间接受传卫铄《笔阵图》的启发,而直接借鉴了笪重光"欲知多力,观其使运中途"说。卫铄和笪重光都属于帖派,显然包世臣借鉴之并为碑学立说。

碑学理论还有一个特征,就是也热衷于书法品第。包世臣和康有为都为书法列了品级,包世臣《国朝书品》列"神、妙、能、逸、佳"五品。如果说包世臣还不是为碑学立品的话,那么康有为则在《广艺舟双楫·碑品》专门为碑学列"神、妙上下、高上下、精上下、逸上下、能上下"11个品级。

中国的书法品第最早是南朝梁庾肩吾的《书品》,分上、中、下三品,唐李嗣真《书后品》因之,不同的是在上之上品前面又列"逸品"。此外,唐张怀瓘《书断》列神、妙、能三品,宋朱长文《续书断》亦如是。这里仅以包世臣为例。包世臣品第的前三品承袭了张怀瓘的《书断》,而又增加了逸、佳二品。逸品在李嗣真《书后品》中为最高品级,而包世臣却降至第四品级,窦蒙《〈述书赋〉语例字格》:"踪迹无方曰逸。"逸即超然,超迈,超绝。李嗣真即称李斯、张芝、钟繇、王羲之、王献之,为超然逸品,与窦蒙《〈述书赋〉语例字格》同义。然而包世臣却把逸品列为第四品级,并定义为:"楚调自歌,不谬风雅。"[5]按,"楚调者,汉房中乐也。高帝乐楚声,故房中乐皆楚声也。"[6]房中乐乐而不淫,与风雅不乖。按包意,逸,当为放逸,遂将逸品降了下来,并赋予"楚调自歌,不谬风雅"新的审美意义,从理论上为北碑张本。因为北碑都是无名氏所作,稚拙猥陋的作品不少,有了这一立论,包世臣倡北碑也有了理论依据。书品,从其开始就不是纯艺术的,人为的因素不少,艺术和人搅到了一起,并不科学。

碑学的审美也大都借鉴帖学,康有为的《碑评》几乎全仿南朝梁袁昂的《古今书评》,采用形象喻知的方法来评六朝碑刻。包世臣论字结体的"大小九宫",则来自于元陈绎曾的《翰林要诀》。[7]

总之,碑学理论大多依附于帖学,因为碑学理论家大都是经过帖学浸润的,帖学思想在其头脑中根深蒂固。碑学理论依附于帖学,则不能彰显自己的特色,有时也泯灭了碑学和帖学的界限。

2. 碑派理论家语言情绪化,缺乏理性

理论是对实践的总结和概括,非常理性,然而碑学理论家恰恰相反,他们论述问题时非常情绪化,使其理论大打折扣。在碑学理论家中,阮元最重学术,故阮元在《南北书派论》《北碑南帖论》中只是抬高北碑地位,并不否认帖派,认为二者各有千秋,比较客观。包世臣和康有为则不然,论述碑学时经常情绪化,有时竟到了失控的地步。

如果说阮元研究碑学是从纯学术立场进行的话,那么包世臣研究北碑则是由馆阁体产生的逆反心理的驱动。包世臣一生心高气傲,仕途多舛。一共参加了13次会试,最终仍名落孙山。包世臣13次会试不中的主要原因是什么?我想他的书法未臻佳境则是不争的事实。包世臣从小就不善书,十五岁"习时俗应试书",到了二十五岁"下笔尚不能平直,以书拙闻于乡里"[8]。晚清科举考试极重书法,而偏偏包世臣不谙此道。包世臣馆阁体未过关,进而产生逆反心理,倾情北碑,以抒心中积郁。

包世臣的情绪化主要表现在对其恩师——碑派书家邓石如的品评上。邓石如为碑派大家这毋庸置疑,其篆、隶在清代实属一流,包世臣《国朝书品》列其为神品也无可厚非。邓氏之八分及楷书被列妙品上,就连其不入流的草书和行书也列入"能品上""逸品上"。这引起很多人的不满。李慈铭《越缦堂日记》同治三年（1864）六月初十日记载："……《国朝书品》，分神品、妙品、能品、逸品、佳品五等。而神品仅一人，为邓石如；隶及真书妙品上亦只一人，为邓石如。分篆及草书以下至佳品，共百七人，而钱塘梁山舟不与焉。慎伯留心古文，此书往往过为高论，其所轩轾，多未允当。书品亦只可备一说，不得为定评也。"[9]李慈铭不专门研究书学，都看出不少问题，至于其不将伊秉绶的隶书入品，时贤已揭其短。

将邓石如草书列为"能品上"，包世臣后来也觉得不妥。他壬辰年《自跋草书答十二问》中说：

> 唯草书一道，怀宁笔势固如铜墙铁壁，而虚和遒丽，非其所能。[10]

包世臣晚年认为邓石如的草书不圆融，未得晋人之风韵。对邓石如的前后不同定位和评价，可见包世臣对书家的品评上是缺少理性的。

与包世臣相比，康有为论书情绪化是有过之而无不及的。康有为的《广艺舟双楫》在碑学理论中影响最大，也是备受争议的著作。康有为是在进京会试不中的情况下，着手进行书学批评的。康有为主张经世致用，《广艺舟双楫》"原书"中就说："综而论之，书学与法治，势变略同。"[11]道出了其书学与政治的密切关系，也就是说《广艺舟双楫》的写作不是纯学术的。对此，康有为也是承认的。[12]

康有为十分自负，他曾不无调侃地说："古今书法家，以东坡为最劣，不知用笔，若从我学书，当先责手心四十下。"[13]为人张狂，好大言欺人。《广艺舟双楫》中《尊碑》《卑唐》都是情绪激动时所说的快口语。康有为的尊碑抑帖就

是反传统,就是要有别于传统的书学。他认为魏碑、南碑有"十美":

一曰魄力雄强,二曰气象浑穆,三曰笔法跳跃,四曰点画峻厚,五曰意态奇逸,六曰精神飞动,七曰兴趣酣足,八曰骨法洞达,九曰结构天成,十曰血肉丰美。[14]

魏碑(包括南碑)是否具有这"十美"姑且不论,康有为兴犹未尽,进而说:"魏碑无不佳者,虽穷乡儿女造像,而骨血峻宕,拙厚中皆有异态,构字亦紧密非常,岂与晋世皆当书之会邪,何其工也!"[15]北碑是瑕瑜互见的,"北碑水平差距相当大,它们之中的佼佼者,作品风格已经跨入隋和初唐阶段,用笔精、典雅、纤劲、细腻、清健;而其中拙劣者,依旧粗糙、狂野、破碎、怒张,不懂用笔轻重调节,不善结构,形成涂抹。由于作者多为民间书手,其眼力、见解、功力总比起南朝名家仍然显示出整体上的不足,失败的作品也为数更多"。[16]北朝不重视文化,那些穷乡僻壤的儿女造像,怎么能看出"骨血峻宕""有异态""构字亦紧密非常"呢?恐怕是康圣人在心里想象的吧!

纵观清代碑学情绪化是比较普遍的,叶昌炽说郑道昭"不独北朝第一,自有真书以来,一人而已"。[17]同样缺乏理性。这些都足以说明碑学理论家是有失严谨的,其阐述的理论有时是经不住推敲的。

3. 认识来源于拓本,失之偏颇

碑派书学理论大都是通过拓本总结出来的,与来源于原生态的真本墨迹是不同的。包世臣和康有为论述北书的美感、风格、笔法和墨法等都是通过拓本来认识的。

包世臣《历下笔谭》：

北魏体多旁出，《郑文公碑》字独真正，而篆势、分韵、草情毕具。[18]

北朝人书，落笔峻而结体庄和，行墨涩而取势排宕。[19]

康有为《广艺舟双楫·体变第四》：

北碑当魏世，隶楷错变，无体不有。综其大致，体庄茂而宕以逸气，力沉着而出以涩笔，要以茂密为宗。[20]

康有为《广艺舟双楫·导源第十四》：

永兴《庙堂碑》出自《敬显俊》《高湛》《刘懿》，运笔用墨，意向悉同。[21]

包世臣和康有为都是面对拓本进行的审美鉴赏。如果说通过拓本研究美感、风格似乎还能被接受的话，那么通过拓本来研究笔法和墨色则不敢苟同。拓本，俗称黑老虎，怎么能看出原书写时的笔意和墨色呢？显然这种认识是不科学的。刻石往往是先书丹，后镌刻。欣赏石刻，临摹石刻拓本要考虑到刻工因素，刻工有时可以改变书风。正如丛文俊先生所说："刻石文字（包括砖质墓志）是汉晋南北朝书法之大宗，其刻制工艺和技术普遍地参与作品美感和风格的形成，严重者'刻风'可以掩盖'书风'，以假象诱导人们步入误区，应给予特别的关注。"[22]

我们面对石刻拓本，不仅要排除刻风的干扰，而且还要考虑拓本的"版本"问题，"碑版拓本，不特新旧不同，即一时所拓，其椎有轻重，纸有精粗，墨有深浅，亦本本不同。有此明彼晦，或此缺而彼完"。[23]

包、康二人面对北碑赞美"云鹤海鸥之态"，"龙威虎震之规"[24]，"北碑书无不骨肉停匀"[25]，都是由拓本生发的，既没有考虑过刻工的二次创作，也没有考虑到版本问题，只是满足于假象而进行审美欣赏，进行学术研究，其结论正确与否就大可怀疑了。

近代刘咸炘对此有清醒的认识，他在《弄翰余沈》中说："欲详笔墨，则惟墨迹可据，而石刻则难言。"[26]这正是从另一个侧面证明碑学的某些来源于拓本的理论是有很大局限性的，也是不科学的。

二、碑派书家实践上的尴尬

1. 碑派书家技法上的困惑

碑派书家大都在笔法上纠结。包世臣一生都为笔法所困，在执笔上，他逢人便问，态度诚恳，但自己却莫衷一是。何绍基则别创回腕法，周星莲解释说："回腕法，掌心向内，五指俱平，腕竖锋正，笔画兜裹。"[27]这是一种非常吃力的执笔方法，书写不久则全身汗透。这种执笔法不具有普遍性，故学之者极少。

碑学笔法理论最著名的是包世臣《述书上》中转述黄乙生的"始艮终乾"和"始巽终坤"：

（黄乙生）又云："唐以前书，皆始艮终乾；南宋以后书，皆始巽终坤。"[28]

"始艮终乾"和"始巽终坤"语言晦涩，令人费解。这也引起学界注意，晚清的沈曾植，现当代的祝嘉、启功、华人德、金丹都曾探讨过这一问题。"艮""乾""巽""坤"都是八卦名称，表示八卦的八个方位亦即运笔的路线和产生的效果。按八卦方位南为"离"，北为"坎"，东为"震"，西为"兑"，东北为"艮"，西北为"乾"，东南为"巽"，西南为"坤"。"始艮终乾"，即行笔时逆锋入纸，笔锋从"艮"（东北角）逆行而上，然后折向西行，再到"乾"（西北角）的回转收笔，这就是"始艮终乾"。"始巽终坤"，运笔简单，没有逆入回收动作，即笔锋直接入纸，由"巽"（东南角）直接运行到"坤"（西南角）。黄乙生以为前者是碑派笔法，后者是帖派笔法。"始艮终乾"就是主张逆锋入纸，主张铺毫，这样才能达到锋备八方、四面圆足的艺术效果。[29]但是弯子绕得太大了，以其昏昏，焉能使人昭昭？

理论是指导实践的，理应通俗易懂，这种雾里看花般的笔法，怎么能指导实践呢？难怪民国初年张之屏就批评说："近更有所谓'始乾终艮，始巽终坤'者，支离怪诞，莫可究详。谬诬相承，转相神圣，遂致美术几同魔术焉。"[30]张之屏的话说得重了些，但这种笔法让人无从操纵也是不争的事实。

碑派书家在技法上最大的困惑是以笔师刀。以笔师刀就是在临写过程中追求刀砍斧劈的艺术效果，去追求风骨棱棱之美。碑派名家还能做到，但对初学者来说，用软毫毛笔去表现方棱的镌刻效果是很难的。有鉴于此，学北碑有人主张透过刀锋看笔锋。[31]但是笔锋与刀锋也是不易把握的，沙孟海先生有过专门论述，他说："使用柔软的毛笔去摹习方峻的刀痕，这对初学恐怕是不很适宜的。1930年西北科考团从新疆吐鲁番获得大量高昌国砖墓志,其中有《画承及妻张氏墓表》,作于章和十六年,相当于西魏大统十二年(546)。志文共八行,前五行记画承本人部分,用朱笔写好,并已刻好,后三行记其妻张氏部分,写好未刻。朱书各字,落笔收笔纯任自然,与我们今天运笔相同。前五行经过刀刻,不像毛笔所写。前后对照,证明有些北碑戈戟森然,实由刻手拙劣,决不是毛笔书写的本来面目。"[32]如此看来,透过刀锋有时也未必见到笔锋。更有甚者,有人还以毛笔去追求金石味。北碑毕竟是二次完成的,学习者看不到原石的书丹,只能看到镌刻后的拓本。碑刻由于石材质量、刻工精细以及风雨剥蚀程度的不同,拓片会呈现不同的风貌,有的古拙、有的残泐,金石味颇浓,学书者用毛笔去追求这些金石味是比较困难的。碑派书家喜用长锋羊毫,羊毫软还要表现出尖锐的笔锋及残蚀状相当不容易,因此有些碑派书家便绞尽脑汁地仿效。赵之谦的风骨凌厉,李瑞清、曾熙故用抖笔,都是如此。以上都是由于碑学理论上的准备不足,而导致碑派书家的盲从。

以笔师刀违背书法原理,这种做法对楷书、行书有时能产生奇崛的美感,但对草书却不适用,这也是碑派草书的软肋。

2. 碑派书家没有形成强大的阵营

清代碑学给人以雷声大雨点稀的感觉,口号震天响,其实碑派书家不多,并没有形成强大的阵营。清代碑学最负盛名的书家有邓石如、包世臣、吴让之、何绍基、张裕钊、赵之谦、沈曾植、曾熙、李瑞清、康有为等。这一干人等不用说和魏晋以来的灿若群星般的帖派作家不能比,就是和整个清朝帖派书家比,也显得势单力薄。

清代碑派书法没有形成强大的阵营,主要在于没有领军人物。阮元虽然掀开了碑学序幕,但他只是从事学术研究,他本人还是走帖学的路子,并没有进行碑派书法创作。包世臣是位非常有影响的人物,王伯恭《蜷庐随笔·六朝书法》云:

> 道光以来,盛行六朝书法,包慎伯首开其先,自任为坛坫之主,门人吴让之、吴礼北辈,益衍其绪,让之尤擅场。[33]

包世臣的碑学是有传承的,他受法于邓石如,又传吴让之、吴礼北。《清史稿》卷五百三《列传·艺术传二》"吴熙载(让之)"条载:"与熙载同受包氏之法者,江都梅植之蕴生、甘泉杨亮季子、高凉黄洵修存、余姚毛长龄仰苏、旌德姚配中仲虞、松桃杨承注抱之。"[34]这些人即何绍基说的"包派"。且不说包氏弟子是否都是碑派书法传人,就包世臣个人而言,他虽对北碑倾情,但书法并不高明,尤其是好大言,傲视一切,无法做领军人物。

碑派书家中何绍基的艺术成就最高,书学也较理性化,但他注重家学,在社会上并没有形成一股强势。康有为是碑学的殿军,但他言行不一,"惜吾眼有神,吾腕有鬼,不足以副之"[35],注定他登不到碑学的峰巅。

客观地看,清代碑学书家还真找不到一个像王羲之那样群星拱之的泰斗人物。碑派书家或出身布衣,或政治上失意,都没有刘墉、翁方纲等帖学大家的显赫地位,因此,这些碑派书家没有极强的号召力,也无法推动碑学向纵深发展。

碑派书法缺乏群众基础,也在于碑学没有被政府纳入教育机构,以致缺少后继人才。相反,帖学的书法教育起源很早,到清代更是得到了加强。从家庭到私塾,从各种官办学校到书院,形成了自下而上的书法网状教育,这都是为科举输送人才,这也是一种良性互动。最有讽刺意味的是,就在碑学喊得惊天动地的时候,姚孟起这位书法理论家兼书法家却在江南苏州一带传授帖派书法,他还广泛刻碑帖,供学书者临习之用,"书名半天下"。[36]晚清时代得有多少个姚孟起,两相对比,碑派书法因实用性不强确实受到冷落,康有为所说的"迄于咸、同,碑学大播,三尺之童,十室之社,莫不口北碑,写魏体,盖俗尚成矣"。[37]只是他个人的良好愿望,而事实恰好相反。

由于碑学理论的不完善,学碑成功的概率也不高,沈曾植也这样认为,他说:"光绪中叶,学者始重《张猛龙》,然学如牛毛,成无麟角。"[38]学《张猛龙》的很多,成功的很少,这是由于不得方法。沈氏是碑学大家,他都认为碑不好写,其他人则更不好摸门径了。

总之,清代碑派书家规模不大,根本没有像康有为说的那样完全是碑学的天下,那只是他的一厢情愿。

三、对碑学得失的理性思考

1. 从艺术到实用:碑学没有走完之路

实用也是书法的一个重要功能,书法大多数情况下是交流的工具。张怀瓘《书断》中的"妍美功用",讲的就是实用。实用即是一般意义上的审美,具有很强的趋同性,很多人都想被认同,因此人们往往趋之若鹜。

在科举时代,士子们都想让自己的书法被考官赏识,因此竞相练习考官认可的干禄书,即馆阁体,因为它实用,有市场,或者说更有吸引力。而碑派书法只是纯艺术化的书法,并不被社会广泛认可,尤其不被统治者重视。张之屏《书法真诠》就讲了幼时家人、朋友不让学北碑的故事：

> 吾幼时学北碑，一二相爱、友人皆谆谆劝阻，以为非试卷所宜，于抄胥更何论焉？[39]

在科举时代，诸生、举人、进士都重视书法，都要写工工整整的官楷，也就是馆阁体，就连抄写文字的小吏也是如此。正因为北碑缺乏实用性，因此，长辈和友人才好言劝阻。

书法的日常交流也是实用，在日常交流中，北碑显然不如帖派便捷。李瑞清《跋裴伯谦藏〈定武兰亭序〉》中说：

> 余学北碑二十年，偶为笺启，每苦滞钝。曾季尝笑余曰："以碑笔为笺启，如载磨而舞，所谓劳而寡功也。"比年以来，稍稍留意法帖，以为南北虽云殊途，碑帖理宜并究。短札、长简宜法南朝，殿榜、巨碑宜遵北派。[40]

这段文字虽然论述碑帖的不同用途，但更为重要的是强调写笺启，法帖最合适，用碑体为之则"如载磨而舞""劳而寡功"。曾季即曾熙，为李瑞清好友，著名碑派书家。在主要靠文字交流的时代，笺启最合适，法帖也最实用。相比碑派书法适用性就相当有限了。这是碑派书家自供词。

我们所要关注的是，碑学在取得了与帖学平等或者压倒帖学的地位后，为什么不被社会所广泛认同？或者说碑学为什么没占主流？帖学为什么还很盛？这实际上就是艺术向实用转化过程的问题。

文字首先是实用，是交流工具；当文字被提升为书法的时候，才是艺术。实用和艺术是相互转化的。虞龢《论书表》说书法"古质而今妍"[41],质,质朴,重实用;妍,妍美,重艺术。依此类推,北碑书法是质,重实用;清代碑派书法是妍,重艺术。

碑学从嘉、道时期已经拉开了序幕,经包世臣、康有为等人的鼓动,碑学已成为强大之势。而在现实生活中,帖学是实用的,尤其是由帖学衍生出来的馆阁体更是士子们走向仕途的敲门砖。科举废除后,馆阁体虽然失去了进一步发展的原动力,但作为惯性并没有停歇,仍在官方和私人之间广泛使用。相应的碑学却很尴尬,在科举时代,它没有市场,科举废除后仍不实用。这既有碑学本身的原因,也有历史的原因。就其自身因素来讲,碑学是反传统的,其粗犷凌厉的书风,偃仰夸张的造型,不为大多数习惯于帖学温文尔雅的审美者所接受,碑学还是小圈子里的事。从历史上看,随着国门的被打开以及五四新文化运动,西方钢笔等硬笔输入,由于其使用便捷,遂取代毛笔,帖派也好,碑派也好,逐渐都退出实用,最后都退守艺术的精神家园了。碑学实用化的路很艰难,最终也没有走完,这也是无可奈何之事。

2. 碑帖兼容或是最佳出路

与高举碑学大旗的阮元、包世臣和康有为不同,有些书论家在论述碑帖时采取融通的办法,理性地区分二者的异同,并指出各有千秋。刘熙载就是这方面的代表。刘熙载《书概》云:

> 北书以骨胜,南书以韵胜,然北自有北之韵,南自有南之骨。[42]

刘熙载以辩证论艺,不带任何宗派观念著称。北书重骨,南书尚韵,这是其各自特点;然北书也有韵,南书也有骨,这是辩证论南北书派。至于北书是否讲韵姑且不论,这里明显说明北碑、南帖各有所长,不存在孰优孰劣的问题。刘熙载这种"骑墙"理论说明了什么问题,这里极有必要进行探究。

刘熙载论书具有通变思想,主张"古,当观其变"。论书时既给二王等帖派书家以崇高的评价,又给碑派以充分的肯定,站在中庸的立场客观论书。刘熙载是"粹然儒者",言辞委婉,实际上骨子里对碑派否定帖派是持不同意见的,赞美大王书"韵高千古,力屈万夫"即可明证。

刘熙载的看法不无道理,我们应该承认这样一个事实:碑学对帖学的批评是矫枉过正的。其实碑帖各有所长,而不是互立营垒,尤其是帖学经过千余年的积淀,名家林立,其理论早形成体系并渐趋科学,并不是碑学喊几声就能吓倒的。

与刘熙载相呼应的还有杨守敬,他在当时也对碑帖持客观态度,其《评帖记序》云:

夫碑者,古人之遗骸也;集帖者,影响也。精则为子孙,不精则为刍灵耳。见刍灵不如见遗骸,见遗骸不如见子孙。去古已远,求毫芒于剥蚀之余,其可必得耶?故集帖之于碑碣,合之两美,离之两伤。[43]

杨守敬辗转喻说认为碑帖各有局限性,不好的刻帖不如石刻,好的刻帖则胜于石刻。仅此一点在那个时代已属空谷足音,最后指出碑帖应融合,彼此取长补短才是正路。杨守敬碑帖兼治,观点客观、公允,与刘熙载异曲同工。

康有为晚年对贬低帖学的做法有过自省,欲南北兼治,其女弟子萧娴说:"南海先生晚年,深叹时光不足,否则,先生将熔南帖北碑于一炉而铸之。"[44]康有为前后不一的言行，不值得深思吗？其实碑帖各擅胜场，如果说帖学如廊庙之才衣着华贵的话，那么碑学则如山林隐逸之人不修边幅，总之都不俗，都体现了中国书法精神。刘熙载和杨守敬所说的碑帖兼容，也许是中国书法的最佳出路。

通过如上分析，或许有人认为笔者试图否定碑学，实则不然。笔者是有感于一些学者过高地评价碑学，缺乏实事求是的治学态度，才指出碑学的一些不足，旨在还碑学以本来面目。其实无论学术还是艺术方面，碑学对整个书法史的作用和影响都是不可小觑的。假如没有碑学，清代书法史可能是一潭静水；假如没有碑学，清代书坛将是单调的。当我们在重新梳理清代碑学时，确实感到有些遗憾，但欣慰还是主要的，因为世界上没有完美的事情。

注释：

[1][3][4][5][7][8][10][11][14][15][18][19][20][21][24][25][27][28][35][37][41][42]《历代书法论文选》，上海书画出版社，1979年版，第653页，第22页，第562页，第657页，第488页，第640页，第672页，第753页，第826页，第827页，第651页，第653页，第776页，第821页，第652页，第820页，第729页，第642页，第853页，第756页，第50页，第697页。

[2][30][38][39][40]崔尔平《明清书法论文选》，上海书店出版社，1994年版，第924页，第1024页，第920页，第1054页，第1068页。

[6]郭茂倩《乐府诗集》，中华书局，1979年版，第376页。

[9]李慈铭《越缦堂日记》，民国九年北京图书馆上海影印本。

[12]康有为女儿康同璧在家整理遗书时，发现康有为有致某君书，谓前作《书镜》（即《广艺舟双楫》）有所为而发，今若使我再读《书镜》，又当尊帖矣）。转引自金丹《包世臣书学批评》，荣宝斋出版社，

2007年版,第253页。

[13] 郑逸梅《艺林散叶》,中华书局,2005年版,第1页。

[16] 朱以撒《论清代碑学》,福建师范大学学报,1993年第2期。

[17] 叶昌炽、柯昌泗《语石 语石异同评》,中华书局,1994年版,第180页。

[22] 丛文俊《书法史鉴》,上海书画出版社,2003年版,第138页。

[23] 张得容《二铭草堂金石聚》,《石刻史料新编》第二辑第三册,新文丰出版公司,1979年版。

[26] 崔尔平《历代书法论文选续编》,上海书画出版社,1993年版,第911页。

[29] 华人德《释"始艮终乾"》,《华人德书学文集》,荣宝斋出版社,2008年版,第179页。

[31] 启功《论书绝句》,三联书店,1997年版,第66—67页。

[32] 沙孟海《书法史上的若干问题》,《书谱》,1980年第4期。

[33] 王伯恭《蜷庐随笔》,文海出版社,1966年版。

[34] 赵尔巽《清史稿》,中华书局,1977年版。

[36] 王学雷《"穷而寄于书"与"疲于翰墨":姚孟起的生平、名望及应酬》,《明清书法史国际学术研讨会论文集》,上海古籍出版社,2008年版,第448—450页。

[43] 杨守敬《评碑评帖记》,文物出版社,1990年版,第95页。

[44] 萧娴《庖丁论书》,《书法》,1987年第5期。

本文发表于《中国书法》2016年第2期

◎辽宁书法史述评

由于历史的原因,辽宁开发得较晚,故文化和中原比也相对滞后,书法也是如此,这是不争的事实。尽管如此,辽宁书法也是有着悠久历史的,也涌现出一大批名垂青史的书法家,像唐代的韩择木、徐放,金代的王庭筠,元代的耶律楚材,清代的王尔烈、高其佩、铁保、魏燮均,民国的王光烈、罗振玉、金毓黻,当代的于省吾、宁斧成、沈延毅、杨仁恺,等等,他们都是掷地有声的书法大家,他们和他们的书法作品都是我们辽宁人值得骄傲的精神财富。让我们穿越时空,去追溯辽宁书法的历史,去追踪他们的足迹。

一、商周秦汉时期的辽宁书法

远在商周时期,辽西和辽东地区就有了侯国和方国,那是青铜时代。由于自身文化的特点以及和中原文化的交流,这里也出土了一些青铜器,主要分布在辽河流域和大凌河两岸。其中不少刻有铭文,如"鱼父癸"(簋)、"斐方鼎""圉簋",还有孤竹国的"孤竹罍"等,这些铭文,有的是族徽,有的则是纯粹的文字。这些铭文与中原青铜器的铭文是一脉相承的,"斐方鼎"铭文有20字,书写者已经注意到了行气、章法等，似乎有意在追求美感。辽西地区出土的青铜器，尽管有不同来源，但有的确为辽西本地所制，如"孤竹罍"。这些青铜铭文是研究辽宁远古书法最早的文献，也可以说是辽宁书法的滥觞。

秦汉时期辽宁的文字遗迹主要是砖瓦文、秦权和陶量诏版。秦汉时期，政府相继在东北设置郡县，对东北实行管辖，东北的文化与中原联系得也更为密切。这一时期在辽宁绥中秦代碣石宫遗址出土了一批瓦文，在辽宁盖县九垅地还出土了东汉纪年砖，在赤峰还出土了秦权、陶量上的诏版。秦代的诏版是传入辽宁的，而砖瓦文字则无疑是辽宁人自己书写的。从字体上看，秦代的篆意多一些，汉代的隶味足一点，方正古朴，可以看出汉字由篆向隶演化的轨迹。这些文献尽管不多，然吉光片羽，弥足珍贵。

二、魏晋南北朝时期的辽宁书法

魏晋南北朝时期的辽宁书法主要是石刻，其中的重要作品，如《毌邱俭纪功碑》《崔遹墓表》《好太王碑》《刘贤墓志》《元景造像题记》《韩贞造像题记》等，不仅是辽宁书法名品，而且在当时的中国也是上乘之作。所以魏晋南北朝时期的辽宁书法史是非常重要的，是我们值得珍视的艺术遗产。

辽宁最早的刻石是三国魏正始三年（242）刻的《毌邱俭纪功碑》，此碑又名《高句丽刻石》，清光绪三十二年（1906）邑令吴光国于辑安县板岔岭得之。内容记载毌邱俭奉命征高丽大获全胜之事。隶书。碑已残，今仅存49字。书法平正方峻，厚重质朴，近汉《石经》。该石碑阴刻"民国七年（1918）九月袁金铠题记、谈国桓等观"字样。袁金铠和谈国桓均为奉天书法名家，因该碑声名远播，故同去观碑题记。辑安初建县时，部分地区归奉天管辖。《毌邱俭纪功碑》现藏于辽宁省博物馆。

《崔遹墓表》是十六国时期后燕时的碑刻，出土于辽西的锦州义县。崔遹为昌黎郡太守。墓表记载的年代是燕建兴元年，即晋孝武帝太元十一年（386），北魏道武帝登国元年。从时间上说处于北魏早期。从该石刻看，书体正处于由隶书向楷书的过渡阶段，字势萧散纵逸，淡化了隶意，在书体演进史上不可忽视。该石刻明言崔遹为昌黎太守，亦即证明后燕时的昌黎即今之义州（义县），同此又极具文献价值。

魏晋南北朝石刻中，《好太王碑》的艺术与学术价值是最高的。《好太王碑》刻石在辑安（今吉林集安）。光绪三年（1877），怀仁县（今桓仁）县令章樾和县衙书启关月山在属辖辑安清丈土地时发现了《好太王碑》，遂"手拓数字，分诸同好"。《好太王碑》不胫而走，闻名天下。《好太王碑》又名《高丽好太王碑》，刻石时间为高句丽长寿王二年，相当于东晋义熙十年（412）。该碑高大，气势宏伟，四面刻石，碑文近两千字，歌颂好太王谈安的丰功伟绩。该碑书体为隶书，但也有楷书的成分，方正朴茂，气势雄浑。清人荣禧说此碑："楷法甫有二三，篆隶仍存六七，正与晋世化隶为楷，将变未变之倾，如出一辙。"《好太王碑》不惟艺术性强，其碑文又是研究高句丽的珍贵史料。著名学者杨守敬、罗振玉、叶昌炽、郑文焯、金毓黻等都对其做过专门研究。该碑对后世影响甚巨。

魏碑中的上品《元景造像记》也是辽宁的碑刻。《元景造像记》位于辽宁义县万佛堂石窟的西区第五窟，元景于北魏太和二十三年（499）为孝文帝所造的石佛，并刻石题记。元景为北魏太宗明元皇帝之孙，时任平东将军、营州刺史。该石刻为楷书，敦厚精密，清峻洒脱，风格与《张猛龙》相类。康有为认为《元景造像记》是"元魏诸碑之极品"。（语出金毓黻《辽东文献征略》卷四"金石"第三）梁启超实地考察此碑刻，认为"其书由八分蜕入今楷，痕迹尽化而神理固在，天骨开张，光芒闪溢"。（《梁启超题跋墨迹书法集》，荣宝斋出版社，1995）民国学者董天华在《元景造像题记跋》中说："字体雄伟遒劲，可与《张猛龙》诸碑相颉颃也。"见解虽然有别，但无一例外，都给此石刻以极高的评价。《元景造像记》是辽宁书法史上一颗璀璨的明珠。有人认为此石刻为孙绍所书，不知何据？据《奉天通志》卷一百七十三"人物—勋阀—北魏"记载，孙绍，昌黎（今辽宁义县）人，初为校书郎，正光中官中书侍郎，太昌中官至左卫将军。博通经史，孙绍善书当无疑。"正光"为孝明帝年号，"太昌"为孝武帝年号，而《元景造像记》则刻于孝文帝太和二十三年。时间相距二三十年，恐非孙绍所书。

北魏时期辽宁石刻还有一些，就不列举了。值得一提的是，北魏时期辽宁还出现了著名书法家，如昌黎的谷浑、卢鲁元、屈恒等。据《书小史》记载北齐时襄平（今辽阳）人李元护亦善书，虽然历史上没有留下书迹，也足以令辽宁人骄傲。

三、隋唐时期的辽宁书法

隋唐时期的辽宁书法成就不显著，书家不多，碑刻亦少，个中原因颇多，但政治经济中心在中原、在南方，东北则僻于一隅，是不争的事实。但是辽宁也有著名书家，只不过他们是到关内发展去了，比如韩择木和徐浩。

韩择木，生卒年不详，朱关田先生认为其约生于武则天长寿年间（692—694），约卒于大历初年（766—768）。（《中国书法史·隋唐五代卷》）唐人窦臮、窦蒙《述书赋并注》："韩择木，昌黎人，工部尚书，历右散骑常侍。"其子《韩秀实墓志》云："公讳秀实，字孟坚，其先昌黎人也。"昌黎，东汉时以交黎县改名，治所即今辽宁义县。另一昌黎，金大定二十九年（1189）改广宁县置，治所在今河北昌黎县。今昌黎县，唐代叫石城，属河北道平州，为卢龙县地。据此，唐代的昌黎当为今辽宁义县。窦氏兄弟生活在天宝年间，距韩择木生活年代很近，所言当为实情，《韩秀实墓志》更不能虚。韩择木工书，而尤以八分著称，名重当代。杜甫有诗盛赞韩择木，《送顾八分文字适洪吉州》："中郎石经后，八分盖憔悴……昔在开元中，韩蔡同赑屃。玄宗妙其书，是以数子至。御札早流传，揄扬非造次。三人并入直，恩泽各不二。"顾为顾戒奢，韩即韩择木，蔡即蔡有邻。三人均为八分名家。窦臮《述书赋》云："韩常侍则八分中兴，伯喈如在；光和之美，古今迭代。"将其八分与蔡邕并列。唐吕总《续书评》说韩择木八分书"如龟开萍叶，鸟散芳洲"，言其自然流美。宋朱长文《续书断》列其书为"妙品"，评曰："观其迹，虽不及汉魏之奇伟，要之庄重有古法。"韩择木曾与颜真卿交游，是一位影响非常大的书法家。除八分外，还擅楷书。传世书迹有《告华岳府君文》《南川县主墓志铭》《叶慧明神道碑》《桐柏观记》《心经》等等。

韩择木诸子亦好书，如秀荣、秀实、秀弼，克绍箕裘，皆以书名世。

徐放，生卒年不详，字达夫，营州柳城（今辽宁朝阳）人。唐宪宗时期人。元和初，任礼部员外郎。武元衡领蜀，辟为从事。入朝为屯田员外郎。元和六年（811），出为台州刺史。九年，移衢州刺史。工诗能书。在天台时曾书梁肃撰写的《智者大师修禅道场碑》。（清孙星衍、邢澍《寰宇访碑录》卷四）官衢州时，重修龙游灵山徐偃王庙，请韩愈撰《徐偃王碑》，徐放书之。陶宗仪《书史会要》卷五："徐放尝书韩愈所撰《徐偃王碑》，极有楷法。"丰坊《书诀》："徐放，中楷《衢州徐偃王碑》。"此外，欧阳修《六一题跋》、董逌《广川书跋》均提及此碑。徐放也是备受瞩目的书法家。

隋唐辽宁书法还有少量刻石，这些刻石主要分布在营州都护府（今辽宁朝阳），如《张秀墓志》《孙默墓志》《韩贞墓志》等，这些墓志虽也各有特点，但未臻更高境界。

四、宋辽金元时期的辽宁书法

宋辽金元时期的辽宁书法书家不多，成就亦不高，北宋建国不久，东北已建立了一个比较强大的辽朝，双方对峙100多年。后来辽又为同样起于东北的金所灭，金进而又灭北宋，以淮河为界，与南宋分庭抗礼。一直到蒙古建立元朝统一中国，东北一直在少数民族政权统治之下，文化相对滞后，所以这一时期的书法处于低潮阶段。

辽代与宋政治、军事上对峙时，文化上也相对保守，沈括《梦溪笔谈》说："契丹书禁甚严，传入中国者法皆死。"森严的法令，决定了契丹人文化上的故步自封。《佩文斋书画谱》仅收辽代书家12人，当然实际书家数目要多一些。辽代书法几乎没有墨迹流传下来，只有一些碑刻、经幢、墓志和哀册。清人叶昌炽《语石》说："辽碑文字，皆出自释子及村学究，绝无佳绩。"话虽涉夸张，倒也说出了实情，辽代书法在中国书法史上没有什么地位。

　　与辽代不同，金代统治者积极学习宋人文化，尤其是入主中原、迁都燕京后，政治、军事上的对立，并没有阻止文化上的往来，金代的文化迅速提升。金代的诗文大家元好问、书法大家王庭筠、党怀英等，他们在文学史和书法史上的地位都是相当高的，不逊色于任何时代。

　　金代的辽宁书法成就还是比较骄人的，可以说以王庭筠为核心，形成了一个小群体。

　　王庭筠（1151—1202），字子端，号黄华，辰州熊岳（今辽宁盖州熊岳）人。进士出身，官至翰林院修撰。工诗文，精书画，为金代东北文人第一人。王庭筠书学米芾，几可乱真，正如钱大昕评他的《博州庙学记》所说："东昌人谓之'三绝碑'，三绝者，王去非文、王庭筠书、党怀英篆额也。……庭筠之父遵古，时为博州倅，以兴学自任。庭筠此书，结束殊有力，真可与米颠《芜湖县学记》抗衡。"他还学"二王"、黄山谷，形成了雄俊洒脱、萧散平和的风格特征。元好问《跋国朝名公书》云："黄华书，如东晋名流，往往自命，如封胡（谢韶）、羯末（谢渊），犹有蕴藉可观。"（《元好问全集》，山西人民出版社，1990年）袁桷则认为："黄华老人祖襄阳笔墨，至于平世不遇，卒至穷困流离，时使之然。使生元祐盛时，实不在米老下。"王庭筠的书法在时人及后人的心目中地位是很高的。

　　王庭筠的舅舅张汝方擅书画，金章宗时，曾与时任书画局都监的王庭筠品评书画达550卷，分别定出等级。王庭筠子王万庆，曾任辽东巡抚，受家庭熏陶，诗文书画俱佳。元人王恽云："黄华先生以海岳精英之气，发而为文章翰墨，当明昌间照映一时，惟其早世，识者至今惜之。余向客京师，好事家屏

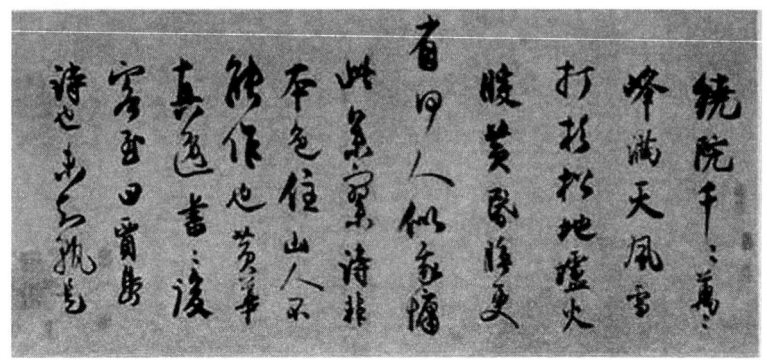

王庭筠行书轴

围帧轴，无非澹游诗翰，乃知老成虽远，典型尽见于是。此幅公之老笔，尤潇洒可爱，岂神完守固，气自清明，虽耄而不衰者邪！"（《秋涧先生大全文集》卷七十一《跋澹游王先生诗后》）"澹游"为王万庆大号。王恽认为他子承父业，书法亦造诣非凡。

高宪（？—1206），字仲常，辽阳渤海（今辽宁辽阳）人。王庭筠外甥。据《辽阳县志》卷十四"文学志"载，高宪"幼学于外家，故诗笔字画有舅氏之风"。金章宗泰和三年（1203）登进士第，为博州（今山东聊城）防御判官。一生淡泊名利，崇拜苏轼，有《高仲常集》。

赵沨是金代辽宁著名书家，当时影响甚巨，惜未留下作品。赵沨（？—约1195），字文孺，号黄山，东平人。《金文》卷一百二十六有传。传云："赵沨，字文孺，东平人。大定二十二年进士，仕至礼部郎中。性冲淡，学道有所得。尤工书，自号黄山。赵秉文云：'沨之正书体兼颜、苏，行书备诸家体，其超放又似杨凝式，当处苏、黄伯仲间。'党怀英小篆，李阳冰以来鲜有及者，时人以沨配之，号曰'党赵'。有《黄山集》行于世。"本传引赵秉文语，介绍了赵沨书法的渊源，说他取法唐宋诸贤，可信；而说他的书与苏、黄处于伯仲间，显然抬得太高。其弟子元好问说："黄山书，如深山道人，草衣木食，不可以衣冠礼乐束缚，知其为风尘物表。"亦即说他的书法不循规蹈矩，不做作，纯任自然，萧散野逸。这里需要补充一点，关于赵沨的籍贯存在着争议。《金史》称其为东平人。按"东平"，唐贞元四年（788）改宿城县置，治所在今山东东平县东。太和四年（830）改为天平县。再，辽太祖时置，治所即今辽宁开原县南中固。金大定二十九年（1189）改名铜山县。据此可知，金代的东平当指辽宁开原县，曹宝麟先生说指今山东东平，不确。

金代辽宁书家还有高德裔。高德裔，生卒年不详，字曼卿，鹤野（今辽宁辽阳唐马寨）人。《中州集》说他"工于诗文，字画尤有法。尝以樗轩所书比之，气运形似，毫发少异"。樗轩，指完颜璹（1172—1232），金世宗孙，越王完颜永功长子。博学有俊才，所藏书画可与宫廷秘府相比美，擅真、草书。

金代辽宁书家还有一些，不一一胪列。总之金代书家以汉族知识分子为多，这也说金人并不排斥汉人，反而有一种认同感。金代书家主要取法宋人，尤以学米芾者为多，起点不高，这也限制了书法的格局，也不可能出现书法大家。

元朝辽宁书家不多，著名的有耶律楚材、姚枢、姚燧等。

耶律楚材（1190—1243），字晋卿，号玉泉，法号湛然居士。契丹族，辽东丹王耶律倍八世孙，金尚书右丞耶律履之子。少时曾在医巫闾山（今辽宁北镇）读书，受耶律倍影响很大，博览群书，通晓天文、地理、律历，包括医卜及释道之学，并善诗文书法等，为著名政治家、思想家。成吉思汗时为左右员外郎，元太宗时，拜中书令。为元初重臣。难能可贵的是耶律楚材有墨迹传世，即《送刘诗满诗卷》（现藏于美国纽约大都会博物馆），行楷书。明宋濂卷后题跋曰："耶律文正晚年所作字画尤劲健，如铸铁所成，刚毅之气至老不衰。"（《宋学士集》）诚如宋濂所言，该件作品刚健雄浑，从中可以看出他的书法深得颜真卿、黄山谷三昧。

姚枢（1201—1279），字公茂，号雪斋，柳城（今辽宁朝阳）人。南宋末进士，仕元官至翰林学士承旨，又任辽东按察使。陶宗仪《书史会要》说他善草书。比起伯父姚枢，姚燧的书法更著名。姚燧（1239—1314），字端甫，号牧庵。官至翰林学士承旨。为世名儒，工诗文，善草书。传世作品有《书重阳仙迹记》。元吴莱《题姚文公草书》云："我公宴坐展诗史，灯下搦管草数行。鸾凤盘回姿舞跃，蛟龙倔强高腾骧。"（《渊颖集》）《书史会要》说他"书宗颠素"，王世贞说他书法全学《宋文贞碑》，看来除草书外，他还擅长楷书。

元代辽宁书家还有东平（今辽阳）王士熙、王士点、萧㧑，义州王遂等，惜无作品传世。元代碑刻值得一提的是《至正通议大夫残碑》，大气宽博，深得颜真卿遗韵。

元代的辽宁书法虽然取得了一定的成就，但并没有占据元代书家的主流，元代是赵孟頫、鲜于枢的天下，辽宁书法属雄强一类，体现一种豪迈的风尚，与元代的"二王"书风不侔，但也还是值得肯定的。

五、明清时期的辽宁书法

明清时期的辽宁书法的成就很高，尤其是清朝，辽宁的书法名家辈出，佳作如林，在全国是领风骚的，在辽宁书法史上写下了辉煌的一页。

明代辽宁书家人数众多,《辽阳近现代墨迹》"附录"、《辽北历史名人书画选》"附录"、《东北文化丛书·东北艺术史》第二编"书法",都有详细的介绍,人数不可谓不多,但均影响不大。《书林藻鉴》《中国书法大辞典》均不见著录。尽管如此,有些书家还是有一定造诣的。如李如松(1549—1598),明太傅宁远伯李成梁之子,铁岭人。李如松身为总兵,曾率兵援朝,抗击倭寇,却又喜欢翰墨,精擅书画。其传世作品有扇面《行书七言诗一首》(见《辽北历史名人书画选》),该作品笔法娴熟,一气呵成,极有韵致。李如松的书法《赠仪僧将》《行书七言诗一首》和绘画《竹林图》,被朝鲜以国宝珍藏。李成梁后裔李锴、李清钥均为书画名家,恐怕与李如松妙于书画不无关系。

明代辽宁石刻也较多,著名的有明弘治七年刻的《迁建广宁东岳庙碑》(今尚存)。书碑者潘辅,广宁(今北镇)人,弘治癸丑科进士,官仕至观察院御史政。篆额者陈琳,广宁(今北镇)人,成化二十年(1484)进士,历任山西屯留知县、河州知州。擅篆书。

明代中国书法中心在中原和江南,像王铎、吴门书派等等。辽宁相对沉寂,这里有政治因素也有文化因素,也许这种沉寂也正预示着清代书法高峰的到来。

清代书法在辽宁书法史上抹上了最为绚烂的一笔。清代的书家无论在人数还是质量上都超出了前代。辽宁作为清朝的龙兴之地,在全国政治地位是很高的,奉天作为陪都,设有六部,还与顺天一样设有府尹。一般说来,清朝官员是以到奉天做官为荣的。从文化教育方面考查,辽宁在清代设立了书院,如银冈书院、盛京书院和襄平书院等。清代科举制度最为完备,从生员到进士,都要写一笔好字,这也从客观上刺激读书人要练好书法。

清代辽宁书法名家辈出,各领风骚。

1. 清初书法家

按通常说法,清代分初期、中期和晚期。从清代建国到康熙年间为初期,从雍正到嘉庆为中期,道光之后为晚期。

清初辽宁书法家的构成,一部分是由明入清的汉族文人,另一部分是汉化后的旗人及皇室成员。汉人书家首先提及的应是范氏家族。范文程(1597—1666),字宪斗,号辉岳,辽东沈阳卫人。范文程由明入清,有智谋,好读书,辅佐努尔哈赤、皇太极和顺治,官至太傅兼太子太师。范文程恐怕是汉人在清朝地位最高的一位。范文程亦好书,曾有书法作品传世。

在范氏家族中能诗书者不乏其人,范承谟(1624—1676),字觐公,号螺山、蒙谷。范文程次子。顺治九年(1652)进士。曾任编修、浙江巡抚、福建总督等。范承谟能诗工书,著有《吾庐存稿》《百苦吟》《画壁集》等。范承谟的书法在当时就很有影响,陆光旭《忠贞遗墨跋》:"字如其品,骨劲神清,法兼颜米。"(《书林藻鉴》)《频罗庵题跋》:"书有以人传者,忠贞公书是也。公不以书见长,而字里行间,一种方正严毅之气,令人起敬起畏。"(《书林藻鉴》)这是从书品人品论的角度认为其书之可贵。

范时崇(1663—1720),字自牧,号苍岩,范文程之孙、范承谟之子。亦工诗书,有行书作品传世。

清初辽宁书法家还有盖平的卞永誉(1645—1712)。卞永誉,字令之,号仙客。云南巡抚加兵部尚书衔卞三元之子。荫生。康熙二十九年(1690),由福建巡抚迁刑部侍郎。著名书画家,尤精鉴赏。著有《式古堂书画汇考》《式古堂朱墨书画记》《式古堂集》等。尤其是《式古堂书画汇考》影响很大,全书共60卷，康熙二十一年（1682）采录前人著录书画之作和自己所见所闻汇辑而成，前半部为书法，后半部为绘画。卞永誉是古代辽宁最有名的书画鉴赏家。

曹雪芹的祖父曹寅也是著名书法家。曹寅（1658—1712），字子清，号荔轩，又号楝亭。曹家世居沈阳。曹寅为曹玺之子，初为康熙侍卫，后任苏州织造、江宁织造，累官通政使。曹寅又是个文人才子，他工诗词，通音律，又善书法，善藏书校书，曾奉命校刻《全唐诗》，著有《楝亭诗钞》《词钞》《续琵琶记》《楝亭五种》《楝亭藏书十二种》等。李斗《扬州画舫录》："寅善书，仪征余园门榜'江天传舍'四字，是所书也。"据此，曹寅当擅榜书，不过曹寅传世书法还有很多，大都为行书，可见曹寅书法是众体兼善的。

铁岭高氏也是文人世家，高天爵、高承爵、高荫爵兄弟三人中，高承爵善书，《扬州画舫录》说"承爵善擘窠书，为扬州太守，每岁暮，乡民求福字以为瑞"。高其位、高其佩、高其倬叔伯兄弟中，高其位官至文渊阁大学士兼礼部尚书，加太子太傅。高其倬进士出身，官工部尚书、户部尚书，工诗，有《味和堂诗集》。而最具艺术家禀赋的是高其佩。高其佩（1672—1734），字韦之，号且园、且道人、南村等。荫生。官至刑部侍郎。高其佩工诗，喜书画。尤其擅指画，被誉为"指画鼻祖"。高其佩是扬州八怪之一罗聘之师。高其佩亦善书，尤其是行书，沉雄恣肆，奇诡生动。包世臣的《国朝书品》将高其佩的行书列为"逸品上"，与邓石如的行书并列。

高其佩的外甥李世倬也是书画家。李世倬（1687—1770），字汉章，号谷斋、天涛，别号十石居士、太平拙吏等，奉天人，官至副都御使。从王翚学画，又师其舅，自成一家。亦工书，传世作品有行书、楷书等，小楷尤精。

清初辽宁书法还有皇室和贵族一派。满人入关,除了用武力一手征服天下,还用文一手来巩固统治。清皇帝和贵族努力接受汉文化,并成为行家里手,像康熙、纳兰性德等都是佼佼者。

玄烨(1654—1722),爱新觉罗氏。顺治第三子。玄烨八岁继位,年号康熙,在位61年,为一代英明之君。康熙曾三次东巡盛京(今沈阳),开清代皇帝东巡盛京之先河。康熙多才艺,尤善书法,传世书法颇多。

清初皇族书法家还有岳乐和岳端父子。岳乐(1625—1689),爱新觉罗氏。努尔哈赤孙,阿巴泰子,被封为安亲王。他参与平定三藩之乱,屡立战功,是顺治、康熙两朝功勋卓著的亲王,为清朝入关后的稳定和发展作出了贡献。岳乐工诗,善书画,有《丛碧山房集》《平津馆书画记》《八旗画录》等。岳端(1670—1705),又作袁端、蕴端,字正子、兼山,号玉池生、红兰士主人、东风居士等。努尔哈赤曾孙、岳乐子。康熙二十三年(1684)被封为多罗勤郡王,后降为贝子,又以恣意妄为而夺爵。不喜政务,惟喜诗书画,又长于戏曲。与孔尚任友善,有《玉池生稿》《扬州梦》等。

旗人贵族纳兰性德也是一位重要的书法家。纳兰性德(1655—1685),字容若,号楞伽山人。叶赫那拉氏。铁岭人。武英殿大学士明珠之子。康熙十五年(1676)进士,官廷侍卫。善书能词,所交皆一时名士,曾与徐乾学集宋元以来诸儒说经之书,为《通志堂经解》一千八百余卷。有《通志堂集》。《八旗通志》云:"容若工书,妙得拨镫法,临摹飞动。"《清史列传》说他"书学褚河南,见称于时"。徐乾学说他"书法临褚河南临本《禊帖》,间出入《黄庭内景经》"。马宗霍《书林藻鉴》卷二说:"纳兰性德工书……当入对殿廷，数千言立就，点画落纸，无一笔非古人者。上尝亲书唐贾圣《早朝诗》赐之。"（文物出版社，1984年版）综上可知纳兰性德书学褚遂良所摹《兰亭序》，妙学古人。惜其早逝，传世作品并不多。

清代初期辽宁还有一些流人书家，如函可、郝浴、季开生、戴梓等人，他们以政治等原因被流放到辽宁，在贬所或结社吟诗，或挥毫泼墨，积极参与辽宁的文化建设，也为辽宁的书法发展作出了贡献。

2. 清中期辽宁书家

清中期辽宁书法可谓人才辈出，这个时期有辽东三老，有乾隆四大家中的两家，以及"压倒三江"的王尔烈和为《红楼梦》续书的高鹗等，掀开辽宁书法史崭新的一页。

按年齿，先介绍唐英。唐英（1682—1756），字俊公，一字隽公，号叔子、陶人，别署蜗寄居士，人称古柏先生。盛京承德（今沈阳）人。隶汉军正白旗。曾为内务府员外郎兼佐领，雍正六年（1728）奉命前往景德镇协助年希尧管理窑务，后为景德镇御窑厂的督陶官。其后工作微有变动，但大体上还是做督陶官，于雍正、乾隆两朝先后做了28年督陶官。唐英不仅管理陶务，而且还亲自动手制作，他烧的瓷很有特点，他能够集陶、诗、书、画、印于一体，开创文人陶画之先河。唐英多才多艺，于诗文、书画都有很深的造诣，有《陶人心语》《灯月闲情》《问奇典注》等。唐英还将书法烧成瓷，成为瓷书，很有创意。

李锴、陈景元、戴亨被称为"辽东三老"。辽东三老皆以诗闻名，擅书者只有李锴和陈景元。

李锴（1686—1755），字铁君，号眉山、焦明子、豸青山人。铁岭人，隶汉军正黄旗。李成梁后裔。少年时曾就读于银冈书院。父为刑部侍郎李辉祖,岳父为内阁大臣索额图。由笔帖式举荐博学鸿儒,未中选。晚年隐居盘山二十年。李锴能诗文,善书画,著述宏富,有《睫巢集》《含中集》《原易》《春秋通义》《尚史》等,其《尚史》被收入《四库全书》。清陈梓《删复文集》谓李锴"髫龄通四声,辨小篆。长更倜傥,勤读书,不事生产。……工诗古文草书,旁及数术"。《辽东三高士书法真迹》中有李锴墨迹,为两跋,一跋为楷书,一跋为草书。李锴传世作品较多,多为草书,其次是楷书。草学"二王",楷宗魏晋,古雅多姿。

陈景元(1696—1752),字子大,号石闾,海城人,其先人由琅琊迁至辽东。汉军镶红旗。陈景元终身布衣,为"三老"中最为困窘者,然对文学艺术却十分执着,工诗善画,精于书法,有《石闾集》三十卷传世。《八旗通志》云:"《石闾集》一卷,陈景元撰。景元生年作字效晋,作诗效汉,务欲自拔于流俗之上,是集乃其手书,《拟古诗》六十首以贻雷鋐者,前有短札,亦其手书,鋐并钩摹笔迹,刻之纸板,颇为精好。"

甘运源也是这一时期的重要书家。甘运源(1719—1785),字道渊,号啸岩,自称我道人,奉天人。汉军正蓝旗。甘文锟曾孙。少时曾随父游历四方,见闻广博。屡试不中。一生仕途不显,晚年为英德(今广东英德县)象冈司巡检。擅诗文,曾师事桐城派大家刘大櫆,颇得李锴、陈景元赏识,铁保与之相善,曾为其撰《甘道渊传》。著有《长江万里集》《西域集》《啸岩诗存》等。亦善书画。清冯金伯《墨香居画识》云:"运源善诗古文辞,工行楷书,平生游历几半天下,再入蜀,留西域者四年。"清礼亲王昭梿《啸亭续录》说运源"幼师刘海峰,书画精绝。诗文上宗七子,殊有豪气,为旗籍文士之冠。然不甚工楷书,有某大臣延其书写奏牍,先生以《灵飞经》法为之,某公大怒,挥之门外曰:'甘某名望若尔,乃其书法尚不如吾部曹胥吏之端楷也。'"从这段记载中,我们可以看出甘运源不善馆阁体,这也是他屡试不中的原因。运源还治印,追慕秦玺汉印,颇自秘。《广印人传》有传。

乾隆进士盖平于宗瑛的书法盛称于时。于宗瑛(1721—1782),字英玉,号紫亭,隶汉军镶红旗。直隶巡抚于成龙之子(注:非同时代山西籍两江总督、兵部尚书之于成龙)。乾隆十九年(1754)进士,官至江南道观察御史。性简淡,不慕名利,工诗文,善书画,有《来鹤堂全集》。书学颜真卿、苏轼和米芾,苍劲浑厚。清冯金伯《墨香居画识》云:"英玉性简淡,不趋荣利,所在扫地焚香,似韦左司之为人。工诗文,著有《来鹤堂集》,随园主人尝采佳句入诗话中。书学颜平原,参以苏、米两家,极苍古浑厚之致,山水得清閟三昧。"随园主人即袁枚,乾隆时著名文学家。于宗瑛有书画作品传世,辽宁省博物馆现藏有一幅于宗瑛书画合一卷。

在清代家中,辽宁书法家中王尔烈的名声最大,也更深入人心。王尔烈(1728—1801),字君武,号瑶峰,辽阳人。自幼曾于千山龙泉寺读书。乾隆三十六年(1771)恩科进士,殿试二甲第一名。授翰林院编修、侍读学士,乾隆三十八年(1773)任《四库全书》纂修,嘉庆四年(1799)以大理寺少卿致仕。次年主讲沈阳萃升书院。工诗善书,有《瑶峰集》收入《辽海丛书》。书宗"二王",以词章、书法名噪乾嘉之际,有"文压三江王尔烈"之说。书法传世较多,千山龙泉寺、首山清风寺、辽阳市博物馆藏其书迹。

《红楼梦》家喻户晓,其后四十回续书作者高鹗也是书法

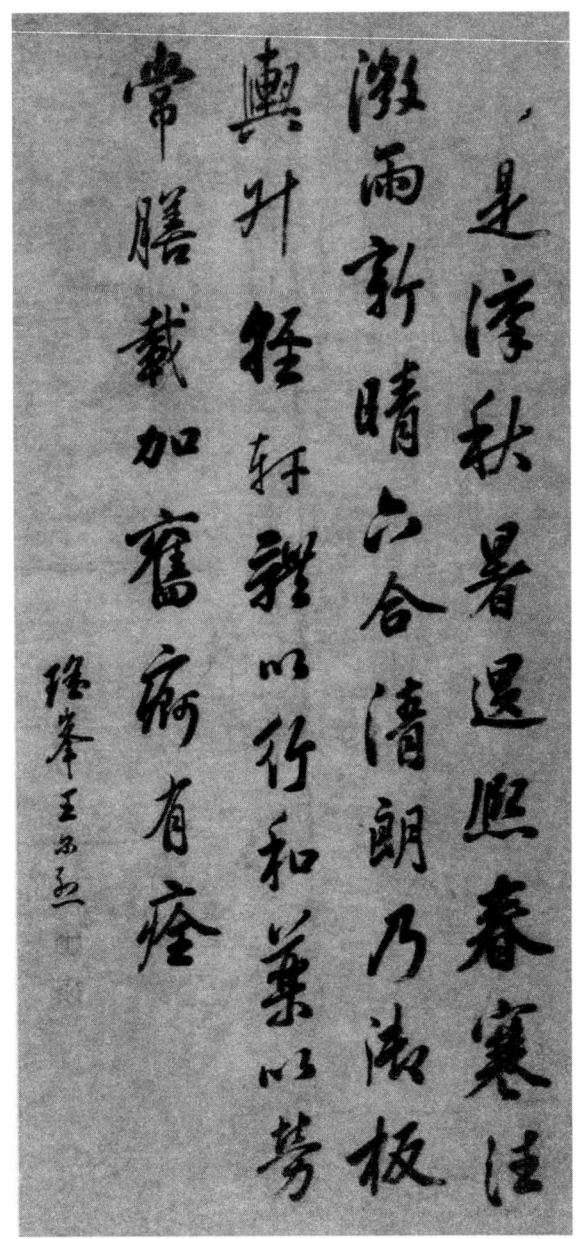

王尔烈行书轴

家。高鹗（1738？—1815），字兰墅，别号红楼外史。铁岭人，隶汉军镶黄旗。乾隆六十年（1795）进士，历任内阁侍读学士、江南道监察御史、刑部给事中等职。工诗文，精书画、金石之学，因补曹雪芹八十回《石头记》成一百二十回本《红楼梦》而为世人熟知。著有《兰墅诗钞》《高兰墅集》《月小山房遗稿》《兰墅砚香词》等。书法传世作品不少，如《红楼梦叙》《红香馆诗草序》以及《兰墅砚香词》等墨迹。以行楷为多，字势瘦硬，妙有余姿。

铁保与永瑆齐名，同为"乾隆四大家"。铁保（1752—1824），字冶亭，号梅庵、惟清斋。先世姓觉罗氏，后改栋鄂氏。满洲正黄旗人。乾隆三十七年（1772）进士，初任吏部主事，乾隆五十三年（1788）升礼部侍郎。嘉庆四年（1799）因弹劾官员失当，被贬至盛京（今沈阳），任盛京兵部、刑部侍郎兼奉天府尹。其后改漕运总督，升迁广东巡抚、山东巡抚、两江总督等。因性刚直、倨傲，屡次被黜，几度宦海沉浮。铁保工诗文，尤善书法。主编《八旗通志》《熙朝雅颂集》，著《惟清斋全集》。铁保于书法倾注大量心血，曾刻《惟清斋帖》，为士林所重。他曾不无自豪地赋诗曰："半生涂抹习难除，一任旁人笑墨楮。他日儿孙搜画箧，不留金币但留书。"《铁公神道碑》云："楷书摹平原，草法右军，旁及怀素、孙过庭。临池之工，天下莫及。"明言铁保学颜真卿、王羲之、怀素和孙过庭。其实从铁保传世墨迹来看，他得益魏晋人较多。

永瑆（1752—1823），字镜泉，号少厂，因皇太后赐陆机《平复帖》，又号诒晋斋主人。乾隆第十一子。乾隆五十四年（1789）被封为成亲王。嘉庆年间任军机处行走，后因事被罢官。晚年专门从事书法创作和著述。有《诒晋斋诗文集》《续集》《诒晋斋随笔》《仓龙集》等。成亲王于书法颇用功，主要学赵孟頫和欧阳询。《嘉庆九年上谕》："朕兄成亲王，自幼专精书法，深得古人用笔之意。博涉诸家，兼工各体，数十年临池无间。近日朝臣文字之工书者，罕出其右。"杨翰《息柯杂著》云："诒晋斋书，素未究心，但知其从赵承旨上溯欧阳率更，虽偶涉诸家，终不离两家宗旨。"永瑆喜欢赵孟頫，与其父弘历不无关系。杨翰也指出永瑆的局限，说："王得窥内府所藏，而自藏又甚富，故书法大备如是，大抵皆从帖中问津，未深究古碑耳。"杨翰生活在碑学兴盛的晚清，故做如是说。不过从永瑆传世作品看，其行草书的确笔道力度不够。

这一时期的书家还有两位盛京承德（沈阳）书家，即缪公恩和那彦成。缪公恩（1756—1841），原名公俨，字立庄，号梅澥，别号兰皋。隶汉军正白旗。任盛京礼部右翼官学助教。善书能诗，精篆刻，工写兰。早年随父宦游江南几近20年，得江南文化沾溉。与阳湖洪亮吉友善，洪赠诗有"邂逅得识张季鹰，雅志不复矜飞腾"句。后主讲沈阳萃升书院。晚年生活窘迫而诗名愈大。朝鲜使臣过沈阳者，以不结识缪公恩为遗憾之事。著有《梦鹤轩诗钞》正续二十四卷、《诗余》一卷、《梅澥杂著》一卷。

那彦成（1763—1833），字韶九，一字东甫，号绎堂。章佳氏，满洲正白旗人，大学士阿桂之孙。乾隆五十四年进士，选庶吉士，授编修。历任乾隆、嘉庆、道光三朝，由内阁学士、军机大臣、工部尚书至陕甘总督、直隶总督，因破天理会李文成教匪，加太子少保衔。能诗工书，留传墨迹很多。嘉庆十六年（1811），任陕甘总督时应有司邀请，撰并书写了《重修固原城碑记》和《重修兰州城碑记》。道光六年（1826）撰写了楷书《千字文》。尤其值得一提的是在任直隶总督时，将家中珍藏的真迹旧拓镌刻于石，定名为《莲池书院法帖》，赠给保定莲池书院，扩大了书法的传播。该法帖包括褚遂良的《千字文》、颜真卿的《千福碑》、怀素的《自叙帖》、米芾的《虹县诗》、赵孟頫的《蜀山图歌》以及董其昌的《云隐山房记》等等。法帖中诸家也代表了那彦成的艺术取向。

3. 清代晚期的辽宁书法

晚清时期辽宁书法家人数众多，书家身份多元化，除士大夫外，还有平民书家。清末辽宁书家著名的有刘春烺、荣文达、郑文焯、赵尔巽、魏燮均等等。下面以地域分述之。

沈阳书家

先看"沈阳三才子"的书法。

喜晓峰（1821—1886），别名喜麟。瓜尔佳氏，满洲镶黄旗人。祖籍吉林长白，后迁于奉天新民。道光二十九年（1849）贡生。同治十二年（1873）任大理寺丞。工诗善赋，精于书法，有《挦扯集诗稿》。喜晓峰与韩小窗、缪润绂并称"沈阳三才子"。光绪三年（1877）在韩小窗、缪润绂的倡议下，成立"荟兰诗社"，喜晓峰也参与其中，他们诗酒唱和，影响很大。喜晓峰善书，当时奉天城不少店铺牌匾为其所书，如德胜门"天象斋"钟表店、"永寿堂"药铺、"万顺堂"商铺等，均端庄大气，笔酣墨饱。"沈阳三才子"中韩小窗名气不大，善作大字，曾为千山祖越寺留下墨宝。他的主要精力都放在弟子书的创作上了。"沈阳三才子"中学问好、书法好、官位高的只有缪润绂。

缪润绂（1851—1939），字东鳞，又作东霖，别号含光堂主人、钓寒渔人、太素生等。盛京承德（今辽宁沈阳）人，隶汉军正白旗。名士缪公恩曾孙。光绪元年（1875）中举，光绪十八年（1892）中进士。以翰林院庶吉士授中宪大夫，历户部主事,又分山东任日照、郓城、阳信、齐河知县,后擢濮州等地知州。缪润绂中进士前一直生活在沈阳,致仕后也曾回沈阳居住。八十岁时辽宁省政府为其举行"重游泮水"典礼仪式,可以看出乡人对他的尊敬。缪润绂工诗文,擅书法,精篆刻,多才多艺。同光时期文名贯辽东。有《含光堂诗文集》《沈阳百咏》《陪都杂述》等。缪润绂擅楷、行、草三种书体。楷书宗欧阳询,瘦硬通神,行草宗魏晋,妙有余姿。

辽东三才子之一的刘春烺也是著名书法家。刘春烺(1849—1906),字东阁,又作东葛,号丹崖。奉天府新民厅南齐家窝铺(今辽宁鞍山市台安县桑林子镇)人。光绪八年(1882)举人。刘春烺博览群书,读书注重经世致用,不屑于考据之学。他精通文学、书法,还对天文、地理、数学、堪舆、军事、农业、水利等都有很深入的研究。刘春烺做实务也不忘读书治学,文名书名远播。晚年,应奉天府尹廷杰的邀请,主讲沈阳萃升书院。刘春烺传世书法作品较多,主要是行书。这些作品有对联、手札,尤其是对联,堪称大手笔。他胎息"二王",得益于欧、褚、颜,学唐人书法,劲健清朗,字里行间流露出英姿勃发之气。

筹办奉天大学堂的孙百斛也是著名的书法家。孙百斛(1861—1920),字鼎臣,奉天承德人。光绪十六年(1890)进士,授翰林院编修。义和团运动兴起后,回故乡从事教育事业,光绪二十七年(1901)筹办奉天大学堂,任总办。此为奉天府第一所大学,后更名为盛京省学堂,任总理。后入政商界,任奉天省议会议长兼东三省银号总办、奉天兴业银行总办。民国初年任奉天省议会布政使,张作霖秘书。1919年任奉天商务总会会长。孙百斛是走科举之路的成功人士,书法有着良好的基础。从孙百斛传世不多的作品来看,他的书法主要学

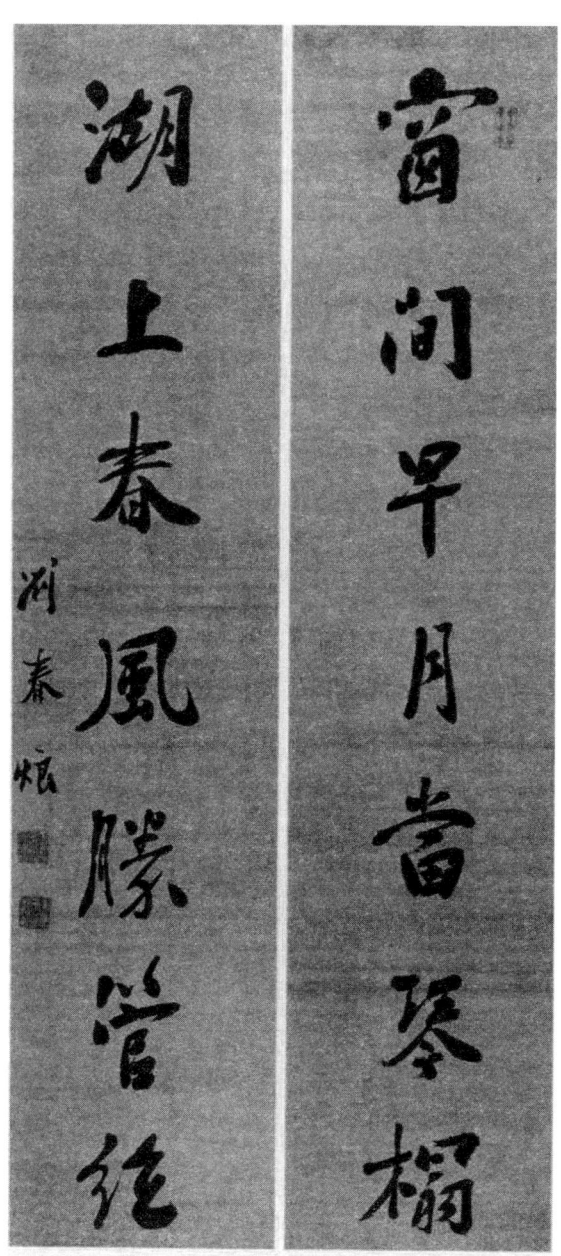

刘春烺行书七言联

"宋四家",得益于苏轼、米芾较多,有时简淡,有时沉着,痛快淋漓。他在奉省大学时,培养了不少有识之士和书法人才,王光烈便是其中之一。孙百斛不仅是书法家,也是书法教育家,而后者尤为可贵。

古代辽宁出文人才子的地方一个是铁岭,一个是辽阳,按照南辽北铁的说法,先介绍辽阳的书法家。

马珲林是这一时期辽阳书家中最年长的,他博览群书,喜交名士,在他周围聚集了一批书家。马珲林(1813—1881),字仲玉,号西冈,因居辽阳城北衍水西冈之上,故自号西冈。先世籍复州,后徙辽阳。弱冠补博士弟子员,得到翁心存赏识,给予很多期许。但后来科举却不如意,遂放弃帖括,以课徒为生,从学者众多。酷爱吟咏,精书法,工篆刻,因收藏很多金石文字,故书法夷犹古谈。其子马乐溥(1853—1923)也是著名书家。马乐溥,字铭侯,号少痴。《辽阳县志》说他"嗜金石图书,工篆刻,其隶书迥不犹人,盖于汉分中间钟鼎也"。马乐溥的隶书今有流传,的确隶中融入金石笔法,以求古拙,但他处理得并不算好。马珲林的外甥陈景藩也是著名书法家。陈景藩(1846—1913),字季芳,号葛溪散人。光绪二年(1876)优贡,补直隶平山县训导。受舅父影响,精古文和近体诗,书画金石亦昕夕钩研。书法以行书见长,脱胎何绍基,亦有颜体底蕴,古雅灵动,超凡不俗。据考陈景藩于光绪三十三年(1908)回乡,他当时在直隶平山县(今河北平山县)受世风影响,学何绍基的。陈景藩也把这种书风带回了辽阳,滞后的辽宁也有人学魏碑了。

杨能格(1813—?),字简侯,一字仲良,号玉堂。汉军正红旗人。据《奉天通志》选举志引《甘肃通志》"大吏传"作辽阳人。道光十六年(1836)进士。官至江宁布政使等。工书，初学右军，晚学鲁公。

吴文杰，生卒年不详，字星鹗，辽阳河洪堡人。隶汉军镶白旗。光绪元年（1875）举人，光绪二十八年（1902）进士。分发山西任知县，后为兵部主事。能诗善书，有《柳桥吟稿》。书学黄山谷，笔法苍劲有力。

袁镇南（1845—1925），字保臣，号辛坡，辽阳葭窝村人。同治十二年（1873）举人，光绪二年（1876）进士，庶吉士散馆分发河南桐柏县任知县，历任永城县知县、光州知州、开封知府，兼任开封、归德、陈州、许县、郑州道员，河南乡试同考官等。善书，主要学颜真卿，笔墨酣畅，大气淋漓。

杨钟羲（1865—1940），榜名钟广，字子勤，号梓励、芷生，又号雪桥等，辽阳汉军正黄旗人。光绪十一年（1885）举人，光绪十五年（1889）进士，殿试二甲，朝考一等，授翰林院庶吉士，散馆授编修。光绪二十三年（1897）任国史馆协修和会典馆图画处协修。后历任襄阳、淮安、江宁知府。辛亥革命后以遗老自居，隐居不仕，在上海、天津等地寄情文史、金石书画。1929年应金梁邀请到奉天，参与编纂《奉天通志》。伪满时，受郑孝胥之邀，曾任奉天博物馆馆长。杨钟羲为著名学者、诗人、金石学家和书法家。与表兄盛昱合编《八旗文经》，著有《雪桥诗话》八十卷、《圣遗诗集》八卷、《叙录》等。杨钟羲的书法是典型的学者书法，他是潘祖荫和翁同龢的学生，得其沾溉良多。从传世作品来看，以楷书和行书为主，楷主要取法于欧、颜，行书则上溯二王并参以己意，大气而不张扬，劲健而不刚狠。和风细雨，如行走于山阴路上美不胜收，字里行间洋溢着书卷气。

铁岭书家。铁岭书家这一时期最负盛名的当属魏燮均。魏燮均（1812—1889），原名昌泰，因仰慕郑燮，遂改名燮均,字子亨,号铁民、耕石老人、九梅居士等。咸丰间贡生。一生以幕僚、塾师为业。游历昌图、海城、辽阳、金州和沈阳间,是典型的平民书家。魏燮均工诗善书,喜收藏,有《九梅村诗集》。魏燮均有"字震九州"之誉,传世作品颇多。其书楷、行、草兼善。从传世作品也可以爬梳其书轨迹,他先学"二王",尤其是对《圣教序》下过功夫;继而学赵孟頫,这大概是出于科举的需要;最后学颜真卿,尤其得益于《争座位帖》。当然他是转益多师的。魏燮均的书法以小字手札为佳,细微处皆见精神。大字弱一些,毕竟僻于一隅,仅为诸生,见闻有限,未臻高境界。

赵尔巽(1844—1927),字公镶,号次珊、无补。原籍铁岭,隶汉军正蓝旗。同治十三年(1874)进士,授翰林院庶吉士,散馆授编修。后迁御史。历任湖南、湖北、贵州等地知府,又迁安徽、山西按察使,湖南巡抚、户部尚书。光绪三十一年(1905),迁盛京将军。又与袁世凯、张之洞等上书废除科举,兴办新学,思想进步。光绪三十三年(1907)升湖广总督,主张禁烟,反对缠足,顺应民意。宣统三年(1911)调东三省总督,又反对辛亥革命,表现思想上的守旧。晚年被袁世凯聘为清史馆馆长,主修《清史稿》。赵尔巽是晚清政界叱咤风云的人物,但也喜欢书法,毕竟是科举出身,又入翰林院,书法基础是很好的。赵尔巽的书法主要以赵孟頫为根基,又学"二王"、米芾,字势萧散俊逸,终未脱尽馆阁体。

陈良玉,生卒年不详,字朗山。隶汉军镶白旗,铁岭人。《八旗画录》有传。道光十七年(1837)举人。候选教谕,广州驻防。工书善画,以楷书见长,师法欧阳询、虞世南,笔法劲健。画以写意为主,其墨荷意趣无限。著有《梅窝诗抄》《词抄》《虞苑东斋词抄》等。

郑文焯为晚清铁岭籍著名学者，亦为杰出书画家。郑文焯（1856—1918），字俊臣，号小坡，又号叔问，晚号大鹤山人。隶汉军正白旗。自署"高密郑文焯"是冒充郑玄后裔。金毓黻考证其祖是"青州驻防旗人"，即由铁岭派往青州的汉军驻防旗人。光绪元年（1875）举人，任内阁中书。以后多次应会试，不售，遂绝意仕进。弃官南游，旅居苏州，被江苏巡抚陈启泰聘为幕僚，前后长达十余年。郑文焯喜交游，接交多名士；多才艺，擅书画、金石、词章及音律。词与王鹏运、朱彊村、况周颐合称"晚清四大家"。诗词创作极富，有《樵风乐府》九卷及《大鹤山房全集》等。又精医，著《医诂内外篇》《医故》等，康有为称之为"神医"。郑文焯书画金石造诣非凡，尤其是书法，大字深得南碑之神韵，结体紧密，字势开张雄浑；小字从六朝而来，深婉渊懿。正如《霎岳楼笔谈》所云："大鹤山人书，结体纯取南碑，而波磔骏发，复兼有北碑之妙。翩翩奕奕，气味直到六朝，简札诗稿，脱手弹丸，对之殊有俊风。"就连碑派书家李瑞清、康有为都对郑文焯评价非常高。

大连书家

徐赓臣（1824—1880），字韵初、野航、仲泉，号东沙、出山老樵等。辽东复州（今辽宁瓦房店）人。咸丰三年（1853）进士，选庶吉士，在词曹试辄首列，一时以公辅期之。然不乐为太子师，外官直隶（今河北）肥乡知县，勤务爱民，政声颇著。同治六年（1867），佐提督鲍春霆戎幕，出奇策，大破贼，以功迁直隶州知州，加知府衔。然不乐仕进，同治八年（1869）辞官回原籍，主讲横山书院，一时文风丕变。徐赓臣博涉经史，工诗能文，善书法。书法以行楷为主，笔画刚劲有力，潇散飘逸，得二王神韵。著有《韵初遗稿》《斯宜堂诗稿》等。

萧宪章（1824—1889），字乃斌，号兰笙，世居岫岩萧家泊，时岫岩未设学，占复县籍。同治十三年（1874）进士。光绪元年（1875），充广西乡试同考官。历任苍梧、武缘、宣化知县。洁己奉公，缉捕勤能，曾蒙广西巡抚李秉衡奏请，嘉奖升直隶州知州，在任候补知府。萧宪章善书，多行楷。

李秉衡是爱国将领，也是著名书法家。李秉衡（1830—1900），字鉴堂，奉天庄河人（今辽宁庄河）。初以军功保知县。光绪五年（1879），为冀州知州。光绪七年（1881），升任永平知府。光绪十年（1884），任广西按察使，平侗寨乱。光绪十一年（1885）与冯子材抵御法军，取得谅山大捷。彭玉麟上奏朝廷为之请功。光绪二十年（1894），任山东巡抚，因严于执法，被誉为"北直隶第一廉吏"。光绪二十六年（1900），起用为巡阅长江水师大臣。后来八国联军进攻大沽，他率兵北上，保卫北京，兵败自尽。谥忠节。李秉衡擅书，传世作品有对联、手札等，多为行书。由于没受更多的馆阁体束缚，其书自然流畅，一任性情。

荣文达（1848—1903），字可民，号亮夫。金州人。咸丰年间移居昌图怀德（今吉林怀德）。少年时就学于辽阳王爕臣。光绪十九年（1893）副贡。在金台书院读书时，每试必列前茅，名重京城。光绪二十九年（1903）受聘于奉天学堂总教习。荣文达博通经史，工诗文，擅书画，与刘春烺、房毓琛并称"辽东三才子"，著有《鹿平斋诗文》三卷，诗入《辽东三家集》。荣文达书学二王，又融入赵、董，属帖学一路，端庄秀美，清新俊雅。

王天阶是平民书家，与其子王良骈并称"金州二王"。王天阶（1853—1938），字仲生，号南溪。祖籍山东蓬莱，后迁至大连金州杏树屯。品学兼优，光绪十八年（1888）考取优贡，入国子监，考官有"字压三省"之誉。不慕名利，回乡设馆授学。光绪二十四年（1898）领导抗击沙俄斗争，被俄军拘押，宁死不屈，经清廷干预获释，其爱国事迹远播。王天阶工诗善书，著有诗集十余卷，已佚。书法以楷书为主，学欧阳询，取其刚劲间架结构，又附以赵孟頫之姿婉，柔中有刚，刚柔并济。王天阶的楷书便于效法，作为塾师，他对金州的书法无疑具有推广作用。惜其师法单一，未臻佳境。

锦州书家

辽西自古以来也是文人荟萃之地，尤其是义县，书风尤盛。以李鹤年为首的李氏家族最为著名。

李鹤年（1827—1890），字子和，号雪樵、雪岑。奉天义州（今辽宁义县）人。道光二十五年（1845）进士。由编修改御史，转给事中，升河南巡抚、闽浙总督。咸丰、同治年间，长期在河南镇压捻军，立一等功。光绪元年（1875），调任河东河道总督，兼河南巡抚。光绪十八年（1888），郑州工程决口，发配军台，不久获释。赏三品。李鹤年除了辉煌的政绩外，还工诗善书，还是一个文人的身份。书法以行楷见长，得益于王铎尤多，以气势取胜。这或许是长年在河南为官的缘故吧。其三子葆恂也是著名书家。李葆恂（1859—1915），原名恂，字宝卿，号文石，别号红螺山人。五岁即能作擘窠书，九岁能属文，很早就展露文学艺术才华。官至江苏候补道。辛亥革命后，避居天津，旋病卒。精鉴赏，为大鉴赏家端方所看重，有"说剑斋"书画楼收藏书画。工诗善书，贯串古人，自成一家。传世书法有楷、隶、行等。小楷《朱滋泽墓志铭》明显受赵孟頫影响，而行书则师法黄山谷，手札则熔铸百家，见不出痕迹了。由其父的影响，自己又善于学习、思考，李葆恂的书法已臻于佳境。

朱显廷（1849—1934），字子良，奉天锦县（今辽宁凌海市）人。同治九年（1870）举人，光绪三年（1877）补行殿试，二甲一百十一进士，选庶吉士。由户部主事历掌户部员外郎、陕西道监察御史。宣统元年（1909）任云南大理知府，由于妥善处理民族关系，受到朝廷嘉奖。敦品绩学，清廉自守，口碑甚好。晚年归乡，兴办教育，与陆善格编纂《锦县志略》。郑孝胥曾邀其为伪满洲国效力，被其严词拒绝。朱显廷善书，其书以"二王"为根基，又学欧、颜，清新典雅，庄严秀美，为典型的文人书法。曾师事翁同龢，深谙书法三昧。

营口书家

姚正镛（1811—1883?），字仲海，又作仲声、中海、中声，号柳杉、渤海外史。奉天盖平（今辽宁盖州市）人。邑庠生，曾任江苏知府。为著名词人、书画家。画以山水花鸟、梅花为主，饶有古致。书学六朝，古雅不俗。喜收藏，著有《清代画史补录》。亦治金石，与吴让之友善并师事之。吴让之先后为姚正镛治印一百二十方，后来姚正镛选其中100方收入《槐庐印谱》中。姚正镛真、草、行、隶、篆诸体兼擅，无一不工。小字精到，大字题署苍劲，篆隶追求高古，中规中矩。虽学包世臣，仍是帖派一路。

丁孝虎（1857—1940?），字肖泉，奉天盖平（今辽宁盖州市）人。父文浚，曾创办辰州书院。光绪十五年（1889）举人。因以举人身份与孙百斛、朱显廷、朱翰章等联名上奏朝廷，痛陈与倭寇讲和的利害关系，被分派到四川丰都、安县、大竹等地任知县。性刚直，颇有政声。丁孝虎博闻强记，工诗文，精医道，擅书法。后寓居天津。民国后回故乡，创"医字社"，悬壶乡里，造福乡邦。丁孝虎书法楷书学颜、柳，行书法何绍基,并得其神韵。

盘锦书家

李龙石(1841—1907),原名澍龄,字雨农,后改名如砉,字龙石,号东白、西青居士、墨饕子等。海城绕沟(今辽宁盘山古城子镇青莲泡村)人。同治元年举人,后屡试不售。光绪二年(1876),于盛京结识韩小窗、尚雅贤、荣文达等名流,成立"会文堂"诗社。光绪五年(1879),因状告怀德县令张云祥、昌图知府赵守璧苛捐杂税敲诈勒索罪,反以"诬陷朝政"而被捕入狱。光绪十四年(1888),辽河大水,携家逃到八角台(今辽宁台安县城),依友人刘春烺生活。晚年在家乡设馆授徒。工诗善书,著有《李龙集》。李龙石书法以行书为主,取法苏轼和何绍基,跌宕多姿,天真烂漫。爱用浓墨、涨墨,酣畅淋漓,似乎抒发一种郁勃不平之气。

李龙石弟子于在藻亦工诗善书,有《秋夜吟》《辽源杂感》等。

鞍山书家

庞增益(生卒年不详),字心竹,奉天海城(今辽宁海城市)北泥沟铺人。咸丰五年(1855)恩贡,由盛京宗室汉学教习,教授期满以知县用。曾任昌图税捐局长。性平和,多雅量。工书,其书俊秀,得"二王"、赵孟頫遗韵。

六、民国时期的辽宁书法

民国时期的辽宁书法是清代书法的延续,既有传统的因子,又呈现自己的新貌。民国时期的辽宁书法,大致可分为民国初期、奉系军阀时期和伪满时期这几个时期。不同时期又有不同特点。

1. 民国初期

民国初期辽宁书法大家当首推王光烈。王光烈（1868—1953），又名承烈，字希哲，又字昔则等。沈阳人。先考入奉天大学堂师范科，师从孙百斛学古文，后又考入京师大学堂师范馆。历任沈阳师范学校、法政专门学校、公立外国语专门学校教员。后任《东三省公报》《盛京时报》主笔。沈阳金石书画研究会会长。王光烈精研书法篆刻，书法诸体兼擅，而尤以篆隶见长。篆刻高出侪辈，为近代东北篆刻第一人。与荣孟枚、游国臣并称为"关东三才子"。王光烈篆刻师法秦汉，气息高古。著有《印学今义》《篆刻百举》《古今篆刻漫谈》《希则庐印谱》等。王光烈还与关内名家吴昌硕、齐白石等诗文往还，谈书论印，一方面自己开阔了视野，另一方面也促进了辽宁书法向关内传播。

民国初期的辽宁书家还有陈景藩、马乐溥、丁孝虎、王天阶等，晚清部分已述及。

民国初期辽宁著名书家还有锡钧、胡永年、刘心田、王玉科、李海峰等。

锡钧（1847—1924?），榜名锡珍，更名钧，蒙古镶白旗人。世居盛京城北。光绪三年（1877）进士，曾任翰林院编修。辛亥革命后，曾任奉天政法学堂监督。锡钧工诗善书，有《容容斋诗草》问世。其书擅楷、行，楷宗欧阳询，瘦劲传神，行则学二王、赵孟𫖯，清峻洒脱。锡钧传世作品较多，曾为千山南泉庵、无量观和盛京太清宫书联，影响很大。

胡永年（1867—1930?），字松乔，号豸公，奉天锦县人。举人出身，官至县令，知盖平、辽阳等县。工书画，喜收藏古钱币。胡永年书法诸体兼擅，隶楷书学汉魏，行草学二王，书卷气十足。又攻金文，尤其难得的是他还专注出土不久的《好太王碑》的临习，说明他善于接受新事物。

刘心田（1854—1925），字伯良，号秋农，金州人。诸生。以刚直仗义闻名乡里。善书画，书法以行书为佳，远溯二王，又师赵孟𫖯、鲜于枢，舒朗俊秀，享誉辽南。与书画家王永江、李西交往甚密。

这一时期比较著名的书家还有王玉科（1887—1976），锦县人，直隶法政学堂毕业，曾在辽宁、黑龙江任职，后调关内，曾任天津市政府秘书长。工书，由翁同龢上溯颜真卿，端庄大气。李海峰（1878—1921？），原名李瀛，字仙侣，字又字海峰，绥中人。拔贡，曾官教谕。李海峰工书，尤擅楷书。书宗欧阳询、柳公权，复学赵孟𫖯，其书俊爽，饮誉辽西。值得一提的他的书法被印成字帖出版，供学子临习。

民国初期辽宁书法还有几位从事复辟活动的书家，如善耆、商衍瀛等。

善耆（1866—1922），字艾堂，号偶遂堂主人，镶白旗。清宗室肃武亲王豪格后裔。曾被封为二等镇国将军，承袭肃亲王爵。辛亥革命后，联结良弼、铁良、溥伟等人组成"宗社党"，企图复辟，反对革命。他避居大连，从事复辟活动。工书善画，能诗文。书学二王，又参以赵董，风格秀媚。

商衍瀛（1869—1960），字云亭，号蕴汀，祖籍辽宁铁岭，其先人随汉军正白旗部队驻防广州，遂占籍广州。进士出身，曾官翰林院侍讲等。辛亥革命后，曾参与张勋复辟，后入奉天任清室办事处会办，负责关外三陵管理工作。伪满时，入长春为伪政权效力。商衍瀛工书，擅行楷，走帖学路子，功力深厚，古雅多姿。

金梁（1878—1962），字息侯，又字锡侯，满洲正白旗瓜尔佳氏。浙江杭州人。光绪进士。辛亥革命后，他曾在奉天工作多年,对整理保存故宫文物作出了贡献。他曾参与溥仪"复辟",但他不给日本人做事,又是令人敬佩的。金梁的书法以篆隶为主,尤其是对大篆更情有独钟。他一改篆书的传统对称结构,左低右高,追求一种变化。他与罗振玉等大家友善,又接受碑学,他的书法取法多元,故在清末民初显得个性十足。

李西(1879—1932),字东园,号竹石山人。金州人,1923年迁居沈阳,筑庐于昭陵之东。曾以国子监生选为翰林待诏。工书法篆刻,曾为宣统刻玺印,名声大噪。

民国初期著名书家还有东北的道家领袖葛月潭。葛月潭(1854—1935),法名明新,号宁静子、枕流道者,山东邱县(今河北邱县)人。六岁迁居沈阳,直至羽化而去。葛月潭为奉天太清宫方丈,接交各方人士,其中不乏书画名家。他的《临绝交书真迹》,商衍瀛、谈国桓、邹建鹏、白永贞等都有题跋,为一时文人之雅集。葛月潭的书法以行草书和隶书为主,行草书学二王,又醉心《书谱》;隶书宗汉,尤得益于《孔宙碑》,雍容大度。徐世昌六十大寿时,张作霖以其兰花和隶书联语为贺,深受好评。

2. 奉系军阀时期的辽宁书法

奉系军阀政治时期辽宁书法还是相对乐观的,这一时期,不仅文人善书,将军也以书闻名,如赵尔巽、张锡銮、张作霖、马龙潭等。这一时期沈阳还成立了书画研究会,标志着辽宁书法的理性发展。

奉系军政要员中王永江的书法很著名。王永江(1872—1927),字岷源,号铁龛,奉天金州(今大连金州)人。清末贡生。曾任奉天省省长,创办东北大学。王永江工诗善书,尤精医道。他的书法以行楷见长,行书宗"二王",楷书学欧阳询和褚遂良。王永江的书法清新雅致,气息流贯,书卷气很浓。东北大学校训"知行合一"匾额即为其所书。

张之汉在奉系政要员中对书法投入的精力则更多一些。张之汉（1865—1931），字仙舫，号石琴，辽宁沈阳人。曾为张学良家庭教师。张之汉由奉天实业厅厅长做到东三省盐运使，也可以说是极受重用的。张之汉诗书画均擅，有《石琴庐诗稿》刊行，与友人结"浩然诗社"。又与王光烈等人组建"金石书画研究会"，并被推为会长。他对诗书画均有自己的理解，正是由于融合更多的姊妹艺术，故此他的书法才清新雅洁，遒劲流畅，文人气更足一些，而少有官场气。

在奉系官员中，"三谈"的书法有口皆碑。父亲谈广庆为晚清奉天人，官知县、知州，为政清廉，有政声。工书善文。尤其值得称道的是他教子有方，他的两个儿子谈国楫和谈国桓均学业有成，成为奉系重要人物和著名书法家。谈国楫（1870—1932），字饱帆，号暂堪。光绪二十一年（1895）进士，散馆改吏部主事，后调奉天办理牧垦事务，成为奉系政界要员。他善诗工书，楷书攻欧、颜，行书学"二王"，又参以东坡笔法，厚重古雅。以擅书闻名辽海地区。其弟谈国桓（1875—1949?），字铁隉，号玉庵、老铁。举人出身。供职于张作霖幕十余年，为张作霖重要幕僚之一。谈国桓诗文书画俱佳。其书以行草书见长，宗法"二王"，又学董其昌，字势疏朗萧散，雅逸清新。《张大元帅哀挽录》即由其主编并题签。

少帅张学良既是政治家，也是书法家。他的书法老师是辽阳名宿白永贞和满洲旗人金梁。张学良临习过钟鼎文、小篆，最擅长的还是行书，学"二王"、褚遂良，又融入颜真卿，转益多师，富于书卷气。张学良极其重视对子女书画艺术的教育，他聘请邹建鹏做家庭书法教师。邹建鹏（1870?—1928），字子芳，四川富顺人。早年随张锡銮入奉天，后入张作霖幕,以其善书,聘其教授张学良子女书法。邹建鹏善行书、隶书,所书笔酣墨饱,雍容大方。据说在沈阳时,曾三次出任县长,皆因贪书而被免职。

张学良主政东北后,重视文化事业,曾组建东三省博物馆和辽宁通志局,这里聚集了一大批书家,如白永贞、王树枏、金毓黻等。这些书家以治学严谨著称,故富于书卷气。

白永贞(1867—1944),字佩珩,晚号松心,辽宁辽阳人。光绪二十三年(1897)拔贡。历任直隶州判、海龙知府、县知事。1917年张作霖聘其为专馆教师,张学良从其受业。后任奉天通志馆馆长等。白永贞书法学"二王",又得益于褚遂良、颜真卿、赵孟頫,其书有魏晋遗风,清劲萧散,妍美秀逸,文气十足。王树枏,河北新城人,进士,史志专家,1928年张学良邀其任萃升书院主讲,后又任《奉天通志》总纂。王树枏工书,擅行楷,宗法颜柳,有浓厚的书卷气。白永贞的弟子金毓黻任《奉天通志》总纂,金是辽阳人,北京大学文科毕业,著名史学家,亦善书,平生喜欢金石。其书取法多元,他学颜真卿、李邕、米芾,主要还是"二王"一脉,字势峻拔疏朗洒脱,闲静文雅,书卷气浓厚。

3. 伪满时期的辽宁书法

1931年9月18日,日本关东军占领沈阳,即九一八事变,直到1945年光复,这一段历史称为"伪满"时期。伪满时期的辽宁书法可以说是畸形发展的。哪里有压迫,哪里就有反抗和斗争,这一时期就有以抗日闻名的书家,如锦西的王宝善(1877—1961),曾任锦西、沈阳等县知事。九一八事变后,他在吉林宾县组织抗日。王宝善善草书。北票的李海峰(1889—1945),在家乡组织抗日武装,后被编入东北民众救国军第一支队,任司令。李海峰善诗文,书学魏碑,尤心仪赵之谦。

这一时期也有一批汉奸书家,如袁金铠、沈瑞麟、于冲汉、葆康、韦焕章、富春田等。袁金铠,辽阳人,好投机钻营,深得张作霖信赖,屡任要职。伪满时任尚书府大臣。袁氏虽肄业于萃升书院,但他是政客,尽管摹颜拟欧,终是油滑俗气,因此有说称之为牛鬼蛇神体,以鄙薄其为人。臧式毅(1884—1956),沈阳人,曾任伪奉天省省长。工书,学苏,有文人气。沈瑞麟(1874—1945),浙江归安人,20世纪20年代末依附张作霖,伪满时任内府大臣,曾负责伪满美术展览事宜。沈瑞麟为书法名家,书宗唐宋,俊雅清秀。汉奸书家中葆康最令人生厌,他居然在《盛京时报》上发表"感谢皇军神勇,庆祝南京战捷"隶书作品,为日本人南京大屠杀礼赞,是十足的卖国贼。

汉奸书家中以郑孝胥最为著名。郑孝胥(1860—1938),字太夷,号苏戡、海藏等。福建闽侯人,举人。曾入李鸿章幕,后投奔溥仪从事复辟活动。九一八以后任伪满洲国总理。郑孝胥大节甚亏,但诗书均有名。书擅行楷,宗法欧阳询和苏轼,又吸取北碑之长,为一时之隽。

为了笼络知识分子,粉饰太平,伪满政府还搞过几次美术展览,如奉天美术协会展览会、"满洲国"美术展览会等,各自均举办了六次。其中王光烈、依艮藩、周铁衡、白文韶、李正中等均获过大奖。这些书法家与汉奸书家不同,他们沉浸于书法艺术之中,隐于艺,是一种狷介行为。

依艮藩(1893—1954),辽宁开原人,民国时期东北颇负盛名的金石书画家。他师从王光烈,工篆书、篆刻,浸淫《石鼓文》,笔法高古。他七次参加伪满"国展",四次获特选奖。依艮藩的书法作品从不落伪满年号,只以干支纪年,凸显一种个性。

周铁衡（1903—1968），原籍河北，1916年迁居奉天（今辽宁沈阳）。早年学医，曾留学日本，后从艺，曾任教于鲁迅美术学院。周铁衡多才艺，工诗词，精书法篆刻和绘画。篆刻师事齐白石，苍劲雄健。篆书学吴昌硕，又师《天发神谶碑》，楷书则学赵之谦。周铁衡潜心书画，不为日本人做事，保持一个艺术家的尊严。

伪满时期的书家，寓居辽宁的罗振玉最为有名。罗振玉（1866—1940），浙江上虞人，1928年迁居辽宁旅顺。一直到1940去世，基本生活在辽宁。他在伪满任要职，是个很有争议的人物。罗振玉工书法，精篆刻，又是位金石学专家。罗振玉精甲骨文，以甲骨文入书法，开一代新风。篆刻师法秦汉，追求高古。罗振玉艺术、学问均可称之为一代宗师。罗振玉在旅顺开设"墨缘堂"，影响了一批读书人。其中及门弟子孙宝田就是其中的佼佼者。罗振玉之子罗福成、罗福颐也移居旅顺，包括孙子罗继祖，他们对辽宁，乃至东北文化的贡献都是不能忽视的。

七、新中国成立以后的辽宁书法

新中国的成立，辽宁书法也得到了新生。宽松的环境、良好的学术文化氛围，使老书家焕发了青春，新书家百尺竿头更进一步。有书法社团，如1953年成立了"沈阳市国画研究会"，1962年更名为"沈阳书画研究会"。书家队伍逐渐壮大，书法质量也不断提升。

这一时期的书家主要集中在省城沈阳，大连、锦州、营口、辽阳、铁岭也都有名家。这些书家既有旧学的底子，又勇于推陈出新，努力探索一条书法新路。

沈阳书家以"沈阳四老"影响最大，分别为沈延毅、齐瑞麟、霍安荣和白文韶。

沈延毅是当时辽宁书坛的领军人物。沈延毅（1903—1992），字公卓，辽宁盖县人。沈延毅毕业于北京民国大学中文系，民国时曾供职于吉林道尹公署，又在中东铁路督办莫德惠处任文书。解放后任沈阳书画院副院长、沈阳文史馆馆长、辽宁省书法家协会主席等职。沈延毅工诗善书。其书初学颜真卿，以求雄浑；继而学北碑，以求其骨劲。再融会百家，遂成为东北乃至北方书坛重镇。沈延毅以魏碑体写行书，苍劲古拙，潇洒飘逸，成功地融合了北碑与南帖，具有划时代意义。沈延毅还培养了一批书法人才，如李仲元、徐炽、哲成、聂成文等，薪火相传，斯文不坠。

齐瑞麟（1903—1975），字子祥，号诗白，辽宁沈阳人。年轻时参加王光烈、张之汉组织的金石书画会，打下了坚实的基础。曾在印章厂做书写工作，晚年到沈阳书画研究会任理事。工书善绘事。书法诸体兼擅，而尤以行草书为佳。宗"二王"，又遍临唐宋诸家，形成疏朗瘦硬书风，为一时之隽。

霍安荣（1917—1981），字尊阁，辽宁沈阳人。其文霍绍光为著名书法家，以擅隶著名。霍安荣承家学，克绍箕裘，亦擅隶书。24岁时作品入选伪满"兴亚书道展览会"。其隶师法《张迁》《衡方》《石门颂》等等，谨守古法，隽逸古朴，雍容端庄。

白文韶（1900—1968），字成九，蒙古族，辽宁沈阳人。早年毕业于奉天外国语专科学校。工书画，精篆刻。篆刻师承王光烈。远绍秦汉，近学赵之谦，刀法娴熟，古朴浑厚。早年曾加入金石书画研究会，篆刻曾6次入选伪满"国展"。晚年曾任沈阳文史馆研究馆员。晚年编《辽宁书画作者集录》,为弘扬辽宁书画事业作出了贡献。

除"四老"外,这一时期沈阳书法名家还有李光远、陈旧、冯月庵和杨仁恺。李光远(1905—1977),辽宁法库人,精篆书和篆刻。有人称之为"沈阳四老"之一。陈旧(1912—2002),辽宁沈阳人,出生于辽阳,18岁时随家迁回沈阳。王光烈弟子,精篆书和篆刻。冯月庵(1915—1992),辽宁沈阳人。师事王光烈和李西。擅书能诗。书法以楷书和行草见长。杨仁恺(1915—2008),四川和溪人,1950年调入辽宁,从事文博工作,辽宁省博物馆名誉馆长。以书画鉴赏和书法理论蜚声学界。

解放前后大连的书法名家是刘占鳌。刘占鳌(1899—2000),名学魁,号半农,辽宁金州人。毕业于长春艺术专科学校,曾任金州篆刻研究会会长。新中国成立后被聘为大连群众艺术馆国画讲师。擅书画。早年师李西、王光烈学篆刻,又经旅居大连的康有为的点拨,书艺大进。刘占鳌诸体兼攻,成就最高的却是篆书和篆刻。其篆书上溯钟鼎,气息高古;篆刻师法秦汉,刀法流畅。

营口书法名家应为陈怀。陈怀(1915—1991),字铁辛,安徽庐江人。早年参加国民党军队,解放战争中起义。1950年到辽宁营口任教,后为营口师专书法教师,副教授。陈怀诸体兼擅,而以行草和篆书令人称道。其行草书取法"二王",圆润流畅。篆书于秦篆中融入钟鼎,深谙清道人"求篆于金"之理。

鞍山书家当数海城的于省吾和宁斧成。于省吾(1896—1984),字思泊,号双剑誃主人、泽螺居士等,辽宁海城人。毕业于国立高等师范。后供职于奉天省教育厅。1928年,张学良聘其为萃升书院院监。问学于吴闿生、王树枏、姚永概等名家。九一八事变以后，迁居北京，历任辅仁大学、北京大学等校教授。1955年调入东北人民大学（今吉林大学）任教授。于省吾一生致力于古文字研究，在甲骨文、金文方面的研究成果，享誉海内外。于省吾的书法也是诸体皆能，但以章草和篆书最为著名，用笔老到，古雅多姿，书卷气十足。宁斧成（1897—1966），原名辅成，字宗侯，号老腐等，辽宁海城人。毕业于沈阳师范学校。早年于沈阳、天津铁路局任文书。新中国成立后移居北京，专门从事书画篆刻职业。其书法以篆隶为高，篆书多取资钟鼎铭文，隶书以《好太王碑》为骨架，又师法瓦当文，极具残泐之感，古朴生动。宁斧成的金石书法，意境高远，风格戛戛独造，影响甚巨。

铁岭书家则非高澄鲜莫属。高澄鲜（1913—1990），字蝶言，辽宁开原人。毕业于开原师范学校，从王光烈、依艮藩学习书法。历任开原县文化馆老城分馆馆员、铁岭市书画研究会顾问等。书法精篆隶，法度谨严，古朴浑厚。

锦州书家则推阎宝海。阎宝海（1897—1990），字静波，法库人。毕业于北京国立师范大学数理系，曾任奉系军阀要员杨宇霆的家庭教师，法库、哈尔滨、四平等地中学领导等。新中国成立后到辽西省任图书馆馆长，后又任锦州市博物馆馆长等。阎宝海行草、篆隶咸能，而尤以篆隶更擅胜场。其篆书取法《毛公鼎》、石鼓文，高古无匹；其隶书远绍《礼器》《石门颂》，备得汉碑之妙。以其书法实绩，为辽西一方重镇。李世伟也是锦州一个重量级的书法篆刻家。但本书收录19世纪20年代以前出生的书家，故只好忍痛割爱了。

辽宁书法史是个说不完的话题，可以不无自豪地说，历史上的辽宁书法名家辈出，佳作如林。近三十年来，辽宁书法之所以取得骄人的成绩，也可以说与根植于这块文化沃土有关。辽宁书法史的研究是个古老而又年轻的课题，说古老是因为古代辽宁书家在其生活的年代就有评述，说年轻是因为迄今为止对辽宁书法史的研究才刚刚起步。这里我们只是抛砖引玉，期望更多的人关注辽宁书法史，去挖掘这座富矿，为今天的辽宁书法提供可资借鉴的东西。我相信当下我们辽宁书家一定要继承前人的宝贵遗产，那么我们辽宁的书法之路一定越走越宽广。

参考文献：

[1]《奉天通志》（影印本），辽海出版社，2003年版。

[2] 李浴、刘中澄、凌瑞兰等《东北艺术史》，春风文艺出版社，1992年版。

[3] 沈广杰《民国辽沈金石书画史》，沈阳出版社，2014年版。

[4] 初国卿《辽海名人辞典》，辽海出版社，2012年版。

本文收录于《辽宁历代书法名家图集》

（李宴清、杨宝林、熊洁英主编，辽宁教育出版社，2016年版）

◎韩择木籍贯考

韩择木是唐代著名书法家，精隶书，而尤以八分书擅长，与蔡有邻、梁升卿、史惟则齐名，并称八分书四大家。杜甫有两首诗提及韩择木，其《送顾八分文学适洪吉州》有云："昔在开元中，韩蔡同赑屃。玄宗妙其书，是以数子至。御札早流传，揄扬非造次。三人并入直，恩泽各不二。"说他与蔡友邻、顾戒奢齐名，八分书为玄宗所重。《李潮八分小篆歌》云："尚书韩择木，骑省蔡有邻。开元以来数八分，潮也奄有二子成三人。"杜甫又说韩择木与蔡有邻、李潮齐名。杜甫是诗圣，二诗均为名篇，韩择木也便广为人知。除隶书、八分外，韩择木亦擅楷书，有《南川县主志》《荥阳王妣朱夫人志》等。

根据相关文献，韩择木曾官国子监司业、鲁郡太守、刑部司郎兼御史中丞、工部尚书、右散骑常侍、检校礼部尚书、太子少保等，[1]可以说在唐代书法家中韩择木的官位是很高的了。因善书，又曾做过肃宗侍书和诸王侍书。韩择木传世作品很多，《宝刻丛编》《金石录》等都有著录。其书被窦臮誉为"八分中兴，伯喈如在"，[2]朱长文《续书断》云："韩择木当肃宗世，以八分得名。时韩云卿以文显，李阳冰以篆显，韩择木以八分显。天下欲铭其先人功者，不得此三人，不称三服。"[3]赢得广泛赞誉。然而就是这样一位重量级人物,其生平事迹我们却所知不多,检索文献,最具学术价值的只有熊飞先生的《唐八分书家蔡有邻、梁升卿、韩择木生平考略》一文。对其籍贯,也是诸说歧出,莫衷一是。笔者依据相关文献,对其籍贯进行探讨,就教于方家。

韩择木,新旧《唐书》无传。朱关田《中国书法史》(唐代卷)说是广陵(今扬州)人,其依据当为《元和姓纂》。查嘉庆七年刊版《元和姓纂》卷四"韩"姓:

广陵　　状云:本颍川人。礼部员外韩择木生秀荣、秀实、秀弼。弼,国子司业;秀实,太子中允。[4]

据此韩择木当是广陵(今扬州)人,而[万历]《扬州府志》、[同治]《扬州府志》均无传。韩择木书艺高,地位尊,《扬州府志》无传,则其为扬州人之说似可怀疑。《元和姓纂》亦云"本颍川人"。按,颍川治所在今河南许昌。《元和姓纂》说陈留、河东的韩姓也都是从颍川迁徙的。据《元和姓纂》颍川韩姓当为汉御史大夫韩安国后裔。说韩择木"本颍川人",年代久远,无从稽考。

成书于唐大历四年的窦臮的《述书赋》记载了韩择木,云:

韩常侍八分中兴,伯喈如在;光和之美,古今迭代。

窦蒙注云:

韩择木,昌黎人,工部尚书,历右散骑常侍。[5]

窦臮和窦蒙是亲兄弟，臮为蒙之四弟，二人主要活动于唐天宝年间，窦臮历任范阳功曹、检校户部员外郎、宋汴节度参谋等。窦蒙曾官至试国子司业兼太原令。考韩择木《大唐赠南川县主墓志铭》书于天宝十一年（752）十一月，自署"太子及诸王侍书、中散大夫、国子司业臣韩择木"。窦蒙亦曾做国子司业，虽不可考具体时间，可以肯定的是距韩择木同官的时间不会太久，窦蒙说韩择木是昌黎人当是有依据的。

《宣和书谱》说："韩择木，昌黎人，工隶兼作八分字。

韩择木楷书《大唐赠南川县主墓志铭》

隶书之妙,惟蔡邕一人,择木乃能追其遗法,风流闲媚,世谓蔡邕中兴焉。"

陈思《书小史》:"韩择木昌黎人,官至工部尚书右散骑常侍。工八分书。"[6]

郑杓、刘有定《衍极并注》云:"韩择木、韩秀实、李莒、李俭绰有古意。"注:"韩择木昌黎人,官至散骑常侍。"[7]

认定韩择木是昌黎人,最有说服力的还应是内证。韩择木有三子:长曰秀实,次曰秀弼,三曰秀荣。三子并有书名,书作多传于世。《韩秀实墓志》高54厘米,宽57厘米,于近年出土,唐建中四年(783)制。《墓志》由秀弼撰序,秀荣撰铭并书。《墓志》记载了他们的籍贯:

(公)讳秀实,字孟坚,其先昌黎人也。曾王(父)讳文静,皇朝赠司封郎中。王父讳琮,皇朝礼部侍郎,赠秘书监。先君讳择木,皇朝金紫光禄大礼部尚书、太子少保、集贤殿学士、昌黎公,赠太子太保。茂德盛名,忠贞杰行,国史□矣。公即太子太傅之元子也。[8]

《墓志》明明白白记载"其先昌黎人",韩秀弼、韩秀荣绝不会数典忘祖吧,其籍贯为昌黎则无可疑义。

又,韩择木被封为"昌黎郡开国公",代宗《赠韩择木母制》称择木为"金紫光禄大夫、守太子少保、集贤院学士副知院士、上柱国昌黎郡开国公"。[9]韩秀荣书《薛曜墓志》亦自署:"奉议郎、行京兆府曹参军昌黎韩秀荣书。"

上述诸多材料足以证明韩择木是昌黎人,那么唐时的昌黎今何处?这又不能不辨。

最权威的工具书《辞海》说韩择木是"昌黎（今属河北）人"。[10]陈根远先生《唐〈韩秀实墓志〉及其他》一文，认为韩择木是昌黎人，但他说昌黎"今属河北通州"。[11]人民教育出版社2000年版《语文》高中教材第2册关于韩愈的注释："河阳（河南孟县）人，祖籍河北昌黎，世称韩昌黎。"按：韩愈称择木为叔，曾云："同姓叔父择木善八分，不问可知其人。"[12]《旧唐书》"韩愈传"说是昌黎人。金毓黻甚至说："他日重修《奉天通志》，宜入韩退之于'人物门'。"[13]退一步说，不管韩愈是不是昌黎人，《辞海》、人民教育出版社《语文》等说唐时昌黎即今河北昌黎是不能成立的。

顾炎武《京东考古录》说中国有五个昌黎，金毓黻先生不同意这种看法，他认为昌黎只有两个：一个在榆关以东，一个在榆关以西。榆关以东的昌黎，东汉时以交黎县改名，治所在今辽宁义县。曹魏正始五年改昌黎属国为昌黎郡，治所仍在义县。榆关以东之"昌黎者，郡名也，亦县名也。县则治地必狭，郡则辖地必广"[14]。总之，榆关以东之昌黎一为县名，一为郡名，或徙或废，均在辽西义县附近。而榆关之西之昌黎很晚才出现，为金大定二十九年（1189）改广宁县置，即今之河北昌黎县。据[民国]《昌黎县志》卷一《疆域志》：

秦属辽西郡，汉为絫县，后汉省入临渝，晋以后为海阳县地。永嘉之乱，一没于石勒，再没于慕容廆，再没于苻坚，又没于慕容垂，后入于魏。魏为肥如县地，隋为卢龙县地，唐为石城县地。永泰元年，又置柳城军。五代时没于契丹，置临海军，属营州并置县曰广宁。金皇统二年，废营州临海军以县属平州。大定二十九年，改县曰昌黎。天兴二年没于元，至元二年省抚宁、海山二县入昌黎。三年复置，四年又以抚宁、海山入昌黎。七年复置抚宁,乃省昌黎、海山二县入抚宁。十二年复置昌黎,属滦州,并海山入焉,寻属永平路,明属永平府,清因之。[15]

据此,榆关之西之昌黎是金大定二十九年改广宁县而置,将废弃已久的昌黎重新命名为县。而今之昌黎唐时为石城县地,而石城县为唐万岁通天二年(697)改临渝县置,治所在今滦县以北。也就是说唐时今之昌黎所在地并未置县,而是隶属于石城县。正如金毓黻先生所言:"金大定间所改之昌黎,地在榆关以西,去唐以前之昌黎,远至二三百里,而世人不察,辄以今之昌黎为唐以前之昌黎。"[16]

综上所述,韩择木的籍贯应该是昌黎——今辽宁省锦州市所辖义县。据《韩秀实墓志》可知,韩择木祖父韩文静官赠司封郎中,父亲韩琮曾官礼部司郎,赠秘书监。其祖父司封郎中,父亲赠秘书监,均因择木地位显赫所赠之官。也就是说韩择木祖、父辈就已经离开原籍,宦游在外,昌黎(义县)也只是他的祖籍。昌黎韩姓北魏时以韩麒麟、韩显宗最为著名,韩择木也许就是他们的后人。

注释:

[1] 熊飞《唐八分书家蔡有邻、梁升卿、韩择木生平考略》,《辽宁师范大学学报》,1996年第6期,第56—62页。

[2]《历代书法论文选》,上海书画出版社,1979年版,第257页。

[3]《历代书法论文选》,上海书画出版社,1979年版,第333页。

[4]《元和姓纂》,金陵书局校刊,光绪六年工竣。

[5]《历代书法论文选》,上海书画出版社,1979年版,第257页。

[6]《中国书画全书》,上海书画出版社,2009年版,第570页。

[7]《历代书法论文选》,上海书画出版社,1979年版,第458页。

[8][11] 陈根远《唐〈韩秀实墓志〉及其他》,《文博》,2010年第4期,第31—35页。

[9] 朱关田《唐代书法考评》,浙江人民美术出版社,1992年版,第285页。

[10]《辞海》,上海辞书出版社,1979年版,第4561页。

[12] 马宗霍《书林藻鉴》,文物出版社,1984年版,第90页。

[13][14][16] 金毓黻《辽东文献征略》,吉林永衡印书局,民国十六年铅印本。

[15] 陶宗奇等修、张鹏翱等纂[民国]《昌黎县志》,民国二十一年铅印本。

本文发表于《荣宝斋》2016年第11期

◎观点的偏激与学术的疏离
——从晚清几首论书诗说起

论书诗唐代已盛行,清代更夥。笔者读博时曾拟以《清代论书诗研究》为毕业论文题,因其十分浩繁,遂寝其议。不过也搜集了很多论书诗,有的论书诗很客观,见解公允;有的则偏激,令人忍俊不禁。现拈出几首偏激的论书诗,以飨诸位。

王懿荣《王文敏公遗集》卷五有《题晋永和六年王氏砖砚匣兼论书脉》,诗共五首,今录其二:

唐人伪造二王帖,合入昭陵一冢收。
请认此砖分体字,山阴那得行书留?

砖比《兰亭》早二年,王家姓字篆文坚。
八分总有几分在,不是宋摹酾三笺。

王懿荣认为"二王"的书法是唐人伪造的,这些伪造的东西与《兰亭》一起都陪葬昭陵——唐太宗陵墓。因为王懿荣看到出土的晋永和六年的王氏砖砚是用分书——隶书写的,因此断言:王羲之没写过行书,如其有书法留传,也只能是隶书。

第二首重申这一观点,出土的王氏砖比《兰亭》还早两年(实际三年),王家姓字像篆文一样古雅,写得很清晰,不像宋人模仿的所谓王氏行书。

王懿荣是晚清著名学者,进士出身,曾任国子监祭酒。他是研究甲骨文的第一人,崇尚古文字,贬损帖学。王氏砖的隶并没有书姓名,可能是工匠所为。一个时代书体有正体有俗体,如果说当时隶书为正体的话,行书则为俗体,两种书体并峙也没有什么不可以的。王懿荣以身殉国,颇识大体,但对王羲之写行书却颇多怀疑,信可怪也。

龚自珍《己亥杂诗》云:

从今誓学六朝书,不肄山阴肄隐居。
万古焦山一片石,飞升有术此权舆。
(注:泾县包慎伯赠予《瘗鹤铭》。九月十一日,坐雨于羽琌山馆,漫题其后。)

二王只合为奴仆,何况唐碑八百通。
欲与此铭分浩逸,北朝差许郑文公。
(注:再跋《瘗鹤铭》,谓北魏兖州刺史郑羲碑,郑道昭书。)

龚自珍与包世臣友善,包是碑派,龚受包的影响也抑帖扬碑。《瘗鹤铭》有人认为是南朝陶弘景所书,龚即持此观点,可从。第一首龚发誓要学六朝书,即学碑,不师王羲之而师陶弘景。只要认真临摹《瘗鹤铭》,从此书艺便能提高。第二首贬低"二王",进而贬低唐碑,认为与《瘗鹤铭》风格近似的,北朝也只有《郑文公碑》。当然这里有抬高题面的成分,但抑帖崇碑之意十分明显。龚自珍是思想家、诗人,但因不擅馆阁体，几次会试都名落孙山。后虽中进士，但因书法不好也没有能入翰林院，这也许是受馆阁体之害而迁怒于"二王"的吧！

以上是崇碑抑帖的显例，也有反对学碑的，张之洞的《哀六朝》即是典型。诗云：

古人愿逢舜与尧，今人攘臂学六朝。
白昼埋头趋鬼窟，书体诡险文纤佻。
上驷未解昭明选，变本妄托安吴包。……
玉台陋语纨绔斗，造像别字石工雕。……
政无大小皆有雅，凡物不雅皆为妖。……

张之洞嘲笑学北碑之人是"白昼埋头趋鬼窟"，北碑"书体诡险"，别字又多，进而称不雅之北碑为"妖"。诗人把矛头直指碑派倡导者包世臣，认为他是罪魁祸首！这也是言语过激，做快口语。张之洞是开明之人，于晚清政坛是改良派，但在书学上却显得保守。

此外，也有否定学金文和甲骨文的。沈恩孚《沈信卿先生文集》卷六《论书》云：

《书谱》服膺王右军，近人一跃摹金文。
更进好奇谈甲骨，殷墟伪造乃纷纷。
道高宜若登天然，俗眼所见皆浮云。
凡事脚跟踏实地，虽游于艺吾亦云。

沈恩孚一味宗王，赞赏《书谱》，因为孙过庭也是大王嫡传。在宗王的同时则反对学金文，也反对学甲骨文。他认为书法的最高境界是"天然",金文、甲骨文都是"俗眼所见",都是"浮云",只有学大王才是脚踏实地的。我们知道金文、甲骨文都是古文字,也都有不同风格的美。沈恩孚是近代著名的教育家,是上海龙门书院高才生。虽非亲炙于刘熙载,在某些方面也是受刘熙载影响的,但他对古文字的见解远逊于刘熙载,惜哉!

本文发表于杨抱朴个人博客2013年5月14日

◎对当下书法重形式轻内容现象的反思

一、引言

书法热持续了近30年，直至今天仍热度不减，参与人数之多可谓盛况空前。书法热带动了书法的复兴，这是应该肯定的，但是纵观几十年来的书法实际，从国展到各省市的各种书展，当下书法界很少有人自书自作，大多数都成了文抄公，这不能不令人深思。同时也让我们不能不思考一个简单的问题：什么是书法创作？众所周知，文学创作具有不重复性，即使同题创作，文字表达等也应有所不同；那么书法创作是不是可以重复，总写同一首古典诗词算不算创作？这实际上涉及书法作品的内容这一问题了。一件书法作品，除了书体、笔法、结字、墨法等形式上的要求外，还要关注内容，内容应该是不可或缺的，内容与形式应该是皮和毛的关系。当下书法只是继承了形式而忽视了书法的内在精神，忽视了书法所蕴含的文化。这是一种舍本逐末的办法。有鉴于此，本文旨在从书法史角度谈谈古人是如何重视书写内容的，并联系当下书法重形式轻内容的现实，希望书家增强自身的文学修养，回归传统，营造一个有利于书法健康发展的空间。

二、古代书家历来都重视书写内容

从书法史上来看,古人是十分看重书写内容的,甚至书写内容比形式还重要。我们知道文字作为语言信息交流的工具,首先是实用;当文字的书写上升到审美层面的时候,便称之为书法。书法在早期既是实用,也是艺术,魏晋人的手札大都如此。王羲之的《十七帖》就是写给友人的信函,既是名帖,也是有实质内容的信件。欧阳修《集古录》跋王献之《法帖》云:

> 余尝喜览魏晋以来笔墨遗迹,而想前人之高致也。所谓法帖者,其事率皆吊丧,候病,叙睽离,通讯问,施于朋友之间,不过数行而已。盖初非用意,而逸笔余兴,淋漓挥洒,或妍或丑,百态横生,披卷发函,烂然在目,使人骤见惊绝,徐而视之,其意态愈无穷尽,故使后世得之,以为奇观,而想见其人也。[1]

吊丧、候病、叙睽离、通讯问是信札的内容,而"逸笔余兴"、"百态横生"是信札的形式美,合而观之便是"法帖"。这是实用与书法并重的显例。

其实,古人讲"文以载道",古人看重的是文章,视书法为"小道",古代读书人讲究的是"志于道,据于德,依于仁,游于艺"[2],以游戏的心态对待"艺",可见"艺"的地位是不高的。古人又追求"太上有立德,其次有立功,其次有立言","立德""立功"非一般人所能做到,于是知识分子的价值取向便落实在"立言"上了,即如何把文章写好、诗词作好。到了初唐的时候,张怀瓘对文人评价的标准是"先文而后墨"[3],晚明的黄道周甚至说:"作书是学问中第七八乘事,切勿以此关心。"[4]学问是大事,书法是小技。黄氏的话过于情绪化,至少书法在他的生活中不那么重要,尽管他是著名书家。古人十分看重文章,因为它可以代圣人立言。在科举时代,知识分子通过诗文可以跻身仕途。因此,古人有时重视文章也是可以理解的。其实古代书家本人既是书家,也是作家或学者,他们大都书写自己的作品,如王羲之的《兰亭序》、颜真卿的《祭侄稿》、杨凝式的《韭花帖》、苏轼的《寒食帖》等,这些作品不仅是书法的经典,其文本本身也都是声情并茂的美文。注重书写内容,书家书写自己的作品在古代是一种风尚,尽管从唐宋时起书家偶尔也书写前人的名篇,如张旭的《古诗四帖》、苏轼写冯延巳的《谒金门》等,但主体上还是书写自己的作品。

强调书法内容绝对重要的莫过于明代的吴宽了,他在《匏翁集》中说:

书家谓作真字能写篆籀,法则高古。今书家例能文辞,不能则望而其笔画之俗,特一书工而已。世之学书者,如未能诗,吾未见其能书也。[5]

吴宽采取让步法,先承认写楷书能用篆籀笔法是高古,是值得肯定的。但他更强调书家要能作诗文,书写自己的作品,如果书家不会创作,那只是一个书匠。吴宽进而认为学书之人,如果不能作诗,那是学不好书法的。换言之书法的内容比形式重要。这里是强调学书必须会创作,必须书写自己的作品。

古人还十分重视书法内容的典雅，明代的费瀛"八不书"中就有"匾名不雅不书"[6]。费瀛认为："堂不设匾，犹人无面目然，故题署榜曰'颜其堂'云。……登其堂，观其匾，整饬工致，名雅而字佳，虽未见其主人，而风度家规可明征矣。……讵知古人非直为观美也，寓户牖箴规之意焉。必须词典则，而意趣高远，使人目击而道存。"[7]如果书法内容不雅，人们是不接受的。现代于右任先生的故事也能说明这一问题。据说抗战时的重庆，某偏僻处常有人小便，于是于先生写了"不可随处小便"的字条以警示，孰料竟被人揭去，重新剪辑装裱成"小处不可随便"。这正从另一个方面证明书法内容要高雅，要给人以启迪。

三、书法内容与形式的关系

文艺学在论述文学作品的内容和形式时，认为内容决定形式，形式服从于内容，形式对内容又有反作用。书法也是如此。书法作品的内容重要，形式也不能忽视，书法的内容和形式二者互为表里，缺一不可。

首先看书法内容对形式的制约，即内容决定形式。明人张绅《论书》有云："凡写字，先看文字宜用何法，如经学文字，必当真书；诗赋之类，行草不妨。"[8]张绅强调内容与书体的对应性，经学庄重，故用楷书；诗赋活泼，故用行草。这里是说内容决定对书体的选择。一般说来，楼台亭阁的匾额多用大字，书体或楷或行；庄重的场合多用隶、楷。当然像智永真草《千字文》、赵孟頫六体《千字文》则为特例。

书法内容对形式的制约影响，还可以从书家具体创作来考察。孙过庭《书谱》便记述了王羲之根据不同内容表现出不同

311

风格的情形。云：

> 止如《乐毅论》《黄庭经》《东方朔画赞》《太师箴》《兰亭集序》《告誓文》，斯并代俗所传，真行绝致者也。写《乐毅》则情多怫郁，书《画赞》则意涉瑰奇，《黄庭经》则怡怿虚无，《太师箴》又纵横争折。暨乎兰亭兴集，思逸神超；私门诫誓，情拘志惨。所谓涉乐方笑，言哀已叹。[9]

这段文字明确指出，书写的内容不同决定书写者的情感迥异。书法风格由两部分组成，即书家的主观情致和笔墨技巧。乐毅为战国时燕国名将，破齐而立大功，后中齐反间计而奔赵，抑郁不已。因此说"写《乐毅》则情多怫郁"。东方朔为滑稽一类人物，往往寓庄于谐，故云"书《画赞》则意涉瑰奇"。《黄庭经》为魏晋间道士养生之作，《太师箴》为嵇康反对名教、崇尚自然之作，抨击司马氏，所以说书"《黄庭经》则怡怿虚无，《太师箴》又纵横争折"。后两篇《兰亭序》《告誓文》，是王羲之自书自作，情感表现得更直接一些。总之，孙过庭是强调王羲之根据不同的书写内容表现不同的情感。刘熙载《书概》对此也有评述："右军《乐毅论》《画像赞》《黄庭经》《太师箴》《兰亭序》《告誓文》，孙过庭《书谱》论之，推极情意神思之微。在右军为因物，在过庭亦为知本也已。"[10]"因物"和"知本"都认识到了内容和形式的重要性。所不同的是，孙过庭有联想的意味，刘熙载却坐实了。

书法形式不只是被动地服务于内容，有时对内容也有促进作用。内容固然决定形式，但内容又离不开形式，离开了形

式就不叫书法了。只有文章好,形式也好才可以传诸后世;如果字不好,文章再好也不会被认可。正如朱长文《续书断》所说:

若夫尺牍叙情,碑版述事,惟其笔妙则可以珍藏,可以垂后,与文俱传;或其缪恶,则旋即弃掷,漫不顾省,与文俱废,如之何不以为意也。[11]

尺牍一般是行草,碑版一般是隶楷,叙情述事,指文章的内容。从书法角度上说,上述物件只有"笔妙",才能被人珍藏,书法才能和文章一同流传。这时艺术和文章是合二而一,不可分割的整体。朱长文又举相反的例子,同样是尺牍碑版,如果字写得"缪(同'谬')恶",那是不会被收藏的,是与文章一同被废弃的。这倒有了文艺学中形式对内容具有反作用的意味。如果从书法内容与形式的关系的角度来审视当下中国书坛,则有些尴尬,重形式轻内容,或没有书写者自己的内容,这种关系也就难以成立了。从这个意义上说,重形式轻内容,又割断了中国书法传统的文脉。

四、重形式轻内容的后果

书法是一门很奇特的艺术,"文则数言乃成其义,书则一字已见其心"[12]。书法是书家才情、性格、审美追求的综合体现,古人所说的"书如其人"是有一定道理的。赵之谦说世上只有两种人能写好字,一种是大儒,一种是儿童。大儒饱读诗书,学养深厚,下笔文雅;小孩天真无邪,没有机心,一派天真。这两类人不会修饰,也毋用修饰,书法是其情感的自然流露,"无意于佳乃佳"。一般人由于有种种顾虑,总是在描头画角,都是在过分追求形式,顾及笔法、结字、章法、流派等等,总有框框横亘胸中,少了天然,多了戒律。

书法形式也是重要的,忽视形式书法也就不存在了。残碑断碣,名人手札,总是因其形式美而为人珍爱。套用英国克莱夫·贝尔的话,书法应该是"有意味的形式"。古人也极其重视书法形式,墨池、笔冢都表明古人在笔法、结字和师法古人上下足了功夫。中国古代书论绝大多数都涉及技法,都是在书法形式上给人以津梁。

反观当下书坛,书家却对形式情有独钟。重视技法,锤炼笔墨功夫,这是学书必经之途径,无可厚非。但是现在的一些书家,在形式上可谓花样翻新:有的拼贴,用各种色彩不同的纸粘贴在一起,从视觉上夺人眼目;有的做旧,或将纸染成老色,或将纸烟熏火燎。从网上搜索,发现有人专门研究做旧的技巧,如纸绢做旧,包括做旧色、做旧污、做旧残等,还详细介绍制作工序。就重形式而言,有人大字套小字,先用行草大字,或正文中或正文末用小楷写相应的一些文字,不伦不类。古人手札正文中有夹注,夹注用小字双行书写,以示区别。而今人的效颦,实在不敢恭维。还有人在作品上乱盖章子,印章对书法作品来讲是不可或缺的,在作品中起画龙点睛的作用,一般用于引首或末尾。而有人的作品印章满目,实在是大煞风景。

对形式的热衷还表现在跟风上,上个世纪90年代以来辽宁的小草书、广西现象、现代派书法、流行书风等都引来追随者。评委的好尚,如评委或喜欢张瑞图,或喜欢王铎,或喜欢徐渭,也都使参赛参展者趋之若鹜,正所谓上有好者下必甚焉。这些均与过分注重形式有关。

当下书坛在注重形式的同时，对书法的内容则关注不够，大都是抄写前人的东西。"文革"后，书家大都抄录毛主席诗词，八九十年代抄唐诗宋词，后来又抄录古人笔记、佛道经典，近来抄书论、画论的又多了起来。现在书坛是患了集体文学失语症，从书法的内容上看，没有书写者自己的声音。这样也就导致各种展览单调，没有个性，各种展览只是换了名字，书家都是文抄公。笔者参观了第四届中国书法兰亭奖的展览，其中一、二、三等奖获奖者28人，没有一人书写（或刻）自己的作品，都是抄录古人诗词、文或联语。这些获奖者的艺术造诣毋庸置疑，但书写内容却没有创新，这与古人"文墨相兼"要求的标准不搭界。清代文化水平不高的邓石如，还写出了"好书悟后三更月，良友来时四座春"这样的佳联，不知当下书家有何想法？

书法的内容和形式好比皮毛之关系，皮之不存，毛将焉附？也许有人说书法已经退出实用，纯粹是艺术了，艺术就应该重视形式。但是请君不要忘记，书法是一种特殊的艺术，书法必须以文字为载体，既然书法以文字为表现内容，欣赏书法时就不能只看用笔、线条等艺术元素，而且必须关注文字，关注内容。近些年来，陈振濂先生提出的"阅读书法"是非常重视书写内容的，他的书法作品或读报有感，或记身边小事，内容有趣，形式也雅，这种探索很有积极意义，值得我们深思。

五、解决书法内容失语的对策

书法是讲品位的。书法的品位除了高水平的技法外，便是书写内容，按照古人的标准，"论人才能，先文后墨"[13]，文才是占第一位的，其次才是书法。我们品评古代书法作品，都说作品的内容,如《圣教序》《伯远帖》《苕溪诗卷》等,都是对内容的称谓。而当下书坛,很多书家都写同样内容的古代诗文等,就无法按传统称谓来指代,因为无法区别。现在书界往往议论某某书家获奖了,再具体只能说某某书家何种书体的作品获奖;各种大展大赛获奖也只列获奖者名字,而不及书写内容,内容缺位,因为他们都写的是古人、前人的作品。中国书法绵绵几千年,承载着厚重的文化,如果任凭当下书坛只重形式而忽视内容的倾向发展下去,书法的文化就断层了,书法也只能是一个徒具形式的空壳。为了摆脱当下书法这种尴尬局面,笔者建议从两方面入手解决问题:

(一)从主观方面说书家应增强文学修养

当下书家要想书写得内容高雅,必须多读书,增强文学修养,正如李瑞清所说:"学书尤贵多读书,读书多则下笔自雅。故自古以来学问家虽不善书,而其书有书卷气。故书以气味为第一,不然但成手技,不足贵矣。"[14]多读书则远离尘俗,多读书字就文雅,富有书卷气。

古代书家重视读书,重视学问。黄庭坚直截了当地说:"学书须要胸中有道义,又广以圣哲学之学,书乃可贵。若其灵府无程,政使笔墨不减元常、逸少,只是俗人耳。"[15]这里除道学意味浓厚外,讲的就是读书对于书家的重要性,"灵府无程"指心中没有准则,这样的人即使书写功力不亚于钟王,也是俗人。杨守敬也有类似的话,他在梁同书《答张芑堂书》学书"三要"基础上,提出学书"二要",即:"'一要品高,品高则下笔妍雅,不落尘俗;一要学富,胸罗万有,书卷之气,自然溢于行间。'古之大家,莫不备此,断未有胸无点墨而能超轶等伦者也。"[16]这段话,简直就是对黄庭坚观点的诠释和再强调，可见古人对读书重要性认识的程度。书法的最高境界不是技法，而是书家的胸襟、抱负和学问。

时过境迁，古今文化差异非常大。古代是文言，今天则是白话，而书法则最适宜文言，这也是为什么今天书家每每抄录古诗文的原因。古诗文对当下书家隔阂很大，自书自作对当下书家来说确实是一种挑战。因此当下书家要想自书自己的作品，就要下一定功夫从事诗词古文的练习写作。首先要广泛阅读古代文学作品，涵泳其中，熟谙诗词格律；其次要坚持练习创作，勤习笔下生花，久而久之就能练就一手好文笔。不能否认，也有一些书家书写自作诗词，但按格律要求，只能算是顺口溜，且又不雅。当然在文学早已边缘化的今天，这其中要付出很多艰辛和汗水。丛文俊先生、华人德先生等搞的题跋书法是值得提倡的，题跋是对作者学术、文学、历史包括驾驭语言能力的综合体现。题跋书法关注内容，也可以说是当下书坛书法内容和形式并重的一种有益的尝试。

（二）从客观方面说相关职能部门应有正确的导向

古代书法取得了辉煌成就，除了书家的天赋和个人努力外，古代的书学制度也为书家的成才提供了保障。书法虽然是很个体的事，但也必须有相应的制度约束，古代书家学书伊始，就被要求打好文字学等学科基础，树立正确的学书观念。中国古代的典章制度对书法就有明确规定，《说文解字序》云："《周礼》：八岁小学，保氏教国子先以六书。"[17]又云："尉律：学童十七以上始试，讽籀书九千字，乃得为史，又以八体试之，郡移大史并课，最者以为尚书史。书或不正，辄举劾之。"[18]综上，周朝规定学童先学六书，即象形、指事、会意、形声、转注和假借，打好基础。而汉朝要求学童讽诵9000个籀文，合格者可以做低级官吏。更高层次则试以秦书八体（大篆、小篆、刻符、虫书、摹印、署书、殳书、隶书），最优秀者可以做尚书史。同时还有相应的监督机制，字写得不好还要被弹劾，官也做不成了。《新唐书·选举志》："凡书写：《石经三体》限三岁，《说文》二岁，《字林》一岁。"[19]这是在书法内容和学习时间上的硬性规定。总之，古代书法教育有不少规章制度，这些规章制度要求书家从小要把基础夯实，这在客观上也促进了书法的发展和繁荣。

物换星移，科举已废弃了110多年，欧风东渐，硬笔逐渐取代了毛笔，学书法已不是再为了功名。近现代以来，已经没有任何制度来约束和规范学书者了，学书纯是兴趣的驱使。在这种情况下，书法相应的组织和领导部门如何推进书法工作，也确实面临着许多问题。文联书协等职能部门十分重视书法工作，几十年来开展了许许多多有益于书法事业发展的工作，如积极举办书法展览和书学研讨等活动，有力地促进了书法事业的蓬勃发展。近年来，中国书协搞了扇面展、册页展、正书展、行书展、草书展等，反响都很好。但是这些展览都是以形式为主，自觉不自觉地也忽视了书法的内容。为此笔者建议书协应该搞一些主题展，规定自作诗文，内容和形式并重，肯定会有成效。体育竞赛有规则，运动员必须遵循，成绩才有效。倘若书协能把书法内容创作也作为规则，风气肯定会扭转。当下书协也常搞一些书法培训，如果能在培训班上增加一些诗文创作方面的内容，教师多作示范，上下互动，大有裨益。总之，调动一切可调动的人力物力，努力营造一个重视书法创作内容的氛围，在强调文化强国的今天，我想当下这种不正常的现象一定会得到改变。

六、结语

孙过庭《书谱》说书法"古质而今妍"[20],也就是说时代越晚越追求美感,越讲形式技巧。古代书法,尤其是宋以前,篇幅都很小,都是于几案上展玩之物;明清以后,书法开始张挂于厅堂,篇幅才开始增大。而在当下,书法则多悬于展厅,展厅效应也促使书家追求形式。依据通变观,已退出实用的书法,当下重形式似乎已不可逆转。但是只要书家多读书,笔下就能多点书卷气。退一步说,多读书至少不能把内容写错或写错字。如果书家能够书写自己的作品,像林散之、启功、冯其庸等先生那样"文墨相兼",正是笔者所企盼的。

注释:

[1] 转引自金学智《书概评注》,上海书画出版社,1990年版,第112页。

[2] 朱熹《四书章句集注》,中华书局,1983年版,第94页。

[3][13] 张怀瓘《书议》,《历代书法论文选》,上海书画出版社,1979年版,第150页。

[4] 黄道周《石斋书论》,《明清书法论文选》,上海书店出版社,1994年版,第402页。

[5] 吴宽《匏翁集》,《历代书法论文选续编》,上海书画出版社,1993年版,第418页。

[6][7] 费瀛《大书长语》,《明清书法论文选》,上海书店出版社,1994年版,第193页、196页。

[8] 张绅《论书》,《历代书法论文选续编》,上海书画出版社,1993年版,第415页。

[9][20] 孙过庭《书谱》,《历代书法论文选》,上海书画出版社,1979年版,第128页、第124页。

[10] 刘熙载《艺概》,《历代书法论文选》,上海书画出版社,1979年版,第693—694页。

[11] 朱长文《续书断》,《历代书法论文选》,上海书画出版社,1979年版,第318页。

[12] 张怀瓘《文字论》,《历代书法论文选》,上海书画出版社,1979年版,第209页。

[14] 李瑞清《清道人论书嘉言录》,《明清书法论文选》,上海书店出版社,1994年版,第1095页。

[15] 黄庭坚《论书》,《历代书法论文选》,上海书画出版社,1979年版,第355页。

[16] 杨守敬《学书迩言》,《历代书法论文选续编》,上海书画出版社,1993年版,第712页。

[17][18] 许慎《说文解字序》,《说文解字段注》,成都古籍书店,1981年版,第799页,第803—804页。

[19] 欧阳修《新唐书》,中华书局,1975年版,第1025页。

本文收录于《当代书法创作暨中国书法如何走向世界——国际论坛论文集》

(上海市书法家协会编,上海书画出版社,2014年版)

◎对当下书法文化缺失的隐忧

书法是文化的组成部分,这对古人来说是不成问题的,因为古代书家大都是文人学者,文化和书法是合二而一的。而当下书坛则不然,书法与文化已渐行渐远,大多数书家已蜕化为专门写字的人。放眼当下书坛,作品中错字、病语屡禁不止,生吞活剥、望文生义等不良风气甚嚣尘上。给当下书法挑毛病,在于拯救书法,净化书坛。对当下书坛文化缺失现象做一些考察,旨在使书法回归文化,重回健康发展之路。

一、鲁鱼亥豕,错别字多

全国各级各类展览写错别字是屡见不鲜的事,简直"无错不成展"。且不说篆书的篆法不对、草书的形近而讹,就连楷书、行书也是错字满天飞。

《书法报》曾报道,一位岳姓书家,书写岳飞的《满江红》,结果姓岳的"岳"均写成了"嶽"。又,《书法》杂志"编往读来"刊登了王绍龙先生给几位书法名家书写《千字文》挑毛病的来信,信中指出管峻将"日月盈昃"写成"日月盈昊",杨再春、管峻将"盖此身髮"写成"盖此身發",吴东民、管峻将"菜重芥薑"写成了"菜重芥姜",杨再春、吴东民将"禅主云亭"写成了"禅主雲亭"。

上述错别字,大都是由于繁简字转化造成的,其实繁简字转化也不完全是一一对应的关系,有时是两个或两个以上繁体字对应一个简体字,如"發展"的"發"与"頭髮"的"髮",均简化为"发",不懂繁简字的人很容易混淆。还有一些繁简字,只是在字的某个义项上有繁简关系,其他义项则无,如"嶽"和"岳",只是在表示高山,如"五岳""山岳"时,二者才构成繁简关系,而表示姓和对妻子父母的称呼,则均为"岳"。余不赘述。书法创作写错别字不是小事情,一字之差,词义有别,甚至词义相左,有碍信息的传递。

二、望文生义,生搬硬套

有些书家,或不大读书,或读书不求甚解,在书法创作和研究时,也时常闹出望文生义、似是而非的笑话。

望文生义,生搬硬套在书法创作主要表现在落款上。当下有些书家在落款时模仿古人,常常写"××并记"(或"并识")、"××并书"等字样。按,"并记"是正文写完之后,落款时又兴犹未尽,或是谈创作感想,或是要记与书法相关的内容,总之要记点事。而时下有些书家,既无事可记,亦无感可发,只是落书写时间和自己的大名,却也写"并记",此真不知"并记"矣。而"并书"是书家书写自己创作的诗文等作品时的标识,书写他人的作品只能落"××书",而不能落"××并书"。

望文生义最为典型的莫过于对古代文体的误读。大约是2002年,《中国书法》介绍陕西青年书家×××,文章标题竟然是《×××行状》。×××现在还是书坛活跃人物,不知怎么早就有了行状?按,"行状"又称"行述",类似传记,所不同的是专指记述死者世系、籍贯、生卒年及简要生平事迹,是古代散文体中的一种。介绍活人事迹而标明"行状",闻所未闻,大概作者、编辑均不知"行状"为何物。

三、胸无点墨,贻笑大方

书法自古以来就是文人分内之事,没有不会诗文的书家,也没有不懂书法的文人。反观当下书坛,文墨相兼之复合型人才寥若晨星,多数书家只是文抄公,只会在古人作品里讨生活。

有的书家尝试着自作诗文,但又不合诗律文法。作格律诗不懂平仄,失粘失对,又不懂入声字。什么"一三五不论,二四六分明",均是一头雾水,有的更美其名曰新体格律诗。

还有书家对古典文学没什么修养,竟然拿寿联当挽联,如北京八宝山某教授追悼会上,有人竟书写前人的寿联:"梁孟高飞,一门强壮名声极;遽年厚望,五岳同尊弦歌清。"不知用意何在?

四、文化缺失的原因和应采取的补救措施

当下部分书家文化缺失的现象是普遍的,也是比较严重的,这是制约书法发展的瓶颈。因此分析其产生原因和采取补救措施是十分必要的。

书法业内人士文化素质不高是文化缺失的主要因素。

在众多艺术门类中,从事书法的人最多,能拿笔写汉字的人都可以写书法。文联麾下的协会,恐怕是书协的人数最多。

由于大部分书家文化水平不高,所以写出的作品错字就多,对书写内容领悟的也不到位,出现这样或那样的文化差错是难免的。

其次,受商品大潮冲击,某些书家急功近利思想严重,也导致书家重技轻道,不愿读书。而各级各类书法提高班、冲刺班,如雨后春笋,但这些书法班基本上都是讲技法,目的是为了参展参赛,几乎没有讲文化课的。

避免文化缺失的好办法就是读书。

腹有诗书气自华。读书是医治文化缺失的良方。书读多了,下笔自然儒雅;书读多了,书法自然就有了书卷气。如果当下书家大多数人能潜心读书,少些浮躁心理,书法就能向文化回归,文化缺失的情况就能有所改变,书法也必定有一个美好的未来。

本文发表于《艺术广角》2011年第5期

◎古代书论中几组概念的当代解读

众所周知,理论来源于实践,反过来又为实践服务,不为实践服务的理论只是空洞的理论。中国古代书论是古代书论家对书法创作的理论总结,反过来又对书法创作具有指导意义。与其他艺术不同,中国书法最根植于传统,古今一体,书脉一贯,古今只是风格上的差异。因此,古代书论中很多有价值的东西,不会因历史而尘封,对我们今天的书法理念、书法鉴赏及至书法创作仍有启示。本文拟以技与道、神彩与形质、天然与功夫、美与丑、雅与俗等几组范畴的解读,谈谈古代书论对当下书法创作与审美等方面的启示,敬乞方家指正。

一、技与道

技是技法、技巧,是学书经验的积累。道,指书法的原理和规律,但不同的时代又有不同的理解。技与道是渐进的关系,即技进乎道。《庄子·养生主》有庖丁解牛的故事,说庖丁解牛经验老到,解牛时只以神遇而不以目视,根据牛的天然生理结构,从不碰筋骨和经络,因此解牛之刀用了十九年,还像新磨的一样。文惠王问其故,庖丁回答说:"臣之所好者道也,进乎技矣。"意谓庖丁对道的喜爱程度超过了他的解牛技术。将技进乎道用于书法,唐代已透端倪,刘禹锡《论书》即言"吾姑欲求中道耳"。到了北宋则被正式提出来了,苏轼《跋秦少游书》:"少游近日草书,便有东晋风味,作诗增奇丽。……技进而道不进,则不可,少游乃技道两进也。"这里的道,是指对书法原理的认识。

元人郝经认识得更为深刻,他在《移诸生论书法书》中说:"必精穷天下之理,锻炼天下之事,纷拂天下之变,客气妄虑,扑灭消弛,澹然无欲,翛然无为,心手相忘,纵意所如,不知书之为我,我之为书,悠然而化然,从技入道。凡有所书,神妙不测,尽为自然造化,不复有笔墨,神在意存而已。"郝经说的"道",是指书法创作时的极度自由状态,那种忘我的境界则与道家的自然观有相合之处。

朱和羹《临池心解》也论述了技进乎道,他说:"书虽六艺,而未尝不进乎道。非其胸中空洞无物,则化工生气,不能入而居之,则即摹钟刻索,只成一染纸匠耳。惟与造物者游,又加之以学力,然后能生动;能生动,然后入规矩;入规矩然后曲亦中绳,而直亦中钩。所谓涉离微而通不犯,盖亦神通之本乎凤因欤!"朱和羹说的"道"是指一种化境,与郝经的理解类似。

此外,黄道周的《石斋书论》、刘熙载的《游艺约言》也都有对技与道的论述,其对道的理解也未超出上述范围。

从历史上看,对"技"的理解没有分歧,而对"道"则有规律、原理和自然(即道法自然)等不同理解。对"道"的不同理解,是居于理论家对"道"的不同体认,都是将"技"上升到形而上的层面来认识,都有其合理性。

就当今书坛而言,技与道仍是我们应该遵循的。技进乎道,是书家创作状态更高层次的追求。书法创作是高层次的精神活动,尤其是抒情性极强的草书创作,必须摒除一切杂念,用刘熙载《书概》的话说便是"欲作草书,必先释智遗形,以至于超鸿蒙,混希夷",这就是"道"。

"道"由"技"进,技也非常重要,纯熟的技法即扎实的笔底功夫,是道的前提。那些不扎扎实实下苦功夫的人是无法达到道的境界的。

道也反过来促技,以道进技。懂得书法规律、原理,又能提高技法,这常被人们所忽略。郝经《陵川集·叙书》说:

> 然读书多,造诣深,老练事故,遗落尘累,除去凡俗,翛然物外,下笔自高人一等矣。此又以道进技,书法之源也。

读书明理,超凡脱俗,这就是道。书家能如此,下笔便高人一等,此乃是道进技。此语颇令人思之。

二、神彩与形质

神彩与形质最先出现在南朝,王僧虔的《笔意赞》:"书道之妙,神彩为上,形质次之,兼之者方可绍于古人。"神彩,是指书法表现出的笔墨精神。窦蒙《语例字格》:"神,非意所到可以识知。"形质就是字形,是书法的行迹。

李之仪《姑溪集》换言说:

> 凡书精神为上,结密次之,位置又次之。杨少师度越千古而一主于精神,柳诚悬、徐季海纤悉皆本规律,而不能自展拓,故精神有所不足。

李之仪说的"精神",就是神彩,而"结密""位置"则为形质。李之仪也强调作书以精神为第一位,字的结构是次要的。并以柳公权和徐浩为例,认为他们的书法缺少精神。

蔡襄也有类似的说法,其《论书》曰:

学书之要,唯取神气为佳。若摹象体势,虽形似而无精神,乃不知书者所为尔。

神气指的就是神采,与形相对。袁昂《古今书评》说:"王右军书如谢家子弟,纵复有不端正者,爽爽有一种风气。"袁昂用类比法,仍是强调王羲之的书法富有神彩。

反观当今书坛,作品中能表现出神彩的书家不多,不少人反倒是在形质上下功夫。有的故意做旧,有的任意夸张变形,有的故意用渴笔书写,满纸躁气,字形僵化,毫无生气可言。这些都是舍本逐末的做法。

三、天然与工夫

天然与工夫是齐梁时期出现的概念。王僧虔《论书》云:

宋文帝书,自谓不减王子敬。时议云:"天然胜羊欣,工夫不及欣。"

庾肩吾《书品》评张芝、钟繇和王羲之时说:

张工夫第一,天然次之,衣帛先书,称为"草圣";钟天然第一,功夫次之,妙尽许昌之碑,穷极邺下之牍;王工夫不及张，天然过之，天然不及钟，功夫过之。

天然有二义：1. 自然之美，即道家所追求的自然而然。窦蒙《语例字格》："天然，鸳鸯出水，更好容仪。"2. 先天的天分，指智商高。功夫，指技巧、功力，偏重于后天的努力。

苏轼本是天才的书家，但他也强调工夫的重要性，他在《论书》中说：

笔成冢，墨成池，不及羲之即献之；笔秃千管墨磨万锭，不作张芝作索靖。

米芾也有类似的说法，《海岳名言》说：

智永砚成臼，乃能到右军。若穿透，始到钟、索也。可不勉之？

古代下苦功的书家很多，像临池学书的张芝，集古自成家的米芾，还有黄庭坚、文徵明等。天然的书家倒不多，如钟繇、苏轼等。

当今书坛不乏功力深厚之人，但也有不少既乏天然又不打好基础而一心走捷径的投机者。学书法天分固然很重要，但必须要下功夫。有人说画画需要三十年才功力深厚，而书则需要四十年。有天分不努力不能成功，没有天分不努力更不能成功，只有有天分而又肯下苦功夫的人才能成功。

四、美与丑

美与丑的问题到明末清初才引起关注。傅山针对赵孟𫖯、董其昌的妍美书风,提出了"四宁四毋"说。《霜红龛书论》云:

> 宁拙毋巧,宁丑毋媚,宁支离毋轻滑,宁直率毋安排。

媚即美,亦即妍。丑是丑拙、笨拙。宁笨拙毋妍美固然是欲扭妍美书风,当然也不无民族色彩在其中。

晚清刘熙载在论述书法自然美的同时,还提出了以丑为美的命题。《书概》云:

> 怪石以丑为美,丑到极点处便是美到极处。一丑字中丘壑未易尽言。

刘熙载讲的不是一般意义上的美与丑的转化,而是美与丑的辩证法。"以丑为美"的"丑"是一种未经雕琢的原始状态的美,是大朴,所以才"丑到极点处便是美到极处"。刘熙载在这里是以石喻书,"以丑为美"的"丑书",当指北碑。北碑相对于南帖而言是"丑",但刘熙载却认为极美,是对北碑的极高评价。遗憾的是有人竟认为"怪石的丑,并非指的是美丑的丑,怪石的丑,实际上是指其'怪',怪的含义,是出乎一般,即奇特的意思。把奇特引申到书法中来,是指书法的奇特,奇特之书法就具有视觉冲击力"。[1]这种抛开刘熙载文本而自说自话的做法,实在令人忍俊不禁。

当下书坛一些人误解傅山和刘熙载有关美与丑文本的论述，认为丑就是美，当下一些展览，丑书满天飞，狂怪、夸张变形、张牙舞爪之作，甚嚣尘上。这些"作品"，丑是丑了，但无半点美感。傅山和刘熙载的话是有特殊背景的，不了解其真正用意，便盲目效仿，只能给人留下笑柄。

五、雅与俗

雅与俗与美与丑一样，也属于审美鉴赏的一对范畴。雅是古雅、高雅、雅致。俗是庸俗、低俗、恶俗，与文学上讲的通俗不一致。二者均指书法作品的格调。

雅与俗在古代书论中也常常被论及，都是崇雅远俗。且往往由人及书，刘熙载《书概》云：

黄山谷论书，最重一"韵"字，盖俗气未尽者，皆不足以言韵也。观其《书嵇叔夜诗与侄榎》，称其诗"无一点尘俗气"，因言"士生于世，可以百为，唯不可俗，俗便不可医"。是则去俗务尽也，岂唯书哉！

韵，也是雅。刘熙载认为黄庭坚重韵去俗。

赵宧光《寒山帚谈》更憎恶俗，他说："字避笔俗，俗有多种，有粗俗，有村俗，有妩媚俗，有趋时俗。粗俗可，恶俗不可，村俗尤不可，妩媚则全无士夫气，趋时斗筲之人，何足算也。"

赵宧光将俗分为若干种，也是除俗务尽之意。

古代杰出书法家的作品大都是雅的，"楚调自歌，不谬风雅"。大俗大雅的"俗"是通俗，不是书法意义上的俗。

书法史上狂狷是雅的，乡愿是俗的。

刘熙载《游艺约言》云：

> 书虽小道，学书者亦要不见恶于圣人。圣人所恶者，舍狂狷而就乡愿也。

狂狷之书是有个性的狂者或狷介者所为，乡愿就是没有个性的俗书。

当下书坛风雅之士不少，但也不乏俗书。名人书法、官军书法，俗书还少吗？当下我们怎样才能亲风雅而远离尘俗呢？其途径是多方面的，包括"书家的天才、灵性、才学、识见、胸襟、性情等多种因素"[2]。但我认为最重要的还要多读书，加强文化修养。杨守敬《学书迩言》云：

> 梁山舟《答张芑堂书》，谓学书有三要："天分第一，多见次之，多写又次之"……而余又增以二要："一要品高，品高则下笔妍雅，不落尘俗。二要学富，胸罗万有，书卷之气，自然溢于行间。"古之大家，莫不备此，断未有胸无点墨而能超轶等伦者也。

"品高"属品德修养，这是必须做到的。其实杨守敬还是重点讲了读书的重要性。苏轼《柳氏二外甥求笔迹三首》有云：

> 退笔如山未足珍，读书万卷始通神。

读书是风雅之事，尤其是读哲学、史学和文学等相关书籍，学问变化气质，笔底就自然离风雅近了。

读书的同时如能作诗文，则更是锦上添花。吴宽《瓠翁集》云：

> 书家谓作真字能写篆籀，法则高古。今书家例能文辞，不能则望而知其笔画之俗，特一书工而已。世之学书者，如未能诗，吾未见其能书也。

吴宽认为书家能诗能文，书法就不俗，这话有些道理。古代书家本身就是诗人、作家，自己书写自己的作品，肯定比抄录他人的东西好得多，也更能表现出意境。但说不能诗便不能书，则未免绝对了。

当今书坛，不读书或不喜欢读书的书家不在少数。君不见，各级展览作品中错字屡禁不止，专业报刊上张冠李戴、用词错误的现象时有发生。有些书家也书写自己的"作品"，但文法不通；抄录前人的作品，落款文辞又不伦不类……凡此种种，都是俗，都是不读书的结果。长此以往，怎么能雅呢？

注释：

[1] 唐嗣信《风马牛不相及的引证》，《书法》，2003年第1期。

[2] 丛文俊《揭示古典的真实——丛文俊书学、学术研究论集》，中州古籍出版社，2003年版，第389页。

本文发表于《书法导报》2010年12月21日

◎试论书法的意境表现与创造

意境这一美学理论,是我国近代学术大师王国维在《人间词话》中首倡的。作为艺术表现的一种方式,意境指的是创作主体对外界客观事物(包括社会现象和自然现象)的感受所达到的一种情怀。宗白华先生说:"意境是艺术家的独创,是从他最深的'心源'和'造化'接触时突然领悟和震动中诞生的,它不是一味客观的描绘,像一照相机的摄影。"[1]由此可见,意境的构成有两个要素或曰二原质:一是意(情),一是境(景)。具体来说,意即是艺术家的主观之情,包括艺术家的感情、理解、想象、志趣等诸多内在因素;境指客观之景,包括景象、环境、氛围等诸多外在因素。意与境在艺术家具体创作时并非泾渭分明,而是"你中有我,我中有你"。正如王国维在《人间词话》中所说:"境非独谓景物也,喜怒哀乐,亦人心中之一境界。"英国当代美学家克莱夫·贝尔提出的"有意味的形式"的理论命题也是这个道理。所以可以这样理解,意境是情与景的统一,是情感性与形象性的交融。

意境这一美学范畴在诗词、绘画中很容易把握,如以山水为题材的诗词、绘画,只要审美主体稍加吟哦品味,便可以从中获得意境的美感。那么就书法而言,书法到底有没有意境?如果有,其构成材料有哪些?其意境是如何表现和创造的?这正是笔者所要探讨的。

　　书法和诗词、绘画、建筑、音乐等艺术门类一样,也是有意境的,这在理论界已达成共识。书法是一门独特的艺术,它是以汉字为书写内容来表情达意的。书法是线条艺术,在某种程度上也可以说是造型艺术。[2]书法首先借助线条的"造型"来表现"景"。横如千里阵云,竖如万岁枯藤,说的就是这方面情况。汉字是表意文字,最早出现的是象形字,即"画成其物,随体诘屈",后起的指事字、会意字和形声字也都是在象形字的基础上发展演变而来的。因此书法家在创作的时候,一笔一画总是要力摹客观事物形象,以客观事物为依托。东汉蔡邕曾说:"凡欲结构字体,皆须象其一物,若鸟之形,若山若树,纵横有托,运用合度,方可谓书。"[3]崔瑗在论草书时也说:"观其法象,俯仰有仪,方不中矩,圆不副规。抑左扬右,兀若竦崎……旁点邪附,似蜩螗挶技。绝笔收势,余綖虬结,若杜伯揵毒,看隙缘巇。"[4]这里的客观事物并非是具体的,而是指从某种客观事物中所获得的美感体验。此外,书法家还可以从社会生活和大自然中受到启迪,从而领悟到有关书法的哲理。张旭"始见公主担夫争道,又闻鼓吹而得笔法意。观公孙氏舞剑器而得其神"。[5]文与可见蛇斗而草书进。这些都构成了一定意义上的"景"。虽说书法色彩感不强,线条也不能尽客观事物之形(尤其隶书出现以后,表意性益趋淡化),但书法家"外师造化,内得心源"(张璪语),书法还是能表现出意境的。至此,我们可以给书法的意和境做如下界定:意就是书法家的情感,喜怒哀乐为人性情所禀,没有情感也就没有艺术;境就是客观之景,即书法家创作时的环境、气氛和作品中的线条、墨色、章法、结构等。基于此,在特定情况下,成熟的书法家便把主观之情和客观之"景"巧妙地结合起来,进行创作，书法的意境也就诞生了！现在我们举古代书法家意境表现成功的范例，来进一步说明这一问题。

先以王羲之的《兰亭序》为例。

这幅作品作于晋穆帝永和九年（353）上巳日（三月初三）。王羲之与谢安、孙绰等41人，会集与会稽山阴的兰亭。他们曲水流觞，饮酒赋诗，各抒怀抱。当时"天朗气清，惠风和畅"，正所谓"信可乐也"。王羲之乘兴挥毫，为这次盛会的诗集写了序文，这便是被后人誉为天下第一行书的《兰亭序》。这幅作品线条流美，布白分明，章法整饬，给人以宁静温馨的感觉。然而再三玩味也不难把握作者的心理律动：作品的前半部分从从容容，悠然自得；后半部分则别有心绪，这正是道家思想的人生无常对作者心理的一种折射。整幅作品增二字，抹二字，又改动五字，一挥而就，妙手天成。作者创作除了书法自身的表现能力外，当时的周围环境、心绪以及所生活特定时代的文化氛围，无不倾注于作品之中。据说王羲之后来又写了数百本《兰亭序》，但没有一幅比得上原作的，其中道理就在于情境不同，也就达不到原作那种独特的境界了，正所谓意境具有不可重复性。

被鲜于枢誉为"天下第二行书"的颜真卿《祭侄稿》，更是充分表现意境的代表作。这幅作品作于唐肃宗乾元元年（758）九月初三。安史之乱时，颜真卿的堂兄颜杲卿做常山太守，当城被攻陷的时候，叛军胁迫颜杲卿投降，并以刀加于其子季明的脖颈上，颜杲卿忠烈，誓死不降，季明就这样被杀害了，后来颜杲卿也为国捐躯。颜真卿得知侄儿死难的消息后，悲痛万分，奋笔疾书，写下了这篇悼念文稿。这幅作品，文字上不加修饰，书法上不拘字形，行不整齐，又诸多改易，但见挥挥洒洒，满纸云烟。作者把国家之恨、痛失亲人之情借助于雄浑苍劲的线条淋漓尽致地表现了出来,堪称"天籁"。作者面对这巨大的不幸,想到"孤城围逼,父陷子死"的惨境,心肝俱裂,情借书抒,书以情传。正如《宣和书谱》所云:"鲁公平生大气凛然,惟其忠贯日月,识高天下,故精神见于翰墨之表者,特立而兼括。忠臣烈士,道德君子,端严尊重,使人畏而爱之。"

我们在把握了书法所构成的意境之后,再来看看意境的状态,亦即意境表现的不同情况。王国维在论述诗词的意境时说:"文学之事,其内足以摅己,而外足以感人者,意与境二者而已。上焉者意与境浑,其次或以境胜,或以意胜。苟缺其一,不足以言文学。原夫文学之所以有意境者,以其能观也。出于观我者,意余于境。而出于观物者,境多于意。"[6]王国维认为意境的构成有三种方式:即"意与境浑""意余于境""境多于意"。艺术是相通的,揆以书法,意境的表现也有这三种不同方式。

"意与境浑"也就是情景交融,是作者把主观之情巧妙地融合到客观之景之中,是由见景生情来完成意境的。"悲落叶于劲秋,喜柔条于芳春",就是这个道理。我们仍以《兰亭序》为例来说明这一情况。三月初三正是春和景明的时候,在"群贤毕至,少长咸集"这一文人雅集之际,引发出作者的欢娱之情,故此作品的开头文字省净,心绪平稳,书法也如夏日芙蓉春日柳,这是"初境"。而在"生年不满百,常怀千岁忧"社会心态的折射下,作者又对人生抒发感慨,书法上也略有"骚动",情随"景迁",这正是"凌境"。而作品的结尾作者又从抒怀中回到现实,以感慨作结,书法上又复归"平正",这正是"拓境"。整幅作品情景相生,一波三折,摇曳多姿。作品中有自然风物,有人生况味,而这一切无不以情贯之。正如孙过庭所说："羲之写《乐毅》则情多怫郁，书《画赞》则意涉瓌奇，《黄庭经》则怡怿虚无，《太师箴》则纵横争折，暨乎兰亭兴集，思逸超神。"[7]情随景迁，妙合为一。这是意境表现的最佳状态。

"意余于境"或"以意胜"就是意大于境，是指作者在创作时以抒情为主，不过多追求形式，随意挥洒而又法度自在。在某种程度上，也可以说是作者在作品中的一种自我人格的凸现。如颜真卿的《祭侄稿》和《争座位》，前者是对亡侄的悼念，抒发强烈的悲愤之情；后者是对官场污浊混乱的抨击，一团正气。这正是"我手写我口"，偏重于意的表达。此外，像张旭、怀素的草书，"宋四家"以及郑板桥的一些作品都属于此类。这一类型多以行草为主，正如韩愈所说："张旭善草书，不治他技，喜怒窘穷、忧悲、愉佚、怨恨、思慕、酣醉、无聊、不平，有动于心，必于草书焉发之。"[8]

"境多于意"或"以境胜"就是境大于意，这在书法史上极常见。这类作品侧重于线条的质感，恪守法度，从内容上看多是一些庄重严肃的东西，从章法上看十分匀称谐调，是用一些规矩的书体如篆、隶、楷等进行创作，历代碑碣多属此类。这类作品侧重表现造型美，通常所说的"颜筋柳骨"，也是就颜真卿、柳公权他们楷书的形式感而言的。再如以雄强、险绝著称的《爨龙颜》和《张猛龙碑》，由于书写内容的限制，作者情感相对淡化，而其形式则居于主导地位。这类作品也绝不是没有情感，没有情感表现的书法是构不成意境美的。

横看成岭侧成峰。意境在书法上的表现除了上述三种情况外，在表现程度上还存在着差异性，即有高低之分和大小之别。意境表现的高低主要取决于作者学识、修养的高低以及审美情趣的差异，这也是一个比较大的论题，暂不论及。我们仅谈谈书法意境表现的大小。王国维在论述诗词意境的大小时说"'细雨鱼儿出，微风燕子斜'，何处不若'落日照大旗，马鸣风萧萧'？'宝帘闲挂小银钩'，何处不若'雾失楼台，月迷津渡'？"[9]据此我们可知大境界属于阳刚之类，即壮美；小境界属于阴柔之美，即优美。二者各有千秋，即"不以是而分优劣"。就书法而言，阳刚之美属于那种庄严劲健的作品，像汉碑、魏碑以及欧阳询、颜真卿、柳公权、黄山谷、郑板桥等人的作品，或端庄凝重，或长枪大戟，或大开大阖，都给人一种凛然不可犯之势，给人一种昂扬向上的感觉。阴柔之美则属于俊逸、娟秀一类的作品，像《兰亭序》、晋人手札以及赵孟頫的作品等等，这类作品都给人一种平和、恬淡之美感，仿佛小桥流水，细雨和风，令人心旷神怡。

  意境的表现我们大体勾勒如上，那么我们在书法创作时怎样才能创造出意境，或者说怎样才能创造出较高的意境呢？这确实是值得深思熟虑的问题。宗白华先生曾说过："意境不是自然主义地模写现实，也不是抽象的空想的构造。它是从生活的极深刻的和丰富的体验，情感浓郁，思想沉挚里突然地创造性地冒出来的。"[10]这话颇有见的。意境的创造要求作者有充沛的情感，有丰富的生活阅历，善于捕捉客观之景，以艺术家的灵性观察世界。瑞士思想家阿米尔说过："一片自然风景是一个心灵世界。"书法家要善于从大千世界中受到启迪，从而丰富自己的艺术表现力。屋漏痕、锥画沙、折钗股等都是前人"我师造化"的结果。又由于书法作品中的"境"不同于诗词绘画中的"境"，因此书法作者还要不断地增进自己的学识修养，广博读书，历代前贤诗词、诸子百家著作，尽量吸收，多多益善，增强字外功、书卷气。这样线条才能质量高，才能充分显示出"景"。纵观古代书法家，他们无一不能诗文，他们的书法绝大多数都是写自己的作品。书法意境的创造只有在特定情况下写出的作品才能产生，如果胸无点墨，怎么能创造出意境呢？这里并不否认书写古代诗词产生不了意境，在特定情况下，即景生情，借古人酒杯浇自己心中之块垒，也能产生意境，但这总给人一种"隔"的感觉，因为你首先必须要领会古人作品的精神实质，然后进行再"创作"。如果尚未理解好古人的作品便"急就章"，那只能是满纸涂鸦。为此，要创造出意境书法不仅要求作者是个学人，而且同时要求是位诗人。

书法意境的创造反对矫揉造作，这是由意境的真实性所决定的。在无情言情、"为赋新词强说愁"的情况下，是创造不出意境的。"大家之作，其言情也必沁人心脾，写景也必豁人耳目；其辞脱口而出，无矫柔妆束之态；以其所见者真，所知者深也。"[11]这就要求书法家写"真景物真感情"。"真感情"要求作者有一颗纯真之心，有艺术上的"童心"，有强烈的创作欲望。书法创作是作者感情的自然流动，不要故意造情，当然这也是作者人格上的自我完善。"真景物"就要求作者用美的规律来造型，胸怀万端而凝于线条，布白得体，刚柔相济，那些任意变形、过分夸张者不在此列。

意境的创造重在"创"字，"创"也就是创新，而创新相对的范畴便是继承。这样看来，书法意境的创造还涉及继承和创新的问题，用王国维的话说前者是"写境"，后者是"造境"。借鉴前人成功经验，重视传统，这是书法家必须恪守的。书法史告诉我们，后人总是从前人那里汲取许多有益的东西，即所谓"渊源"，这也是艺术上的"寻根"。而创新则是不受前人束缚，勇于探索，追求一种新的美学境界，这也是书法发展的必然趋势。没有创新，艺术便走入死胡同，实际上一部书法史就是在不断创新的基础上写成的。晋人尚韵，唐人尚法，宋人尚意，元明尚态，其本身就是一种创新意识。创新并不等于不尊重传统的标新立异，那些野狐禅式的让法适我，"不拘一格全面创新"是书法艺术的反动。创新和继承是对立统一的，是书法意境创造的双桨，只有二者完美地结合，我们才能看到具有更多更好的意境书法作品问世！

归根结底，书法意境是作者人格的表现，也是作者世界观、学识修养、审美情趣等的一种综合反映。这是对书法创作最高层次的要求，也是古今书法家所追求的终极目标。

注释：

[1][3][10]见宗白华《美与意境》，人民出版社，1991年版。第217页、第329页、第351页。

[2]参见熊秉明《中国书法理论体系》第二章，四川美术出版社，1990年版。

[4]卫恒《四体书势》，《历代书法论文选》，上海书画出版社，1979年版第17页。

[5]欧阳修、宋祁，《新唐书》卷二〇二，中华书局，1975年版。

[6][9][11]见《人间词话》，人民文学出版社，1985年版。

[7]《书谱》，《历代书法论文选》，上海书画出版社，1979年版，第128页。

[8]见《送高贤上人序》，《历代书法论文选》，上海书画出版社，1979年版，第292页。

本文收录于《第二届书法战略研讨会论文集》
（辽宁教育出版社，1995年版）

◎承"尚古"启"尚意":
论蔡襄书法的历史价值

一、混乱无序的宋初书坛

有宋以来,中央集权统治迅速加强,武将权力削弱,这改变了北宋以前武将当权的政治局面。再加之大兴科举制来选拔官员,逐步形成了文人当政的政治体制。诚然,以文人为政治角色的宋代,演绎了又一次文艺活动的繁荣,较之于唐代文艺的恢弘气势,宋代整体创作则更倾向于精神上的感觉,强调作品之"尚意"。然而在刚刚结束动乱而统一的宋初,文艺创作正处在各种混乱无序之中,不知何去何从。

在书法艺术上,唐代书法重在追求"法",唐人以钟、王书法为宗,强调书法传承的谱系,故以追求古法为高,形成"尚古"的精神。然而因晚唐五代混乱局势打破了这一师承传统,造成了半个多世纪书法发展的停滞,从而造成宋初书学者无师可从、无法可寻的尴尬局面。赵构《翰墨志》云:"本朝承五季之后,无复字画可称。"[1]正是言及了宋初书坛因五代混乱而造成书学者"走投无路"的局面。可以说,宋初的书坛正处于"寻觅大师"的状态,他们在寻找"大师"、寻找"旗帜"、寻找"法则"(即技巧),但同时这些意气高昂、自命不凡的文人们也在寻找一条异于唐代的新路子,直至欧阳修、蔡襄、苏轼等人的出现,他们极力提倡追寻"古法",要求书法遵循晋韵唐法。同时宋人又是极具创新意识的,他们也试图开辟一条新路,至黄庭坚、米芾等人强调书法"尚意"后,宋人书法与宋诗一样都走上了一条"尚意"之途。然而在这个承前启后的阶段,蔡襄的历史地位不能忽视,很多批评者仅从书艺高低或是"开宗立派"的角度片面地评价其地位,忽视了他对整个宋初书风的纠正和对未来宋人书法发展的建设性意见的贡献,这是有失偏颇的。

二、"尚古"的实践:各体皆工

在北宋书家中,蔡襄的书法地位一直有争议。推重者以为其书法融古出新,为"本朝第一";贬低者认为蔡书流于媚俗,笔力柔弱,无法列入"宋四家"之中,且又有"蔡"之为蔡京之说,因蔡京人品低劣,故以蔡襄代之。《宋史》云:"襄工于书,为当时第一,仁宗尤爱之。"[2]朱长文《续书断》云"然颇自惜重,不轻为书,与人尺牍,人皆藏以为宝。……及学士撰《温成皇后碑》文,敕书之,君谟辞不肯书,曰:'此待诏职也。儒者之工书,所以自游息焉而已,岂若一技夫役役哉?'"[3]这些史料都说明了蔡襄书法为一时所重,在当时影响极大。

从今天我们对有宋书法的整体认识看,蔡襄的书法在宋初书坛还是有很大影响的,欧阳修曾赞蔡襄书法"独步当世",并推其为"盟主";苏轼推其书法为"本朝第一",亦多次为之回护。虽然蔡襄的书法较之后来者如黄庭坚、米芾等人的"尚意"书法有所逊色,但在其同时期及北宋开国以来的书坛却有着举足轻重的地位。

蔡襄书法师法古人，践行"尚古"风气，不随波逐流。然而在北宋开国之初，书学者多弃古法而直接追逐时人书风，如米芾《书史》云：

> 李宗谔主文既久，士子始皆学其书，肥扁朴拙，是时誊录以投其好，取用科第，自此惟趋时贵书矣。宋宣献公绶作参政，倾朝学之，号曰朝体。[4]

当时人多学李宗谔、宋绶、周越等人，即谁的字有名就学谁，造成"趋时贵书"的现象。从蔡襄流传下来的作品看，他早年也不免有效颦之嫌，但随后开始潜心于钟繇、颜真卿书法，又兼及欧阳询、虞世南诸家，同时上溯二王。总的说来，其行草上承"二王"，力追晋风；楷书立足唐楷，稳求唐人法度，实为宋初"尚古"第一人。

蔡襄遍学各种书体，善行书、草书、楷书、隶书等，他也是有宋一代少见的诸体皆能的书家。可以说蔡襄的"尚古"实践，结束了五代宋初以来诸体皆能书家的真空现象。至于蔡襄诸体的水平，苏轼有较为准确的评价：

> 国初，李建中号为能书，然格韵卑浊，犹有唐末以来衰陋之气，其余未见有卓然追配前人者。独蔡君谟书，天资既高，积学深至，心手相应，变态无穷，遂为本朝第一。然行书最胜，小楷次之，草书又次之，大字又次之，分隶小劣。又尝出意作飞白，自言有翔龙凤舞之势，识者不以为过。[5]

苏轼认为蔡襄书法成就很高，但诸体之中，行书第一，楷书第二,草书第三,其余的则一般而已。从流传下的作品看,苏轼这段评价还是很准确的。在蔡襄各体书法作品中,毋庸置疑,他的行书因学二王而较出色,且多以尺牍呈现,如《安道帖》《澄心堂纸帖》当为蔡氏众多行书作品中的佼佼者。其中《澄心堂纸帖》可看作是蔡襄"尚古"书风的代表作,此帖异于时人俗书,多流露出魏晋风韵,字的恬淡中多了种冲和之美,如倪云林所云"粹然如琢玉"之感。而《安道帖》则表现出一种腴润雍容之态、流美婉约之势,还流露出一种浓郁的书卷之气。总之,蔡襄的行书因其多为信札,故而其书法多了一份自然天真。

蔡襄的楷书流传下来的也较多,并且可以说是宋代楷书的典范。他的楷书以"端严温厚"而名于当时,仅以《谢赐御书诗》为例,它作为蔡襄楷书重要的代表作之一,曹宝麟先生认为此帖充分体现了其楷书精到和劲利的两大特色,其所用书意为颜真卿而笔法近贴虞世南,气息安闲,点画清刚。[6]蔡的楷书主要以颜为基础,在蔡襄五十三岁时所书的《大研帖》中,我们尚可以发现其中还有《多宝塔》早期颜体风味的印痕,如"尺"、"风"、"可"诸字即可佐证。

在苏轼的评语中,所谓之"草书",实为蔡氏自创的"飞草书"。蔡襄对这类"草书"做过诠释,其云:"每落笔为飞草书,但觉烟云龙蛇,随手运转,奔腾上下,殊可骇也。静而观之,神情欢欣可喜耳。"[7]而沈括的《梦溪笔谈》亦对此作过描述,"古人以散笔作隶书,谓之'散隶'。近岁君谟又以散笔作草书,谓之'散草',或曰'飞草',其法皆生于飞白,亦自成一家。"[8]通过二人的描述,很多人认为蔡襄的"飞草书"实以散卓笔[9]所书的草书,兼有章草和飞白书的特征。最为代表的应以《陶生帖》为例,章草气息浓郁,犹以"者""大"二字章味十足。"昔尝惠两管者,大佳物,今尚使之也"这十几字萧散利落,字体俊俏,行笔落落大方,极具风采。此帖从"尚古"角度可以发现,蔡襄草书颇得"二王"神采,亦取虞世南雅淡之特色,而布白宽绰、笔意简约之中透露出学书上绍魏晋的不二法门。另一《思咏帖》可作为蔡襄学书古人的最直接例证,其中"思""出""通"等诸字皆取法右军,又兼唐人,虽少作牵丝,字字独立,但上下字间笔意暗连,潇洒挥毫间又注重用笔的实与虚,不失气韵生动。

我们从蔡襄各体书法上看,其最擅长行楷书,其他书体虽涉及,然而水平一般,但从其善诸体这一点上看,恰是蔡襄"尚古"的最好证明。其虽"尚古",却不僵死地只守一家,而是广取薄收。如跋《颜真卿自书告身帖》30个大楷字,就是典型的颜体书风,是蔡襄学唐人颜真卿和徐浩的结果,虽于气势、笔道上不及颜、徐二人,但由于早年受欧阳询影响,字形上似有峻瘦、险劲之感,笔力上又多显现出虞世南那股飘逸之气。所以我们说蔡襄的书法绝非学一家而成,是其自觉"尚古"而取法多元,造就了他各体兼工,胎息"二王",取法唐人的书艺特点。

三、理论与实践上的"尚意"倾向

蔡襄的书法若与苏轼、黄庭坚、米芾三人相比,的确不可同日而语,苏、黄、米被后人称作"尚意三家",苏轼以丰腴跌宕为美;黄庭坚以纵横拗崛为奇;米芾以俊迈豪放、集古为师见长,三家书法各具千秋。苏黄以学养入书法,尤其是黄鲁直将其诗歌中的奇拗、峭拔瘦硬融入进书法,使书风以意为第一,以法居第二。与三人相较,蔡书显得平平,然而蔡襄毕竟年长于三人，当为宋代书坛的前辈，虽没有在书法实践上开宗立派，但蔡襄并不是没有对宋代书法的未来发展提出建议，他在《论书》一文中提到：

学书之要，唯取神气为佳，若模象体势，虽形似而无精神，乃不知书者所为耳。[10]

蔡襄所言"学书之要，唯取神气为佳"与黄、米等人所提倡的"尚意"主张不谋而合，而蔡襄早于黄、米二人，则"尚意"主张的雏形早在蔡襄时已被提及，只是由于蔡襄个人学养、才情、经历的有限以及当时环境所致，未能付诸实践，但这"取神气为佳"的提议是否对后来的"尚意"书风起作用，因无史料佐证，不得而知，但因苏轼对蔡襄书法极其推重，其师欧阳修与蔡襄又为好友，想必"取神气为佳"的主张，苏轼亦知。而黄庭坚又师出苏门，对苏东坡书法了解甚深，这种层层师承关系必然使黄庭坚从其师苏轼那了解到蔡襄"取神气为佳"的主张，这就不难理解蔡襄的理论主张对后来"尚意"书风形成具有启蒙影响。正如陈振濂先生在《蔡襄：书法文化转型时代的标志》所说："虽然我们现在是作为宋代尚意书风的一个侧面来进行评价的，但它（指尚意书风）的导源，却不能不说是宋初蔡襄、欧阳修等人所为。"[11]

其实，蔡襄并不是一点也没有在创作中体现"神气"，只是较少为之，其四十四岁时所书的《离都帖》已然在行笔中加入了自我感情的因素。此帖开头突显沉着稳重，笔力十分沉重，至"不意灾祸如此"，行笔始见凌乱，"感念"二字的快捷足见蔡襄心里的悲痛，书至后半段，用力拖曳，行笔迅疾，游丝纤细，"佳安"之"佳"字右边的一竖尚未写尽，可见当时书写时的心理律动。此帖写时自己儿子因寒而病故,故而在述说时心情的哀痛浮现于纸上,与颜真卿《祭侄稿》相似,皆因心情的变化使字的书写呈现出疾徐,又因字的疾徐而发情移,使观者为之动容。所以说《离都帖》已然透露了"尚意"的端倪。

  如果说《离都帖》是蔡襄不经意地追求"神气",显露"尚意"的话,那么其四十九岁所书的《脚气帖》就是其追求"神气""意韵"的有意实践。此帖中两个"行"字与"耳"字最后一竖的送笔,是有意为之,大显潇洒、帅气之意,与后来苏东坡《寒食帖》的"年""中""纸"三字的最后一竖对比,不觉如出一辙,而且东坡作"悬针"之气势未若蔡襄来得潇洒,蔡的三笔则似稳重之中突现的大把利剑。就此帖而言,不仅与苏东坡有意合之处,开篇两行某些字的行笔与后来黄庭坚竟也有暗合,如"四""月""来""肿""入"诸字,细看二者有相似之处,尤其是"入"字的捺笔极似。

  我们从《离都帖》《脚气帖》看出,蔡襄不仅仅提出了"取神气为佳"的理论主张,还有意识地赋予了实践创新,追求"神气",但从传世的作品看,应该只是偶一为之,没有改天换地的革新,这也许与蔡襄的个人秉性有关,从蔡襄为人、做官上都可以看出他是个稳重的人,所以他不是不创新,而是偶尔为之或创新求变的幅度较小。

四、结语

  我们可以说,蔡襄并不是一个开宗立派的书法大师,但确是一位在无序混乱中继承传统、开启未来的书法大家。其书法的历史价值有二:其一就是在宋初书坛混沌之时,他采取了"尚古"的精神,自觉地践行"取法乎上"的原则,学习古人各家书风及各种传统书体,从而纠正时人学书的弊病。其二他提出追求"取神气为佳"的理论主张,以建设性意见为宋人书法何去何从作了指导,为以后"尚意"书风指明了方向。

注释:

[1] 赵构《翰墨志》,《历代书法论文选》,上海书画出版社,1979年版,第367页。

[2] 脱脱等撰《宋史》第30册,中华书局,1977年版,第10400页。

[3] 朱长文《续书断》,《历代书法论文选》,上海书画出版社,1979年版,第336页。

[4] 米芾《书史》,《中国书画全书》第一册,上海书画出版社,1992年版。

[5] 苏轼《评书》,《历代书法论文选续编》,上海书画出版社,1993年版,第55页。

[6] 曹宝麟《中国书法史·宋辽金卷》,江苏教育出版社,1999年版,第69页。

[7][10] 蔡襄《论书》,《历代书法论文选续编》,上海书画出版社,1993年版,第51页,第50页。

[8] 沈括《技艺》,《梦溪笔谈》卷十八。

[9] 黄剑先生解释"散卓"为宋代出现的一种新式毛笔,即无心散卓笔,这种笔锋长而圆健,较少散锋、脱毫之缺点,含墨远较汉、晋时的枣心笔为多,书写更为流畅自如,富于轻重燥润之变化,尤其适宜当时盛行的行草书体。参见黄剑《名作的中国书法史》,复旦大学出版社2008年版,第199页。

[11] 刘正成主编《中国书法全集》第32卷,荣宝斋出版社,1995年版,第20页。

◎书法书论两相宜
——魏燮均的书法创作与书法理论研究

魏燮均不仅是著名诗人,而且还是著名的书法家,魏自己也认为"诗名遂为书名所掩"[1]。他是书法家,也是位书法理论家。本文拟从魏燮均的学书经历入手,探讨其书法理论与书法创作,旨在对魏燮均的书法进行立体扫描,全方位对魏燮均的书法进行研究。

一、魏燮均的书法活动

魏燮均虽未中过举人,但在同治三年(1864)53岁之前他一直在备战科考,可以说魏燮均对书法一直很重视,因为清人科考,最看重书法,龚自珍和魏源都因为书法不佳而数次名落孙山。魏燮均放弃科考后,因为书法好数次去金州、海城、昌图、岫岩、沈阳等地入幕做书记,也就是说书法伴随了魏燮均的一生。他在《论书十四则》[2]描述了自己的学书经历,有云:

忆余年少时,最嗜王赵两家书。而临池未深,只摹写王逸少之《圣教序》《半截碑》,王大令之《洛神赋》,赵吴

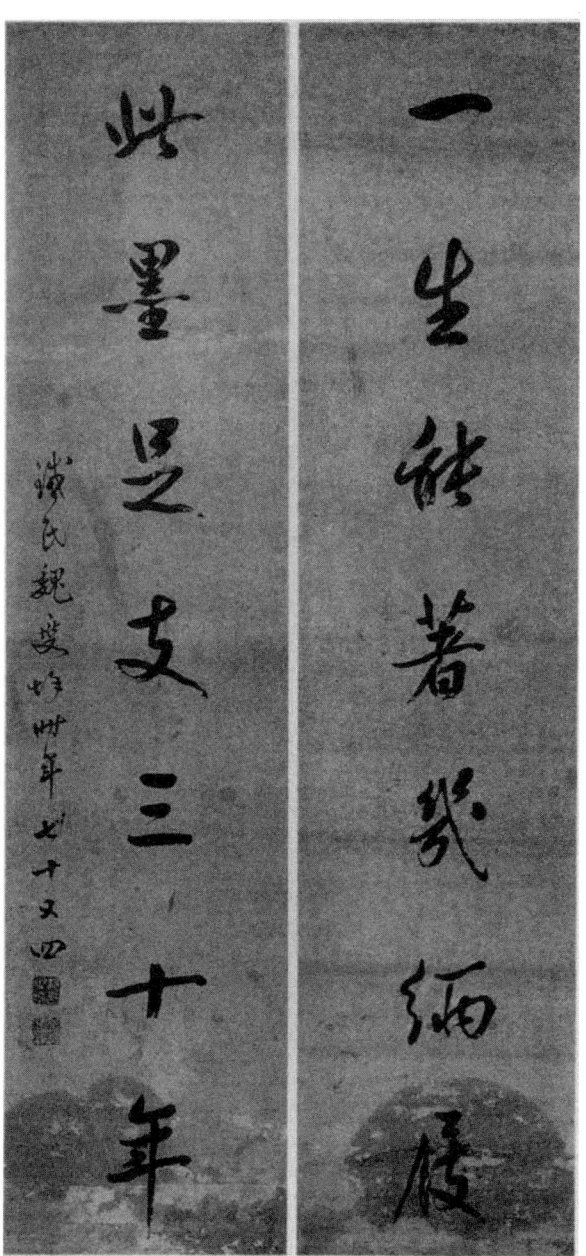

魏燮均七言联

兴之《佑圣观》而已。中年后又临褚河南之《乐毅论》,李北海之《云麾碑》,颜鲁公之《争座位》,皆不得其形模,乃弃去。惟我用我法,信笔狂挥而已。然每遇古人真迹,或先辈法书,辄浏览不释,心醉而手摹之,至忘寝食,因悟用笔用意之法。自觉晚年稍有进益,而终不能官止神行到古人自然入妙之境。

  这是魏燮均的夫子自道。与一般书法家没有什么区别,魏燮均学书也是以临摹为主。少年时最喜欢"二王"和赵孟𫖯。临摹大王的《圣教序》和《半截碑》,小王的《洛神赋》。从这里我们可以看出,魏燮均学书伊始,就是取法"二王",可谓起点高。再加上赵孟𫖯的《佑圣观》,我们明白了魏燮均学书是为科举做准备,与魏燮均同时的刘熙载曾说"学《圣教》者致成为院体"[3],赵孟𫖯的书法也是科举的敲门砖。这应该是当时的一种风气。中年以后的魏燮均对书法的学习进入一种自觉时期,临褚遂良的《乐毅论》应是向追求书法艺术的过渡,而学李邕的《云麾碑》和颜真卿的《争座位》则是有意对美的追求了。李邕是盛唐时著名的书法家,"右军如龙,北海如象",董其昌甚至把他和大王相提并论。李邕善行楷,亦王羲之一脉。《云麾碑》又名《李思训碑》,行书,笔法瘦劲。杨慎认为《云麾碑》为李书第一。魏燮均也有学李邕书的诗句,其《山庄杂兴二十首》(手稿)有云:

  微雨尘消几席,新晴日上窗纱。
  磨墨试临北海,焚香且读南华。

  "北海"即李邕,该诗描述了临习李邕书法的情形。

颜真卿是楷书大家,其行书在书法史上也占有重要一席。《争座位》字势飞动,天真烂漫,被誉为有篆籀气,为颜书中最为杰出者。魏燮均自述对上述名作的临摹并不到位,甚至"皆不得其形模",这里除了他自谦外,也说明越是经典越不好临摹的道理。

此外,魏燮均借进京科考的机会,随鼎臣司寇进内阁,得以饱览翔凤阁珍藏的墨宝,如苏轼的《中山松醪赋》《治平帖》,黄庭坚的为孙觉书七言长幅,赵孟頫《六体千字文》《桑寄生传》,文徵明手卷,祝允明《黄庭经》,董其昌的《临宋四家》手卷,还有其他宋元明人真迹。清朝只有张照的《临帖》四种、福安康的《金刚经》册页[4]。身处塞外的魏燮均看到这些名家名迹,开阔了眼界,增长了见识,极有利于他书写水平的提高。

除了临摹、阅读碑帖开阔视野外,魏燮均还结交了不少善书的朋友,如沈阳的缪公恩(《呈缪梅澥先生》),乐亭的袁嘉敖(《送别袁甘泉布衣》)。结交最有名的书法家当是晚清学界山斗德清的俞樾,俞樾曾为光绪本《九梅村诗集》题耑。二人结交时间待考。

《九梅村诗集》[5]中也有一些诗记载他书法活动的片段。

有写临书的,如:

老将入社师摩诘,闲且临池学右军。(《闲居杂述》其二)

有写日课的,如:

栽数种花为活计,写三页字算功夫。(《闲居遣兴》)

有写为人创作的,如:

洒扫庭轩后,安排笔砚初。

吏胥求写扇,童仆学抄书。(《金州幕中杂兴》其二)

有写学书感慨的,如:

读书枉自欺名达,煮字何堪救岁饥。(《五十初度自述十首》其三)

一砚殷勤持赠余,有人相遇在华胥。
或因惜此年垂暮,教我工书且著书。(《新正二日梦有少年持砚见赠醒纪以诗》)

在历代书家中,魏燮均十分心仪郑燮,魏燮均初名昌泰,后更燮均,"燮"就是因郑板桥而改的。他在《咏怀》诗中说:

书不爱古人,颇爱板桥字。
独能辟法门,陋劣饶古意。
旁及金石文,搜罗亦不弃。

魏燮均特别喜欢郑板桥的书法,认为其能独辟蹊径,"陋劣饶古意",也就是对郑的乱石铺阶饶古意的书风十分赞赏。在实践上也曾仿效郑板桥,"中年曾戏为板桥体,友人王拓园谬赏以为神似,直可乱真"。[6]他的《绿野山房》诗有云:

"郑翁去不远,轶事话斜阳。"诗注云:"板桥先生尝寓居山房,作书画以自售。"魏燮均学郑板桥,正说明他在书法上转益多师。

二、魏燮均的书法特点

在东北古代书法家中留下书迹最多的,大概就是魏燮均。他自己曾说:"老人无异能,酷嗜书,晚年书益工,名动公卿间。凡是踵门乞书者,辄应之,而于藉资救困者,尤弗吝,得者欣然以去。于是远近都人士识不识,莫不交口称誉焉,而诗名遂为书法所掩。"[7]魏燮均也认为自己书名大于诗名,"名动公卿间",求书者众多。下面我们根据文献记载,以及《高其佩魏燮均书法珍品集》所收集的魏燮均的书法,谈一谈魏燮均书法的艺术成就。

1. 形式多样,大小咸宜

铭安《九梅居士诗序》说他"工楷书,尤精行草"。常守方《九梅村诗集序》说他"工书法,尤邃于古。一时碑版墓志,多出其手"。姜海藩《九梅村诗集序》说他"为学好古文,善书法,尤工于诗,每下笔辄有古人遗意"。从时人的评价中我们可以知道魏燮均善书,且当时很多碑版墓志由他书写,大有李邕"碑版照四裔"的意味。

从《高其佩魏燮均书法珍品集》收集的魏燮均书法来看,也可以得到印证。该书共收集魏燮均作品41件,大都是行草书,有几件楷书也是行楷。行书是用途最广的一种书体,也是备受书家青睐的书体。魏燮均书名远播,有"字震九州"之誉,求其写碑版墓志的也纷至沓来,值得注意的是,他写碑版墓志也都用行书,这大概是受李北海的影响。

从书法作品形式上看，有信札，如《致吴晓山书》；有对联，如《柳塘花坞五言联》《酒后茶余六言联》；有扇面，如《评戴思望画》《自书七言律诗》；有条屏，如《评王芑孙诗》《录翰林粹言》；有手稿，如《燕游小草》《九梅训子格言》；有长卷，如《录滕王阁序》《耕石老人传》等。从这些形式繁多的作品来看，魏燮均是对书法倾注很多心血的，也是有意为书家，他的"诗名为书法所掩"可不必当真。

从该集收集的作品来看，除《柳塘花坞五言联》《酒后茶余六言联》《湖海英雄七言联》等对联为大字外，其余均为小字，其小字的行楷中规中矩，显然是他几十年科举之路艰辛的印痕，所不同的是魏燮均的字还是有个性的，与当时流行的馆阁体自是有别。

2. 取法多元，以"二王"书风为主

成功的书法家都不会取法一两家，而是多方学习。魏燮均的书法也是取法多元，总体上还是远绍"二王"书风。

魏燮均曾自述早年学"二王"，学赵孟頫，中年学褚遂良、李邕、颜真卿、郑板桥。进京科考时，在内阁看到了苏轼的《中山松醪赋》《治平帖》，黄庭坚、赵孟頫、文徵明、祝允明、董其昌、张照等人的真迹，开阔了视野。他在《论书十四则》第七则中说：

其平素所搜览者，如宋之文信国、林和靖，明之文衡山、陆俨山、祝枝山、徐天池、唐六如、八大山人，国朝王觉斯、傅青主、查士标、毛会建、王梦楼、曹地山、刘石庵、铁冶公、董蔗林、马朗山、王瑶峰、郑板桥、罗萝村、祁春圃诸公。外则有金竹坡、乔耿甫、于凌涝、程大士、徐进之、赵鹤诸人，皆能脱却尘气，得烟霞之妙。其他所见尚多,不足述也。

魏燮均虽僻居辽北,但在书法上的见闻还是很广的,"操千曲而后晓声,观千剑而后识器",对书法的广涉博览,孕育了笔下功夫。从魏燮均流传的墨迹和碑刻来看,"二王"的书风多一些,他的小行楷,如《致吴晓山书》《家训》的用笔劲健,结字谨严,比较明显看出是学《圣教序》的结果。

魏燮均走的是帖学路子,在"二王"的基础上,他又学赵孟頫和董其昌,因此他的行草书十分娟秀,对此魏燮均也有清醒的认识。他在《论书十四则》中说:"第世人无论知书与不知书者,见余书者皆好之,何也？以其媚态近人,尚不免俗气耳。"魏燮均的书法备受人们喜爱,无论知书者还是不知书者都喜欢,正说明他的书法雅俗共赏。"媚态"也非贬义,媚也是一种美,"意居形外曰媚"[8],帖派书法都沾媚的边,赵孟頫、董其昌都趋于媚,王羲之不也被韩愈揶揄为"羲之俗书呈姿媚"吗？自认为书法免不了俗气是自谦。

3. 求新求变,勇于探索

魏燮均一生走的是帖学的路子,但是在碑学大潮涌动的晚清,魏燮均也曾经做过某些探索和思考。

魏燮均中年曾学过郑板桥,戏称为板桥体,"友人王拓园谬誉以为神似,直可乱真"[9]。以后魏燮均也不再写郑板了,现在流传的魏书中也没有看到过板桥体,用现代美学话语说,也许是审美疲劳,长时期学帖派书法,也有厌倦的时候,或许是郑板桥乱石铺阶的别具一格的章法,或许是六分半书的朦胧感,总之是郑板桥的书法让中年的魏燮均心旌摇荡,这是一种新的体验。郑板桥是碑学的先声,"删繁就简三秋树,领异标新二月花"。郑板桥迥异于帖学的书风吸引了魏燮均。魏燮均不仅书学郑板桥，有时作诗也学郑板桥。学郑也说明魏在探索自己的书学之路。

魏燮均的书法重开阖，又有黄山谷的意味。于景顒先生认为："因郑学过黄庭坚，又从郑学黄。所以我们今天欣赏魏燮均的字，觉得多少还有些黄庭坚的意味，这是学郑板桥的结果。"[10]我同意于先生的看法。魏燮均论书有正体与奇格之说，他认为："书法以正体为宗，如钟王颜柳、褚虞薛李、苏黄米赵诸家皆是也。学之不成，畏难而退，则走奇格以胜之，所谓创也亦变也。如所见之郑板桥、于方石、顾长洲、王亦鉴、欧阳绍洛诸公是也。然非天分过高，笔法诡谲，有神出鬼没之势，不能自创一格，自名一家。"学郑板桥，魏燮均也是想独出心裁走出一条自己的路，尽管没学成，但他也曾尝试过。

还有一则材料，能说明他碑学思想的萌动。他在《论书十四则》中说："近见何子贞小楷行书，颇耐玩味，殆真能脱俗者，但恐人不自知，自谓脱俗，将终身无换骨之日矣。"何绍基是晚清碑派书法大家，其独特的回腕书，生拙迟涩，杨守敬认为："如天女散花，不可捉摹。"魏燮均对何绍基的碑派书法再三玩味，认为是真正的脱俗者，评价是很高的。这说明魏燮均是有想法的，但是这种想法没有实现，最终还是退守帖学的家园了。

三、别具个性的书论

传卫铄《笔阵图》云："善鉴者不写，善写者不鉴。"魏燮均是既善写又善鉴。他在教书、作书的同时还对书法理论进行了比较系统的研究，收在《梦梅轩杂著》（手稿）中的《论书十四则》便是其书学的代表作。

这十四则书论涉及书法审美、书法创作的心态以及技法等问题，见解独到，给人以学书之津梁。

1. 书法审美

魏燮均在书法的审美上追求自然，不随同流俗。他在《自题拙集》中说："自笑性情僻，半生耽苦吟。不求世俗好，要得古人心。"艺术是相通的，他对书法也是如此追求的。

魏燮均追求书卷气，反对俗气。他说：

若使如名将临阵有英气，大臣主朝有正气，老僧入定有禅气，羽士炼丹有仙气，剑客飞行有奇气，寡妇守节有贞气，隐士遁世有道气，皆令人望之凛然不可犯，肃然而起敬也。庶几，可以名世矣。

魏燮均用名将的"英气"、大臣的"正气"、老僧的"禅气"，道士的"仙气"，剑客的"奇气"等来类比"书气"，也就是书卷气，这才不俗。刘熙载曾说："凡论书气，以士气为上。若妇气、兵气、村气、市气、匠气、腐气、伧气、俳气、江湖气、门客气、酒肉气、蔬笋气，皆士之弃也[11]。"士气"即士大夫气，古代士大夫都是读书人，落实到书法上即书卷气。《艺概》刊刻于同治十二年（1873），而《梦梅轩杂著》著于光绪七年（1881）。魏燮均或许读过《艺概》并受到了启发。

与论书气相伴，魏燮均反对俗气。《论书》第八则云：

凡作书，要无一点俗气方妙，余病未能也。近观公卿大夫通籍后，始学作书，专讲台阁体。行草偶一为之，未达时,遵循规矩求工小楷,但能拘守绳墨,未敢驰骋才华。譬诸歌者,只宜浅斟低唱晚风残月而已,岂能豪饮狂呼唱大江东去耶?及其入官,又为政务所累,何暇仿古临池,虽有绝顶天资,亦难脱尽俗气。古人如黄山谷学书二十年未能抖擞俗气,米元章自谓吾书无一点俗气,后人犹讥其英雄欺人。赵承旨书名冠当时,犹议其未能免俗,可见俗之一字去之甚难。

魏燮均以士大夫学书为官的经历,认为他们不能脱尽俗气,他们总在馆阁体里徘徊,无暇顾及抒情性极强的行草。黄庭坚最忌"俗",认为"士大夫处世可以百为,唯不可俗,俗便不可医也"[12](魏文中说"俗不可医"为东坡语,非也)。魏燮均认为何绍基的小楷、行书无俗气。魏燮均的书法理论和实践有脱节之处,他的认识是正确的,但自己的书法却姿媚,这大概与康有为"吾眼有神,吾腕有鬼"[13]是一致的。

2. 书法创作

魏燮均的书论有一些关于书法创作的心得体会,这里包括创作心态、创作情绪、创作环境等方面的内容。

魏燮均认为书法创作"无心求工,往往入妙"。他在《论书十四则》中说:"余作书有二病焉:往往贵官长者,以佳纸索书,心亦甚喜,每命笔,必郑重力求其工,以冀无负所知,然矜持太过,恒不能自然,如婢学夫人,举止羞涩,失于大方,未免益增愧歉。若寻常市井无名之辈,人既不足重轻,一旦谦抑致敬,持纸踵门乞书,不择笔墨,率意而挥,无心求工,往往入妙,以心不介其人耳。可见作书之妙,在于无心。无心,则心与神会;有心,则心与神离。且胸存贵贱之形,又有毁誉之见,则心有所分,而神不凝矣,安得有忘言忘象之妙？"魏燮均以自己亲身经历的两种不同创作心态，说明作书只有无心求工才能写好。这也就是告诫学书者要去掉功利性、目的性，放下包袱，轻松创作。魏燮均的这一观点与苏轼的"书无意于佳乃佳"有异曲同工之妙。

关于书法创作的情绪魏燮均也有论述。心情好往往出好作品；心情不佳时，则很难出好作品。书法是情感表现的艺术，情绪在创作中起决定的作用。魏燮均说："一时笔砚精良，情怀畅适，辄汲新水磨墨数升，随意作大小字，间以行草数十幅，兴未尽而纸已竭矣。"这是快意的时候。而"或有时兴阑意倦，而乞书者接踵而来，且立待书成以去，如催租之吏，心已作恶，便欲斥客逐之矣。少陵所谓能事不受相促迫者意也"。这是心情不好的情形。这正符合孙过庭的"乖合"理论。

书法创作的场合对创作也有影响，"有雅人在侧，则怡其情。然后摊纸挥毫，笔歌墨舞，必有佳书。若俗人在座，恶客临门，亲睹作书，而又妄加品评，心烦意索，绝无佳构"[14]。这些都是魏燮均的理验之谈。

魏燮均的书论也论述了笔法，如执笔、用笔等；还论述了章法，虽也金针度人，但并没有高于时贤，故不赘述。

当然，由于视野和学识的局限，魏燮均的书法创作和书法理论并没有达到清代的一流水平，但是作为古代东北著名的书法家，他的创作和理论都是值得我们珍视的文化遗产，一定要认真研究，以期对当下的书法创作和书法研究有所裨益。

注释：

[1] 魏燮均《耕石老人传》，《高其佩魏燮均书法真品集》，辽海出版社，2007年版，第238页。

[2] 魏燮均《梦梅轩杂著》（稿本），光绪七年辛巳季春。

[3] 刘熙载《艺概》，上海古籍出版社，1978年版，第153页。

[4] 魏燮均《梦梅轩杂著》（稿本），光绪七年辛巳季春。

[5] 魏燮均《九梅村诗集》，辽海出版社，2004年版。

[6] 魏燮均《梦梅轩杂著》（稿本），光绪七年辛巳季春。

[7] 魏燮均《耕石老人传》，《高其佩魏燮均书法珍品集》，辽海出版社，2007年版，第238页。

[8] 窦蒙《〈述书赋〉语例字格》，《历代书法论文选》，上海书画出版社，1979年版，第266页。

[9] 魏燮均《梦梅轩杂著》（稿本），光绪七年辛巳季春。

[10] 于景颀《魏燮均书法简论》，《魏燮均书学研讨会论文集》，辽海出版社，2013年版，第205页。

[11] 刘熙载《艺概》，上海古籍出版社，1978年版，第157页。

[12] 黄庭坚《论书》，《历代书法论文选》，上海书画出版社，1979年版，第355页。

[13] 康有为《广艺舟双楫》，《历代书法论文选》，上海书画出版社，1979年版，第853页。

[14] 魏燮均《梦梅轩杂著》（稿本），光绪七年辛巳季春。

本文系"全国第二届届魏燮均学术研讨会"特邀论文

编者后记

吴宇栋

十年前,我和抱老打趣说:"等老师六十还岁,我一定给您编本论文集!"转瞬间,十年后的今天,我战战兢兢地为抱老这本学术论集写后记。

与其说是我给抱老编论文集,不如说是抱老对我这位弟子的厚爱与信任。这十年间,抱老陪伴我成长,同时我也庆幸自己见证了抱老在文学与艺术研究上取得的巨大成就。这本论文集中三分之二的文章都是抱老在近十年里撰写的,所以对这些文章的成文过程,我也许算是比较了解的人了。之所以要提这一点,我想说的是抱老的每一篇学术论文几乎都是经过反复思考、反复求证、反复修改,最后才发表的,比如《对清代碑学的理性思考》一文,从草稿到最后发表,至少历时六年,仅我所见修改稿便有十份之多。

对于编辑论文集,前贤多从作者撰写时间来分编,而我却先编"文学研究",再编"个案研究",最后编"书法艺术研究"。这与以往所见的论文集稍有不同,我没有置"个案研究"于首或最后,而是置于"文学研究"和"书法艺术研究"之间,因为我认为抱老在文学研究和书法艺术研究的中间桥梁就是刘熙载的个案研究。刘熙载本就是一个值得跨界研究的对象,其在古典文学与书法艺术上都有着极高成就,而要研究刘熙载,不能不对古典文学和书法艺术有一个全面的了解,就我所知现今学界研究刘熙载者多偏于一方,或精于古典文学,或精于书法理论,而通于二者并致力于刘熙载研究的学者寥寥无几。作为古典文学教授和书法文献学博士的抱老却能兼通二者,是刘熙载研究的不二人选了,《大文艺观视阈下的刘熙载书论略说》一文就是最好的体现。所以师母常常念叨:"不是你老师选择了刘熙载,而是刘熙载选择了你老师!"真如师母这话一般,抱老自打研究刘熙载后,原以"五分之一"时间留作书法研究到如今以"五分之四"时间专研书法,所以我认为刘熙载研究让抱老的学术生涯发生重大改变。起初我以为抱老投身于书法研究后定会对古典文学研究造成一定的损失,但我万万没有想到的是他的古典文学研究不但没有受到损失反而打开了古典文学研究新径——基于晚清名人日记的文学研究,这一点在我们这些研究生身上得到了充分体现。以上是我对于本论文集"个案研究"编排所要说明的内容。

　　无论是古典文学研究还是书法艺术研究,强有力的文献资料永远是抱老学术论文的重要核心内容。文献就是抱老学术研究的"利器",以历史文献作为阐述的依据,这是历代文史学者秉承的学术传统,而面对当今学界出现了许多以理论说现象、以观点论观点的"乱象",抱老依旧遵循以文献说现象、以文献说观点。以文献说现象的代表性文章如《对当下书法重形式轻内容现象的反思》一文,基于传统书法文献记载来探秘传统书法文化,从而有力批评当代书法乱象。以文献说观点的如《一篇珍贵的关于〈红楼梦〉作者的文献》一文,以一条尘封百年的关于《红楼梦》作者的文献来为红学界"作者之争"提供佐证材料。诸如此类全书比比皆是,所以说抱老的学术研究根基就是历史文献,用抱老自嘲的话说就是:"这本书要说亮点是没有的,真要说亮点也就是我的论文几乎都是基于历史文献进行研究的,没有蠢测。"

最后说一些肺腑之言,感谢抱老和师母十年来对我的照顾与关爱,此生铭记心间。在此,必须要感谢杨门兄弟姐妹们为本书论文的收集、整理和打印付出的心血,正是因为师门的齐心合力,这本论文集才能顺利编辑完成。另外,受抱老之托,感谢著名文艺理论家、北京师范大学和辽宁大学博士生导师王向峰教授为本书赐序。

谨以此书献给我最敬仰的人——杨宝林教授!

丁酉清明,跋于嘉兴沚堂南窗下